故事館

故事館

水滸傳

經典文學之旅系列

施耐庵◎原著
劉敬余◎編著

目錄

好評推薦

「熱愛閱讀的孩子不會變壞，認識歷史更能創造未來，從經典文學培養孩子們的文學力，更徜徉在想像力與創造力樂園，跳脫框架的美好人生。」

——Choyce 親職教養作家

「經典的文學：古代至今時雋永的悅讀記憶，最美麗的華文珍藏、傳承一代再一代，書座的風景！」

——林文義 散文作家

審訂序

以故事，走進真實人生

這套書含括四部經典，《西遊記》帶給我們一趟魔幻之旅，跟著主角們踏上成長與蛻變之路；《紅樓夢》的人物與故事，讓我們看盡世間百態與無常；《水滸傳》中好漢的反抗與生活的無奈，是真實人生的殘酷；《三國演義》則帶我們走一趟三國時代，看看風雲的英雄，引領整個時代。

有些人會覺得古典小說過多真實人性與殺戮的描繪，這適合孩子閱讀嗎？實際上，讓每個人提早瞭解世界的殘酷反而是好事，殺戮反抗、權謀算計、世事無常，不會因為我們躲避它，它就消失在生活中，我們越是善良，越需要瞭解外在的無常與殘忍，才能在變成一個大人的同時，理解外在的現實，卻也選擇善良。

除了瞭解真實的人性外，少年階段，能夠多閱讀古典名著，是相當重要的涵養與薰陶，能讓我們認識古典小說中的時代背景、古典知識，增進我們對文化的認知；此外，現今學子們的基礎教育，強調閱讀素養，但閱讀素養非一蹴可幾，須從少年時期開始培養，而閱讀古典名著就是奠定閱讀素養有效的方式。

文化的薰陶、教育的栽培都極為重要，然而，我認為閱讀古典名著還有最重要的事，那就是趣味、好玩，孩子不喜歡閱讀名著，很大一部分是覺得不有趣，認為這些書枯燥乏味。但其實經典名著都通過時間的考驗，才能流傳至今成為經典，其中蘊含了豐富的人生故事與哲理，若能夠有人從中帶領和陪伴青少年閱讀，使他們更瞭解書中人物特質、故事背景、趣味性的知識，其實孩子就能感受到閱讀的魅力。

這四部經典《西遊記》、《紅樓夢》、《水滸傳》、《三國演義》在保持小說原著的基礎上，也做了一定程度的白話潤飾和刪修，更適合青少年閱讀，加上插圖、小註解、白白老師的國學小教室，我相信大小朋友們閱讀起來不會覺得艱澀，反而能優游古典小說中。

前言

一〇八條好漢的熱血傳奇

《水滸傳》是我國最早的長篇小說之一，也是第一部描寫農民起義的小說，作者施耐庵。全書圍繞「官逼民反」這一線索展開情節，描寫了一百零八位英雄好漢被逼上梁山，隊伍逐漸壯大，起義造反到最後接受招安的全過程。梁山泊中的一百零八將傳說是三十六個天罡星和七十二個地煞星轉世，他們講究忠和義，愛打抱不平、劫富濟貧，不滿貪官污吏，集結於梁山，與腐化的朝廷抗爭。小說成功地塑造了宋江、林沖、李逵、魯智深、武松等鮮明的人物形象，也向讀者展示了宋代的政治與社會狀況。

《水滸傳》的故事源於北宋末年的宋江起義。其事在《宋史》之《徽宗本紀》《侯蒙傳》《張叔夜傳》以及其他一些史料中有簡略的記載，大致可以知道：以宋江為首的這支武裝部隊有首領三十六人，一度「橫行齊魏」，「轉略十郡，官軍莫敢攖其鋒」，後在海州被張叔夜伏擊而降。宋江等人的事蹟很快演變為民間傳說。宋末元初人龔開作《宋江三十六人贊》並《序》記載了三十六人的姓名和綽號，並在序中寫道：「宋江事見於街談巷語。」由此可知，一則當時關於宋江事蹟的民間傳聞已經很盛，二則龔開所錄三十六人，未必與歷史上的人物相符。又據同為宋末元初人的羅燁在《醉翁談錄》中的記載，當時已有「青面獸楊志」「花和尚魯智深」「行者武松」等說話名目，顯然是一些分別獨立的水滸故事。《宣和遺事》也有一部分內容涉及水滸故事，從楊志等押送花石綱、楊志賣刀，依次述及晁蓋等智劫生辰綱、宋江私放晁蓋、宋江殺閻婆惜、宋江九天玄女廟受天書、三十六將共反、張叔夜招降、宋江平方臘封節度使等情節，雖然像是簡要的提綱，卻已有了一種系統的面目，像是《水滸

傳》的雛形。而元雜劇中也有相當數量的水滸戲，它們於水滸故事有所發展，其中李逵、宋江、燕青的形象已相當生動了。概要而言，自宋元之際，水滸故事以說話、戲劇為主要形式，在民間愈演愈盛，它顯然投合了老百姓的心理與愛好。這些故事雖然分別獨立，但相互之間有內在的聯繫。《水滸傳》的作者，就是在這樣的基礎上，創作出一部傑出的長篇小說。

《水滸傳》敘事精細準確、生動逼真。如「智取生辰綱」，楊志押送生辰綱上路到莫名其妙丟失了生辰綱的過程，儘管是單線敘述，但敘事曲折細緻，矛盾錯綜複雜，情節縱橫開闔，巧妙地展現了這一緊張而有趣的爭奪場面。

《水滸傳》語言通俗、生動、明快卻不失個性。如李逵一出場，就以其獨特的個性、鮮明的話語活躍了全書。他的語言舉止無不反映出他野性十足、粗魯憨直的個性特徵。

《水滸傳》不但有以上特點，其中值得注意的思想還在於，它對封建統治者視為「盜賊草寇」的農民起義給予充分肯定，並深刻揭示了農民起義的社會根源，即上至皇帝下至高俅這樣的大臣和大小官吏的橫行霸道、昏庸無能，致使民不聊生，尖銳的階級矛盾逐漸加深。

本書針對學生的閱讀習慣對《水滸傳》中的故事進行改編，用簡單又不失趣味的語言將故事呈現給讀者。文中採取夾註的形式，對文中難以理解的字詞或文學、地理常識進行解釋，使學生真正地實現無障礙閱讀，更好地理解作品內容。另外本書還設置了「歷史好奇問」「風雲人物榜」等知識專欄，隨文配有精美的彩色插圖，這些有助於讀者瞭解故事內容，拓寬讀者的閱讀視野，同時也豐富了讀者的閱讀體驗。

最後，祝願閱讀本書的每位讀者都能在閱讀中獲得快樂，提升閱讀的素養和能力。

第一回 洪太尉誤放妖魔留禍根

唐朝末年，天下大亂，各地軍閥紛紛擁兵自重，割據稱雄。當時，北方先後出現了後樑、後唐、後晉、後漢、後周五個朝代，南方則更多，先後建立了十個國家。這就是歷史上著名的「五代十國」。然而，天下大勢分久必合，分裂也不符合人民的利益，統一才是社會發展的主流。宋太祖趙匡胤就是在這樣的背景下登上了歷史舞臺。

趙匡胤平定天下，建立了政權，建都汴（ㄅㄧㄢˋ）京，國號「宋」，開始了宋朝三百多年的統治。大宋王朝開始的幾任皇帝都勵精圖治，選拔並重用人才，積極發展生產，到了宋仁宗時期，社會安定，經濟繁榮，人民安居樂業，國家強盛。

正當人們以為這樣的生活將會永遠繼續下去的時候，國家卻突遭變故。嘉祐三年（西元一〇五八年）的春天，京城突然爆發瘟疫，無數百姓染病，各地的告急文書紛紛被擺到了宋仁宗的面前。

三月三日的早晨，仁宗在紫宸殿上坐定後，文武百官分列兩旁，殿頭值班的官員高聲喊道：「有事出班早奏，無事捲簾退朝。」話音未落，文官行列已有兩人走出。仁宗定睛一看，原來是宰相趙哲，另一個是參政文彥博。兩人跪在殿前，高聲奏道：「現如今京師地區瘟疫橫行，老百姓無心生產，生活困頓。願陛下能早日下旨，減免賦稅，治理瘟疫，拯救百姓於水火之中。」

仁宗一聽，知道事關重大，不能拖延，趕緊命人草擬詔書，一面赦免罪犯，減免賦稅；一面在京城寺院裡舉行儀式祭天祈福，希望能借這些措施消除瘟疫，讓天下蒼生獲得安寧。但結果並沒有如人所願，瘟疫非但沒有消除的跡象，反而更加盛行。這下仁宗更加著急了，他趕忙派遣殿前太尉†洪信趕往江西信州龍虎山，召請張天師速到京城，前來作法消災。洪信不敢怠慢，帶著聖旨，辭別京城，日夜兼程，奔赴江西信州。

路途中的辛苦不必細說，這一天，洪信一行人進入信州地界，老遠就看到迎接的隊伍。當地大小官員早就知道欽差大人要來此地，於是早早準備好了接待的盛宴。但洪信肩負著使命，不敢逗留，命人趕緊到龍虎山通知那裡的道人，讓他們準備接詔。第二天一大早，洪太尉就帶人到了龍虎山。道士們早已打掃好道觀，擺上香案，列隊等候他們的到來。

洪太尉跟著迎接的隊伍來到了三清殿上，將詔書供奉在大殿中央的幾案上，轉身問住持的道人：「張天師在哪裡？」住持的道人趕忙回答：「太尉有所不知，這代天師號稱『虛靖天師』，生性清高，一般不與凡塵中的人交往。天師在龍虎山的山頂上搭建了一座茅草屋，獨自住在裡面修身養性，並不住在這裡。」洪太尉說：「既然不在這裡，那為何不提前請天師下來，這樣才好宣讀皇帝的詔書哇？」道人答：「這可使不得。天師道行高深，常年行跡不定，經常乘著五彩祥雲，遍遊三山五嶽、五湖四海。天師雖然和小人同在一山，但我也沒有辦法請他前來迎接聖旨呀！」洪太尉一聽，心中不禁著急起來，說道：「現在京

※ 今河南開封。

編按：本書生僻字注音以深咖啡標色，註釋則以藍字標色。

† 秦漢時中央掌軍事的最高官員。秦朝以「丞相」「太尉」「御史大夫」並稱為「三公」。後逐漸成為虛銜。

師百姓正遭受瘟疫之苦，不能見到天師，這讓我回京城怎麼交差？」真人在一旁說道：「現在只有一個辦法，那就是太尉沐浴齋戒，獨自步行前往山頂，攜帶詔書拜見天師，或許能見到。假如誠心不足，恐怕也是白跑一趟。」太尉一聽，便道：「本大人從京師跋山涉水，一路素食而來，怎麼能說心志不誠呢？既然如此，那就按照你說的，明天一早我親自前往山頂拜見天師。」

當天夜裡，洪太尉便留宿在道觀。第二天五更時分，他早早起床，沐浴更衣，換上粗布衣服，穿上麻布鞋子，吃過道人安排的齋飯，就帶著聖旨直奔山頂而去。山路崎嶇狹窄，洪太尉攀著葛藤樹枝，翻過一個又一個山頭，也不知走了多少里路，但抬頭望去，前面仍然是山峰聳立，白雲繚繞，仍然看不到張天師的茅屋。此時的洪太尉，腰酸背痛，四肢酸軟，前進一步都無比艱難，他勉強支撐著向前走了幾十步，便再也走不動了，於是停下來歇息。正在這時，一陣怪風刮來，林間的枝葉颯颯有聲，接著一隻吊睛白額老虎從林中跳了出來。洪太尉一看，心裡害怕，於是趕緊轉身逃命，卻一頭栽倒在地上。老虎圍著太尉轉了幾圈，卻沒有傷害他，只是咆哮幾聲，轉身走了。死裡逃生的洪太尉趕緊爬起來，收拾散落的物品，又向山頂奔去。洪太尉又走了幾十步，只見路旁的竹林中鑽出一條水桶粗的大蛇，慢慢爬到路的中間，擋住了前進的路。這條大蛇兩眼如同燈籠，露出金光，它張開血盆大嘴，噴出一團團黑霧。太尉想轉身逃走，卻一步也挪不動，癱軟到地上。太尉心裡暗想：「我要性命不保了！我要性命不保了！」大蛇與太尉對峙了一會兒，也沒有傷害太尉，向山林中爬去，轉眼間又不見了。驚魂不定的太尉爬起來，正打算繼續前行，只聽得松樹背後隱隱有笛聲響起。笛聲宛轉悠揚，越來越清晰。太尉循著笛聲望去，只見一個道童，倒騎著一頭黃牛，橫吹著一管鐵笛，從山凹裡出來。太尉一看到道童，心中狂喜，趕忙問道：「你從哪裡來？你認得我嗎？」但那道童好像沒有聽見一樣，只顧吹笛。太尉連問數聲，道童哈哈大笑，拿著手中的笛子，指著洪太尉說道：「你來到這裡，莫非要見天師？」太尉大驚，便道：「你怎麼會知道我的來意？」道童笑著說：「今天一大早，我在服侍天師的時候，聽得天師說道：『今天會有一個聖上派遣的使者前來，宣我去汴京祈福消災，我如今乘鶴駕雲去了。』我想他現在已經到了汴京，不在庵中。你也不要上去了，山中的狼蟲虎豹太多，害怕傷害了你性命。」太尉再說道：「你不要說謊。」道童笑了一聲，也不回應，又吹著鐵笛，轉過山坡去了。太尉心裡想：「這個小孩怎麼會知道我的事情呢？應該是天師吩咐他的吧。」太尉還想繼續爬山，但是想到剛才遇到的危險，決定聽信道童的話，然後就下山了。

洪太尉拿著提爐，照著來時的路徑，一路下山去了。眾道士看他回來，都出來迎接。真人問道：「太尉見過天師沒有？」洪太尉心中氣惱，說：「我本來是朝廷命官，誰承想卻在這裡受罪。」於是將路途中的遭遇給大家講述了一遍。然後洪太尉說：「你們這些出家之人，怎麼如此歹毒，讓那些兇猛之物嚇唬本官？」道人一聽，忙解釋道：「太尉多心了，貧道怎敢輕慢大人，這是天師在試探您的誠心哪！山上雖然有猛虎巨蛇，但從來不會傷人性命。」洪太尉又說：「你說的對，那兩個畜生並沒有傷害本官。我正打算繼續上山的時候，又見松樹旁邊轉出一個道童，騎著一頭黃牛，吹著鐵笛，正走過來，我便問他認不認識本官，他說：『已經都知了。』還說天師今早就乘鶴駕雲，往汴京去了，因此我就回來了。」真人一聽，連聲說道：「可惜了，可惜了……這個道童就是天師呀！」洪太尉一聽，大為驚訝地說：「怎麼可能呢？天師竟然會是如此年齡，簡直太不可思議了！」真人回答道：「這代天師雖然年幼，但是法力無邊哪！他超脫世俗，卻能經常在人間顯現神通，非常靈驗，人們都稱他為道通祖師。」洪太尉聽到這裡，心裡懊悔不已，說道：「我真是有眼不識泰山，神仙就在眼前，我卻當面錯過！」真人道：「太尉請放心，既然天師已經說去汴京了，就一定不會是謊言，等到太尉回到京師之日，這場災難一定已經禳除。」洪太尉聽他這麼說，這才放心。真人一面讓人安排宴席，款待太尉；一面將詔書收藏於御書匣內，留在上清宮中。太尉見事情已經辦妥，也就寬心了，當晚在道觀中宴飲，一直到很晚才休息。

第二天早飯後，真人道眾邀請洪太尉一起游山。太尉非常高興，在眾人的引領下，走到宮前宮後，觀賞了許多景致。最後太尉走到右廊後面的一座殿宇，只見這殿宇四周都是紅色泥牆，正面是兩扇紅色的門，門上一把大鎖鎖著，還交叉貼著封條，那封條上蓋著重重疊疊大紅的朱印，殿前的牌匾上寫著四個朱紅漆金字「伏魔之殿」。太尉指著門問道：「這座殿是什麼地方？」真人答道：「這裡是前代老祖天師鎖鎮魔王的地方。」太尉又問道：「為什麼貼這麼多封條呢？」真人答道：「這地方封鎖了很多魔王，用封條封著，後來每一代天師，都會親手貼一道封條，讓妖魔永遠不能逃離此地。小道住持本宮三十多年，也只是聽說過，從來沒有進去看過。」

洪太尉遊興正濃，心裡十分好奇，他想：「魔王到底是什麼樣子呢？」於是對真人說道：「你把門打開，讓我進去看看。」真人大吃一驚，忙祈求道：「太尉，這殿門真不能打開呀，先祖天師反復告誡，任何人都不能開這裡的門。」太尉笑道：「不要胡說！你們這是妖言惑眾，故意製造這樣一個地方，假稱鎖住了妖魔，還不是為了顯示你們的法力！我讀過很多書，從來沒有見過哪本書上記載這降妖除魔的法術。趕緊打開殿門，讓我看看妖魔到底是什麼模樣！」真人再三勸說，卻終究無濟於事，反而惹得太尉大怒。太尉指著眾道士說道：「你們不開門讓我看，等我回到朝廷，報告皇上說你們私自設置此殿，假稱鎖鎮魔王，迷惑百姓，擾亂民心，到時候把你們都發配邊疆。」道士們心裡冤枉，但害怕太尉的氣焰，只好打開了大鎖，揭去封條，心驚膽戰地推開了殿門。

那殿裡漆黑一片，伸手不見五指。太尉讓隨從取來火把點著，只見殿內正中央有一座石碑，高五六尺，上面刻有字，卻沒有人認識。底座是一隻大石龜，多半都埋進泥土之中。洪太尉圍著石碑轉了一圈，發現石碑的後面也有文字，卻是當代的字體，太尉認得，正是「遇洪而開」。太尉一看，心中大喜，想：「原來是天意讓我來此呀！這不正是要我開啟石碑嗎？」於是對真人說道：「你們不讓我進來，卻怎麼知道祖師在幾百年前就算出我會來這裡呀！你們看『遇洪而開』，分明是叫我掀開這座石碑，看看下面的內容。你們趕緊去找幾個人，帶著鋤頭、鐵鍬來掘開。」

真人心中害怕，苦苦哀求。洪太尉哪裡聽得進去，只是督促眾人趕緊挖掘。眾人無奈，只得放倒石碑，一起挖掘石碑下面的大石龜，掀開了石龜下面的大青石板。只見下面是一個黑漆漆的深洞，也不知道有多深。

大家正面面相**覷**（ㄑㄩˋ）＊的時候，就聽洞裡傳來一聲巨響，接著就是一股黑煙從洞穴中升起，那黑煙將大殿掀開了半個角，沖向了高空，化作無數金光，四散而去。眾人大驚失色，四散奔逃。洪太尉這時也目瞪口呆，面如土色，害怕得不知道怎麼辦。

太尉問道：「這逃走的都是些什麼妖怪？」真人答道：「太尉您有所不知，剛才逃走的乃是三十六天罡星、七十二地煞星，一共是一百零八個魔鬼呀！恐怕從此天下要大亂了！」洪太尉一聽，心裡明白後果

＊你瞧我，我看你。形容大家因驚懼或無可奈何互相望著，都不說話。

嚴重，就再也不敢多問，匆匆忙忙帶著隨從連夜奔赴京城。在路上，他一再叮囑眾人，無論如何都不能將自己放跑妖魔的事情說出去。

洪太尉回到京城後，聽說天師已經來過了，天師作法祛除了瘟疫。第二天洪太尉上早朝的時候，回稟宋仁宗說：「臣奉命去請天師，天師乘鶴駕雲先一步來到京師；臣帶著人是從驛站回來的，所以回來晚了。」宋仁宗對洪太尉放走妖魔的事情並不知道，於是他重賞了洪太尉。後來宋仁宗去世，宋英宗繼位。宋英宗死後，宋神宗繼位。宋神宗之後，宋哲宗繼位。那時候天下太平，並沒有發生什麼事。

歷史好奇問

何為天罡、地煞？

《水滸傳》裡多次出現「三十六天罡」、「七十二地煞」，這裡的「天罡」、「地煞」分別指什麼？

天罡，道教稱北斗叢星中有三十六個天罡星，每個天罡星都代表一個神，共有三十六位神將。「地煞」，道教認為北斗叢星中有七十二座地煞星神。在民間傳說中，三十六天罡與七十二地煞聯合行動，降妖除魔。

白白老師的國學小教室

《水滸傳》的書名、成書、角色

《水滸傳》為何命名為《水滸傳》？這部書的名稱，對小朋友來說可能很難唸，還很容易讀錯。「滸」指的是水邊，書中一〇八條好漢聚集的地方在梁山泊，梁山周圍有水澤，這些好漢實際行動的地方是水邊的陸地，梁山泊會成為他們的根據地，正是因為水邊之地，會隨著水位高低改變地形，加上陸地把水面切割成不同河道，因此外人很容易迷路，可以作為埋伏之處。

至於《水滸傳》的成書極為複雜，雖然託給施耐庵所作，其實經歷民間流傳和很多文人共同彙整而成，是一部集體性著作。由於是集體性創作，所以書中的一〇八條好漢，是隨著文人的改編和彙整慢慢增加的角色，歷史上真實存有宋江這號人物，但是根據僅存的資料，只能大概知道宋江是北宋末年起義軍的首領，連他和起義的弟兄總共三十六人，後來隨著文人的彙整，讓這本書的人物越來越豐富，才變成了一〇八條好漢。

《水滸傳》的開頭借用了三十六天罡、七十二地煞的傳說，剛好加起來是一〇八，這讓《水滸傳》的好漢們，更富有傳奇色彩，他們彷彿來自天上，不同於一般小人物，增添了好漢們天生不凡的光彩。

第二回　王進被逼投延安府

當時汴梁城裡有一個潑皮無賴，姓高，在家裡排行老二，他家道中落，又不思進取，但精通踢球，人們就順口稱呼他為高毬了。後來他發跡了，感覺這個「毬」不太雅觀，就把「毬」的偏旁去掉，添上一個「人」字旁，就變成了高俅。

這人倒也聰明，吹彈歌舞，刺槍使棒，相撲頑耍，這些技能都精通熟練，甚至對詩、書、詞、賦也學得有模有樣。只是道德品質惡劣，他的仁、義、禮、智、信、行、忠、良等沒有一點值得稱道，只在汴京城裡遊來蕩去，出入娛樂場所，做一些下三濫的事情。有一次，因為**教唆***王員外的兒子賭錢，被告到官府。府尹大人把高俅重打四十大板，發配外地，還不准京城裡的人家收留他。高俅無奈，後來流落到淮西，投奔了開賭場的柳大郎。柳大郎原名柳世權，他平常喜歡招納閒人，高俅在此一待就是三年。

這一年，哲宗天子在郊外祭祀上天，感動神靈，求得天下風調雨順，百姓安樂。於是天子大赦天下，高俅因此被寬恕。在柳世權的幫助下，高俅回到東京，投奔到在京城開藥鋪的董將士門下。

董將士見過高俅，也看了柳世權的信，不禁心裡想：「我家裡怎麼能收留高俅這樣的人？如果他是一個誠實本分的人，留在家也行，可以幫著教育下面的孩子，讓他們能有個榜樣學習。可是他遊手好閒，沒

* 慫恿、唆使別人做壞事。

有什麼信用，況且還是一個被發配過的人，這樣的人必然惡性難改。留在家裡必然是個禍害，不留又礙於柳世權的面子，這可真是一個麻煩。」但董將士並沒有流露出來，表面上還是滿面春風，將高俅留在家裡歇息，每天都用好酒好菜招待。這樣過了十幾天，董將士終於想了一個辦法。他拿出一套新衣服，寫了一封書信，對高俅說道：「本人小家小戶，猶如螢火之光，怎麼能照亮他人，恐怕會耽誤了您的前程。我將您推薦給**小蘇學士***，希望您將來有個好出路，不知道您意下如何？」高俅大喜，謝了董將士，在董將士派的人的帶領下，到了學士府內。小蘇學士也是聰明之人，看完信後知道高俅是一個品行不端的人，心想：「這樣的人怎麼能留在自己的家裡呢？如何安置高俅呢？」他想到了駙馬王晉卿。王晉卿人稱「小王都太尉」，就喜歡高俅這樣的人。於是小蘇學士留高俅在府裡住了一夜。第二天，他寫了一封信，派遣了一個辦事人員，送高俅去小王都太尉處。從此，高俅在駙馬府中安頓下來，出入如同家人一般。

這一天，正是駙馬的生日，小王都太尉在府中安排山珍海味，專門宴請自己的小舅子端王，也就是宋神宗的第十一個兒子。這端王雖然沒有治國安邦的才能，卻是一個喜歡風雅的人物，琴棋書畫樣樣精通，踢球打彈，品竹調絲，吹彈歌舞無所不能。酒過三巡後，端王起身上廁所，路過駙馬的書房，恰巧發現了書案上擺放的一對**鎮紙**†獅子，白玉質地，做工精巧。端王一看，就愛不釋手，不停地在手中把玩。一旁的駙馬看見，就趕緊說道：「還有一個玉龍筆架，也是出自同一個匠人之手，暫時不在，明天取來，一起給您送過去。」端王心中十分高興，於是二人再次入席，一直喝到醉了，才告別回到宮中。

第二天，小王都太尉就命人取來玉龍筆架，連同一對玉獅子，用金盒子裝好，寫了一封書呈，差遣高俅送到端王府。高俅來到端王府，正遇到端王和太監在院中踢球。高俅不敢打擾，只是站在一旁等候。突然，一個球飛來，端王接不住，直飛向身後的高俅。高俅一看，也忘記了害怕，就一個鴛鴦拐，將球踢給了端王。端王一看高俅嫻熟的腳法，心中大喜，就問道：「你是什麼人？」高俅趕緊跪下回答道：「小人是王都尉的隨從，奉命給大王送東西來的。」說著，就把金盒和書信一同呈給端王。

端王收下東西放在一邊，又問道：「你也會踢球？」高俅回答道：「小人只是稍微懂點。」端王說道：「那你就進場來吧，我們一起踢一回。」高俅哪裡敢和端王一起踢球，就再三推辭。端王一定要他踢，高俅只得進場踢了幾腳，端王很是讚賞。於是，端王就不肯放高俅回去，將高俅留在宮中過了一夜。第二天，端王專門安排宴席，差人去請王都尉到府中飲酒。

話說王都尉當晚沒有見高俅回來，正在疑惑，聽到下人通報端王差人請自己前去赴宴，趕緊隨著來人來見端王。二人見面，相互客套，然後入席。酒過三巡，端王說：「你的隨從高俅踢球特別好，我想把他留在這裡，你看如何？」王都尉一聽，趕緊回答道：「殿下既然喜歡他，就讓他留下來服侍您好了！」端王一聽，大喜，於是又推杯換盞，到了晚上，王都尉才回到駙馬府。

自從高俅做了端王的隨從，每日緊跟他左右，寸步不離。過了不到兩個月，哲宗皇帝駕崩。由於哲宗沒有兒子，朝中大臣就推舉端王繼承皇位。這就是宋徽宗。這真是「一人得道，**雞犬升天**⁑」，高俅在端王的關照下步步高升，一直做到**殿帥府**‡太尉。高俅做了殿帥府太尉，挑選良辰吉日去殿帥府上任。所有屬

※ 蘇轍，字子由，宋代眉山[今四川眉山]人，晚年自號潁濱遺老。大文豪蘇軾之弟，人稱「小蘇」。

† 古代文人時常會把小型的青銅器、玉器放在案頭上把玩欣賞，因為它們都有一定的分量，所以人們在玩賞的同時，也會順手用來壓紙或者是壓書，久而久之，這些器物發展成為一種文房用具。

⁑ 一個人得道成仙，全家連雞、狗也都隨之升天。比喻一個人做了官，和他有關係的人也都跟著得勢。

‡ 主司官為太尉，元豐改制後，太尉為武散官第一級。查《宋史》並無殿帥府這一建制，當然也不存在殿帥府太尉一職了。故殿帥府當是施耐庵根據明代制度進行藝術加工而成的。

下都提前準備好花名冊呈現給高俅，高俅逐一點名，除了八十萬禁軍教頭王進沒有到場，其他人都到了。原來在半個月前，王進生病，一直沒有好，所以在家休息。高太尉大怒，大聲呵斥道：「他一定是有意抗拒官府，搪塞本官。趕緊去把他捉來見我！」於是差遣官差捉拿王進。

王進沒有妻兒，只和老母親相依為命。官差到了王進家說：「高太尉新到任，正是耍威風的時候，你不到場，好像看不起他，還是前去拜見一下好，不然，太尉一定會責怪我們的！」

王進聽完，只得強撐著病體，跟著官差回到殿帥府前參見太尉。高俅一看到王進，就大聲說道：「你就是那禁軍教頭王升的兒子？」王進忙回復說：「正是小人。」高俅道：「你爹就是一個江湖賣藝的，你能有什麼本領？竟然做了教頭，還敢小瞧本官，藉口有病，在家享樂。」王進又解釋道：「小人怎麼敢小瞧太尉，真是一直生病，才請假在家。」高俅哪裡聽得進去，開口罵道：「你這鼠輩，既然有病，怎麼又能前來？」於是命令左右將王進拿下，準備杖打。在場的人許多都和王進交好，趕緊求情：「今日乃是太尉上任的吉日，怎麼能被他一個下人攪擾，就饒過他一次吧。」高俅一看求情的人多，就說道：「看在眾人求情的分上，這次就放你一馬。」王進起身謝罪，抬頭看了看，這才認出是高俅。他出門後，不禁嘆息：「居然遇到這個無賴，恐怕我的性命難保了！」原來，高俅早年在京城做無賴的時候，有一次在大街上惹是生非，被王進的父親王升一棒打翻在地，回家躺了三四個月才能起身。這次高俅認出王進正是自己仇人的兒子，怎麼能放過呢？

王進回到家中，愁得吃不下飯、睡不著覺，反復思量之後，還是向母親說明了事情的原委，母親聽後很是擔憂，兩人痛哭了一場。最後王進的母親對王進說：「孩子呀，我看還是『三十六計，走為上計』。只是不知道去哪裡好。」王進答：「母親說得是，兒子也想過了，現在只能這樣了。延安府老**種經略***相公鎮守邊疆，他手下有許多將領來過京城，他們看重兒子的本領，我們為什麼不逃去投奔他們？那裡也是需要人手的地方，這樣也可以有個活命的地方。」

於是王進母子就商量好準備投奔延安府。王進的母親說：「孩子呀，我們要偷偷逃走，只是怕被門前那兩個監視你的牌軍發現。他們如果知道我們要逃跑，一定會到殿帥府告發。」王進說：「母親不用擔心，兒子自然有辦法對付他們。」

當天傍晚，王進先把張牌軍請進來，吩咐道：「你先吃晚飯，飯後我讓你做一件事。」張牌軍道：「教頭吩咐我做什麼事？」王進道：「我前幾天生病，在酸棗門外的岳廟裡許了一個願，明天一早想去燒頭炷香。你今晚先去吩咐廟祝，叫他明天早點開廟門，等我來燒頭炷香，你就住在廟裡等我。」張牌軍領了命令，吃過晚飯，就去廟裡了。

當天夜裡，母子二人收拾了衣服、**細軟**†銀兩等行李，準備隨時出發。第二天天還黑著，王進就把李牌軍喊起來，吩咐道：「你帶著這些銀兩，去廟裡和張牌軍買祭祀用的牛、羊、豬等物品煮熟，然後在那裡等候。我買些紙燭，隨後就來。」李牌軍帶著銀子走了。王進牽出馬，先把行李搭在馬上，然後把母親扶上馬，丟了家中粗重之物，鎖上前後門，趁天色未明，急匆匆出了西華門，朝延安府去了。

話說兩個牌軍，準備好了祭品，在廟裡等了很久也不見王進來，就去尋找，一直找到第二天也沒有找到，只得去殿帥府報告：「王教頭棄家逃跑，母子不知去了哪裡。」高太尉聽到，大怒道：「好個賊配軍居

* 對延安府經略史種諤的敬稱。
† 指便於攜帶的貴重物品。

然逃了，看他能逃到哪裡！」說完高太尉就寫下文書通知各地州府，命令捉拿逃軍王進。

話說王教頭母子二人，逃離京城後，就一路奔波，經過一個多月，來到華陰地界。王進知道此處離延安府不遠，他覺得已經脫離了高俅的追捕，一時心裡高興，竟然錯過了客棧，那時天已經很黑了，他發現遠處樹林裡有燈光，便決定借宿一晚，明早再走。王進母子走近一看，原來是一所大莊院，周圍都是土牆，牆外有二三百棵大柳樹。

在莊客的通報之下，王進進入村莊，見到了莊主史太公。那太公六十多歲，頭髮和鬍子都白了，頭上戴遮塵暖帽，身上穿直縫寬衫，腰上繫黑色的絲條，腳上穿熟皮靴。太公知道王進母子從京城而來，要去延安府投奔親戚，就熱情地招待他們。飯後又安排房間讓母子二人休息。誰承想，因為一路勞頓，老太太病倒了，只能在莊裡暫時住下來。

住了五六天，王進感覺母親病癒了，便收拾行李準備出發。王進到後院看馬，卻看見空地上一個後生光著上半身，上刺青龍，臉細白，十八九歲，拿著一根棒在練武。王進看了一會兒，情不自禁地說道：「這棒練得很不錯了，只是有破綻，遇到真正的高手就很難贏了。」那後生聽了大怒，喝道：「你是什麼人？竟然來笑話我的本事！俺也是經過七八個名師的傳授，你竟然敢笑話我，你敢和我比試一番嗎？」

正說著，史太公趕來，大聲呵斥後生道：「不得無禮！」又轉身對王進說：「這是老漢的兒子史進，從小不務農業，只喜歡舞槍弄棒，母親說他不得，慪氣死了，老漢只得隨他性子。不知請了多少師傅教他武藝。還請匠人，給他刺了這身文身。他的肩臂胸膛一共有九條龍，所以許多人叫他「九紋龍史進」。還請不要見怪。」王進道：「既然是莊主的公子，如果喜歡武藝，我可以點撥一下，您看怎麼樣？」太公道：「那太好了。」便讓那後生來拜師傅。那後生哪裡肯拜，就和王進動起手來，誰知一下子就被王進打倒在地。那後生才知道遇到了真正的高手，趕緊跪下就拜，認王進做了師傅，求王教頭點撥他十八般武藝。

時光荏苒，一晃就是半年多。多虧王進盡心指教，史進把這十八般武藝，重新學得十分精熟。王進見他學得精熟了，就想：「在這裡雖然好，但也不是長久之計。」於是就和史進父子告別。史進捨不得，哪裡肯放師傅走，無奈王進去意已決，已經沒法再挽留了。第二天，王進母子與史進父子灑淚而別，直奔延安府去了。

史進自從師傅走後，每天專心練武，家裡的大事小事一概不管，為此史太公不知操了多少心。不到半年時間，史太公就因操勞過度，病倒了，一連幾天都沒能起床。史進派人請來遠近醫生醫治，還是沒能把史太公救過來。史太公死後，史進家的家業無人打理，史進也不肯打理，只知道到處找人比試槍棒。

這一天，史進正在打穀場練習武藝，突然看見本村的獵戶李吉在谷場邊沒精打采。史進看著生氣，就問道：「你一個大男人，不去打獵養家，在這裡閑坐著幹啥？」李吉說：「您有所不知，現在少華山上來了一夥土匪，領頭的有三個人，個個本領高強。他們不允許我們去山上打獵，家裡都沒的吃了。」史進一聽，心中來氣，心裡想：「我這麼多年苦練本領，不就是為了行俠仗義，為百姓討個公道嗎？現在周圍的人被土匪欺負，我怎麼能袖手旁觀呢？」於是，史進當天就召集村裡強壯的年輕人，組建了一支幾百人的隊伍，日夜操練，準備找山上的土匪討回公道。

話說少華山寨中有三個頭領，為頭的是神機軍師朱武，他原是定遠縣的人，會使兩口雙刀，雖沒什麼大本事，卻精通陣法，很有謀略。第二個好漢姓陳，名達，原是鄴城縣人，使一條出白點鋼槍，人稱「跳澗虎」。第三個姓楊，名春，蒲州解良縣人，使一把大杆刀，人稱「白花蛇」。這天他們在山寨中議事，商量如何籌得糧食。跳澗虎陳達認為要去華陰縣，楊春堅持去蒲城縣。陳達道：「蒲城縣人口稀少，錢糧不多，不如去打華陰縣，那裡人多，錢糧很多。」楊春道：「哥哥不知，如果去打華陰縣，一定要經過史家村。那個九紋龍史進是頭猛虎，千萬不要去招惹他。」陳達一聽，非常生氣地說道：「你不要長他人志氣，滅自己威風。他只是一個人，又沒有三頭六臂，我不信。」於是披掛上馬，帶了一百多個**嘍囉***，鳴鑼擂鼓下山，往史家村去了。

史進早有準備，雙方人馬在莊口相遇。陳達對史進說：「我們山寨裡缺少糧食，如今要到華陰縣去借糧，希望你們能讓出一條路，讓我們從莊裡過去。我保證不會騷擾你們！等我們回來，一定有重謝。」史進冷笑道：「你問問我手裡的這把刀，如果它肯放你們這幫土匪過去，我就放你們過去。」陳達大怒道：「好言相勸不聽，真是欺人太甚！」兩人話不投機，打在一處。陳達在馬上，用一條長槍；史進在馬下，使一把大刀。陳達抖動長槍一槍刺來，直取史進心窩，史進不慌不忙，大刀一揮，隔開了長槍。一槍不中，陳達又來刺史進的大腿，史進後退半步，槍走空了，由於用力過猛，陳達在馬上沒坐穩，晃了晃，史進趁勢伸出大手一把將他拽下馬來。「綁啦！」幾名莊客上來將陳達綁上，押到村中。史進大手一揮，喊道：「殺！」幾百人一起殺出，有拿刀槍的，有拿短棍的，有拿釘耙的，總之，能用的都用上了，史家莊的人一起出擊，把少華山的嘍囉打了個落花流水！

有幾個機靈點的嘍囉一看大事不好，趕緊跑回山寨告訴朱武和楊春兩個頭目。朱武和楊春聽說陳達被抓，心裡著急起來，唯恐史進傷害了他的性命。兩人一點不敢耽擱，便也出了山寨，奔向史家村。

史進剛打了勝仗，一看又來了兩個，十分高興，高聲說道：「你們也是前來送死，正好省了我的麻煩，我把你們都抓住，一起送到官府！」史進原想這兩個土匪是來跟自己拼命的，誰知道朱武、楊春一見到史進，二人卻哭起來，當下涕淚橫流，把史進驚得瞠目結舌，反而不知道怎麼辦才好了。原來朱武這些人也是被官府逼迫得無路可走，才冒險落草為寇、占山為王，其實他們心裡並不願意這樣做。再者三人**披肝瀝膽**†，有很深的交情，現在一個被抓了，其他兩個人心裡很不好受，才傷心落淚的。史進瞭解了這些情況之後，便放了陳達，還將三人勸慰一番，並囑咐他們只能殺貪官污吏，不能向無辜百姓開刀。從此史進和少華山上的人你來我往，漸漸有了交情。

俗話說，要想人不知，除非己莫為。史進結交少華山賊寇的事情很快被官府知道了，官府下發告示要捉拿史進。史進沒有辦法，只得收拾行裝，外出逃難。史進舉目無親，正不知要到哪裡去，忽然想起了師傅王進，於是直奔延安府去了。

* 強盜手下的人。
† 比喻真心相見，傾吐心裡話。也形容非常忠誠。

歷史好奇問

足球的發源地在哪裡？

足球，有「世界第一運動」的美譽，是體壇很有影響力的單項體育運動。你知道足球的發源地在哪裡嗎？

《史記・蘇秦列傳》中就曾提到「蹋鞠」。蹴鞠又名「蹋鞠」「蹴球」「蹴圓」「築球」「踢圓」等，「蹴」即用腳踢，「鞠」是皮制的球，「蹴鞠」就是用腳踢球，它是中國一項古老的體育運動，有直接對抗、間接對抗和白打三種形式。

蹴鞠流傳了兩千多年，它起源於春秋戰國時期的齊國故都臨菑，唐宋時期最為繁榮，經常出現「球終日不墜」「球不離足，足不離球，華庭觀賞，萬人瞻仰」的情景。

二〇〇四年初，國際足球聯合會確認足球起源於中國，「蹴鞠」是有史料記載最早的足球活動。

白白老師的國學小教室

底層人民的控訴

這回故事《水滸傳》中的大反派高俅登場，高俅原本只是個到處遊蕩、品行低劣的無賴，沒想到當了端王的隨從，隨著端王登基為徽宗，竟成為殿帥府太尉，仗著自己的權勢，後來迫害林沖等人，他肆無忌憚，作威作福，禍國殃民。

有人說《水滸傳》寫的是官逼民反的故事，因為朝廷腐敗、政治黑暗，所以好漢們不得以落草為寇，聚集在梁山泊，這個說法或許不夠完整，《水滸傳》書寫的不只是官逼民反，而是整個時代的無奈；好漢們反抗的不只是朝廷，而是宣洩內心對時代和體制的不平，捍衛著他們內心的義。

宋徽宗雖然擅長藝術，但生活極其奢侈，而高俅只是個無賴，卻能夠成為高官，上樑不正下樑歪，上至皇帝、朝廷高官，下至地方官吏、民間惡霸，其實都利用權勢作惡，但他們都不會受到制裁，受苦受難的永遠是底層人民，人民有冤訴不得，這代表的是整個封建官僚的腐敗，是整個時代體制的腐敗。《水滸傳》控訴的不僅是官僚，而是底層人民對社會不公不義，有苦說不出的憤恨。

第三回 魯達仗義惹禍端

話說史進因為和少華山上的朱武等人交往，被官府通緝，無奈之下，只得背井離鄉前往延安府，前去投奔師傅王進。他一路上風餐露宿，獨自走了半個月的路程。

這一天史進進入渭州地界，恰巧這裡也有一個經略府。「莫非師傅在這裡？」史進心裡想著，便進了城。他經過一個路口，看見一個小茶坊，便走進茶坊裡，找了一個位子坐下來。夥計走過來問：「客官，您要喝什麼茶呀？」史進答：「泡茶就好。」趁著夥計端茶的機會，史進問道：「這裡的經略府在什麼地方？」夥計回答道：「從這裡往前走，不遠就是經略府。」史進又問道：「這經略府中有沒有一個名叫王進的教頭哇？」夥計回答：「這府裡教頭很多，有三四個姓王的，不知哪個是王進。」話沒說完，只見一個大漢，大踏步走進茶坊。史進抬頭一看，原來是一個軍官。只見他身高八尺，虎背熊腰，留著一副絡腮鬍鬚，一雙眼睛炯炯有神，就像傳說中的鍾馗*。

夥計低聲對史進說道：「客官您不是要尋王教頭嗎？這位提轄†都知道。」史進一聽，忙湊過去打招呼。那人見史進高大魁偉，像條好漢，忙站起來施禮。二人重新坐下。史進道：「小人大膽，敢問官人高姓大名？」那人道：「洒家**是經略府的提轄，姓魯，名達。請問怎麼稱呼你呢？」史進道：「小人祖居華州華陰縣，姓史，名進。我想向魯兄打聽一件事，小人有個師傅，原來是東京八十萬禁軍教頭，名叫王進，不知道他現在是否在這裡的經略府中？」魯提轄道：「難道你就是華陰史家村的九紋龍史大郎嗎？」

史進拜道：「小人便是。」魯提轄連忙還禮，說道：「兄長大名早有耳聞，真是百聞不如一見哪！只是你要尋找的人不在這裡。洒家聽說，他在延安府老種經略相公處。而這裡是渭州，由小種經略相公鎮守。」史進聽後，輕輕地嘆了一口氣，一臉失望。魯達安慰道：「既然到了這裡，就陪兄弟我喝碗酒吧。」說著魯達便挽了史進的手，走出茶坊，回頭說道：「洒家改天再給你茶錢。」夥計忙應道：「提轄但吃無妨，您先忙。」兩人走出茶坊來到大街上，剛走了幾十步遠，看到前面的空地上圍著一圈人。史進好奇，就擠開眾人來到裡面，卻發現原來是一個江湖賣藝的，身邊放著十幾條槍棒，地上擺著十幾貼膏藥。史進仔細一看，原來是自己最初學藝的師傅，人稱「打虎將」李忠。史進喊道：「師傅，好久不見了，沒想到在這裡碰上。」李忠道：「賢弟，你怎麼到了這裡？」魯提轄道：「既然是史大郎的師傅，就和我一起去吃三杯。」李忠道：「等我賣了膏藥，換些銀兩，就和提轄去。」魯達道：「誰有時間等你？要去就一起去。」說著就推開圍觀的人，罵道：「趕緊都散開了，不散的，洒家便打。」眾人見是魯提轄，知道他性子粗魯，就一哄而散了。李忠見魯達兇猛，心裡雖然生氣但也不敢多說，只得陪笑道：「真是個急性的人。」於是收拾了東西，一起去喝酒。

三個人轉了幾個彎，來到一個有名的酒店。門前挑著竹竿，竹竿上掛著酒旗，在風中飄蕩。三人來到樓上，揀了個寬敞的位置坐下。魯提轄坐了主位，李忠對席，史進下首坐了。酒保認識魯提轄，趕緊過

※ 中國民間傳說中驅鬼逐邪之神。傳說他是唐初終南山人，生得豹頭環眼，鐵面虬髯，相貌奇醜，然而卻才華橫溢，平素為人剛直，不懼邪祟。

† 官名。宋代州郡多設置提轄，或以知州、知府兼任。掌軍旅訓練教閱，督捕盜賊，鎮壓民眾反抗。

** 自稱，宋元時代北方口語。

來招呼，問道：「提轄來了，打多少酒？」魯提轄說：「先打四角酒，酒要醇厚！」不一會兒，酒就端上來，三個人飲酒閒談，氣氛好不熱鬧。

三人正喝得高興，忽然隔壁傳來女子的抽泣之聲，那聲音嗚嗚咽咽，連續不斷地傳來。魯提轄聽著心裡煩躁，便把碟子、杯子都丟在樓板上。酒保聽見了，慌忙上來看發生了什麼事情。魯提轄氣憤地對酒保說道：「你也應該認識酒家，卻為什麼還讓人在隔壁哭個沒完，這讓我們怎麼有心思吃酒？我難道會少你的酒錢？」酒保道：「官人息怒，小人怎敢叫人啼哭，打攪您吃酒的興致。這啼哭的是一對拉弦賣唱的父女，二人流落外鄉，又受了一肚子窩囊氣沒處發洩，因而在小店裡忍不住哭出聲了。」魯提轄道：「這件事有些奇怪，你把他們喊過來。」

酒保出去，一會兒就領著一個老頭和一個少婦進來。前面的少婦十八九歲，雖不是國色天香，卻也有一番姿色；後面的老頭五六十歲的樣子，手裡拿串拍板，二人來到三人面前。那婦人擦了擦眼淚，向前來行了三個禮。魯達問道：「你倆是什麼人？為什麼在這裡啼哭？」那婦人回答：「小女子姓金，名翠蓮，本是東京人氏，來這裡投奔親戚，不料親戚搬家到南京去了。母親在客店裡染病去世了，帶的路費也花光了，我們父女二人只能流落街頭。這裡有個鎮關西鄭大官人，因看上我，就強娶我做妾。誰承想寫了三千貫文書，其實一分錢也沒有給。還沒到三個月，他家大娘子就將我趕打出來，還向我們父女追要三千貫典身錢。當初不曾見到他一文錢，如今讓我們怎麼還？沒有辦法，我們只能來這裡酒樓上賣唱賺些錢，將大半還他；留一小部分作為我們的路費。這兩天酒客稀少，也過了還錢的期限，怕他來要時，受他羞辱，因此哭泣。不料打擾了官人，還請大人恕罪。」

魯提轄問道：「那個鎮關西是什麼人，住在哪裡？」老頭忙回答道：「那鄭大人是狀元橋下賣肉的鄭

屠，綽號『鎮關西』。」魯提轄聽了，氣不打一處來，說：「我還以為是哪個鄭大人，原來就是殺豬的鄭屠哇。他投奔到小種經略相公門下做個肉鋪戶，誰知道這個奴才竟敢這樣為非作歹。」魯提轄轉頭對史進、李忠說：「兩位兄弟先在這裡等一會兒，等我過去收拾了這個殺豬的屠戶再回來喝酒。」眾人趕忙苦苦相勸，魯提轄才暫時消了氣，他問老頭說：「你們願意回東京老家嗎？」老頭答：「我們當然願意了，只是……」魯提轄不等他說完就說：「我給你些路費，你們明天就回東京老家去吧。」說著就從身上摸取出五兩銀子，放在桌子上。他覺得有點少，就對史進、李忠說：「我今天帶的銀子不多，你們有銀子的話，就借我一些，我明天便還。」史進說：「哥哥說的哪裡的話，怎麼還要哥哥還。」轉身從包裹裡取出一錠十兩的銀子，也放到桌子上。李忠也從身上取出二兩多碎銀子放到桌子上。但魯提轄嫌少，就只把十五兩給了父女二人。魯提轄問清楚金家婦女的住處後，便讓他們回去收拾行李，明日送他們回家。父女二人拿著銀兩千恩萬謝地離開了。

話說金家父女回到店中，先到城外雇了一輛車子，約定明天出發，然後回來還了欠客店的錢，又準備了隨身的物品，只等第二天上路。第二天天沒亮，二人就起來生火做飯，吃完收拾好，天才剛剛亮。這時魯提轄來到了金家父女住的客店，然後領著二人準備出發。誰料店小二攔住門，不讓他們走。魯提轄問道：「他們二人欠你的店錢了？」店小二回答道：「店錢倒是還了，可是還欠鄭大官人的錢。」魯提轄說道：「鄭屠的錢，我自然會還他。你放這兩人先回鄉去。」那店小二哪裡肯放。魯達大怒，揸(ㄓㄚ)開五指，朝著店小二的臉上就是一巴掌，打得那店小二口中吐血；接著又打了一拳，把店小二的兩個牙齒都打落了。店小二爬起來，一下子躲到店裡去了。店主這時哪裡敢出來攔？金家父女兩人，趁著這個機會，趕緊上路了。魯達自己從店裡拿出一條板凳，坐在門口足足等了兩個時辰，估計金家父女走遠了，他才起身，然後直接去了狀元橋。

話說那鄭屠開了家肉鋪，有兩間門面，兩副肉案，肉案上掛著幾片豬肉。鄭屠坐在肉案後面的一條長凳上，看那十幾個下人賣肉。魯達走到肉案前，叫聲：「鄭屠！」鄭屠循聲一看，見是魯提轄，慌忙起身走出肉案招呼道：「提轄好。」鄭屠趕緊叫人拿出一條長凳說：「提轄請坐。」魯達坐下說：「我奉經略相公的命令，要十斤精肉，切成臊子，不要見半點肥肉在上面。」鄭屠吩咐手下說：「你們趕快選肉，按照提轄的吩咐切好。」魯達說：「不要下人切，你親自給我切。」鄭屠應和道：「說得是，說得是。我自己切。」於是鄭屠就親自去肉案上，選了十斤精肉，仔細切成臊子。那店小二用手帕包了頭，正準備給鄭屠報告金家父女的事情，卻

見魯提轄坐在肉案門邊，不敢過來，只得遠遠地站在屋簷下看著。這鄭屠整整切了半個時辰，將肉用荷葉包好道：「提轄，我派人給您送去吧。」魯達道：「送什麼送？先等等！你再給我切十斤肥的，不要一點瘦的在上面，也要切成臊子。」鄭屠道：「剛才要的都是精肉的，我想是府裡要包餛飩，現在要肥的臊子有什麼用？」魯達睜著眼道：「相公的命令，吩咐我這樣做的，誰敢問他？」鄭屠心裡窩火，嘴裡卻說：「大人息怒，小人切。」於是又選了十斤肥肉，也細細地切成臊子，用荷葉也包好了。整整一個早上，不但耽誤了吃飯的時間，連前來買肉的人都不敢過來。鄭屠喘了一口氣說道：「小人讓下人提著，送到府裡去。」魯達道：「再要十斤寸金軟骨，也要細細地剁成臊子，不要見些肉在上面。」鄭屠壓住心中的怒火，笑道：「提轄這是在消遣我嗎？」魯達聽後，跳起來，拿著那兩包臊子在手裡，瞪著眼看著鄭屠說：「我就是要消遣你！」說完，將兩包臊子直接扔出去，就像是下了一陣肉雨。鄭屠再也按捺不住，心中的怒火直沖到心頭。他從肉案上拿了一把剔骨尖刀，騰地從肉案後面跳了出來。

魯提轄早就退到街面的路上了。鄭居和十來個夥計，誰也不敢過來勸說。兩邊過路的人都站住了腳，那店小二也嚇得呆了。

鄭屠右手拿刀，左手便來要揪住魯達，卻被魯達就勢按住左手，順勢照著小腹上就踢一腳。鄭屠哪裡受得了這一腳，騰騰地後退兩步，摔倒在地上。魯達大步向前，一腳踏住鄭屠的胸脯，提著那醋缽大小的拳頭，看著鄭屠說：「我往日投奔老種經略相公，做到關西五路**廉訪使**＊，也不敢叫作鎮關西。你就是個賣肉的，竟然敢自稱鎮關西！還敢強騙民女金翠蓮。」說著，「撲」的就是一拳，正打在鼻子上，頓時鮮

＊宋、元時代的職官名。宋代全稱廉訪使者。主管監察事務。

血迸流，鼻子歪在半邊，就像開了個油醬鋪，鹹的、酸的、辣的，一股腦地滾出來。鄭屠掙扎不起來，那把尖刀也扔在了一邊，嘴裡說：「打得好！」魯達罵道：「真是不知死活的傢伙，還敢回聲！」又提起拳頭來，照著眼眶眉梢打下一拳，打得鄭屠眼棱裂開，眼珠迸出，就像開了一個彩緞鋪，紅的、黑的，都綻放出來。兩邊看的人，害怕魯提轄，沒有一個人上前來勸。鄭屠扛不住，就開口告饒。魯達呵斥道：「呸，你這個賤骨頭，若是和我硬到底，我倒也饒了你；你如今向我討饒，我偏不饒你。」於是再打一拳，太陽穴上正著，卻似做了一個全堂水陸的道場，磬、鈸、鐃一齊響。魯達看時，只見鄭屠躺在地上，口裡只有出的氣，沒了進的氣，動彈不得。魯達假意道：「你這傢伙裝死，我再打。」但是看見鄭屠的臉上漸漸沒有了血色。魯達心裡想：「我只指望痛打這傢伙一頓，不想三拳就打死了。這下麻煩了，不如趁早離開。」於是他起身就走，還回頭指著鄭屠的屍體說：「你小子裝死，我回頭和你慢慢理會。」一邊罵，一邊大踏步走了。魯達回到住處，趕忙收拾了一些衣服、銀兩，其他的舊衣粗重物件都不要了，提了一條齊眉短棒，奔出南門，一溜煙逃了。

風雲人物榜

姓名：魯智深

綽號：花和尚

星號：天孤星

地位：三十六天罡第十三位，梁山泊步軍頭領。

生平經歷：本在渭洲小種經略相公手下當差，任經略府提轄。魯智深曾經拳打鎮關西，倒拔垂楊柳，救金翠蓮、林沖，占據二龍山，捉夏候成，擒拿方臘。征討方臘後，魯智深不願接受朝廷封官，在杭州六和寺圓寂，被追封為義烈昭暨禪師。

白白老師的國學小教室

魯智深的俠義

《水滸傳》很會書寫人物，也很會說故事，在寫人物的特徵上，採取每幾回以某位人物為主的方式書寫，人物與人物之間在劇情發展上，又會相互有關聯，所以故事發展上，接下來的幾回都會以魯智深為主。

魯智深是《水滸傳》裡相當重要的人物，如果這本書少了魯智深，可能相形之下，會失色很多。《水滸傳》裡有眾多英雄，但魯智深是很特別的一個，大部分的英雄活著都有他無可奈何之處，但是魯智深活得相當瀟脫快意，他仗義疏財、善良熱心、粗中有細，而且他的善良正義像一道純粹的光，沒有任何功利目的。他原本是提轄，等於是軍官，其實有著大好前途，只因為在酒店無意聽到金翠蓮的哭訴，替金家父女的遭遇憤憤不平，所以一怒之下三拳打死了當地惡霸鎮關西。

魯智深與金家父女根本素不相識，但是他見不得不義之事，可見他為人仗義熱心；而在與鎮關西的對峙上，他一開始假意買肉，再藉故挑剔肉，逼得鎮關西先出手攻擊他，魯智深就可以名正言順的還手，這可看出他聰慧細心。

為了萍水相逢的陌生人，魯智深三拳打死了惡霸，為此丟了官職與前途，甚至踏上流亡之路。不為任何利益助人，只是懷有一顆俠義之心，這就是魯智深。

第四回　魯智深大鬧五臺山

魯達三拳打死了惡霸鎮關西，知道闖了大禍，慌忙逃離渭州，他也不知道投奔哪裡，一路只顧四處躲藏。這樣過了半個多月，這一天他來到了代州的雁門縣。魯達進城後，見這裡的街道十分熱鬧，商客人來人往，車水馬龍，雖然是個小縣城，卻像個大都市。魯達在街上正走著，突然看見前面一群人正圍在十字街口看官府的公告。魯達好奇，就鑽進人群裡張望，但他不識字，後來聽到有人高聲讀道：「代州雁門縣，奉上司命令，捉拿犯人魯達。如果有知情不報告者，與犯人同罪；如果有人捕獲交給官方，獎勵一千貫錢。」魯達聽到這裡，便趕緊轉身就走。突然他聽到背後有人喊他說：「張大哥，你怎麼在這裡？」說話間，就被攔腰抱住，拖著離開了十字路口。

魯達一驚，轉身一看，原來那人不是別人，就是自己在渭州救下的金老頭。那金老頭把魯達拉到偏僻處，說：「恩人，你好大的膽子！現在官府正到處張貼公告捉拿你，你怎麼還敢在這裡看呢？若不是老漢遇見你，你就被官差抓了。公告上把你年齡、相貌、籍貫都寫得清清楚楚。」魯達說：「我也不瞞您老人家，那天送你父女二人走後，我就去狀元橋下找鄭屠。我本來只是想給他一個教訓，誰承想竟然把他打死了。我怕官府追究，才跑到這裡來了。你為什麼也在這裡，為什麼沒回東京呢？」金老頭說：「那天多虧恩人搭救，老漢尋得一輛車子，本想回東京，又怕那個惡棍追來，就沒有直接回東京，而是朝北方去了。路上恰好遇到老家的一個鄰居來這裡做買賣，他把我們父女帶到這裡。這位老鄉看我們沒有依靠，就給老漢的女兒做媒，嫁給了本地的大財主趙員外，我們父女總算衣食無憂了。趙員外也是一個喜歡舞槍弄棒的人，我女兒常常對他提起您的大恩。他常念叨：『無論如何也要和恩人見上一面。』今天遇到，還請恩人到家裡住幾日。」

魯達便和金老頭一起走了不到半里路，來到一座院子前。老人挑起門簾對屋內喊道：「女兒，大恩人來了！」話音剛落，屋內走出一位少婦，只見她穿著綾羅綢緞，一身珠光寶氣，和先前大不相同，倒增添了幾分風韻。那婦人把魯達請到屋子裡坐好，深深地拜了又拜，說道：「如果不是恩人搭救，我父女二人怎麼會有今日？」於是，金老頭安排家裡的下人到街市上買來新鮮蔬菜及雞鴨魚肉，準備了一桌子酒食，又燙好了美酒，熱情招待魯達。他們正在推杯換盞之時，趙員外也聞信趕來，和魯達一見面，二人很是投緣。四人重新坐定，一直吃喝到深夜才散。

第二天，趙員外對魯達說現在的地方恐怕不安全，還是去莊子裡穩妥，於是魯達隨趙員外去了莊子，這一住就是六七天。有一天，兩人正在書房裡閑坐說話，只見金老頭急急進來，見了趙員外和魯達，就說道：「老漢昨天看見有三四個公差來，只怕是奔著你來的，這可怎麼辦？」魯達說：「不要擔心，我離開就是了。」趙員外說：「既然提轄有危險，趙某也不好挽留。我倒是有個計策，可保證提轄萬無一失，足可安身避難，只怕提轄不肯。」魯達說：「我是個將死的人，只要有一個安身之處就滿足了，還說什麼願不願意？」趙員外說：「離此地三十餘里有座山，叫作**五臺山***，山上有一所文殊院，原是文殊菩薩道場。寺裡有幾百僧人，為首的智真長老，是我弟兄。我祖上曾捐錢在寺裡，因此關係很好。以前我曾許下介紹一人在寺裡剃度出家的願望，只是一直沒有實現。現在如果提轄願意，一切事情由我來安排。不知道您意下如何？」魯達尋思自己也沒有其他更好的出路，就說道：「那就全憑員外做主，我情願做個和尚，任寺院安排。」

第二天一早，趙員外和魯提轄一起，乘坐轎子上了五臺山。兩人一路無話，順利登上了五臺山。智真長老早已得知消息，率領僧眾在門前等候，然後將二人領進文殊院。雙方施禮之後，趙員外起身說：「趙某早年有一個心願，許諾推薦一位僧人在寺內剃度，**度牒**（ㄉㄨˋ ㄉㄧㄝˊ）†已經有了，就是一直沒能實現。現在有個表弟姓魯，是關西軍人出身，因生活艱難，情願棄俗出家。希望長老看趙某的面子，為他削髮為僧。所需要的費用，弟子一定會準備齊全，還望長老能夠成全。」長老聽完，說道：「此事不難，先請施主喝茶。」

長老與趙員外喝完茶，命人收了茶具，便吩咐僧眾為魯達剃度做準備。眾僧見魯達面相兇惡，害怕受連累，不想接納。但智真長老礙於趙員外的情面，對眾僧說道：「這個人是天上的星宿，心地剛強直率，以後一定能修成正果，造化在你們之上，你們只管為他剃度就好。」眾僧不能反駁，只得遵從長老，準備僧鞋、僧衣、僧帽、袈裟、拜具等用品，這些東西準備好後，長老選了一個好日子，鳴鐘擊鼓，把寺院內的僧眾集合到法堂內，開始為魯達剃度，先是削髮，接著賜法名。

長老賜名結束後，把填好的度牒交給了魯智深，讓他收著。長老又賜法衣袈裟，叫魯智深穿了。監寺領魯智深到法座前，長老摸著魯智深的頭頂說：「一要歸依三寶，二要歸奉佛法，三要歸敬師友，這是三歸。下麵是五戒：一不要殺生，二不要偷盜，三不要邪淫，四不要貪酒，五不要妄語。」魯智深不明白長老說的是什麼，只是答：「洒家記得，洒家記得。」受記結束後，長老又讓人領著魯智深拜見了各位管事的僧人，這就算是出家了。

＊位於山西東北部，中國佛教及旅遊勝地，與四川峨眉山、安徽九華山、浙江普陀山共稱「中國佛教四大名山」。

†舊時官府發給和尚、尼姑的證明身分的文書。

第二天，趙員外和長老告別後，就下山去了。話說魯智深住在文殊院裡，他白天不念經文，整天各處閑溜達，晚上睡覺時經常打呼嚕，那呼嚕聲大得像打雷，弄得那些和尚都睡不好。他解手時也不上廁所，只是在佛像後邊解決。時間久了，那些和尚不堪忍受，就去長老那裡告狀，但長老受了趙員外的恩惠，也不好太責備魯智深，就這樣一直過了四五個月。初冬的一天，魯智深閑得發慌，就獨自下山去了。半路遇見一個挑著兩個桶的漢子，魯智深問那漢子道：「喂，你的桶裡裝的什麼？」「酒！」漢子答。魯智深一聽是酒，便趕忙問：「一桶多少錢？」那個漢子答：「酒是給山上的轎夫、勞工送去的，不賣給和尚。」魯智深有些生氣了，說：「真的不賣我嗎？」「不賣！」魯智深飛身到了漢子跟前，一腳踢向漢子的褲襠處，踢得那漢子立刻在地上蜷縮起來，好大一會兒起不來。魯智深立刻奔過去打開酒桶就喝，不一會兒，一桶酒就被喝光了。魯智深醉醺醺地對那漢子說：「你如果要酒錢，明天上山來找我。」那漢子被嚇壞了，哪裡顧得要錢，急匆匆下山了。

醉酒的魯智深搖搖晃晃來到寺門前，大聲叫開門，看門人見魯智深喝醉了，不敢開門，還攔住他說：「你是僧人，就要遵守僧人的規矩，按照寺規，吃酒的和尚都要被趕下山去。如果有人放喝醉的和尚進寺，也要一起打。你快下山去吧，要不然挨揍！」魯智深大怒，罵道：「一群壞傢伙，我看誰敢打我！我先打你們。」魯智深朝看門人臉上一巴掌扇去，那看門人拿著棍子來擋，可是哪裡擋得住？魯智深伸手隔開木棒，那一巴掌扇得看門人半天起不來，接著再一拳，那看門人就倒在寺門後面了。魯智深踉踉蹌蹌地走進寺來。

監寺的人見了，趕忙叫來二三十人來攔。魯智深見這架勢一點不害怕，他大吼一聲，就像打了一個霹靂。這些人害怕了，拚命往藏殿裡跑，還把藏殿的窗戶、門都關嚴實了。魯智深追到藏殿，見門窗關著就一拳打開窗戶，嚇得眾人四處逃散。最後還是長老把魯智深勸住了。長老讓魯智深先休息，第二天再理論。第二天，長老叫魯智深到方丈室，好一番勸解，魯智深答應長老以後不再破戒。眾人見長老護著魯智深，暗地裡都在嘲笑他。

話說魯智深一連三四個月沒再出寺門。一天，天氣很熱，魯智深憋不住，於是走出禪房，不知不覺就走到了山門外。突然傳來一陣叮叮噹當的響聲，魯智深又折回禪房，取了些銀兩，下山去了。魯智深循聲下山，來到一個集市。街上很是熱鬧，有賣肉的，賣菜的，還有許多酒店。魯智深自從上山就整天粗茶淡飯，現在看到這些好吃好喝的別提有多饞了，於是想一會兒買些東西吃。魯智深循著剛才的叮噹聲而去，發現原來是鐵匠鋪的打鐵聲。魯智深走進鐵匠鋪，看見三個人正在打鐵。魯智深問：「鐵匠師傅，這裡有什麼好鐵嗎？」那打鐵的看見魯智深相貌兇惡，趕緊停下手中的活說：「師父請坐，您要打什麼東西？」魯智深說道：「洒家要打條禪杖，一把戒刀，這裡可有什麼好鐵？」鐵匠師傅說：「我們這里正有些好鐵，請問師父要打多重的禪杖、戒刀呢？」魯智深說：「洒家要打一條一百斤重的。」鐵匠師傅笑道：「您要的太重了。關公老爺的刀，也只有八十一斤。」魯智深道：「那就照著關老爺的，也打八十一斤的。」鐵匠師傅道：「好，刀打八十一斤的，我覺得禪杖六十二斤就夠了。」魯智深道：「兩件兵器，一共要多少銀子？」鐵匠師傅道：「不還價，一共五兩銀子。」魯智深說：「五兩就五兩，你如果打得好，洒家另外有獎賞。」那鐵匠師傅接了銀兩道：「小人現在就開始打。」魯智深付完銀兩，就出了鐵匠鋪，找酒店喝酒去了。

魯智深離了鐵匠鋪，走了幾十步，就看見一家酒店。魯智深走到裡面坐下，敲著桌子叫道：「拿酒來！」賣酒的主人說：「師父，我的酒不能賣給您。小人住的房屋，開店的本錢，都是寺裡的。長老說小人如果賣酒給寺裡的僧人，就收回小人的本錢，還將我趕出去。」魯智深說：「你就賣些給我吃，我不說是在你家吃的就行了。」店主人道：「不行，師父請到其他店裡去吃，還請恕罪。」魯智深只得起身出了店門，可是一連走了三五家，都不肯賣。魯智深心裡想：「如果不想個辦法，看來是喝不到酒了。」一抬頭正好望見集市的盡頭，有一片杏花林，林中有家小酒店。

魯智深走進店裡，坐下，便喊道：「店家，俺從外地來，想買碗酒喝。」店家看了一眼說：「和尚，你從哪裡來的？」魯智深答：「俺是行腳僧人，雲遊到這裡，要買碗酒。」店家說：「和尚，如果你是五臺山寺裡的師父，我真不敢賣酒給你吃。」魯智深答：「洒家不是，你快上酒。」店家問魯智深，說：「你要打多少酒？」魯智深答：「不要多問，儘管大碗端上來。」魯智深一連吃了十來碗，然後問：「有什麼肉嗎？切一盤上來。」店家說：「肉早就賣沒了。」魯智深又喝了幾碗，突然聞到一陣肉香，循著肉香，見砂鍋裡煮著肉。魯智深說：「你家明明有肉，怎麼不賣給我？」店家說：「你是出家人，不能吃肉，因此沒問你。」魯智深說：「我有銀子，把那肉給我來一些。」那店家連忙將肉端來放在魯智深面前。魯智深大喜，一邊吃肉，一邊又喝了十來碗酒。店家看魯智深吃了那麼多，便勸他說：「和尚，不要再吃了！」魯智深瞪眼說：「洒家又不白吃你的，管我幹什麼？」於是又要了些酒喝了，吃完扔下銀子，奔五臺山去了。那店家嚇得目瞪口呆，不知所措。

魯智深走到半山的亭子上歇息了一會兒，這時酒勁上來，於是趁著酒興，耍了一通拳腳，誰承想一不小心把亭柱撞斷了。亭子「轟隆」一聲塌了半邊。看門的僧人聽到轟響，從高處一看，只見魯智深正跌跌撞撞地向山門走來，不禁高聲喊道：「這傢伙又醉得不輕，趕緊把門關上。」魯智深見山門關了，就用拳敲門，「咚咚咚」就像擂鼓，裡面的僧人聽見更不敢開門了。魯智深敲了一陣，見沒人開門，生氣了，看見門前的金剛，就撿起一根斷木頭，砸了金剛的腿。

再說看門的僧人報告了智真長老，長老也拿魯智深沒有辦法，只得把他放進寺內。那魯智深進入僧堂，又耍起了酒瘋。監寺召集了一二百僧人，拿著棍棒，一齊來捉魯智深。魯智深和僧眾打到一起，從僧堂一直打到法堂下。

智真長老從禪房出來制止了眾人。這次有十數個僧人被打傷了。智真長老生氣道：「智深，你接連犯了佛門規矩，打坍了亭子，又打壞了金剛。這五臺山怎麼能容得下你再行兇作惡？你先跟我到方丈處住一夜，我安排你一個去處。」於是魯智深隨長老到方丈處去歇了一夜。

第二天，長老寫了一封信，派兩個僧人到趙員外莊上，把事情的經過講了。趙員外看了信，回信對長老說：「壞了的金剛、亭子，趙某馬上就賠償，魯智深任憑長老處置。」長老看了回信，就叫人拿出**皂布直裰***，一雙僧鞋，十兩白銀，讓人叫來魯智深。長老說：「智深，你不能在這裡待了。我有一個師弟，現在是東京大相國寺的住持，人稱『智清禪師』。我給你一封信，你去投奔他，找個職事僧做。另外贈送你四句**偈言**（ㄐㄧˋ ㄧㄢˊ）†，你可終身受用，你要牢牢記住。」魯智深跪下說：「洒家願聽偈言。」長老說：「遇林而起，遇山而富，遇水而興，遇江而止。」魯智深聽了偈言，拜完長老，就背了包裹，帶著書信，離開了五臺山。魯智深下山後取了禪杖、戒刀，就去東京了。

---

* 從宋朝開始就有的一種服飾。兩宋時期的直裰多為僧侶穿著（少數文人也有穿著）。而到了明朝時期，直裰的款式發生變化，在文人、士大夫中流行。

† 佛經中的唱詞。

白白老師的
國學小教室

魯智深粗魯莽撞的一面

魯智深為了躲避官府追捕，逃到五臺山出家為僧，但是他喝酒吃肉，不守佛門戒律，所以又被稱為花和尚。前一回我們看到的魯智深，是個仗義疏財、為人熱心的好漢，這回故事中，他打傷眾多僧人，還發酒瘋毀壞金剛，顯得粗魯莽撞。

人有不同的面向和優缺點，《水滸傳》寫人物是飽滿而鮮明的，魯智深雖然有他粗魯無文、莽撞衝動的一面，但正因為如此，當他展現善良可愛、細心聰慧、有禮真誠的一面時，我們反而更覺得這個角色十分可愛。

第五回 魯智深東京識林沖

話說魯智深辭別智真長老，帶著智真長老的書信，直奔東京。他一路上歷經坎坷，這一天終於到達汴梁。魯智深放眼望去，東京果然是富庶之地，大街上車水馬龍，行人**摩肩接踵**＊。兩旁的店鋪顧客**熙來攘往**†，叫賣聲此起彼伏。魯智深不敢耽擱，小心翼翼地問路人：「大相國寺在哪裡？」路人答：「過了前面的橋就到了。」魯智深便提著禪杖走向相國寺。

魯智深跨入寺門，向接待的知客僧說明緣由，然後被帶入禪房等候。過了一會兒，只見智清禪師出來，知客僧向智清禪師稟報說：「這僧人從五臺山來，有禪師的信作為憑證。」智清禪師道：「師兄有好久沒來書信了。」知客僧叫智深道：「師兄，快來拜見長老。」只見智深先把那炷香插在香爐內，拜了三拜，然後將信呈上。智清禪師接信拆開看，信中詳細地記述了魯智深出家及前來投奔的原因。智清禪師讀完信便說：「你遠道而來，先去僧堂中暫時歇息，吃些齋飯。」智深謝了，拿了禪杖、戒刀，跟著行童去了。

智清長老召集了寺內管事的僧人，說：「這個僧人原來是經略府軍官，因為打死了人，落髮為僧。又在五臺山鬧事，攪得寺內不得安寧，就推到這裡來了。我本不想收留他，但師兄千叮嚀萬囑咐，不忍心推

＊肩碰著肩，腳碰著腳。形容人多擁擠。摩，摩擦；接，碰；踵，腳後跟。

†形容人來人往，非常熱鬧擁擠。

辭；要是收留他在這裡，又怕亂了寺中的清規戒律，這可怎麼辦呢？」**都寺***道：「弟子倒是有個主意，酸棗門外的那片菜園，時常被門外那二十來個破落戶騷擾。一個老和尚在那裡負責，哪裡管得了他們？不如讓智深去那裡看管。」智清長老道：「說得有道理。」便叫人去把魯智深喊來，對他說道：「你既然是我師兄推薦到我這寺中臨時寄住的，現在給你找個管事的差事。我這個寺裡有個大菜園，在酸棗門外嶽廟隔壁，你去那裡管理菜園吧。每日叫種地人納十擔菜蔬，剩下的都歸你使用。」智深說：「我師父智真長老讓小僧投奔這裡，討個差事做，您卻不讓俺做個都寺、**監寺**†，為什麼要派洒家去管菜園？」**首座****便說：「師兄，你不知道，你新來**掛搭**‡，又沒有什麼功勞，怎麼能做都寺呢？這管菜園也是個大職事人員了。」魯智深雖然很不滿意，最後只能在眾僧人的勸說之下，領了命令，辭了長老，背上包裹，挎了戒刀，提了禪杖，在兩個和尚的陪同下，直接去了酸棗門外的菜園。

話說菜園附近有二三十個潑皮無賴，整天遊手好閒不務正業，靠偷盜園子裡的蔬菜生活。這天又來偷菜，他們看見門上張貼著一張新的公告，上面寫道：「大相國寺委任僧人魯智深前來掌管菜園事務，閒雜人等不得入園擾亂。」那幾個潑皮無賴看了，便招呼其他的同夥一起商量說：「大相國寺裡派了一個和尚，叫什麼魯智深，來掌管菜園。我們得給他一個下馬威，讓他知道我們的厲害。」於是他們湊到一起，反復琢磨，終於想出了一條妙計。

卻說魯智深來到菜園和先前的住持交接完工作，舊住持就同兩個同來的僧人一起回寺裡去了。智深來到菜園，東張西望，這時，看見二三十個潑皮，拿著水果，提著酒壺走來，他們笑嘻嘻地說道：「聽說您是新來的住持，我們鄰居街坊都來道賀。」魯智深不知是計，就迎了上來。那夥潑皮走到糞坑邊就不再往前走，其中兩個領頭的拜倒在地不肯起來，就等魯智深上來攙扶。魯智深見了，心裡起了疑，心想：「這夥人不三不四，說是來祝賀又不肯走到跟前，難不成想戲弄洒家？真是不自量力，老虎的鬍鬚你們也敢捋！正好讓你們看看洒家的本事。」於是魯智深大踏步向前，來到他們面前。領頭的張三、李四便道：「小人帶兄弟們特意來拜見師父。」說著就撲向前，一個來抱魯智深的左腳，一個來抱魯智深的右腳。魯智深不等他們兩個近身，就飛起兩腳，將他們都踢到糞坑裡了。後頭那幾十個破落戶嚇得目瞪口呆，轉身就想逃跑。魯智深喝道：「一個走的，一個下去；兩個走的，兩個下去。」眾潑皮都不敢動彈。糞坑裡的兩個潑皮露出頭，站在裡面連聲喊道：「請師父饒恕我們吧。」魯智深對上面的潑皮喊道：「你們快去把他們兩個弄上來，我便饒恕你們。」眾人將糞坑裡的兩個搭救上來，送去水池邊洗乾淨了，他們又換了衣服，才再次來到魯智深跟前拜見。

智深坐著，指著眾人道：「你們這些潑皮，快快報上名來！為什麼要戲弄洒家！」那些潑皮一齊跪下，說道：「小人祖祖輩輩生活在這裡，都靠這片菜園為生。不知道師父是哪裡的人？我們從來沒有在相國寺裡見過您哪！從此以後兄弟們願意侍奉師父。」魯智深道：「洒家是關西延安府老種經略相公帳前的提轄官，只因為殺的人多，自願出家，從五臺山來到這裡。洒家俗姓魯，法名智深。不要說你們二三十個人，就是千軍萬馬，俺也來去自如。」眾潑皮聽了連連稱讚，很久後才拜別了。魯智深也回到房內，收拾完安歇。

※ 寺院中統管總務的執事僧。

† 寺院的高級管理人員。其職責為總攬寺院庶務。

⁑ 寺廟裡地位僅次於方丈的僧人。

‡ 遊方僧人投宿寺院。

第二天，這些潑皮湊了些錢物，買了酒肉菜品，到園子裡請魯智深喝酒。魯智深坐在中間，其他人坐在兩邊。智深說道：「怎麼好意思讓你們破費呢？」眾人說道：「我們如今遇到師父這樣的高人，願意聽您的調遣。」魯智深大喜，於是就你一杯我一杯喝開了。喝到高興處，眾人有唱的，有說的，有拍手的，也有笑的，好不熱鬧。正在這時，門外傳來烏鴉刺耳的叫聲，魯智深聽得心煩，大聲說道：「哪裡來的烏鴉，打擾我們酒興？」有人答道：「牆角邊綠楊樹上有一個烏鴉巢，每天從早到晚在那裡叫，簡直吵死了。」魯智深說：「得想一個辦法整治整治這些烏鴉！」眾人道：「搬一個梯子上去拆了那巢就行了。」於是眾人起身，鬧哄哄地向外走去。智深也乘著酒興，來到跟前一看，果然看到綠楊樹上有一個烏鴉巢。眾人道：「搬架梯子上去拆了，這樣耳根才清淨。」李四說：「我不用梯子就能爬上去。」

魯智深看了看，走到樹前，把外衣脫了，擼了擼袖子，緊了緊腰帶，彎腰摟住樹的根部，身子一挺，將那株綠楊樹連根拔起。眾潑皮見了，一齊拜倒在地，只叫：「師父不是凡人，乃是真羅漢在世，沒有千斤的力氣，怎麼能拔得起？」智深說道：「這點本事算什麼？明日讓你們見識見識洒家使用兵器。」眾潑皮當晚各自散了。以後幾天，這些潑皮每天帶著酒肉來請魯智深，看他舞拳弄棒，生活好不愜意。

過了幾日，智深心裡想：「每日讓他們破費，這樣也不合禮數，洒家今日也準備酒肉回請他們。」於是叫人去城中買了蔬菜、果品，挑回兩三擔酒，還殺了一頭豬和一隻羊。

那時節已經到了農曆四月初，天氣正熱。魯智深叫人在大槐樹下鋪了張席子，大家席地而坐，大碗喝酒，大塊吃肉，真是痛快極了。喝到興頭上，眾潑皮道：「這幾天只見師父練拳腳，不曾見師父使兵器，今天也讓我們開開眼吧。」魯智深道：「沒問題。」於是就去房內取出禪杖，那禪杖頭尾長五尺，重六十二斤。眾人看了，都非常吃驚，說道：「這兩條胳膊如果沒有像水牛那麼大的力氣，怎麼能掄得動？」魯智深拿起禪杖，舞得呼呼生風，讓人眼花繚亂，喝彩聲此起彼伏。

魯智深正練到精彩之處，忽然聽到牆外有人大聲喝彩道：「好杖法！」魯智深收住禪杖，定睛一看，發現牆外缺口處正站著一個官人。那人身高八尺多，腦袋偏小，眼睛很大，三十四五的模樣。魯智深問道：「那軍官是誰？」眾人道：「這官人是八十萬禁軍槍棒教頭林武師，名喚林沖。」智深道：「趕緊請他進來一起切磋切磋。」那林教頭便跳入牆來，兩個就在槐樹下相見了，一同坐在地上。林教頭問道：「師兄是哪裡的人？法號怎麼稱呼？」魯智深答道：「洒家是關西魯達，法號智深，年幼時也曾到過東京，認得令尊林提轄。」林沖聽了很是高興。魯智深問：「教頭今日怎麼有空到這裡？」林沖答道：「本來是與夫人一同來隔壁的嶽廟裡還願，突然看見師兄練武，看得入了神，就讓丫鬟錦兒陪夫人去廟裡燒香，我在這裡等候。」魯智深道：「洒家剛到這裡，也沒有幾個認識的人，只和這幾位兄弟相伴；假如教頭不嫌棄，我們就結為弟兄，這難道不是一件讓人高興的事？」林沖答道：「我也是這個意思。」於是魯智深叫人再添酒肉上來，大家又開始推杯換盞喝了起來。

林沖與魯智深剛剛飲了三杯，忽然看見丫鬟錦兒慌慌張張地跑來，在牆的豁口處大聲喊道：「官人不要喝酒了！娘子在廟裡被人糾纏。」林沖連忙問道：「在哪裡？」錦兒道：「剛才從五嶽樓下來，迎面碰上一個潑皮無賴，把娘子攔住了不讓走。」林沖慌忙說道：「回頭再來拜訪師兄，還請師兄不要怪罪。」說著就朝五嶽樓奔去。

林沖來到五嶽樓前，正看見一個年輕公子攔著娘子不讓走。那年輕公子說：「你和我上樓去，我有話和你說。」林沖娘子紅了臉道：「光天化日，你怎麼敢戲弄良家女子？」林沖趕到跟前，把那公子的肩膀扳過來，喝道：「你個壞傢伙，光天化日之下，調戲良家女子，該當何罪？」

一拳正要打下去，卻發現此人不是別人，正是高太尉的義子高衙內*。那高衙內在東京倚仗權勢，專門做欺男霸女之事。京師人懼怕他的權勢，管他叫「花花太歲」。此時高衙內也認出了林沖，大聲說道：「林沖，不要多管閒事！」原來高衙內並不認識林沖的娘子，手下一齊擁上來勸道：「教頭別生氣，衙內不認得，多有冒犯。」林沖怒氣未消，一雙眼睜著瞪那高衙內。高衙內在眾人的勸說下走出廟門，上馬去了。林沖才帶著夫人和丫鬟回家了。

再說高衙內回到府中，一直怏怏不樂†，他心裡仍然惦記著林沖的娘子。過了兩三天，他那幫狐朋狗友過來，見高衙內沒有心情，就知趣地散了。其中有一個名叫富安的留了下來。富安見高衙內在書房中閑坐，就湊過去問道：「衙內近日面容消瘦，一定有心事。」高衙內道：「你怎麼知道？」富安道：「小人一猜就能猜中。」高衙內道：「那你說說為了什麼事。」富安道：「衙內是為了林沖的娘子，你說是不是？」高衙內笑著說：「你猜得沒錯，可是又有什麼辦法呢。」富安道：「這有什麼難的！小人有一個計策能幫衙內達成心願。」高衙內一聽，趕緊說道：「你有什麼好辦法，趕緊說來聽聽。如果能幫我達成心願，我一定重重賞你。」富安道：「我手下有一個陸虞候⁑陸謙，他和林沖關係非常好。明天您去陸虞候家樓上，擺些酒食，然後讓陸謙去請林沖去樊樓上吃酒。等林沖走後，我就去他家，對林沖娘子說：『你丈夫和陸謙吃酒，暈倒在樓上，娘子趕快去看看吧！』把她騙到樓上，等她見了衙內這般風流人物，怎麼會不動心

* 五代及宋初多以大臣子弟充任，後來泛指官僚的子弟。
† 不滿意或不高興的神情。形容心中鬱悶，很不快活，十分喪氣的樣子。
⁑ 官名。唐代後期，藩鎮以親信武官為「都虞候」「虞候」，為軍中執法的長官。五代時，都虞候為侍衛親軍的高級軍官。宋代沿置，殿前司、侍衛親兵馬軍司、步軍司均置都虞候。

呢？」高衙內喝彩道：「好計策！今晚就吩咐陸虞候去準備。」

這陸謙本是個生意人，因為賠了本錢，所以來到東京，在林沖的介紹下去殿帥府做了個虞候。第二天，富安與陸虞候商量計策，陸虞候一聽就答應了——陸虞候只顧得討高衙內高興，哪裡還記得朋友交情。

再說林沖，自從經歷了上次的事情，心裡一直不痛快，也懶得出門。這一天，陸虞候突然來訪。林沖忙問道：「陸兄怎麼有空前來？」陸謙道：「幾天不見兄長出門，特來拜訪。」林沖道：「心裡有些煩悶，不想出門。」陸謙道：「我同兄長一起喝三杯解解悶。」林沖與陸謙就一起出門，來到樊樓酒店。他們選了個桌子坐下來，然後就你敬我我敬你地喝起來。

林沖吃了八九杯酒，起身去巷內的廁所，回來的時候正遇到丫鬟錦兒。錦兒叫道：「官人，我可找到你了！」林沖大驚，慌忙問道：「發生了什麼事？」錦兒趕緊把剛才發生的事情說了一遍，林沖才知道自己中了人家的**調虎離山***之計。林沖聽完，也顧不上丫鬟錦兒，三步並作兩步，直奔陸虞候家，救下了夫人。高衙內見事情敗露，打開樓窗，跳牆逃了。林沖上樓，尋不見高衙內，把陸虞候家砸得稀巴爛，然後才帶著娘子下樓，接上錦兒，三個人一起回家了。

接下來幾天，林沖四處尋找陸虞候，卻見不到他半點蹤影。原來他早就躲到太尉府裡——他怕林沖找自己報仇。而高衙內詭計落空，心生煩悶。陸虞候為了自己的前程，又為高衙內獻上一計，想置林沖於死地。

＊設法使老虎離開山岡。比喻誘敵離開原來的地方，以便乘機行事。

風雲人物榜

姓名：林沖

綽號：豹子頭

星號：天雄星

地位：三十六天罡第六位，馬軍五虎將。

生平經歷：林沖原為八十萬禁軍槍棒教頭，因與高衙內結仇被高俅設計陷害，在刺配滄州的途中，在野豬林被魯智深搭救，火燒草料場後被逼上梁山。平定方臘後，林沖在杭州期間得了風癱，留在六和寺中養病，半年後病故，追封忠武郎。

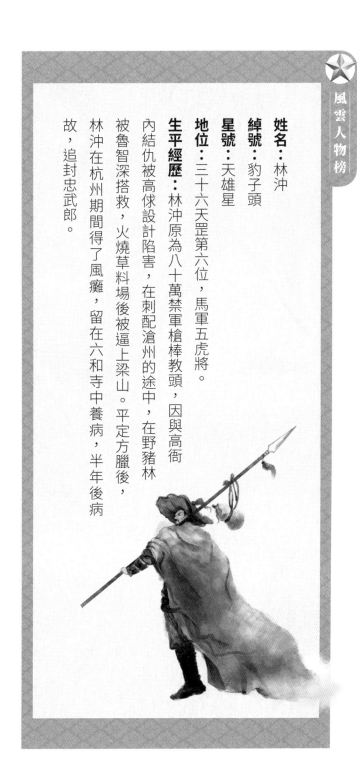

第六回

林沖遭陷害發配滄州

林沖連著幾天都沒有找到陸謙，心中的怒火也就慢慢消了很多。魯智深幾天沒有見到林沖，很是想念，就自己找來。兩人見面後就來到街上喝酒。自此天天如此，林沖把找陸謙的事情也就放到一邊了。

這一天，林沖和魯智深走到閱武坊巷口，看見一個大漢，那大漢穿著戰袍，手裡拿著一把刀，站在街邊叫賣。林沖只顧和魯智深說著話也沒注意。那大漢跟在他們背後說：「可惜一把好刀，沒有遇到知音！」林沖仍和魯智深走著，兩人說得投機。那大漢又在背後說道：「這麼大一個東京城，竟然沒有一個認識寶刀的人。」林沖聽說，走過去。那個大漢把刀從刀鞘中拔出來，拿在手裡，明晃晃地奪人雙眼。林沖當時看了，吃了一驚，脫口說道：「好刀！你要賣多少錢？」那大漢道：「要價三千貫，實價二千貫。」林沖道：「這刀確實值二千貫，但是沒有識貨的。你若是要一千貫，我就買了。」那漢道：「我正急著用錢，你要是真想要，就再讓你五百貫，賣價一千五百貫。」林沖道：「一千貫，我便買了。」那漢嘆口氣道：「金子當作生鐵賣了！算了！算了！一千貫就一千貫。」林沖道：「那你跟我到家裡去拿錢吧。」林沖回身對魯智深道：「師兄，你暫且到茶鋪等我，小弟馬上就來。」魯智深道：「洒家今天就回去了，明日再相見。」

林沖告別魯智深，自己帶著那賣刀的大漢回家取錢。他問大漢說：「你這口刀是從哪裡得來的？」那大漢回答：「這是小人祖傳的刀，因為家道破落，沒有辦法才把它拿出來賣。」林沖問：「你祖上是誰？」那大漢答：「還是不要說了，說出來辱沒了先人！」林沖便再也沒問。那大漢拿了錢，便離開了。林沖把

這把刀翻來覆去地看了一遍又一遍，讚嘆道：「確實是一把好刀！高太尉府中也有一把寶刀，就是不肯借給外人看。今天我買了這把好刀，可以和他的刀比試比試。」林沖對新買的寶刀愛不釋手，睡覺時才掛在牆上，天還沒有亮，又去看那把刀。他哪裡知道，就是這把刀將會給自己帶來殺身之禍。

第二天上午，門口突然有兩個承局*叫道：「林教頭，太尉聽說你買了一把好刀，讓你帶過去給他看看，太尉在府里正等著你呢。」林沖心裡納悶：「沒想到消息這麼快就傳到太尉耳朵裡了！」兩個承局催林沖穿了衣服，拿了那把刀，一起來到太尉府。

林沖跟著兩個承局在太尉府裡轉來轉去，最後來到一個地方，那裡周圍都是綠欄杆。兩個人把林沖帶到堂前，說道：「教頭，你在這裡稍等片刻，我去稟告太尉。」說完就進去了。林沖拿著刀，立在簷前，左等右等，就是不見人出來。林沖心疑，探身往裡一看，只見簷前匾額上有四個字「白虎節堂†」。林沖突然醒悟道：「這節堂是商議軍機大事的地方，外人怎麼敢隨意進入？」於是趕緊回身，卻聽見腳步聲傳來，只見一個人從外面走進來。林沖一看，正是高太尉。

林沖見了，執刀向前問候。高太尉怒道：「林沖，沒有召喚，你怎麼敢私自闖入白虎節堂？你手裡拿著刀，難道是來刺殺我？有人對我說，你兩三日前，拿刀在府前徘徊，一定是居心不良。」林沖躬身答道：「太尉，剛才是兩個承局帶我來這裡的，說是太尉要看我的寶刀。」太尉喝道：「承局在哪裡？」林沖答：「他們兩個已進入堂中了。」太尉道：「胡說八道！哪裡有承局進到我的府堂裡？趕快給我拿下這不

* 官府裡的差役。

† 古代商議軍機大事的地方，任何人不經允許，不得攜帶武器進入，相當於現代的軍備司令部。林沖被人陷害，帶著寶刀誤入，因而被治罪。

知天高地厚、滿嘴胡言的傢伙！」話音未落，旁邊耳房裡走出了二十多個人，把林沖捆綁起來，寶刀也被高俅拿走封好。

高俅不聽解釋，喝令左右把林沖押送去**開封府***。一行人來到府前，跪在階下，領頭的將太尉的話對滕府尹說了，將太尉封好的那把刀，放在林沖面前。府尹道：「林沖，你是個禁軍教頭，為什麼不懂王法，竟然手執利刃，闖入白虎節堂？這是死罪呀！」林沖大聲喊冤，說道：「大人明察，小人雖然出身行伍，但也知道這些律法，怎麼敢擅入節堂？因為前月二十八日，小人與妻子到岳廟還願，遇見高太尉……」林沖將事情的經過給府尹詳細地敘述了一遍。府尹聽了林沖的講述，明白了事情的緣由。但他不敢不聽太尉的吩咐，於是讓人取來**枷杻**（ㄐㄧㄚ ㄋㄧㄡˇ）†給林沖戴上，打入大牢。林沖家人為了搭救他，到處花錢找人求情。

府尹手下有個**孔目****，姓孫，名定。此人生性耿直，樂於為善，因此人們都稱他為「孫佛兒」。他知道林沖遭人陷害，就對府尹說道：「此事確實是冤枉林沖了，大人千萬不能按照高太尉的意思處置。」府尹道：「高太尉一定要判他手執利刃，闖入節堂，謀害長官的罪，我怎麼敢救他？」孫定道：「難道這開封府，不是朝廷的，是他高太尉家的不成？」府尹道：「胡說！」孫定道：「誰不知高太尉依仗權勢，無所不為。一旦有人冒犯他，就假公濟私，大肆報復。」府尹道：「你說的也並不是沒有道理，依你之見，應該怎麼處理？」孫定道：「聽林沖供詞應該是個無罪之人，只是沒有抓住那兩個承局。現在讓他招認不應該腰懸利刃，誤入節堂，將他打二十板，刺配偏遠的軍州。」

林沖臨行的時候，家人和鄰居都來送行。岳父張教頭把林沖及兩個公差接到州橋下酒店裡坐，吩咐酒保安排酒肉招待兩個公差，又拿出銀兩贈給他們。林沖抓著張教頭的手，說道：「林沖蒙受岳父錯愛，將令愛嫁給我，三年以來，雖然沒有育下一男半女，但夫妻恩愛，從來沒有吵架紅臉。現在我被人陷害，

發配去**滄州**‡，生死難料。娘子還年輕，不能因為林沖誤了前程。今日小人就趁眾高鄰在此，自願寫下休書，任憑娘子改嫁。如此林沖此去才能心安。」張教頭道：「賢婿，你這是什麼話！你遭此不幸，並不是你的錯。今日就當作是去滄州躲災避難，等哪天蒼天有眼，放你回來，你們夫妻再團聚。家裡我自會照顧，你不用擔心，只管放心去吧。」林沖道：「感謝岳父厚愛。但是林沖不能耽誤娘子的前程。岳父如果可憐林沖，就答應小人的請求，我就是死了也能瞑目。」張教頭哪裡肯答應，諸位鄰居也勸說林沖。但林沖心意已決，發誓道：「如果岳父不答應小人的請求，我就永世不與娘子相聚。」張教頭無奈，只得叫酒保尋個寫文書的人來，寫下一紙休書。林沖的娘子，知道林沖寫下休書的事，當時就哭死過去，半晌才蘇醒，在眾人的勸說下，被攙扶回家。林沖起身謝了眾人，拜別岳父及眾鄰居，背了包裹，隨公差去了。

再說押送林沖的兩個公差，一個叫董超，另一個叫薛霸。他倆將林沖先送到使臣房收押好，就回家收拾包裹，途中被陸謙請到酒樓房間內喝酒。酒過三巡，陸謙拿出十兩金子，讓他們在途中把林衝殺了。二人知道不能拒絕，就乾脆做個順水人情，收了金子，答應了陸謙的請求。他倆回家取了包裹，三人就正式上路了。當天走了三十多里路，找了一家客店歇了。那時路邊的客店，遇到公差監押犯人來投宿的都不要房錢。董、薛二人帶林沖到客店裡休息了一夜。第二天吃了早飯繼續趕往滄州。

※ 北宋時期「天下首府」，規模龐大，氣勢宏偉。許多歷史名人如寇准、范仲淹、包拯、歐陽修等都曾任開封府尹。特別是包拯任開封府尹時，鐵面無私，執法如山，美名傳於古今。

† 枷，古代套在脖子上的戒具。杻，古代手銬一類的戒具。

** 舊時官府衙門裡的高級吏人。掌管獄訟、帳目、遣發等事務。

‡ 滄州地處河北東部。宋代時屬河北東路河間府，在北宋時期是北部偏遠邊陲之地，土地貧瘠。

當時正是六月天氣，酷熱難耐。林沖因為剛挨了棒打，又遇酷暑，棒傷發作，因此路上一步挨一步，走不動。董超道：「從這裡去滄州兩千多里路，像你這樣走，我們什麼時候能到哇？」林沖是虎落平陽，只能苦苦相求，不斷討好。

當晚三個人找了一家客店投宿。三人到了房內，兩個公差放了棍棒，解下包裹。林沖也把包解了，不等公差開口，去包裡取些碎銀兩，央求店小二買些酒肉飯菜，請兩個公差吃酒。董超、薛霸心懷鬼胎，不斷讓林沖喝酒。林沖被灌醉了，戴著枷鎖歪倒在一邊。薛霸燒一鍋開水端進來，倒在腳盆裡，叫道：「林教頭，你也洗洗腳再睡覺。」林沖掙扎起來，因為帶著枷鎖不能彎腰，薛霸就說道：「我替你洗。」林沖忙道：「怎麼敢煩勞二位官爺。」薛霸道：「出門在外，哪裡計較那麼多。」說著就把林沖的腳按到滾燙的水盆裡。林沖「哎呀」一聲急縮回腳，腳上立即燙出了許多水泡。薛霸道：「只見罪人服侍官差的，哪裡見過官差服侍罪人的。好意讓你洗腳，你還嫌冷嫌熱，真是不知好歹！」罵罵咧咧地嘟囔了半夜，林沖一句話也不敢回，去一邊睡了。

第二天一早，吃過飯，薛霸拿了水火棍*，催促林衝動身。林沖起來找不著鞋，董超從腰裡解下一雙新草鞋，叫林沖穿。林沖腳上都是昨晚燙的水泡，哪能穿新鞋。想去尋舊草鞋穿，卻不知道去哪裡了。沒有辦法，他只得把新草鞋穿上，一步一步向前挪。

走了二三里，林沖腳上的泡被新草鞋磨破了，鮮血淋漓，疼得呻吟聲不斷。董超道：「我扶著你走吧。」就攙著林沖，又向前挪了四五里路，遠遠看到前面有一片被煙霧籠罩的林子。這片樹林叫作「野豬林」，這是東京去滄州路上第一個險要的地方。宋朝時，不知道有多少好漢被那些貪財的公差害死在這片林子裡。今日，這兩個公差帶林沖也來到了這片林子裡。董超又抱怨說：「像這樣走，滄州什麼時候才能到哇？」薛霸答：「我也走不動了，咱們就到林子裡歇一歇。」

三個人奔到林子裡，董超、薛霸說道：「我們也累了，先睡一會兒。只是怕你跑了，我們放心不下，這樣也睡不安穩。」林沖答道：「小人也是一條好漢，官司都認了，怎麼會逃跑？」董超道：「我們怎麼能相信一個犯人呢？要想睡得安穩，必須把你捆起來。」林沖道：「要捆就捆吧，小人怎麼敢有意見？」薛霸從腰裡解下繩子，把林沖聯手帶腳和枷緊緊地綁在樹上。他倆轉過身來，卻拿起水火棍*，看著林沖說道：「不是俺要結果你，是來時那陸虞候傳高太尉命令，讓我們兩個到這裡結果你，你也不要埋怨我弟兄兩個，只是上司差遣，我們也是沒有辦法。」林沖一聽，不禁淚如雨下，閉上眼睛等死。只見薛霸提起水火棍來，照著林沖的腦袋就劈了下去。說時遲、那時快，松樹背後傳來雷鳴般的一聲吼，同時一條鐵禪杖飛了出來，把薛霸的水火棍震飛到了九霄雲外。接著一個胖大和尚跳了出來，喝道：「洒家在林子裡聽你們說話，忍你們很久了！」

只見那胖大和尚身穿皂布袍，挎著戒刀，他撿起禪杖，掄圓了就要打兩個公差。林沖睜開眼一看，原來是魯智深，連忙喊道：「師兄先別下手，我有話說。」魯智深收住禪杖。兩個公差早已嚇得呆若木雞†，動彈不得。林沖道：「這事和他們沒關係，都是高太尉指使陸虞候吩咐他們兩個幹的，他們也是不得不接受。你若真的殺了他們，也冤枉了他們。」魯智深拔出戒刀，把繩子割斷了，扶起林沖說：「兄弟，俺自從和你買刀那天分別之後，就一直想念你。知道你發配滄州，就放心不下你，唯恐這些傢伙路上害你，所

* 衙役使用的短棍，一半為黑色，一半為紅色。
† 呆得像木頭雞一樣，形容因恐懼或驚異而發愣的樣子。呆，傻、發愣的樣子。

以一直暗中跟著。昨晚看這兩個東西作踐你，就想出來殺了他倆，但是店裡人多沒有動手。你們早上出門時，洒家就先到了這林子，他們還想害你，正好殺了這兩個狗東西。」林沖勸道：「既然師兄救了我，你也不要要他們兩個的命。」魯智深喝道：「你們這兩個狗東西！洒家要不是看在兄弟的面子上，就把你們兩個都剁成肉醬。」魯智深擔心這兩個公差再次害林沖，就跟他們一起，一路護送林沖奔向滄州。

一路上魯智深要行便行，要歇便歇，兩個公差哪敢說半個「不」字？這樣又走了十幾日，離滄州只有七十多里路了。魯智深打聽清楚了，前面都是有人煙的地方，兩個公差不敢胡作非為。他們一行人到松林裡稍事休息。魯智深對林沖說道：「兄弟，從這裡到滄州不遠了。前面的路上都有人家，沒有什麼偏僻的地方。俺如今和你分手，我們後會有期。」說完又取出一二十兩銀子給林沖，把二三兩給了兩個公差道：「你們兩個東西！本應該在路上砍了你倆的頭，看在兄弟面上，饒你們兩個不死。如今沒有多少路程了，不要再起害我兄弟的心思。」兩個人連連說道：「再也不敢了，先前都是太尉吩咐，我們不敢不從啊！」魯智深看著兩個公差道：「你們兩個的狗頭，比這松樹還硬嗎？」二人答道：「小人的頭是父母皮肉，包著些骨頭。」魯智深聽後掄起禪杖，照著松樹只一下，打得樹有二寸深痕，齊齊折了，他大喝一聲道：「你們兩個如果再有害人之心，就讓你們的頭也像這樹一般。」說完魯智深擺著手，拖了禪杖，叫聲：「兄弟保重。」就離開了。當時，董超、薛霸驚得都吐出了舌頭，半晌縮不回去，他倆禁不住說：「真是一個厲害的和尚，一下打折了一株樹。」林沖道：「這算什麼？相國寺一株柳樹，被他連根拔起來了。」

三人離開松林，一直走到晌午，遠遠望見前面路邊有一家酒店。三個人進入酒店，林沖讓兩個公差上首坐了。三人坐了半個時辰，也不見酒保過來招呼。林沖等得不耐煩，敲著桌子說道：「你這店主怎麼能慢待客人，見我是個犯人，就不理我們，我又不白吃你的。」主人說道：「你這是不懂得我的好意呀！」

林沖道：「不賣酒肉與我，有什麼好意？」店主人道：「你不知俺這村中有個大財主，姓柴名進，人們稱他為柴大官人，江湖上喚作『小旋風』，他喜歡結交江湖各路好漢，經常囑咐我們酒店：『如果有流配來的犯人，可叫他投我莊上來，我自資助他。』我如今賣酒肉給你，你吃得面皮紅了，他知道你有盤纏，怎麼還會資助你？難道這不是好意嗎？」林沖聽了，對兩個公差道：「我在東京做教頭時，常常聽到軍中人說起柴大官人的名字，原來在這裡。我們不如一起去投奔他。」於是向店主人問清道路，帶著兩個公差直奔柴大官人的住處。

歇後語收藏夾

梁山泊的軍師——無用（吳用）
林沖上山——官逼民反
李逵上陣——身先士卒
魯提轄拳打鎮關西——抱打不平
孫二娘開店——謀財害命
林沖誤入白虎節堂——有口難辯
史進認師傅——甘拜下風

第七回

林教頭風雪山神廟

謝過店家，林沖和兩個公差出門，走了二三里，果然有一座大石橋。三個人過橋後，只見一條平坦大路，直通前面綠柳蔭中的那座莊院。三個人來到莊上，請求莊客*通報。莊客答：「你們真沒福氣，如果大官人在家，就有酒有菜還有錢財送你們，可是他今早打獵去了。」林沖道：「請問你們莊主什麼時候回來？」莊客答：「說不定，也許會到東莊歇息。」林沖道：「看來是我沒有福分，不能與柴大官人相見，我們還是回去吧。」辭別了眾莊客，就往回走。

他們走了半里多路，只見從遠處的林子深處，有一簇人馬飛奔出來，那簇人馬直奔莊上，中間簇擁著一位官人。那官人騎一匹雪白卷毛馬，長得十分英俊瀟灑，留著長髫鬚，看上去三十四五歲。林沖看了，心裡想：「難道這就是柴大官人嗎？」只見那人騎馬過來問道：「這位戴枷的是哪裡人？」林沖慌忙躬身答道：「小人是東京禁軍教頭，姓林，名沖，因得罪了高太尉，才被發配滄州。」那官人趕忙下馬，急匆匆來到林沖面前，說道：「柴進有失遠迎。」在草地上便拜，林沖連忙答禮。兩人攜手回到莊上。

柴進與林沖相互問好後，柴進安排酒席招待林沖一行。柴進坐了主席，林沖坐了客席，董超、薛霸也挨著林沖坐了。酒過三巡，這時莊客來報：「洪教頭來了。」柴進道：「快請進來一起飲酒。」林沖起身看時，只見一個大漢已經走了進來，一頂頭巾歪戴著，挺著胸膛，來到後堂。林沖心裡想：「莊客稱他為教頭，應該是柴大官人的師傅。」柴進指著林沖對洪教頭說：「這位便是東京八十萬禁軍槍棒教頭林武師林

沖，快來相見。」林沖聽完，趕緊施禮。那人根本不理睬林沖，更不還禮。柴進看了，很不高興。林沖拜了兩拜，起身讓洪教頭坐上首。洪教頭也不謙讓，直接坐下了。林沖只能坐在他下首。柴進看了，心裡更加不痛快。

洪教頭接著問道：「大官人今日為什麼厚待這個配軍？」柴進道：「林教頭不是一般人，他是八十萬禁軍教頭，師傅不要怠慢。」洪教頭說道：「只因為大官人喜歡舞槍弄棒，過往的配軍都稱自己是教頭，其實都是想到莊上來騙些錢糧罷了，哪裡有什麼真本領？」林沖聽了，並不作聲。柴進說道：「人不可貌相，你怎能小瞧林教頭！」洪教頭哪裡聽得進去，跳起身來說道：「我不相信他有真本領！他敢和我比試比試嗎？」柴進大笑道：「也好，也好！林教頭，你意下如何？」林沖道：「小人確實不敢。」洪教頭心中想：「他一定是心虛了。」因此更加放肆地挑釁林沖。柴進一來要看林沖本領；二來也希望林沖贏了洪教頭，滅滅他的威風，就說道：「我們先喝酒，等月亮升起來再比吧。」

於是眾人接著喝酒，過了一會兒，月亮升起來了，月光照進廳堂裡，如同白晝。柴進起身道：「二位教頭開始比試比試吧。」林沖心裡尋思：「這位洪教頭是柴大官人的師傅，就怕我打翻了他，大官人臉上掛不住。」柴進見林沖**躊躇**†，便道：「洪教頭來莊上時間也不長，還沒有遇到過對手。林教頭不要推辭，也讓我欣賞欣賞二位教頭的本領。」林沖一聽，這才放下顧慮。洪教頭先起身說道：「來，來，來！我們較量較量。」於是大家一起來到院中。

* 唐代以來，地主田莊裡佃農和雇農的通稱。

† 指猶豫不決，拿不定主意。

洪教頭先脫了上衣，紮好褲腳，抄起一根棒，擺好了架勢，等著林沖。林沖道：「大官人，見笑了。」於是也拿了一根棒說道：「請師傅賜教。」洪教頭看了，恨不得一招就打敗林沖。兩人就在月下動起手來。只打了幾個回合，林沖突然跳出圈子，大聲喊道：「不打了，小人輸了。」柴進道：「剛打了幾個回合，沒有分出高低，教頭怎麼就認輸了呢？」林沖道：「小人身上戴著枷鎖，不好施展，就當輸了。」柴進大笑著道：「這個容易。」便叫莊客取出十兩銀子，對押解的兩個公差說道：「柴進斗膽麻煩二位一件事，請把林教頭的枷鎖打開，一切後果都包在我身上，這裡有白銀十兩相送。」董超、薛霸見柴進很是慷慨，也不好意思推辭——既送個人情，又得了十兩銀子，也不怕林沖逃了。薛霸隨即把林沖的枷鎖打開了。

柴進大喜道：「請兩位教頭再比試一番。」洪教頭好勝心強，舉起棒就要打。柴進叫道：「請先等一下！」於是叫莊客取出一錠重二十五兩的銀子，說道：「二位教頭比試，非比尋常。這錠銀子，就當作彩頭；誰贏了就將這銀子拿去。」洪教頭既想要爭這大錠銀子，又怕輸了銳氣，舉棒擺開架勢，使了一招把火燒天勢。林沖心裡明白柴進拿銀兩的用意，希望自己能贏了洪教頭，於是也橫著棒，使了一招撥草尋蛇。洪教頭喝一聲「來，來，來」，就舉棒打過來。林沖往後一退，洪教頭跟上一步，提起棒，又一棒下來。林沖看他腳步已亂了，就橫掃一棒，奔著洪教頭的雙腳打過去。洪教頭措手不及，趕緊一跳，希望能避開，但還是慢了一點，被棒頭掃到，一下摔倒在地。眾人哄堂大笑。洪教頭掙扎著爬起來，灰溜溜地離開了。

柴進非常高興，留林沖在莊上又住了幾日，每日好酒好食相待。這樣過了七八天，兩個公差催促著上路。於是柴進安排酒食招待眾人，又寫了兩封信，吩咐林沖道：「滄州大尹*與我關係非常好，牢城管營、差撥†也與我素有交情。你帶著這兩封書信，他們必然不會難為你。」又拿出二十五兩銀子，送與林沖；也送了兩個官差五兩銀子。第二天，吃完早飯，林沖依舊戴上枷鎖，辭別柴進，和兩個官差一起直奔

滄州牢城而去。中午時分，三人到了滄州城，先去了州衙裡進行交接。兩個公差領了回文就回東京去了。

滄州牢城營收押了林沖，把他送到單身牢房裡，聽候點視。有許多熱心的犯人過來對林沖說道：「這裡的管營、差撥都十分貪婪。如果有人給他送錢送物，他就待人好；如果沒有錢財給他，他就折磨你。」林沖說道：「謝謝眾兄長指教，如果要給他送銀兩，送多少合適？」眾人道：「管營、差撥得五兩銀子才可以。」

正說著話，只見差撥過來問道：「哪個是新來的配軍？」林沖忙答應道：「小人便是。」那差撥見他沒有拿錢，指著林沖罵道：「你這個賊配軍，見我如何不下拜？你這傢伙在東京犯了王法，到這裡還想裝大爺。我看你滿臉都是窮鬼相，一輩子也別想發達……」把林沖罵得狗血噴頭。其他犯人見了，都各自散了。

林沖等他罵完了，取出五兩銀子，賠著笑臉說道：「差撥哥哥，這些薄禮，請不要嫌棄，萬望收下。」差撥看了道：「你這是給我和管營的嗎？」林沖道：「這只是送給差撥哥哥的；另有十兩銀子，就麻煩您幫我送給管營。」差撥見了，看著林沖笑道：「林教頭，我也早聽說過你的名字，想你應該是被高太尉陷害。雖然眼下受苦，日後必然能東山再起。」林沖笑道：「還要仰仗差撥照顧。」差撥道：「你只管放心。」林沖又取出柴大官人的書信，說道：「麻煩老哥將這兩封書信轉達一下。」差撥道：「這封書信能值一錠金子。我先去給你送書信，等會兒管營要打一百**殺威棒**[**]時，你就只說你一路生病，未曾痊癒。我自然會在

---

* 對府縣行政長官的稱呼。

† 指沒有品級的小官，在監獄裡與管營一起管理犯人。

** 封建社會裡，被發配充軍的犯人一到邊鎮，為了殺殺他的氣焰，一般都是先打個十棍二十棍，這就是所謂的「殺威棒」。

一旁幫你說話。」林沖道：「多謝指教。」差撥拿了銀子和書信，離開牢房走了。林沖嘆口氣道：「『有錢可以通神』，此話一點不假。」

差撥偷偷地留下五兩銀子，只帶五兩銀子和書信來見管營，說林沖是個好漢，柴大官人有書信在此呈上，因為遭高太尉陷害，發配到此，沒有什麼大事。管營道：「既然有柴大官人的書信，一定照顧他。」便喚林沖來見。

再說林沖正在單身牢房裡悶坐，忽然聽見有差役叫道：「管營在廳上傳喚新到的罪人林沖來點視。」林沖趕緊來到廳前。管營道：「太祖武德皇帝留下的規矩，新來的配軍，必須吃一百殺威棒。」林沖告饒道：「小人在路上染風寒，還沒有痊癒，請求以後再打。」管營道：「既然這人有病在身，暫且把這筆賬記下，待病好了再打。」差撥道：「現在看守天王堂的那個配軍早已經到期了，可叫林沖去替換他。」於是管營命令差撥帶林沖去了天王堂。差撥私下對林沖說道：「林教頭，我十分照顧你了。管理天王堂是營中最省氣力的差事，只要早晚燒香掃地就行。」林沖道：「多謝照顧。」林沖又取去二三兩銀子遞給差撥，說道：「再麻煩哥哥一件事，請打開我身上的枷鎖。」

差撥接了銀子，就說道：「這事包在我身上。」於是連忙去報告了管營，就將林沖的枷鎖也開了。林沖自此在天王堂內，每日只是燒香掃地，不知不覺就過了四五十日。那管營、差撥得了賄賂，也不來約束他。柴大官人又讓人來送冬衣錢物。

轉眼間已是深冬時節，這一天，林沖外出閑走，忽然聽得背後有人叫道：「林教頭，您怎麼在這裡？」林沖回頭一看，原來是李小二。當初在東京時，李小二得到了林沖很多照顧，沒想到今日卻在這裡碰見。林沖道：「小二哥，你怎麼在這裡？」李小二倒頭便拜道：「自從得恩人您的救濟，一路來到這裡，幸虧一個姓王的店主人收留小人，後來見小人勤快謹慎，做飯又好，來吃的人都喝彩，因此生意興隆。主人家有個女兒，就招了小人做女婿。如今丈人、丈母都死了，只剩小人夫妻兩個，在營前開了個茶酒店。不知恩人為何在這裡？」林沖指著臉上道：「我因冒犯了高太尉，他就陷害我遭受了一場官司，因此發配到這裡。如今叫我管理天王堂，沒想到今日在這裡遇見你。」

李小二就請林沖到家裡面坐，還叫妻子出來拜見恩人。兩口子高興地說道：「我夫妻在這裡也沒有親戚朋友，今日恩人來這裡，我們就有了照顧。」林沖說道：「我是有罪之人，恐怕會連累你夫妻二人。」李小二說道：「誰不知恩人大名？不用管它。如果有衣服，就拿來家裡漿洗縫補。」於是就準備酒飯款待，一直到夜裡才送林沖回天王堂。從此以後，林沖就經常和李小二家來往。

忽一日，酒店裡來了兩個陌生人。一個軍官打扮，一個像是隨從。李小二趕忙迎上去問道：「兩位客官是要吃酒？」只見軍官模樣的人拿出一兩銀子給小二道：「先放在櫃檯上，取三四瓶好酒來；等客人到時，儘管把你們的好菜端上來，不用多問。」李小二道：「官人要請什麼客人？」那人道：「麻煩你幫我去營裡請管營、差撥兩個人過來；他們如果問，你就說有個官人請他們說話，商量些事情。」李小二答應了。

李小二來到牢城裡，請了管營、差撥一起回到酒店裡。那個官人和管營、差撥兩個見面後，管營問道：「我們素不相識，請問官人高姓大名？」那人道：「有書信在此，等會兒看完就知道了。」又吩咐上酒，李小二連忙準備好酒菜。喝了十幾杯後，那人說道：「你出去吧，不喊你不要上來。我們要商量事情。」

李小二出來後對老婆說：「這兩個人**鬼鬼祟祟***，有點不大對勁。」老婆道：「怎麼不對勁？」小二

*形容行動偷偷摸摸，不光明正大；或者另懷鬼胎，暗中使用詭計。

道：「這兩個人應該是東京口音，剛才我送酒進去，好像聽到差撥說了一聲高太尉，我想這些人恐怕是沖著林教頭來的。我在前面招呼，你去閣子背後聽他們說什麼。」老婆道：「你去營中讓林教頭過來一看不就全知道了嗎？」李小二道：「你不知道，林教頭是個性急的人，如果這兩個就是什麼陸虞候，他怎麼肯饒了他們？要是在店裡殺了人，豈不連累了我和你。你先去聽聽他們說了什麼，再做打算。」老婆出去了，大約聽了一個時辰，出來說道：「他們三四個交頭接耳說話，聽不清楚。那個軍官模樣的人，從懷裡取出一包東西，遞與管營和差撥，裡面裝的應該是金銀。只聽見差撥說：『都包在我身上，好歹要了他的命。』」這四個人又吃了半個時辰，結算完酒錢，管營、差撥先去了。等了一會兒那兩個也低著頭去了。

時間不長，林沖走入店中。李小二慌忙道：「恩人請坐，小二剛才還準備要尋恩人，有些重要的話說。」林沖問道：「有什麼重要的事情？」李小二請林沖到屋裡坐下，將剛才的事情詳細講了一遍，最後說道：「小人感覺奇怪，只怕和您有關。」林沖道：「那人長得什麼模樣？」李小二道：「身高約五尺，皮膚白，沒有鬍鬚，有三十多歲。那個隨從也不高，皮膚黑而紅。」林沖聽了大驚道：「這三十多歲的正是陸虞候。這個狗東西，敢來這裡害我！如果讓我撞見，一定要把他剁成肉醬！」李小二道：「恩人一定要小心提防。就像古人所說：『吃飯防噎，走路防跌。』」

林沖大怒，離了李小二家，先去街上買了一把解腕尖刀*，帶在身上，然後在街頭巷尾到處尋找。李小二夫妻兩個都為林沖捏著一把汗。當天晚上沒有什麼事，第二天，林沖起來洗漱完畢，又帶了刀，去滄州城裡城外，大街小巷找了一天，仍然沒有發現陸虞候等人的蹤跡。林沖到了店中對李小二道：「今日又無事。」李小二道：「恩人，但願如此，只是一定要小心。」林沖回到天王堂，過了一夜，又到街上尋了三五日，還是沒有發現陸虞候的影子，林沖心裡的怒氣也就慢慢地消了。

又過了幾天，管營叫林沖到點視廳上，說道：「你來這裡的時間也不短了，我看在柴大官人的面子上，派你一個好差事。這裡東門外十五里有座草料場，原來是一個老軍看管，現在把這個好差事給你，你在那裡也能賺些錢。」林沖答道：「謝謝管營，小人現在就去。」於是林沖離開牢城營，去了李小二家，對他夫妻兩個說道：「今日管營派我去管理草料場，你們說這個事情好不好？」李小二道：「這是一個好差事。在那裡收草料時，有些常例錢†。一般要是不花錢，不能夠得到這份差事。」林沖道：「他們不但沒害我，倒給了我一個好差事，不知道有何用意？」李小二道：「恩人不要懷疑，只要沒事就好了。」於是在家裡準備了酒，請林沖吃了。

林沖到天王堂取了包裹，帶了尖刀，拿了條花槍，和差撥一起拜別了管營，來到草料場。當時正是冬天，烏雲密布，刮著北風，然後紛紛揚揚下起大雪來。

看管草料場的老軍和林沖交接完畢，開始收拾行李，臨別時說：「火盆、鍋、碗碟都先借給你。」又指著牆壁上掛著的一個大葫蘆，說道：「你如果要買酒，就走出草料場，往東沿著大路走二三里，就有集市。」說完，老軍就和差撥回營裡去了。

林沖把包裹放在床上，就坐下生起火來。屋邊有一堆柴炭，他拿幾塊放在爐裡。他仰面看那草屋時，周圍快塌了，又被北風吹，搖晃得厲害。林沖道：「這屋子怎能過得了冬天？等雪晴了，一定去城中喚個泥水匠來修理。」烤了一會兒火，林沖仍然覺得身上寒冷，心裡想：「剛才老軍所說二里路外有賣酒的地

* 古代較普遍的刀具，尖長、背厚、刃薄、柄短；類似匕首，單刃。
† 按慣例送的錢。舊時官員、吏役向人勒索的名目之一。

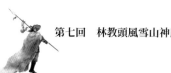

方，我何不去買些酒來喝？」於是就去包裹裡取些碎銀子，用花槍挑了酒葫蘆，將火炭蓋了，取氈帽子戴上，拿了鑰匙出來，一路踩著積雪朝集鎮走去。

林沖走了不到半里路，看見一所古廟，他跪下拜道：「神明保佑，改天來燒紙錢。」又走了一會兒，來到一家酒店。林衝要了一盤熟牛肉，燙了一壺熱酒，先吃了。又買了些牛肉和一葫蘆酒，仍舊迎著北風回來。看那雪，到晚上下得更大了。

再說林沖回到草料場一看，心中連連叫苦，原來那兩間草屋，已被雪壓倒了。林沖從廢墟中只拽得一條被子。當時林沖見天色已晚，沒有地方安身，於是想起：「距離這裡半里路，有一座古廟，可以安身。我現在去那裡住一晚，等到天明，再做打算。」於是林沖把被子卷了，用花槍挑著酒葫蘆，來到了山神廟。

林沖進廟後，把門關了，為了安全他就用旁邊的一塊大石頭頂住了門。然後他把被子鋪開，坐在上面，拿出酒肉慢慢地吃。他正吃時，突然聽見外邊「劈劈啪啪」地響。林沖跳起來，從門縫向外一看，只見草料場已經變成了一片火海。

林沖立刻拿了花槍，準備開門來救火，忽然聽到外面有人邊說話邊朝這裡走來。有三個人走到廟這裡，他們用手推門，那門被石頭頂住了，推也推不開。三個人站在廟簷下看火，一個說道：「這條計策可好？」一個答應道：「全靠管營、差撥兩位用心！回到京師，稟過太尉，保管你二位做大官。」那人道：「林沖這次死定了，高衙內的病也能好了。」

三個人在屋簷下得意揚揚地說著，林沖從門後聽得一清二楚。他們分別是差撥、陸虞候、富安。林沖心裡想：「這真是天可憐我林沖！如果不是草屋倒了，我肯定被這幾個狗東西燒死了。」於是林沖輕輕地把石頭挪開，端著花槍，左手拽開廟門，大喝一聲：「狗東西受死吧！」說時遲、那時快，林沖的槍一下就將差撥刺倒，差撥死了。陸謙一邊喊著饒命，一邊想逃，可是腿卻不聽使喚——他嚇得走不動了。富安剛走了十來步，就被林沖追上一槍刺入後心，也結果了性命。陸謙終於爬起來剛要跑，被林沖一腳踹翻，林沖踩住陸謙的胸脯，咬牙切齒地說：「奸賊，我一向對你不薄，你為什麼要陷害我？」陸謙哀求道：「這都是太尉吩咐的，這和我一點關係都沒有。」林沖不容他狡辯，掏出尖刀一下捅入陸謙的胸膛。林沖覺得還不解恨，他又割下陸謙、富安和差撥的人頭放在廟前上供。

林衝殺了人，牢城營自然是待不下去了，他戴上氈帽，提起花槍，冒著大雪，獨自朝東邊奔去了。

白白老師的
國學小教室

林沖的隱忍與爆發

林沖本為八十萬禁軍教頭，原本有很好的官職和幸福美滿的家庭，他明明沒有做錯任何事，妻子卻險些遭人欺辱，自身還被奸人陷害，後來被發配滄州，差點命喪黃泉，林沖可以說是《水滸傳》裡最無奈可憐的人。

前面我們提過《水滸傳》很會書寫人物，相對於魯智深活得快意灑脫，林沖的性格穩重隱忍，不管是妻子被調戲之時、被發配滄州、在野豬林險些被殺，林沖都沒有爆發他的憤怒。

有些人覺得林沖很窩囊，前期的他只會一味隱忍，妻子被調戲時，他沒有教訓太尉之子；被公差欺負時，他毫不反抗。其實林沖只是個常人，他骨子裡只想過著幸福簡單的生活，他仍然渴望著發配滄州的日子結束後，可以和妻子團聚，過上一般的日子。

前段故事裡，林沖被肆意欺負，他都不主動出擊，在野豬林時，魯智深想殺死兩個公差，甚至被林沖阻止了。一直到故事發展到山神廟，林沖聽到奸人仍然想放火燒死他，已落魄至此的林沖，都沒有得到奸人一點點的憐憫，這才真的激發他所有的憤恨而殺人。

從山神廟那場大雪後，林沖的性格轉變了，他不再忍耐，他爆發了隱含的英雄氣概，這場大雪，才讓他成為了那個後來奔上梁山的好漢。

第八回 落魄楊志賣寶刀

話說林沖在山神廟親手殺了仇人後，冒著風雪往東逃去，最後醉倒在雪地裡，被一群莊客綁到了一座大院裡。真是蒼天有眼，這裡竟然是柴大官人的宅院，於是林沖就暫時住了下來。幾天後，林沖聽說滄州州尹正懸賞三千貫，捉拿自己，他就趕緊對柴進說：「不是大官人不留小人，只是官府搜捕得急，如果找到大官人莊上，恐怕連累了大官人。原來就得到大官人照顧，現在還請再資助林沖些路費，讓我投奔他處，如果不死，當效犬馬之勞。」柴進道：「既然兄長要走，我就不留了，我給你推薦一個去處。山東濟州地界的梁山泊*，方圓八百餘里。現在有三個好漢在那裡紮寨。為首的是『白衣秀士†』王倫，第二個人稱『摸著天』杜遷，第三個喚作『雲裡金剛』宋萬。他們三人和我關係比較好。我寫一封信，兄長帶著去投那裡怎麼樣？」林沖道：「如果能被收留，就太好了！您的大恩沒齒難忘。」於是，柴進將林沖夾雜在自己的莊客中間，以打獵為名把他送出了城。

話說林沖辭別柴進後，又走了十幾天，終於來到了梁山泊附近。當時是暮冬，天陰著，還呼呼刮著北風，下著雪。林沖踏著雪只顧走，看到湖邊有一個酒店，就進去喝酒取暖，順便打聽前去梁山的路。此時的林沖哪裡知道，這里正是梁山布下的眼線，專門打探過往行人的情況，方便山寨打劫。店主姓朱，名貴，江湖人稱「旱地忽律」。朱貴認出來人是林沖，又得知是柴大官人介紹來的，就把他領到山上。

林沖來到聚義廳上，只見中間交椅上坐著一個好漢，正是梁山泊的大當家王倫。左邊交椅上坐著二當家杜遷，右邊交椅坐著三當家宋萬。朱貴介紹道：「這位是東京八十萬禁軍教頭，姓林，名沖，綽號豹子頭。因被高太尉陷害，刺配滄州，後來高太尉派人又來滄州陷害，無奈之下殺死三人，逃到柴大官人莊上。因此，柴大官人寫信來舉薦入夥。」林沖趕緊拿出書信呈上，王倫看了，便請林沖坐下，一面安排酒宴招待林沖。看似熱情，其實內心卻另有想法：「我就是個秀才，沒什麼本事，杜遷、宋萬武藝也是平常。如今這人既然是京師禁軍教頭，必然武藝高強。山寨早晚會被他占去，不如找個藉口，打發他走，以免後患。」

酒席將盡，王倫叫小嘍囉端出金銀財物，送給林沖，請他另尋他處安身。但朱貴等人看在柴進的情面上，極力勸說王倫留下林沖。王倫無奈，只好答應收留林沖，但心裡想出一個壞主意，就說：「要想上梁山落草，必須殺一個人作為**投名狀**[**]，我給你三天的時間，你提著一個人的頭來見我。要是辦不到，你就投往別的地方去吧！」林沖答應了，他回到房中歇息，心裡十分鬱悶。

第二天一早，林沖起床吃完早飯，帶了腰刀，提了樸刀，叫一個小嘍囉領路下山，尋找「投名狀」。可是從早到晚，一個單獨行走的人也沒碰上。林沖悶悶不樂，只得回到山寨中。王倫問道：「投名狀在哪裡？」林沖答道：「今天沒一個單獨過往的人，所以沒有取得。」王倫道：「你明天如果再沒有投名狀，也只能另尋他處了。」林沖回到房中，胡亂吃些飯，就歇了，可是第二天仍然沒能拿到「投名狀」。

---

* 位於今山東梁山、鄆城、巨野等縣間。據《水滸傳》記載，梁山泊方圓八百餘里，分成三個湖區。

† 德才出眾的人。

** 在古代是忠誠的象徵，也就是指一個人在進入綠林時必須簽署的一份生死契約，有了「投名狀」便可落草為寇。

到了第三天，林沖一直等到中午，也沒有發現過往的行人，心裡非常洩氣。正準備另尋他處，小嘍囉突然指著遠方說：「教頭，你的投名狀到了！」林沖順著手指的方向望去，只見一個人遠遠地走在山坡下，等他來到跟前，林沖拿著樸刀，大喝一聲，突然跳出來，就像晴天裡的一聲霹靂，早把那個漢子嚇跑了。小嘍囉趕過來挑著擔子就走，林沖剛要轉身，只聽見身後響起了一聲炸雷：「山賊不要走，把行李還給我！」林沖回頭一看，一個臉上有一大塊青記、頭戴一頂氈帽的大漢，手裡提著一把樸刀趕了過來。那大漢罵道：「毛賊快快把行李還我，要不然讓你嘗嘗我的厲害！」林沖正憋了一肚子火，看到這個大漢自己找上門來送死，正好找個撒氣的地方。於是林沖睜著眼，拿起樸刀，迎上去鬥那個大漢。此時殘雪初晴，薄雲剛散，溪邊一片寒冰，岸邊兩個勇武漢子，一來一往，打了三十多個回合，不分勝敗。

兩人正打得難分難解之時，忽然聽見高處有人叫道：「兩位好漢不要打了！」林沖聽到，突然跳到圈子外來。原來是白衣秀士王倫和杜遷、宋萬等帶著許多小嘍囉，走下山來。王倫說道：「兩位好漢都武藝高強，樸刀使得神出鬼沒！這個是俺的兄弟豹子頭林沖。請問好漢是哪位？」那大漢道：「洒家是三代將門之後，五侯楊令公之孫，姓楊，名志。因押運花石綱時翻了船，失陷了花石綱，不能回京赴任，逃去他處避難。如今皇帝大赦天下，我正要去東京走動走動，希望能官復原職，沒想到在山下被你們奪了行李。」王倫道：「你就是綽號喚作『青面獸』的？」楊志道：「洒家便是。」王倫道：「久仰好漢大名，請到山寨稍事休息。」

王倫吩咐手下殺羊置酒，安排筵宴，款待楊志。王倫看楊志的本領和林沖差不多，有意收留楊志來制衡林沖，於是熱情款待楊志。酒席上，王倫反復勸說楊志在梁山入夥，但是楊志認為自己的家族是世代忠良，不想辱沒了祖先的家風，因此嚴詞拒絕。王倫沒有辦法，只好把行李還給楊志，送他下山。

楊志出了水泊梁山，沒幾日就來到東京。進城之後，楊志先找家客店安歇下，然後經過多方打點，才被引去見殿帥高太尉。高俅把楊志的履曆看了，大怒道：「你們十個制使去運花石綱，九個都安全回到京師，偏偏你把花石綱丟了；還不敢擔責任，自己躲起來了。今天竟然還敢來討要差事。」說完，吩咐幾個軍漢把楊志趕出了殿帥府。

楊志悶悶不樂地回到客店中，思量：「王倫勸我落草梁山，也不見得不對。但我為了不辱沒先人，還是指望一身本事，在邊疆上一槍一刀建功立業，也能封妻**蔭子**[*]，為祖宗爭口氣。誰能想到遭此一番折磨！」楊志鬱悶地在客店裡又住幾日，盤纏都用完了。沒有辦法，楊志只得拿著祖傳寶刀到集市上來賣。他剛剛走到天漢州橋一個人多的地方，就聽見有人喊：「大蟲來啦！大蟲來啦！」人們都嚇得躲在兩邊。楊志很奇怪，心想：「大白天哪裡來的大蟲啊！」這時，一個長得又高又胖的黑大漢從遠處走來，那大漢喝醉了酒，走路東倒西歪的。

原來這人是京師有名的潑皮，人稱「**沒毛大蟲**[†]」牛二，專在街上撒潑、行兇、撞鬧，官府也拿他沒辦法，因此滿城人見他來都躲了。牛二來到楊志面前，把那口寶刀從刀鞘裡拔出來，問道：「漢子，你這刀要賣多少錢？」楊志道：「祖上留下的寶刀，要賣三千貫。」牛二喝道：「什麼破刀，要這麼高的價錢！我只要花三百文錢就可以買一把刀，能切豆腐，也能切肉。你這刀有什麼特別的，竟然敢稱寶刀？」楊志回答：「我這寶刀可不一般！第一件，砍銅剁鐵，刀口不卷；第二件，吹毛得過；第三件，殺人刀上沒

---

* 封建時代功臣的妻子得到封號，子孫世襲官職和特權。

† 沒有毛的老虎。比喻兇猛的人或事物。

血！」牛二道：「你敢剁銅錢嗎？」楊志道：「你拿來我就剁給你看。」

牛二便去旁邊的鋪子裡討了幾十文錢，**摞***在一起，叫楊志道：「漢子，你若剁得開，我就給你三千貫。」那周圍看熱鬧的，不敢近前，都遠遠地圍住瞭望。楊志道：「這個算什麼？」於是把衣袖卷起，拿刀在手，照準銅錢，只一刀，就把銅錢剁成兩半，眾人都喝彩。牛二道：「這有什麼好喝

彩的！你說的第二件是什麼？」楊志道：「吹毛得過，就是把幾根頭髮，往刀口上一吹，齊齊都斷。」牛二道：「我不信。」就從自己頭上拔下一把頭髮，遞與楊志：「你吹給我看看。」楊志左手接過頭髮，照著刀刃上使勁一吹，那頭髮都斷成兩段，紛紛掉到地上，眾人再次喝彩，看的人也越來越多了。牛二又問：「第三件是什麼？」楊志道：「殺人刀上沒血。」牛二道：「怎麼殺人刀上沒血？」楊志道：「把人一刀砍了，並無血痕，只是個快。」牛二道：「我不信，你用刀剁一個人我看看。」楊志道：「皇城之中，如何敢殺人？你若不信，取一隻狗來殺給你看。」牛二道：「你說殺人，沒有說殺狗！」楊志道：「你不買就算了，不要來搗亂！」牛二道：「你敢殺我？」楊志道：「我和你往日無冤，近日無仇，為什麼要殺你？」

牛二緊緊揪住楊志說道：「我就要買你這口刀。」楊志道：「你要買，拿錢來。」牛二道：「我沒錢。」楊志道：「你沒錢，揪住洒家做什麼？」牛二道：「我要你這口刀。」楊志道：「我就不給你。」牛二道：「你有種，剁我一刀。」楊志大怒，把牛二推了一跤。牛二爬起來，梗著脖子頂到楊志的懷裡。楊志叫道：「街坊鄰居，請大家做個見證：楊志沒路費了，才賣這口刀，這個潑皮不但強奪洒家的刀，還打俺。」街上的人都怕這牛二，哪有人敢過來勸哪！牛二喝道：「你說我打你，我就打你又能怎麼樣？」嘴裡說著，揮起右拳打來，楊志迅速躲過，一時性起，照著牛二喉嚨上就是一刀。牛二「撲通」一聲倒在地上。楊志又上前一步，往其胸脯上又連捅兩刀。牛二頓時血流滿地，死在地上。

楊志見人死了，就喊道：「是洒家殺死這個潑皮，不能連累大家！我現在就去自首，還望鄉鄰給我做個見證。」人們一看楊志除掉了惡霸牛二，都願意給他做證。開封府的府尹早就厭惡了這個牛二，現在楊

＊把東西重疊地往上放。

志又是主動自首，再加上街坊鄰居湊了些錢為楊志打通關節，因此就把楊志刺配到了北京大名府。

這大名府上馬管軍，下馬管民，最有權勢。那裡的統帥喚作梁中書，他是東京當朝太師*蔡京的女婿。楊志到了大名府，面見梁中書。在東京時，梁中書也曾認得楊志，他詳細地問楊志其中緣由。楊志便把高太尉不容複職，自己囊中空空，只能賣寶刀，後來失手殺死牛二的事情一一稟說了。梁中書聽後大喜，當時就打開了枷鎖，留在跟前聽用。

梁中書見他勤快，有心提拔他，但又害怕眾人不服，於是傳下號令，教軍政司告示大小諸將人員，第二天都去東郭門教場中去演武試藝。當晚梁中書喚楊志到廳前，梁中書道：「我有心要提拔你做個軍中副牌，每月有一份俸祿，只是不知道你武藝如何？」楊志回稟：「小人是武舉出身，曾做殿帥府制使職役。這十八般武藝，自小就練。如今蒙恩相抬舉，如撥雲見日一般，楊志一定效犬馬之勞，至死不忘！」梁中書大喜，賜給他一副衣甲。楊志果然不負眾望†，先是戰勝了副牌周瑾，又和「急先鋒」索超大戰五十個回合，不分勝負。梁中書一看，怕他們傷了對方，趕忙命人鳴鑼停止比武，把他們傳喚到跟前，命人取兩錠白銀，兩副鎧甲，賞賜二人，讓軍政司將兩個都提拔做管軍提轄使。索超、楊志拜謝了梁中書，帶著賞賜下廳來。眾人皆大歡喜。從此，楊志就留在了梁中書的左右，成了他的手下。

---

* 官名。西周始置，春秋時晉、楚等國沿用，戰國後廢。歷代相沿乙太師、太傅、太保為三公，多為大官加銜，表示恩寵而無實職。

† 指為人所信服，很爭氣，不辜負大家的期望。

白白老師的國學小教室

落魄英雄的反撲

楊志是楊家將的後代，武藝高超、冷靜聰明，對於自身頗有堅持，起初不願意落草為寇，不想玷汙先祖名聲。但楊志卻也是《水滸傳》裡頗為倒楣的英雄，接連丟失花石崗、生辰綱。丟失花石崗後，還為此丟了官職，落魄失志、走投無路的他，決定賣掉自己的寶刀。沒想到賣寶刀之時，遇到一個地痞流氓牛二，三番兩次挑釁楊志。

楊志說這把寶刀有三大特色，第一件，砍銅剁鐵，刀口不卷；第二件，吹毛得過；第三件，殺人刀上沒血。牛二不斷要楊志展現刀的能耐，原本楊志只是要用牲畜示範刀上沒血，但是牛二不斷挑釁，楊志一怒之下就用寶刀殺了牛二。

在楊志和牛二的互動中，可以見到一個落拓英雄，無奈之下要賣刀換錢，對英雄來說，刀如其人，見兵器如見人，一定是萬般不得已的情況，楊志才要賣刀。原本已經充斥鬱悶的楊志，卻遇到無賴再三刁難，楊志若再退讓，反而顯得窩囊，所以在此殺了牛二，讀者不會惋嘆，而是會替楊志叫好，終於以此一吐悶氣。

第九回　七星智取生辰綱

話說楊志自東郭門教場比武之後，深得梁中書的賞識。不知不覺，到了端午。當晚梁中書與蔡夫人在後堂家宴，慶賀端午。喝了幾杯酒後，蔡夫人道：「相公能有今日，可知道這功名富貴從何而來？」梁中書道：「人非草木，豈能不知。如今的一切，當然離不開岳父的提攜！」蔡夫人道：「既然如此，怎麼能忘了他的生日？」梁中書道：「下官怎能不記得，岳父的生日是六月十五日，我已經派人帶著十萬貫錢去買各種寶貝，到時候送到京師給岳父大人慶壽。一個月前就去辦了，現在差不多都準備好了。只有一件事還在猶豫：去年也買了許多玩器和寶貝，派人送去，卻在半路被賊人劫了，今年不知道派誰去好？」蔡夫人道：「軍營裡有那麼多軍校，你選擇心腹之人去就是了。」梁中書道：「還有四五十日，夫人不必掛心，我自會辦好這件事。」梁中書做夢也不會想到，他這價值十萬貫的**生辰綱***，後來竟引出了一段七星聚義上梁山的故事。

不說梁中書為蔡太師生日準備禮物，話說山東濟州鄆城縣新到任一個**知縣**†，姓時，名文彬，此人為官清廉，對待政務兢兢業業。他手下有兩個**都頭**⁂，一個是步兵都頭，一個是馬兵都頭。這馬兵都頭姓朱名仝（ㄊㄨㄥˊ），身高八尺多，留著長須，當地人稱他為「美髯公」。他本是本地的有錢人，只因他平日裡仗義疏財，喜好結識江湖上的好漢，學了一身好武藝。那步兵都頭姓雷名橫，身高七尺多，皮膚黑而紅，他體力過人，能跳過二三丈寬的深澗，人們稱他「插翅虎」。他出身打鐵匠人，也學得一身好武藝。

這天，兩個都頭領了知縣的命令，到各村搜捕盜賊。雷橫帶了二十個小兵出門，主要圍繞村落巡察，他們來到東溪村的靈官廟前，看見廟門沒關，雷橫道：「這廟裡沒有廟祝‡，廟門開著，難道是有盜賊在裡面？我們進去看一看。」眾人拿著火把，來到廟裡，只見供桌上赤條條地睡著一個大漢。

那天天氣很熱，那漢子把破衣裳團到一起當作枕頭，正在供桌上呼呼大睡。雷橫看了說：「這事真奇怪！知縣大人真是神機妙算，原來這東溪村還真有賊！」雷橫大喝一聲，那漢子剛要掙扎起來，被二十個小兵一擁而上綁起來，押出廟門。看看天色還早，雷橫說：「我們暫時先押他去晁保正莊上討些點心吃，然後再押解去縣裡審問。」於是一行人都去了保正莊上。

這晁保正是誰呢？晁保正就是晁蓋，東溪村人，綽號「托塔天王」。東溪村和西溪村中間隔著一條河，相傳西溪村鬧鬼，一個僧人告訴西溪村村民說用青石鑿一座寶塔鎮在溪邊，就能把鬼鎮住。西溪村村民照著做了，此後西溪村果然安寧了。不料鬼又跑到東溪村來了。晁蓋聽了很氣憤，就跨過河，把西溪村的寶塔奪過來放在東溪村，此後人們都叫他「托塔天王」。

雷橫等人來到莊上，他們把大漢吊到門房裡，然後去後廳吃酒休息。晁蓋找了個藉口出來，徑直來到門房裡。晁蓋便問道：「漢子，你是哪裡人，來這裡做什麼？」那漢子說：「小人是從很遠的地方來的，來這裡投奔晁保正。」晁蓋道：「你找他做什麼？」那漢子說：「他是天下聞名的義士好漢。我有一筆發財

※ 指成批運送的生日禮物。綱是舊時成批運輸貨物的組織，如「鹽綱」「茶綱」「花石綱」。

† 官名。宋朝縣的長官，管理一縣行政，稱「知縣事」，簡稱知縣。

⁑ 軍職名。宋各軍指揮使下設此官，屬低級軍官。

‡ 寺廟中管香火的人。

的買賣要和他說。」晁蓋說：「我便是晁保正，等會兒我送雷都頭等人出來時，你便叫我舅舅，我便認你做外甥，只說四五歲離開這裡，今天來這裡尋親。」那個漢子點頭稱謝。

晁蓋回來時，雷橫等人已經吃得差不多了，雷橫命人去門房押著大漢準備離開。晁蓋見了故意說：「這漢子長得好威猛啊！」那個漢子抬頭見了晁蓋，馬上喊：「舅舅，你還認識我嗎？」晁蓋假裝詫異道：「哎呀，原來是王小三哪！」晁蓋轉身對雷橫說：「這個王小三是我姐姐的兒子，四五歲時隨著他母親一家去了南京，他十四五歲時，我和他見過一面，後來就沒有消息了。」那個漢子說：「我來投奔舅舅，在路上喝醉了，就在廟裡面睡著了，沒想到被人綁了起來！」雷橫說：「原來是一場誤會呀！」於是讓人為那個漢子鬆綁。為報答雷橫，晁蓋又讓人拿出十兩銀子相送。

等雷橫等人走後，晁蓋和大漢來到後堂。一問才知，這人是「赤發鬼」劉唐。劉唐說：「小弟打聽到北京大名府梁中書收買了十萬貫金珠、寶貝、玩器等物，送給他丈人蔡太師慶賀生日，正安排啟程，要在六月十五的生日送到。小弟想這本是不義之財，搶了也沒事！聽說哥哥大名，特來相告，不知哥哥心裡是怎樣想的？」晁蓋說：「太好了。你先去客房休息，明天再細細商量。」晁蓋讓莊客領劉唐去房中休息，自己出去做事情。

劉唐哪裡有心思休息，自己被人吊了一夜，又害得晁蓋費了十兩銀子，怎麼能善罷甘休。於是他出了房門，去槍架上拿了一把刀，便去追趕雷橫，想奪回銀子，出口惡氣。劉唐提著刀，趕了五六里路，就追上了雷橫等人。二人話不投機，就打在一起。正打得難分難解的時候，旁邊的籬笆後面沖出了一個書生打扮的人，他手持兩條銅鏈把兩個人的兵器隔開了。問清事情經過，那個書生說：「原來是這樣啊！我叫吳用，是晁保正的好朋友，這位雷都頭也是我和保正的好友，看在我的薄面上，就算了吧。」劉唐仍舊不依不饒的，這時候晁蓋也趕來了，好不容易才把兩個人勸開。

三人回到莊上，晁蓋把劉唐的來意對吳用說了，又說：「我昨夜夢見北斗七星，落在了我家的屋頂上，斗柄上另有一顆小星，化道白光去了。我想這吉星高照，是一個好兆頭。今早正要準備找你商量這件事情。」吳用笑道：「這是一件好事，就是人手不夠。要想完成此事，怎麼也得七八個好漢才可以，多了也無用。」晁蓋道：「莫非要暗合夢中的星數？」吳用便道：「兄長這個夢也非常重要，難道是北邊有能幫助我們的人？」吳用想了一會兒，說道：「有了！有了！」晁蓋道：「先生既有心腹好漢，趕緊請來，我們好一起完成此事。」吳用道：「這三人在濟州梁山泊邊石碣村住。他們姓阮，弟兄三人。一個人稱『立地太歲』阮小二，一個人稱『短命二郎』阮小五，最後一個人稱『活閻羅』阮小七。如果得到這三人相助，大事一定能成功。」

晁蓋一聽大喜，準備派人前去邀請。吳用道：「派人去請，他們可能不會來，我必須親自去那裡，憑我三寸不爛之舌，一定勸說他們入夥。」晁蓋說：「先生高見，什麼時候動身呢？」吳用答道：「事不宜遲，今夜三更我就去，明日晌午可到那裡。」晁蓋道：「那就最好。」幾天後，吳用果然帶著阮氏三兄弟來見晁蓋。晁蓋大喜，便叫莊客宰殺豬羊，安排祭祀。阮家三兄弟見晁蓋器宇軒昂，語言灑脫，三個人便說道：「我們最愛結識好漢，原來好漢竟在這裡。今日如果不是吳先生引薦，怎麼能相見？」三兄弟無不歡喜。

第二天天亮，晁蓋先去後堂祭祀神靈。眾人見晁蓋這樣心誠，都非常高興，紛紛發誓道：「梁中書在北京殘害百姓，搜刮錢物，還送去東京給蔡太師慶生，這是不義之財。我六人中如有私心者，天誅地滅，此心蒼天可鑒。」

眾人正商量劫取生辰綱的事情，忽然有個莊客稟告說來了一個道人。晁蓋不耐煩地說：「給他三五升米打發了，你沒看見我們正在商量事情嗎？你快去打發他走，不要再來問！」莊客出去了，誰知那道士死活不走，最後竟然打了起來。晁蓋聽見了，慌忙起身道：「眾位弟兄先坐，晁蓋親自去看一看。」

晁蓋從後堂出來，來到門前一看，只見那個道人身高八尺，儀錶不俗，很是威風，正在莊門外綠槐樹下與眾莊客打鬥。晁蓋見了，叫道：「先生息怒，你來尋晁保正，無非是投齋化緣，他已經送米給你，你為什麼還不願離去？」那先生哈哈大笑道：「貧道不為酒食錢米而來，特地來尋保正有句話說。」晁蓋知道遇到了高人，趕緊請到屋內，其他人早已躲藏起來。晁蓋問道：「請問先生高姓，哪裡人？」那人答：「貧道複姓公孫，名勝，道號一清先生。因為學得一身道術，能呼風喚雨，騰雲駕霧，江湖上稱貧道為『入雲龍』。貧道早聽說過鄆城縣東溪村晁保正大名，只是無緣拜識，現在有十萬貫金珠寶貝，送給晁保正做見面禮，不知您是否願意接受？」晁蓋大笑道：「先生所說的，莫非也是生辰綱？」於是叫出吳用等人，正好是七條好漢。晁蓋說：「這正好驗證了我做的北斗七星的夢了。」

吳用和公孫勝一起籌畫，決定在**黃泥岡***劫取生辰綱。晁蓋說：「黃泥岡附近有個安樂村，村中有條好漢叫『白日鼠』白勝，他曾經投奔過我，我們可以找他幫忙。」吳用說：「哥哥夢中的白光不就是這個白勝嗎？」眾人一聽，都覺得這件事順應天意，心裡更加高興，就等著押運生辰綱的隊伍到來。

再說大名府的梁中書，看慶賀生辰的禮物已經準備齊全，就寫了一封信，讓楊志和一個老都管帶著人押運生辰綱去東京。楊志領命，把禮物裝好，一共十擔，老都管和兩個虞候又準備了一小擔財物，共十一擔，挑了十一個強壯的士兵裝扮成腳夫挑著。楊志戴上涼帽，提條刀；老都管也打扮成客人模樣；兩個虞候假裝成隨從。一行人吃飽後，在廳上拜別了梁中書。楊志和老都管、兩個虞候監押著，一行十五人，離開梁府，出了北京城門，直接奔東京而去。

此時正是五月，天氣酷熱難行。楊志一行人為了能在六月十五日蔡太師生辰時送到，不得不在烈日下趕路。楊志一行人自從離開北京，接連五六日，都是大清早起，趁著早上涼爽時趕路，到正午天熱時就停下來歇息。等人家漸少，幾乎都是山路時，楊志卻要上午七時至九時起身，下午三時至五時便歇。那十一個士兵，挑的擔子又重，天氣又熱，見著林子，便想去歇息，楊志趕著催促繼續前進，一旦停下來，輕則痛罵，重則藤條抽打。兩個虞候雖然只背些包裹行李，也累得氣喘吁吁。那楊志不停催促，大家只好去找老都管抱怨。

這樣又走了十幾天，時間已到了六月初四。這一天又是一個響晴的天氣，天空中沒有一絲雲彩，他們走到了黃泥岡。眾人說：「天氣這樣熱，簡直是要曬死人哪！」楊志喝道：「快走，趕過前面黃泥岡去，再休息。」當時一行人走上黃泥岡，那十多個軍漢就放下擔子，都去松樹下睡倒了。楊志說：「糟糕了！這裡是什麼地方，你們竟然在這裡歇涼？趕緊起來趕路！」眾軍漢說：「你現在就是把我們剁成七八段，我們也走不動了！」楊志拿起藤條，劈頭劈腦打去，打得這個起來，那個睡倒。兩個虞候和老都管氣喘吁吁，也趴到黃泥岡松樹下坐著喘氣。楊志無可奈何，只能讓他們停下來休息。

這時對面松林裡閃出一個人，在那裡探頭探腦地張望。楊志撇下藤條，拿了刀，趕進松林裡，到跟前一看，只見松林裡一字停著七輛車，七個人脫得赤條條的，在那裡乘涼。楊志喝道：「你們是什麼人？」那七人道：「你是什麼人？」楊志又問道：「你們不會是半路打劫的賊人吧？」那七人道：「我等弟兄七

※在鄆城東南十六公里處，這裡有一塊刻有「黃泥岡」字樣的巨石，旁邊一塊石碑上記載有晁蓋、吳用等人智取生辰綱的經過。

人是濠州人，販棗子去東京，從這裡經過。因為天熱，就在這林子裡歇一歇，等天涼快些再走。」楊志道：「原來是這樣，也是客商。我剛才看你們張望，還以為是打劫的賊人，因此過來看一看。」那七個人道：「客官吃幾個棗再走吧。」楊志道：「不必了。」提了刀回來說：「幸虧不是賊人。你們暫且歇歇，等涼快些再走。」眾軍漢都笑了。楊志也把刀插在地上，自己在一棵樹下坐了歇涼。

過了一會兒，只見遠遠地，一個漢子挑著一副擔桶，唱上岡子來，他唱道：「赤日炎炎似火燒，野田禾稻半枯焦。農夫心內如湯煮，樓上王孫把扇搖。」那漢子嘴裡唱著，走上岡子來，也來到松林裡乘涼。眾軍漢看見了，便問那漢子道：「你桶裡是什麼東西？」那漢子答道：「是酒。」眾軍漢繼續問：「你準備挑到哪裡去？」那漢子答：「挑到村裡去賣。」眾軍漢問：「多少錢一桶？」那漢子說：「五貫錢。」眾軍漢商量說：「我們又熱又渴，不如買一桶吃，也好解解暑氣。」正在那裡湊錢，楊志見了，喝道：「你們要幹什麼？」眾軍漢說：「買碗酒吃。」楊志罵道：「你們這些不知輕重的傢伙，就知道吃喝！江湖上不知有多少好漢被蒙汗藥藥倒，送了性命！這個地方荒無人煙，你們也敢買酒吃！」

正說著，那夥販棗子的客商圍過來，買了一桶。兩個客商去車子前取出兩個瓢來，一個捧出一大捧棗子來，七個人立在桶邊，開了桶蓋，就著棗子，輪換著舀那酒喝。沒多久，一桶酒就喝完了。一個客商把酒錢遞給那個漢子，一個客商卻趁機去揭開桶蓋，又舀了一瓢，端起來就往松林裡走。那漢子追過去。另一個客商從松林裡走出來，手裡拿一個瓢，從桶裡舀了一瓢酒。那賣酒的漢子看見，奔回來一把奪下來倒回桶裡，蓋了桶蓋，他把瓢往地下一扔，口裡說：「你們這些人真是不要臉面，竟然敢搶酒喝！」

眾軍漢見那些棗商喝酒，心裡也按捺不住，央求老都管替他們說說好話。老都管就對楊志說：「那販棗子的客商已買了他一桶酒喝，我們也讓他們買一桶喝，消消暑氣，這地方也沒有地方喝水。」楊志見棗商喝了那一桶酒並沒有發生什麼事，就同意了，說道：「既然老都管說了，你們就買些喝吧。」軍漢們湊了五貫錢來買酒，賣酒漢子不高興地嚷嚷道：「我這酒裡有蒙汗藥，你們還是別喝了。」大家苦苦哀求，賣酒漢才把酒賣給他們。軍漢們先舀了兩瓢給楊志和老都管，然後開始痛飲。楊志看大家喝了沒事，才放心地喝了半瓢酒。

賣酒的漢子挑著空酒桶，依然唱著歌走了。七個販棗子的客商，立在松樹旁邊，指著這十五人說：「倒了！倒了！」只見這十五個人頭重腳輕，一個個面面相覷，癱軟在地上。那七個客商從松樹林裡推出七輛車，把車上的棗子丟在地上，將這十一擔金珠寶貝裝在車子上，遮蓋好了，走下了黃泥岡。楊志等人眼睜睜地看著生辰綱被他們劫走，卻無能為力。

那些人是誰？原來是晁蓋、吳用、公孫勝、劉唐、三阮七人。那個挑酒的漢子，便是「白日鼠」白勝。他挑上岡子時，兩桶都是沒問題的酒。七個人先吃了一桶，吳用去松林裡取出藥來，抖在瓢裡，拿瓢去舀酒時，藥已攪在酒裡，假意要吃，那白勝一下子搶來，倒在桶裡，楊志等人才會被蒙汗藥藥倒。這便是智取生辰綱。

風雲人物榜

姓名：吳用

綽號：智多星

星號：天機星

地位：三十六天罡第三位，梁山軍師。

生平經歷：吳用，山東鄆城東溪村人，協助晁蓋等人智取生辰綱，為躲避官府追緝而上梁山，受朝廷招安後，輔佐宋江、盧俊義征伐遼國、田虎、王慶和方臘等，被朝廷封為武勝軍宣使。後宋江被害，吳用與花榮一同自縊於楚州南門外蓼兒洼宋江墓前，屍身葬於宋江墓側。

白白老師的國學小教室

無用的吳用

吳用，外號智多星，是梁山泊一〇八條好漢的軍師。他的特質是聰明冷靜，善於出謀劃策。而作為梁山好漢的軍師，他時常在戰爭或眾人有爭議之時，提出自己的建議和計策。前期的他輔佐晁蓋，後期則拱宋江出來作領袖，之後也一心一意輔佐宋江，甚至在宋江死後，也自願隨其死亡。

在智取生辰綱的章節裡，可以看到吳用的聰明機智，他先假意讓自己人賣酒、喝酒，結果讓楊志等人喝下了藥的酒，騙了楊志守護的生辰綱。但是吳用這麼聰明，為什麼他的名字叫做「吳用」（無用）呢？有人認為吳用的聰明只是小聰明，像是智取生辰綱，其實也是採用小聰明的騙術讓楊志上當，所以吳用的計謀不是大智慧，也不是為國為民的大抱負，因此作者才將他取名為「吳用」（無用）。也有人認為即使吳用很聰明，卻還是無法抵擋梁山好漢們後來的悲劇，所以才命名為「吳用」（無用）。

吳用的才能有褒貶不一的評價，但他在梁山好漢中是重要軍師的地位，這仍是不可抹滅的。

第十回 晁蓋入主梁山泊

話說楊志在黃泥岡被劫走了生辰綱，自知無法回去給梁中書交代，只好提著腰刀，嘆了口氣，下了岡逃命去了。剩下的十四個人，一直等到二更時分才清醒過來。他們商量著把責任都推到楊志身上。老都管道：「我們等天明，先去本地官府報告，兩個虞候留下來跟隨官差一起捉拿賊人，我回北京報告梁大人，讓大人告知太師，督促濟州府追查劫匪。」第二天天亮，老都管一行人來濟州府報案，然後日夜兼程趕回北京，報告梁中書。梁中書哪裡知道實情，聽了幾個人的話後大怒，隨即喚來書史，寫了文書，當時就派人日夜兼程趕到濟州府；又寫一封家書，也派人連夜上東京，報與太師知道。蔡太師看了來信，大驚道：「大膽的強盜，去年將我女婿送來的禮物打劫了，至今未獲；今年又來搶劫，此事怎能善罷甘休！」隨即寫好公文，派親信送給濟州府尹，命令他趕緊捉那夥賊人。

再說那濟州府尹，自從接到老都管的報案，就一直愁眉不展，這次又有太師親信來督辦，而且要十日內結案，更是大驚失色。無奈之下，府尹只能怪罪辦差的官吏何濤，叱責道：「你專門緝捕賊人，如今你做事不盡力，以致禍及於我。十日之內不能捉住賊人，一定把你發配邊遠之地！」還讓人在何濤臉上刺下「迭配……州」字樣，空著的地方是州名，喝道：「何濤，假如你不能讓賊人歸案，決不饒恕！」

何濤領了命令，悶悶不樂地回到家中，禁不住長籲短嘆，不知如何是好。正在此時，他的弟弟何清來看望他，給他帶來了一個好消息。原來，這個何清是個賭徒，因為輸了錢就去了安樂村，在那個村裡的一個旅店幫著登記來往的客商姓名及來去目的。他正好碰上了扮成賣棗商人的晁蓋等人，又聽說黃泥岡上一夥棗販子劫走了生辰綱，就懷疑是晁蓋等人所為。他建議捉住白勝，然後順藤摸瓜就能知道生辰綱的下落。

何濤大喜，迅速帶人抓了白勝，在他家掘地三尺，找到了贓物。在嚴刑拷打之下，白勝供出了晁蓋等人。濟州府尹聽了大喜，立刻命令何濤帶人前往山東鄆城捉拿晁蓋等人。何濤帶人趕到鄆城縣衙，縣衙內靜悄悄的。何濤就到縣對門一個茶坊裡坐下，一邊吃茶一邊等候。何濤問店裡的夥計道：「今日縣衙裡怎麼這麼安靜？」夥計說道：「知縣大人早衙剛散，都去吃飯了。」何濤又問道：「今日縣裡不知是哪個押司*值班？」夥計在外面說道：「今日值班的就是這位押司。」何濤抬頭望去，只見縣裡走出一個官員來。

那押司姓宋，名江，字公明，在家排行第三，祖居鄆城縣宋家村。因為他身材矮小，皮膚黝黑，人稱「黑宋江」；又因為他非常孝敬，又能仗義疏財，人們又稱他為孝義黑三郎。宋江和父親、兄弟三人一起生活。

兄弟宋清和他父親宋太公以務農為生。宋江本人在鄆城縣做押司。他刀筆†精通，喜歡舞槍弄棒，平日喜歡結識江湖上的好漢，只要有人來投奔他，都熱情招待；如果要走，就盡力資助。他對有困難的人總是慷慨解囊，從不吝嗇錢財，因此在山東、河北一帶非常有名望，人們稱他為「及時雨」。

當時宋江正帶著一個隨從，從縣衙內走出來。何濤迎上去喊道：「押司，請這邊喝茶。」宋江見他公差打扮，慌忙答禮道：「尊兄從哪裡來？」何濤道：「請押司到茶坊裡面邊喝茶邊說話。」宋公明道：「好的。」兩個人走進茶坊裡坐下，其他人都去門前等候。宋江道：「請問尊兄貴姓？」何濤答道：「小人是濟州府捕頭何濤。請問押司高姓大名？」

宋江道：「小人有眼不識泰山。我姓宋名江。」何濤趕緊拜見，說道：「早聽說過你的大名，一直無緣相識。」宋江道：「使不得，請捕頭趕緊上座。」何濤道：「小人怎麼敢上座？」宋江道：「捕頭是上級衙門的人，又是遠來之客。」兩人謙讓了一會兒，宋江坐了主位，何濤坐了客席。宋江便叫夥計端兩杯茶來。沒多久，茶就到了。兩個人吃了茶。宋江道：「捕頭到本縣來，不知有何公務？」何濤道：「實不相瞞，來貴縣找幾個要緊的人。有公文在此，希望得到押司的幫助。」宋江道：「捕頭是上司差來捕盜的人，小吏怎敢怠慢？不知道有什麼緊急之事？」何濤道：「押司是官府中人，說了也不礙事：你們縣管轄下的黃泥岡上有一夥賊人，共八個，用蒙汗藥藥倒了北京大名府梁中書差遣送蔡太師的生辰綱軍漢十五人，劫去了十一擔珍珠寶貝，總計有十萬貫贓物。現在抓捕到一名從犯白勝，供出七個主犯，都在你們縣。這是太師府督辦的頭等大事，希望押司幫助早日完成這件事。」宋江道：「不要說是太師府吩咐的公事，就是您帶公文來辦理差事，我怎麼敢不盡力？不知道白勝供出的那七個賊人是誰？」何濤道：「領頭的是貴縣東溪村晁保正。其他六名從賊，不知道姓名。」

宋江聽完，吃了一驚，心裡想：「晁蓋是我心腹弟兄。他如今犯了彌天大罪，我不救他，一旦被捉住，可就性命不保！」宋江心內驚慌，嘴上卻答應道：「晁蓋這東西，奸詐狡猾，本縣的人沒一個不痛恨他。這次做出這樣的事，真是自作自受！」何濤道：「麻煩押司幫忙完成這件事。」宋江道：「這事容易，『甕中捉鱉，手到拿來』。就是有一點，這封公文，必須您親自送到府衙，等縣令大人看了，發號施令，差人去捉拿賊人，小吏定當鼎力相助！這件公事，非同小可，不能輕易告訴他人。」何濤道：「押司高

＊宋官署名吏員職稱，經辦案牘等事。

†舊時公牘稱「刀筆」。指寫字的工具；借指文章。

見，麻煩您引見。」宋江道：「縣令大人一早就忙於事務，肯定累了。捕頭請稍微等一會兒，在這裡休息片刻，小吏過來請您。」何濤道：「這件事全靠押司了。」宋江道：「理之當然，不用客氣。我先回家處理點家務。」何濤道：「押司先忙，小弟只在此等候。」宋江起身，吩咐茶坊夥計道：「那官人要再用茶，都算到我的賬上。」離了茶坊，慌忙跳上馬，出了東門，快馬加鞭，朝東溪村飛奔過去，很快，就來到晁蓋莊上。莊客見了，趕緊進去通報。

話說晁蓋正和吳用、公孫勝、劉唐在後園葡萄樹下吃酒。此時三阮已經帶了分得的錢財，回石碣村去了。晁蓋見莊客說宋押司在門前。晁蓋問道：「有多少隨從？」莊客道：「一個人飛馬而來，說必須馬上見保正。」晁蓋道：「必然有事。」慌忙出來迎接。宋江簡單地問了個好，就攜了晁蓋的手，走進旁邊的小房裡來。晁蓋問道：「押司怎麼這麼慌張？」宋江道：「哥哥不知，兄弟是我的鐵杆弟兄，我拼著性命來救你。如今黃泥岡事發了！白勝已經被抓到濟州大牢裡了，供出你等七人。濟州府派遣一個何捕頭，帶著若干人，奉著太師府命令，帶著本州文書，來捉拿你等七人，指出你是首犯。幸好撞在我手裡，我只推說知縣睡著，且教何捕頭在縣對門茶坊裡等我，這才能飛馬而來，告訴哥哥。『三十六計，走為上計。』現在不趕緊逃，還等什麼時候？我回去領他到縣裡呈公文，用不了多少時間，知縣就會派人連夜趕過來，你們不可耽誤時間。如果有些閃失，不要埋怨小弟不來救你！」

晁蓋聽完，大吃一驚，說道：「賢弟大恩讓我如何得報！」宋江道：「哥哥，不要客套，趕緊準備逃命，我必須馬上回去。」晁蓋道：「七個人，其中三個是阮小二、阮小五、阮小七，現在分了錢財，回石碣村去了；還有三個在這裡，賢弟先見一面。」宋江來到後園，晁蓋指著三人道：「這三位，一個是吳學究，一個是公孫勝，一個是劉唐。」宋江施了一禮，轉身便走，囑咐道：「哥哥保重，趕緊快跑，兄弟走了。」

宋江騎馬出莊，飛也似的往縣裡來了。

宋江快馬到了茶坊，引著何濤來見縣令。他們直接來到書案邊，叫左右掛上回避牌，宋江向前稟道：「奉濟州府公文，為賊情緊急公務，特派遣何捕頭到此。」知縣拿過書信，當場拆開一看，大驚，對宋江道：「這是太師府督辦的案子，現在趕緊差人去捉拿賊人。」宋江道：「白天去，恐怕走漏風聲，應該晚上派人前去捉拿。只要抓住晁保正，剩下那六個人就跑不了。」知縣道：「這東溪村晁保正，也是一個聞名的好漢，他怎麼能做這等事情？」隨即喊來尉司和兩個都頭，一個是朱仝*，一個是雷橫。他們兩個來到後堂，領了知縣的命令，和縣尉上了馬，領著馬步弓手和小兵一百餘人，當晚都帶了繩索軍器，飛奔東溪村晁家來。

朱仝和雷橫趕到東溪村，一前一後，向莊內殺去。朱仝趕到莊後時，晁蓋還沒有收拾好。莊客看見官軍殺來，就報晁蓋說道：「官軍到了！不能耽擱了！」晁蓋叫莊客四下裡放火，他和公孫勝引了十幾個莊客，吶喊著，提著刀，從後門殺出來，大喝道：「擋我者死！」朱仝在黑影裡叫道：「保正休走！朱仝在這裡等你多時了。」晁蓋哪裡有空和他說話，與公孫勝拼命殺出來。朱仝虛晃一下，閃到一邊，讓開一條路，讓晁蓋走了。晁蓋卻叫公孫勝引了莊客先走，自己斷後。朱仝撇了小兵，提著刀，追趕晁蓋。晁蓋一面走，一面說道：「朱都頭，你怎麼只追趕我？我並沒有得罪你呀！」朱仝見後面沒人，才說道：「保正，你怎麼看不見我的好，我怕雷橫一根筋，就騙他去前門，我在後門等你出來放你。我讓開一條路讓你過去。現在你沒有其他去處，只有梁山泊可以安身。」晁蓋道：「感謝救命之恩，日後必報！」

*同的異體字。

這時，聽得背後雷橫大叫道：「別讓賊人跑了！」朱仝對晁蓋道：「保正別慌，只管繼續往前，我讓他到其他地方追。」朱仝回頭叫道：「有三個賊往東邊逃了，雷都頭，你趕緊過去追。」雷橫領了人，便往東邊去追。朱仝一面和晁蓋說著話，一面追他，眼見晁蓋越走越遠。朱仝裝作失足，摔倒在地上。後面的士兵趕過來，將他扶起。朱仝說道：「夜裡看不見路，滑倒了，扭傷了左腿。」縣尉道：「主犯跑了，怎麼辦呢？」朱仝道：「並不是我不追趕，只是路太黑了。這些士兵，也沒有幾個是有用的，不敢向前追。」縣尉再叫士兵去追，眾士兵虛張聲勢地追了一會兒，回來說道：「夜黑，不知道他們跑到哪裡去了。」雷橫也一邊追趕一邊尋思：「朱仝和晁蓋關係最好，多半是放他跑了，我也不應該做壞人。再說晁蓋那人，也不是好惹的。」忙活了大半夜，眾人回到莊前時，天已快亮。何濤見追趕了一夜，一個賊人也沒有抓到，埋怨道：「這叫我如何回濟州見府尹哪！」

縣令也是一夜未睡，聽說賊人都跑了，也沒有辦法，只得命人抓來兩個莊客。經過嚴刑拷打，知縣終於得到了阮氏兄弟的消息，然後把這兩個莊客交給何濤，讓他帶回濟州交差。何濤把事情的經過詳細地給府尹講了一遍。府尹重新提審白勝，問道：「那三個姓阮的，究竟住在哪裡？」白勝扛不過酷刑，只得供說：「三個姓阮的，一個叫阮小二，一個叫阮小五，一個叫阮小七，在石碣村裡住。」知府道：「那另外三個呢？」白勝說道：「一個是智多星吳用，一個是入雲龍公孫勝，一個叫作赤發鬼劉唐。」知府聽了，便道：「既然有了下落，暫且把白勝收押到監獄裡。」命令何濤領人去石碣村抓捕阮氏兄弟。

再說晁蓋等人逃離了朱仝、雷橫等人的追捕，趕到石碣村，和阮氏兄弟正商量投奔梁山的事情，幾個打魚的來報說：「官軍人馬，朝村裡來了！」晁蓋起身叫道：「這些傢伙趕來，我們怎麼走哇？」阮小二道：「不怕！我自有辦法，讓他們死無葬身之地。」公孫勝道：「不要慌！讓我來收拾他們！」晁蓋道：

「劉唐兄弟，你和吳學究先去李家道口左側等，我們隨後便到。」阮氏兄弟商量一下，分頭去迎敵。

何濤率人到了石碣村，先是搶了漁民的船，讓會水的官兵登上船，水陸並進。到阮小二家，早是一所空屋。於是，一行人等都下了船，一齊往阮小五的打魚莊上來。他們走了不到五六里，只聽到蘆葦中有人唱歌：

「打魚一世蓼兒窪，不種青苗不種麻。酷吏贓官都殺盡，忠心報答**趙官家***。」何濤等人聽了，大吃一驚。只見遠遠有一個人，划著一隻小船唱著歌過來。有人說道：「這個便是阮小五。」何濤命人放箭。阮小五見了，一下鑽到水裡不見了。何濤率人繼續前行，沒走多遠，遇到阮

＊宋徽宗趙佶。

小七。官兵吶喊著追了過去，只見阮小七漸漸走進了**河汊**ㄔㄚˋ*之中。蘆葦叢中的河汊交織在一起，何濤不敢莽撞，讓人先去觀察一下。等了很長時間，派去的人也不見回來，何濤再派人去，仍然沒有回音。何濤不耐煩，親自帶人沖入河汊，不料卻中了阮氏三兄弟的計。三阮將何濤手下的人都殺死了，將何濤綁在船艙中從蘆葦蕩中殺了出來。

外面的官兵正等得著急，一陣怪風從後面吹來，緊跟著一把大火從蘆葦蕩直沖出來，燒得官軍四散奔逃。當時東岸上有晁蓋、阮小五，西岸上有阮小二、阮小七，公孫勝隨船祭風。眾官軍被晁蓋等人一頓砍殺，全部死在蘆葦沼澤之中。阮小二將何濤提出船艙，何濤只是一個勁地求饒。阮小二說：「你既然是府尹派來的，那就把你再派回去，告訴府尹，我阮氏三雄和天王晁蓋可不是好惹的角色！」說完割下何濤的兩隻耳朵，把他放回去了。

晁蓋、公孫勝和阮家三弟兄，殺退了官兵，率領十幾個打魚的，一起駕了幾隻小船，奔向了水泊梁山。他們先是在朱貴的酒店裡過了一夜，第二天一早，朱貴叫一隻大船，把大家送上梁山。王倫命令手下宰殺牛、羊、豬等牲口，大擺宴席歡迎諸位好漢。眾頭領飲酒時，晁蓋把心裡事，從頭至尾，都告訴了王倫等眾位。王倫聽後，大吃一驚，心內很是不安，表面卻默不作聲，虛情假意地應酬。到了很晚酒席才罷，眾頭領送晁蓋等眾人安歇。

晁蓋心中歡喜，對吳用等六人說道：「如果不是這王頭領如此錯愛，我們已流離失所，此恩不可忘報！」吳用只是冷笑。晁蓋道：「先生為何冷笑？」吳用道：「兄長性直，怎麼能猜透他心裡想什麼？如果他有心收留我們，早上便議定了座位。杜遷、宋萬，這兩個是粗魯的人，待客之事，怎麼懂得？只有林沖那人，原是京師禁軍教頭，雖然懂得，卻沒有辦法，坐了第四位。早上林沖看王倫接待兄長的態度，心裡就有不平之氣。我只要稍微挑撥，就讓他們自相殘殺。」晁蓋道：「全靠先生的好計策，我們才可以容身。」當夜七人安歇了。

第二天天明，就聽見有人在門外說道：「林教頭來訪。」晁蓋和吳用趕緊開門迎接。林沖見過晁蓋等人後，大家都有相見恨晚的感覺。吳用在一旁說：「我看酒席上王寨主無意收留我們，明日晁天王就準備帶領我們下山了。」林沖說：「哥哥不要擔心，王倫今日要是誠心相待就算了，如若不然，小弟決不饒他！」說完林沖就走了。

當日沒多時，王倫再次請大家赴宴，一直飲酒到午後。王倫讓嘍囉捧個大盤子，盤子裡放著一些銀子。王倫站起來端著酒，對晁蓋說道：「眾豪傑到此聚義真是令我梁山泊蓬華生輝，只是這裡就是一個水窪，怎麼能容得下這麼多真龍？我準備了一些薄禮，請各位笑納。」晁蓋道：「鄙人早聽說過梁山泊招賢納士，所以來入夥，假如不能收留，我們自行告退。還請拿回厚禮，就此告別。」正說話間，林沖早已怒不可遏，坐在交椅上大喝道：「我來的時候，你就推三阻四。今日晁兄與眾豪傑到此，你又這樣說，你安的什麼心？」吳用說：「頭領息怒。都是我們的錯，你們不要傷了和氣。」林沖道：「這個笑裡藏刀的小人，我就是看不慣他！」王倫喝道：「你這畜生！又胡亂說話！」晁蓋等七人便起身要走，林沖把桌子踢在一邊，站起來，從衣襟下抽出一把明晃晃的刀來，殺了王倫，嚇得小嘍囉們目瞪口呆。

林衝殺死王倫之後，推舉晁蓋為梁山之主，吳用為軍師，公孫勝為法師，林沖位居第四，其下是劉唐、三阮、杜遷、宋萬、朱貴。現在梁山上已有了十一位好漢。

＊水流的分支。

風雲人物榜

姓名：晁蓋

綽號：托塔天王

別號：晁天王，晁保正

地位：梁山第二任寨主。

生平經歷：山東鄆城東溪村人，東溪村保正，本鄉財主，平生仗義疏財，專愛結交天下好漢，聞名江湖，智取生辰綱事發後投奔梁山泊落草，在討伐曾頭市的戰鬥中被毒箭射中面頰而亡。

第十一回 宋公明納妾惹禍患

自從晁蓋等人殺了王倫，把頭領重新安排座次，並把帶來的錢財當廳賞賜眾小頭目並眾多小嘍囉，山寨上下都非常高興，一連幾天安排宴席慶賀。晁蓋與吳用等眾頭領商議，清點倉庫，修理寨柵，打造軍器，訓練水軍，時刻提防官軍前來圍剿。沒過多久，他們就打退了官兵的一次進攻，還嚇跑了一個商隊，又獲得了很多財物。眾人看著堆在聚義廳上的金銀寶物，心裡好不快活。

看著山寨興旺發達，晁蓋與吳用道：「俺們弟兄七人的性命，多虧宋押司、朱都頭兩個搭救。古人說：『知恩不報，非為人也！』我們不能忘記現在的富貴安樂從何而來。現在趕緊收拾些金銀，派人到鄆城縣走一趟，這是重要的事。還有一件，現在白勝被關押在濟州大牢裡，我們必須把他救出來。」吳用道：「兄長不必擔心，小弟自有計劃。宋押司是個仁義之人，也不會指望我們酬謝。雖然如此，禮數不可缺，等山寨再安定些，一定派遣一個兄弟去。白勝的事，可讓人去那裡打點，等看押他的人鬆懈的時候，便好脫身。我們現在應該商量商量屯糧，造船，制辦軍器，安排寨柵、城牆，添造房屋，整頓衣袍、鎧甲，打造槍、刀、弓、箭，防備官軍來襲。」晁蓋道：「既然如此，那就遵照軍師計策行事。」吳用當時安排眾頭領，分別去辦理。

放下梁山兄弟勵精圖治不說，再說濟州太守，因為剿匪不利，惹惱了老賊蔡京。蔡京罷免了他的官職，差遣新太守到任。交接之後，新太守深感差事艱巨，趕緊請來鎮守濟州的將領，商議招兵買馬，聚草屯糧，招募民夫，智謀賢士，準備抓捕梁山泊好漢。新太守一面上報中書省，通知臨近的州縣，協力剿捕；一面下文書到所屬州縣，命令守禦本境，準備圍剿梁山。

單說鄆城縣知縣看了公文，命令宋江寫成公告，下發到各村子，防備梁山泊賊人。宋江見了公文，心裡琢磨道：「沒想到晁蓋等眾人能做下這般大事，劫了生辰綱，殺了公差，傷了何捕頭，又傷害了許多官軍人馬，這些都是滅九族的大罪呀！如果被官兵捉住，可怎麼辦哪？」自己在心裡悶悶不樂，表面上吩咐手下張文遠將此文書立成文案，下發到各鄉村，自己信步走出縣來。

宋江從縣裡出來去對面的茶鋪吃茶，只見一個大漢，頭戴斗笠，腰裡挎刀，背著一個大包，累得渾身是汗，探頭往縣衙裡看。宋江感到奇怪，慌忙起身走出來，跟著那大漢走。走了二三十步，那大漢回過頭來，看了宋江，卻不認得。宋江見了這人，略有些面熟，卻又一時想不起來。那大漢走到路邊一個店鋪，問道：「大哥，前面那個押司是誰？」裡面的夥計回答道：「那位是宋押司。」那漢提著樸刀*，走到面前，說道：「押司認得小弟嗎？」宋江道：「只是看著面熟。」於是二人走進一條偏僻的巷子，進了一家酒樓，找了個房間坐下。

那大漢放下東西，倒身便拜。宋江慌忙答禮道：「請問您是哪位？」那人道：「大恩人，怎麼忘了小弟？小弟便是赤發鬼劉唐，在晁保正莊上曾經見過面的。」宋江聽了大驚，說道：「賢弟，你好大膽！幸好沒有被公差看見，不然會惹出大事！」劉唐道：「小人受您恩惠，不怕死，專程來感謝您。」於是掏出一百兩黃金和一封信，對宋江說：「這是晁天王送給哥哥的黃金和問候的信。」宋江收下信，寫了回書叫劉唐帶回去。但是這一百兩金子宋江卻死活不要，只取了其中的一條留作紀念。當時看看天快黑了，劉唐就拜別宋江，回梁山了。

送走劉唐，宋江把金子和信都裝在貼身的**招文袋**†中，趁著月色往自己的住處走去。宋江走了二三十步，聽得背後有人叫，轉頭一看，原來是做媒的王婆，引著一個婆子。宋江問道：「有什麼事情嗎？」王婆指著閻婆對宋江說道：「這一家從東京來，丈夫閻公，女兒閻婆惜。閻公是個好唱歌的人，從小教他女兒唱歌，所以閻婆惜也會唱許多小曲；那閻婆惜今年十八歲，長得很漂亮。一家人來這裡投奔親戚，誰承想親戚一家早已不知去處，現在只能流落在鄆城縣。本想靠賣唱為生，但這裡的人不喜歡聽曲，生活就沒了著落，現在在縣裡一個偏僻的巷子裡暫時住著。昨日閻公得病死了，這閻婆無錢出殯，沒有辦法，求老身做媒。老身一下子又找不到合適的人家，正在這裡走投無路，只見押司從這裡過，因此老身與閻婆趕來，望押司可憐可憐她們，資助一具棺材。」宋江道：「原來是這樣。」就寫了一個帖子，讓閻婆去縣東陳三郎家，取一具棺材。」又取出一錠十兩的銀子，遞給閻婆，就回到了自己的住處。這婆子帶著帖子，來到縣東街陳三郎家，取了一具棺材，回家安葬了閻公，還剩下五六兩，當成母女兩人的生活費用。

這一天，那閻婆到宋江的住處感謝宋江，見家裡只有宋江一人，而且沒有一個婦人。閻婆回來問隔壁王婆道：「宋押司住處，不見一個婦人，他有沒有娘子？」王婆道：「只聽說宋押司的家在宋家村，沒有聽說他有娘子。他在這縣城衙門裡做押司，只是客居。經常見他施捨錢財，周濟窮人，應該是沒有娘子。」閻婆道：「我的女兒模樣俊俏，又會唱曲。只因我們兩口子，無人養老，因此一直沒有許配人家。我前日去

＊舊式兵器，刀身狹長，刀柄較短，雙手使用。
†古代一種掛在腰帶上裝檔或財物的小袋子。

謝宋押司，見他的住處沒娘子，你去對他說，如果他要娘子，我情願把閻婆惜嫁給他。前天多虧了宋押司救濟，我們也沒什麼報答他，正好以此為報。」王婆聽她這麼說，第二天就來見宋江，把事情告訴了他。宋江開始時不肯，但架不住這媒婆百般撮合，最後同意了。於是就在縣城西巷租了一間樓房，置辦些日常傢俱，安頓閻婆惜娘兒倆住在那裡。不到半個月，閻婆惜就打扮得花枝招展，過上了豐衣足食的生活。

剛開始，宋江天天來這裡住。但宋江不是酒色之徒，後來漸漸來的次數少了。可閻婆惜是水性楊花之人，又正值妙齡之際，本來就看不上黑臉的宋江，這可怎麼耐得住寂寞。

一日，宋江帶著手下張文遠來閻婆惜家吃酒。這張文遠，人稱小張三，生得眉清目秀、唇紅齒白，打扮得風流倜儻，擅長討女人歡心。這閻婆惜一見張三，就滿心喜歡，暗送秋波；那張三也懂閻婆惜之意，沒多久兩人就打得火熱。兩人如膠似漆，街坊鄰居都知道了。這消息傳到宋江耳朵裡，宋江半信不信，心裡想：「閻婆惜又不是父母匹配的妻室，她若無心戀我，我也沒有必要氣惱，往後不去就是了。」自此有幾個月沒去。閻婆找人去請，宋江只推託有事情。

忽一日晚間，閻婆趕到縣衙前，叫道：「押司，要去哪裡，好幾天沒有見您了。」原來，她看出宋江的心思，心想宋江不來，她們母女的衣食住行靠誰料理？因此來到縣衙門口等宋江，死活要把宋江拉到家裡坐。宋江無奈，只好跟著閻婆來到樓中。

宋江坐下來，那婆子叫道：「閨女，你心愛的三郎來了。」那閻婆惜倒在床上，就盼著小張三趕緊來，一聽「你心愛的三郎來了」，以為是張三郎，慌忙起來，還整理了一下頭髮，嘴裡嬌滴滴地罵道：「你個短命的，讓我等得好苦！老娘先打你兩耳光！」於是飛也似的跑下樓來，遠遠看見卻是宋江，便轉身上樓去，依舊倒在床上。

閻婆聽見女兒下樓聲，又聽到再上樓去，便又叫道：「閨女，你的三郎在這裡，怎麼又上樓了？」閻婆惜在床上答應道：「這屋子又不遠，他又不瞎，難道不能自己上來，還等我去迎接嗎？」閻婆道：「她這是不見押司來，生氣呢。押司您就多體諒體諒，我和您一起上樓。」宋江聽了閻婆惜的話，心裡很不高興，但無奈被這婆子拉扯著，只能勉強來到樓上。

閻婆道：「老身還有一瓶好酒，再去買些果品來。閨女，你多陪陪押司，不要怕羞，我去去便來。」宋江心裡想：「這次被這婆子拖住了，現在還走不了。等她下樓去，我隨後就走。」那婆子看出宋江要走的意思，出了房門，便把門鎖上了。宋江暗想道：「沒承想先被這老婆子算計了。」

宋江無奈，當晚只能留了下來。宋江只喝了幾杯酒，就自己安歇了。閻婆惜因為有了張文遠，早就看宋江礙眼，也不搭理宋江。宋江心情不好早早就醒來了，他穿衣洗漱後走上街來。宋江在閻婆家中感到氣悶，因此匆匆忙忙出來，不料卻把昨晚掛在閻婆惜床頭欄杆上的招文袋落下了。

話說閻婆惜聽見宋江出門走了，自言自語道：「讓你攪得老娘一夜睡不著，還指望老娘陪。老娘現在和張三過得正好，誰願意理你！」於是脫衣準備重新睡個安穩覺。當時，床前的燈光很亮，照著床頭欄杆上的紫羅鑾帶。閻婆惜見了，便伸手去提，提起招文袋和刀子來，只覺袋子有些重，便把手抽開，往桌子上一扔，那錠金子和信掉了出來。閻婆惜拿起來，湊到燈前一看，見是一條黃澄澄的金子。閻婆惜大喜，笑道：「這是上天讓我和張三買東西吃呀。這幾日我見張三瘦了，也正想買些好東西給他補補身體。」然後閻婆惜將金子放下，又把那封信展開，上面寫著晁蓋等人的許多事情。閻婆惜道：「好哇！我正要和張三做長久夫妻。今日這事正好撞在我手裡——梁山泊強賊原來和你勾結，還送一百兩金子與你。看老娘我怎麼折磨你。」於是把這封信依原樣包了金子，還插在招文袋裡。

閻婆惜正在樓上自言自語，突然聽見樓下的門響了一聲，然後就聽見閻婆子問道：「是誰？」宋江道：「是我。」婆子道：「押司出門真是太早了，再回去睡一會兒，等天亮了再走。」宋江也不回話，直接奔上樓來。那婆娘聽到宋江回來，慌忙把招文袋藏在被子裡，然後假睡覺。宋江沖到房裡，去床頭欄杆上取招文袋時，卻不見了。宋江心裡頓時慌了，他忍著昨晚的怒氣，陪著笑讓那婦人把東西還給自己。

閻婆惜柳眉倒豎，怒眼圓睜，說道：「就是老娘拿了，可就是不給你！你倒是把我當成賊送到官府裡呀。」宋江道：「我也沒說你是賊呀。」閻婆惜道：「老娘當然不是賊！」宋江聽她這麼說，心裡就

有些慌，便說道：「我平時也不曾虧待你們，把招文袋還給我吧！」閻婆惜道：「平時老是埋怨老娘和張三在一起。他是有些不如你，但怎麼也不是該砍頭的罪犯，比你和劫匪來往強。」宋江道：「好娘子，不要喊，鄰居聽見，不是鬧著玩的。」閻婆惜道：「你要是怕別人知道，自己就別做。這封信老娘我收著。要想我放過你，就要答應我三件事！」宋江道：「不要說三件事，就是三十件事也答應你。請問是哪三件事？」

閻婆惜說：「第一件，將我的賣身契還我；再寫一張，任憑我改嫁張三。」宋江答：「這個可以答應你。」閻婆惜接著說道：「第二件，我頭上戴的，身上穿的，家裡用的，雖然都是你置辦的，但也要寫一張憑證，以後不准來討要。」宋江答：「這個也可以。」閻婆惜又說道：「只怕第三件你不答應。」宋江答：「兩件我都答應你了，為什麼這件不答應你呢？」閻婆惜道：「梁山泊的晁蓋送給你一百兩金子，趕緊拿來給我，我便饒了你，把招文袋還給你。」宋江道：「前兩件都能答應你。他確實要送我一百兩金子，只是我沒要。如果有，一定送給你。」閻婆惜道：「常言道：『公人見錢，如蠅子見血。』他派人送金子給你，你豈有退回去的道理？做官差的，哪個不愛錢？趕緊把那一百兩金子給我。」宋江道：「你也知道我是個老實人，不會說謊。你如果不信，給我三天時間，我將家產變賣，湊一百兩金子給你。你先還我招文袋。」閻婆惜冷笑道：「你這黑三倒會說話，把我當成三歲小孩子捉弄。我這裡一手交錢，一手交貨。」宋江道：「確實沒有那麼多金子。」閻婆惜道：「明天到公堂上，你也說不曾有這麼多金子？」

宋江聽見公堂兩個字，不禁怒火中燒，瞪起眼說道：「你到底還還是不還？」那婦人道：「你不用發狠，我就不還，你又能怎樣？」宋江道：「你確定不還嗎？」閻婆惜道：「不還！再說一百遍也是不還！如果還，就到鄆城縣衙還你！」

宋江看那婦人不還，便伸手扯開她蓋的被子，見自己的東西正被那婦人抱在胸前。宋江道：「原來在這裡！」於是一不做，二不休，兩手便來奪。那婆娘哪裡肯放，二人就撕扯到一起。宋江使勁一拽，裡面的刀子掉到床上，宋江伸手搶在手裡。那婆娘見宋江搶刀在手，叫：「黑三郎殺人了！」這一聲更激起了宋江心裡的怒氣。那婆娘剛喊出第二聲，宋江左手按住那婆娘，右手拿刀就割向了她的脖子，鮮血立刻噴出，閻婆惜痛苦地倒在床上。宋江怕她不死，又是一刀，便割下了她的頭顱。

宋江殺了閻婆惜，取過招文袋，抽出那封信，湊到燈下燒了，然後趕緊逃回宋家莊躲了起來。好在捉拿宋江的捕頭朱仝、雷橫和宋江關係要好，放過了宋江。後來在縣令等人的幫助下，安撫了閻婆、張三等人，這個事情就被壓了下來，慢慢地不了了之了。風聲一過，宋江想，總是躲在家裡也不是長久之計，就去了滄州，投奔柴大官人柴進去了。

風雲人物榜

姓名：宋江

字：公明

綽號：呼保義、孝義黑三郎、及時雨

星號：天魁星

地位：晁蓋之後梁山好漢之首。

生平經歷：宋江原為山東鄆城宋家村人，因殺閻婆惜被流放江州，被迫上梁山。招安後，宋江率領人馬先後抗擊遼國的進擾和剿滅國內造反的河北田虎、淮西王慶、江南方臘等勢力，後被朝廷的毒酒毒死。

第十二回 武松景陽崗打虎

話說宋江離開了宋家莊，直奔滄州柴進的莊院，受到柴進的熱情招待。在這裡，宋江遇到了落難的清河縣的武松。那武松威風凜凜，相貌堂堂，眉宇之間都透露著英雄之氣。宋江一見，十分歡喜。那武松見眼前之人就是江湖上大名鼎鼎的「及時雨」宋江，趕緊跪拜。宋江趕緊攙扶起來。柴進大擺酒宴，眾英雄推杯換盞，好不熱鬧。

再說那武松，相伴宋江住了一些時日，因思鄉心切，想要回清河縣看望哥哥。柴進、宋江兩個挽留不住，便取出些銀兩送給武松做路費。武松帶好包裹，提著梢棒*，辭別眾人，就往家鄉奔去，不幾日就來到陽穀縣地面。這裡距離陽穀縣城還有一段距離。正是晌午時分，武松走得肚中饑渴，望見前面有一個酒店，挑著一面酒幌在門前，上面寫著五個字「三碗不過岡」。

武松進入店中坐下，把梢棒靠在一邊，叫道：「店主，快把酒肉給俺端上來。」只見店主擺了三隻碗，又切出二斤熟牛肉，放在武松面前。武松連喝了三碗酒，店主便再也不來倒酒。武松敲著桌子叫道：「店主，怎麼不來倒酒？」店主道：「客官如果要肉馬上就端上來。」武松道：「我要酒，另外再切些肉來。」店主道：「肉馬上就切來，酒卻不能再添了。」武松道：「這就怪了！你為什麼不肯賣酒給我？」店主道：「客官，你沒有看見我門前酒幌上面寫的『三碗不過岡』嗎？」武松問道：「什麼叫『三碗不過岡』？」店主道：「俺家的酒，叫作透瓶香，又喚作出門倒。雖然是村酒，卻可以和老酒的滋味相媲美。

一般情況下客人來我店中，吃了三碗後，便醉了，過不得前面的山岡去，因此喚作『三碗不過岡』。」武松笑道：「不要胡說！我又不是不給你錢，再倒三碗給我！」店主見武松絲毫沒有醉意，又倒了三碗。就這樣，武松前前後後一共吃了十八碗，肉也吃了幾斤。酒足飯飽後，武松站起來道：「我怎麼沒有醉呢！店主，你竟然說『三碗不過岡』！」於是抄起梢棒便往門外走去。

店主趕出來叫道：「客官哪裡去？」武松站住了，問道：「叫我做什麼？我又不少你酒錢！」店主叫道：「我是好意。現在前面景陽崗上有只老虎，晚上出來傷人，已經有二三十條大漢丟了性命。目前官府正命令獵戶限期捉拿。路口都有官府的公告：可叫往來客人，結夥成隊，於上午九點到下午三點過岡，其餘時間不許過岡。過岡時務必要結伴而行。客官不如就在這裡歇息吧，等明日湊夠二三十人，一齊過。」武松聽了，笑道：「我是清河縣人，在這景陽崗上，至少也走過一二十趟，從來沒有見過老虎。即使有，我也不怕！」店主道：「我是好意救你，你不信就進來看官府的公告。」武松道：「你留我在家裡歇，故意說有老虎嚇唬我，難道是想半夜三更，謀我錢財，害我性命？」店主道：「我是一片好心，你卻當成驢肝肺，你不信我，要走就走吧！」

武松趁著酒勁，一步步走上景陽崗。這時正是十月，白天短夜間長，太陽漸漸地落山了。武松自言自語：「哪裡有什麼老虎，只是人們自己嚇唬自己，不敢上山罷了。」武松走了一會兒，酒勁上來，頓時渾身燥熱。於是武松便一手提著梢棒，一手把胸膛敞開，踉踉蹌蹌地直接走進了亂樹林。武松看見一塊光滑的大青石，就把梢棒靠在一邊，自己躺了上去，準備休息一會兒。突然樹林深處刮過一陣狂風來，接著一

＊行路防身用的棍棒。

隻老虎跳了出來。武松見了，「啊呀」一聲從青石上翻身起來，順手抄起那條梢棒，閃在青石旁邊。

那隻老虎又餓又渴，把兩隻爪在地下略按一按，往空中一躥，撲向武松。武松被這一嚇，酒都變作冷汗出了。說時遲，那時快，武松見老虎撲來，只一閃，閃在老虎背後。那老虎便把前爪搭在地下，把腰胯一掀，掀將起來。武松一躲，躍到一邊。老虎見又沒有傷到武松，便怒吼一聲，就像半空裡響了一個霹靂，震得整個山岡都顫抖起來。老

虎把鐵棒似的虎尾，倒豎起來一剪。武松又閃在一邊。那老虎見一撲、一掀、一剪三招都沒有傷到武松，再吼了一聲，重新撲了上來。這時武松雙手掄起梢棒，用盡全身氣力，從半空中劈下來，只聽得一陣「嘩嘩」的樹葉響聲。武松仔細看時，這一棒沒劈著老虎。原來武松打急了，正打在枯樹上，把那條梢棒折成兩截，只拿了一半在手裡。

那老虎咆哮著，再次撲過來。武松又一跳，後退了十步遠。那老虎恰好把兩隻前爪搭在武松面前。武松將半截梢棒丟在一邊，兩隻手順勢把老虎頭上的花皮揪住，摁到地上。然後武松掄起鐵錘般大小的拳頭，用盡平生之力，向老虎打去，直到那老虎眼裡、口裡、鼻子裡、耳朵裡都迸出血來，才停了下來。後來老虎慢慢不動了，最後竟死了。

武松打死老虎的事情，在當地迅速傳開了。大家帶著酒肉前來，都想一睹打虎英雄的風采。陽谷縣的知縣差遣下屬把武松接到了縣衙。武松來到大堂上見過知縣，將打虎的經過說了一遍。眾人聽了都驚呆了，知縣當時在大堂上賜了幾杯酒，還賞賜給武松一千貫錢。武松把這賞錢分給了當地的獵戶。知縣見他忠厚仁德，就有心招攬他在縣衙使喚，說道：「雖然你是清河縣人，但與這陽穀縣近在咫尺。在本縣做個都頭怎麼樣？」武松聽了，當即跪下謝恩，從此在陽穀縣做了步兵都頭。

這一天，武松正在街上走著，忽然聽到背後有人喊自己，回頭一看，正是自己的哥哥武大郎，於是倒身便拜。原來，武松和武大雖然是同胞兄弟，卻差別很大。武松身高八尺，相貌堂堂，武大卻身高不過五尺，長相醜陋。自從武松離開之後，武大郎便娶了妻子，名叫潘金蓮。這潘金蓮生得貌美，武大郎又是一個懦弱之人，因此常被人欺負。沒有辦法，夫妻二人只得離開清河縣來到這裡居住。

兄弟二人相見自然格外歡喜，武松便隨著哥哥回到家中，拜見嫂嫂潘金蓮。潘金蓮知道眼前這位魁梧英俊的大漢就是那**聞名遐邇**ㄒㄧㄚˊ ㄦˇ*的打虎英雄，不禁**心猿意馬**†：「我如果能嫁給這樣一個人，也算沒白活一輩子！哪裡像武大，又矮又難看，我真是倒大黴了！」潘金蓮有了這樣的心思，就極力邀請武松住到家裡。武松推辭不過，就稟報了知縣，搬到哥哥家住了下來。

自從武松在哥哥家住下來，潘金蓮每日仔細打扮，用心準備飯菜，心花怒放地服侍武松，武松過意不去，經常拿出銀子接濟哥嫂。那潘金蓮時常用言語勾引武松，但武松是個正直的好漢，也沒有放在心上。

不知不覺過了一個多月，轉眼到了冬天。這天，北風已經連續刮了好幾天，四下裡彤雲密布，又紛紛揚揚下了一整天的雪，大地上白茫茫一片。

次日一大早，武松就去縣裡報到。潘金蓮把武大趕出去賣炊餅，又央求隔壁的王婆，買了些酒肉，然後去武松房裡生起一盆炭火，心裡想道：「今天我就挑逗挑逗他，不信他不動心。」潘金蓮獨自站在簾子下等著，看到武松遠遠地踏雪歸來，便揭起簾子，一邊噓寒問暖，一邊把武松讓到火盆邊。武松脫了油靴，換了一雙襪子，穿了暖鞋，靠近火盆邊坐著。潘金蓮把前後門關了，轉身把酒、果品、菜蔬等端到武松房裡來，擺在桌子上。武松問道：「哥哥還沒有回來嗎？」潘金蓮道：「你哥哥每天都出去做買賣，我和叔叔先喝三杯。」武松道：「等哥哥回來一起吃吧。」潘金蓮道：「他說不準什麼時候回來。」說著也在火盆邊坐下。潘金蓮端著一杯酒，看著武松道：「叔叔請喝了這杯。」武松接過來，一飲而盡。那婦人又倒了一杯酒，說道：「天氣寒冷，叔叔再喝一杯暖暖身子。」武松接來又一飲而盡。武松也倒了一杯酒，遞給潘金蓮喝。潘金蓮接過酒喝了，然後再斟滿一杯，放在武松面前。

如此接連幾杯下肚，潘金蓮不斷借著酒勁挑撥武松。武松也慢慢明白了她的心思，內心焦躁，只是強忍著不說話，拿火筷子撥火盆裡的炭火。潘金蓮看不出武松心裡的想法，就倒滿一杯酒，自己喝了一口，剩了大半杯，看著武松說道：「你要是明白我的心思，就喝下這半杯殘酒吧。」武松一把奪過酒杯，把酒潑在地上，說道：「嫂嫂不要無禮！俺武松也是個頂天立地的男子漢，不是那敗壞風俗、不懂人倫的豬狗。」潘金蓮頓時羞紅了臉，心裡充滿怒氣，嘴裡說道：「我就是和你開個玩笑，你怎麼當真起來，真是不知道好歹！」然後收拾了桌子上的杯盤，去廚房了。

過了晌午，武大賣完炊餅回來，見老婆雙眼哭得紅紅的，便問道：「你和誰吵架了？」潘金蓮道：「都是你不爭氣，叫外人來欺負我。」武大道：「誰敢欺負你？」潘金蓮道：「還能有誰！就是武二那東西。我見他大雪裡歸來，趕緊準備了酒給他喝，誰知道他見沒有其他人，就用言語來調戲我。」武大道：「我兄弟不是那樣的人，你不要亂說，讓鄰居笑話！」武大又來到武松房裡，喊他一起吃飯，武松也不說話。過了一會兒，武松就脫了暖鞋，穿上油靴，戴上斗笠，披上大氅（ㄔㄤˇ），帶上氈笠，一個人朝縣衙去了。不一會兒，他帶著一個士兵回來，將行李帶走了。武大問時，武松只說：「哥哥不要問了，只照看好自己的攤子就行了。」

自從武松搬去縣衙裡，武大依然每日上街賣炊餅。這樣過了十幾天，武松突然回來，對武大和潘金蓮說：「知縣有事差我去做，多則需要兩個月的時間，少則四五十日便回。武松走後，嫂嫂要安守本分！哥哥應該晚出早歸，如果受人欺負也不要爭執，等我回來再和他計較！」武大點頭答應，潘金蓮卻氣得一頓亂罵。武松也不理她，帶著幾個士兵匆忙上路了。

※ 形容名聲很大，遠近都知道。遐，遠。邇，近。

† 比喻人的心思流蕩散亂，如猿馬般難以控制。

武松走後，潘金蓮又罵了三四日。武大忍氣吞聲，任由她罵，心裡只記著兄弟的話，每日只做一半炊餅出去賣，早早就回來。他一回到家裡，就關上大門。潘金蓮看了，心裡焦躁，指著武大臉罵，武大依舊不理會。潘金蓮也沒有辦法，每天估計武大回來時，就去收了簾子，關上大門。武大見了，心裡也高興，心裡想：「這樣就好！」

這樣過了一段時間，冬天快過去了，天氣漸漸暖和起來。這天，潘金蓮估計武大快要回來，就拿著叉竿到門前準備放下簾子。誰承想手裡一滑，叉竿正好打在經過窗前的一個官人頭上。那人停下來，正要發作，卻看到一個美豔的少婦站在自己的眼前，心裡的怒氣頓時消散得無影無蹤，臉上露出了色眯眯的笑容。這婦人知道自己犯錯了，叉手深深地道個萬福，說道：「小女子一時失手，請官人不要怪罪。」那人一面整理了一下頭巾，一面躬身還禮道：「不礙事。娘子請便。」嘴裡說著不礙事，一雙眼卻死死地盯在婦人身上，一直到走過去，還是不停地回頭觀望。這婦人收了簾子，掩上大門，等武大回來。

再說這個官人，複姓西門，單名一個慶字，本來是一個破落戶，小時候也學了些拳腳功夫，後來靠開了幾家藥鋪發了家，又用錢買通了陽穀縣的上下，在縣裡天不怕、地不怕，十足的潑皮惡霸。西門慶自從遇見潘金蓮，便有點神魂顛倒，時常來武大郎門前轉悠。這一切都被隔壁賣茶的王婆看到眼裡。話說這王婆本來就是一個貪圖便宜的人，看到西門慶看上了潘金蓮，就有意撮合兩個人，想自己從中撈點好處。

這天西門慶又來門前轉悠，後來進了王婆的茶坊。幾杯茶後，西門慶便向王婆打聽潘金蓮的情況。那王婆欲擒故縱，跟西門慶扯東扯西，就是不接他的話茬。直到西門慶拿出銀子，她才說道：「老婆子看大官人有些渴，何不喝一杯茶呢？」西門慶道：「您是如何看出來的？」婆子道：「這有什麼難的。自古道：『入門休問榮枯事，觀著容顏便得知。』老身一看大官人的臉色便知道了。」西門慶道：「我有一件心事，您若是猜對了，我就輸給您五兩銀子。」王婆笑道：「老娘我也不用絞盡腦汁*，你那心事，我一猜便中。這兩日你來這裡這麼勤，一定是心裡想著隔壁那個人。」西門慶笑起來，說道：「您是聰明之人，一下子就猜中了我的心事。自從那天見了隔壁娘子一面，就再也放不下了，就是不知道怎麼辦才好。您老人家有什麼辦法沒有？」王婆哈哈笑起來道：「若是大官人肯拿出些錢來，老身有一條計，保管大官人得償所願。」西門慶道：「我都答應您。您有何妙計，還請快快說來。」

於是二人商量好計策，在王婆的安排下，西門慶買來一匹白綾，一匹藍綢，一匹白絹，還有十兩好綿。王婆請潘金蓮到家中給自己做壽衣，西門慶裝作來茶坊喝茶，王婆趁機介紹二人認識。那婦人見西門慶相貌堂堂，有錢有勢，心裡早就心猿意馬，哪裡還禁得住西門慶的挑逗。一來二去，二人便勾搭成奸。

*形容苦思積慮，費盡腦筋去思考一件事情。

歷史好奇問

武松的酒量到底有多大？

《水滸傳》裡記載，武松上景陽崗之前，曾經在酒店喝了十八碗酒，然後又赤手空拳打死老虎。後來他幫助金眼彪施恩打蔣門神，要求「無三不過望」。「望」是酒店外面掛的招牌，「無三不過望」就是他每看見一個酒店招牌就得喝三碗，不然他不走。結果總共喝了四、五十碗，才六七分醉。

武松為什麼那麼能喝？主要是因為宋朝沒有蒸餾酒，只有釀造酒。把米飯蒸熟、放涼、拌上酒曲，讓它發酵，發酵到一定程度，米飯就變成酒糟，用酒篩過濾掉，放進壇子裡密封起來，少則三個月，多則十年，打開壇子，就是成品酒了。這樣釀造出來的酒，最高度數不超過十五度。一般在六度左右，比白酒的度數低得多，所以才能多喝。

白白老師的國學小教室

武松打虎

武松打虎是武松的代表事件。《水滸傳》起初是描寫武松在酒樓喝酒，店主卻不願意再替他多添酒，還說了句三碗不過崗，埋下故事的懸疑之處，不過武松仍然點了許多碗酒，最後居然連喝了十幾碗，寫出英雄隨意不羈的豪爽形象，也替後面的勇猛打老虎鋪陳。

儘管店主告訴武松景陽崗有老虎，而且一連害了很多人性命，但武松毫不在意，他甚至豪邁說了一句：「在這景陽崗上，至少也走過一二十趟，從來沒有見過老虎。即使有，我也不怕！」這句「即使有，我也不怕！」刻劃出他的勇敢無畏。

上了景陽崗後，武松遇見老虎，老虎多次撲擊都未傷到武松，武松想使用梢棒反擊，沒想到卻打到枯樹，武器斷成兩半，這裡是作者埋下的考驗，也讓故事更為緊張刺激。武松少了武器，只能赤手空拳打虎，小說裡敘述他揪住虎皮，狠狠地打向老虎各部位，打到老虎五官出血，總算把虎打死。

從描述武松連喝十幾碗酒刻劃他的豪邁，且酒能壯膽，也為後面的情節鋪陳，遇見老虎後，武器的斷裂增加故事的緊張性，也促使武松只能赤手打虎，凸顯英雄的無畏勇猛。《水滸傳》敘述故事、凸顯人物形象的功力，在武松打虎這段情節中，我們就能看見細膩和用心之處。

第十三回 武二郎殺嫂報兄仇

話說潘金蓮自從和西門慶勾搭在一起，每天都來王婆家和西門慶相會。兩人如膠似漆，難分難舍。自古道：「好事不出門，壞事傳千里。」不到半個月的時間，街坊鄰居差不多都知道了，只瞞著武大一個人。後來一個賣雪梨的小孩——鄆哥，聽到了關於潘金蓮和西門慶的事情，心裡氣不過，就告訴了武大郎。二人商量好第二天到王婆家捉姦。

第二天早飯後，武大郎假裝挑著擔子出去做買賣。那潘金蓮一看武大走了，就又溜到王婆家和西門慶私會。鄆哥見西門慶進了王婆家，就走入茶坊，大罵王婆。那婆子大怒，揪住鄆哥便打。鄆哥把王婆引開，武大趁機大踏步從外面沖了進來。

那婆子見武大來，著急得準備攔，卻被這小猴子死命纏住，實在走不開。那婆子只得大聲叫喊：「武大來了！」屋子裡的潘金蓮一下子亂了手腳，趕緊頂住了門，西門慶一下子鑽入床底下。武大來到門前，用手推那房門時，哪裡還能推得動，嘴裡只是喊著：「都是你做的好事！」門裡面的潘金蓮慌成一團，嘴裡抱怨道：「平常沒有事情時，就知道賣弄自己拳腳有多麼厲害。今天遇到事情，就什麼也不會了。見了個紙老虎，就先嚇得尿褲子。」那婦人這幾句話，其實就是讓西門慶出來打武大，然後趁機逃出去。這一下子就提醒了西門慶，他從床底下鑽出來，說道：「娘子，不是我沒本事，剛才一下子慌了神。」於是開了門喊道：「不要砸門了！」武大想要揪住他，卻被西門慶飛起一腳，正踢中心窩，「撲通」一聲，仰面躺在

地上。西門慶見踢倒了武大，從弄堂裡溜走了。鄆哥見形勢不妙，撇了王婆撒腿跑了，街坊鄰居，都知道西門慶關係了得，誰敢來多管閒事？

王婆扶起武大來，見他口裡吐血，臉色蠟黃，便叫潘金蓮出來，舀碗水，把他救醒。然後兩個人扶著武大，從後門回家，送到樓上，安排躺在床上睡了。

武大一病數日，不能起床，也沒有人照顧。潘金蓮每天仍然濃妝豔抹去和西門慶私會，歸來時面色潮紅。武大郎氣得要死，他對潘金蓮說：「你如果肯照顧我，早日服侍我病好了，我就不再追究。要不然，等我兄弟回來，一定會收拾你們。」潘金蓮害怕，把這話告訴了王婆和西門慶。三人一合計，用砒霜害死了武大郎。眾鄰居明知道武大郎死得有問題，卻不敢多問。西門慶又花了十兩銀子，讓掌管驗屍和喪葬的團頭何九叔過來，趕緊把武大郎的屍體火化了。

再說這何九叔平白無故得到西門慶的銀子，就感覺事情有蹊蹺。等他來看了武大郎的屍體，就明白了其中的原委。他知道自己惹不起西門慶，一時也沒有辦法，就裝作中了邪的樣子，口吐鮮血，跌倒在地。王婆等忙叫人把何九叔抬到家中去。何九叔回到家中，將這件事告訴了自己的妻子，他妻子是個明白事理的人，她對何九叔說：「不如這樣，燒化屍體和送葬的事情你都讓手下人去做，只是保管好這十兩銀子，再在武大快要下葬時，假意去弔唁，然後盜出武大兩塊骨頭作為物證，要是武松回來問，我們也有話說。」

下葬當天，何九叔拿著一串紙錢前來弔唁，他用言語先把王婆和潘金蓮支開，然後趁人不注意，偷了武大兩塊骨頭包在隨身帶著的布袋中。何九叔將骨頭帶回家，找紙記下了時間及送喪人的名字，然後把那十兩銀子包好，放到一個袋子裡，藏了起來。

光陰荏苒，轉眼已三月初頭。武松辦完差事，回到住處換了衣服，就來拜見哥哥。推門進屋，探身進來，一眼就看見牌位，上面寫著「亡夫武大郎之位」七個字，武松頓時驚呆了。「難道是我眼花了？」心裡想著，他大聲喊道：「哥哥，嫂嫂，武二回來了！」那西門慶正和潘金蓮在樓上取樂，聽到武松的叫聲，嚇得屁滾尿流，竄到後門出去，從王婆家逃了。潘金蓮答應道：「叔叔少坐，我這就下來。」原來這婆娘自從藥死了武大郎，哪裡肯戴孝？整日濃妝豔抹和西門慶取樂。聽到武松「武二回來了」的喊聲，慌忙去面盆裡洗掉脂粉，拔去了首飾釵環，隨便挽了個髮髻，脫去了紅裙繡襖，穿上孝裙孝衫，便從樓上嗚嗚咽咽假哭下來。

武松道：「嫂嫂不要哭！我哥哥幾時死的？得了什麼病？從哪家藥鋪買的藥？」那婦人一邊哭，一邊說道：「自從你走了，有一天他突然得了心疼病，求神問卜，尋醫吃藥，都不管用，最後就死了，就剩下苦命的我呀！」隔壁王婆聽到風聲，唯恐穿幫，也趕緊過來幫著潘金蓮說話。武松又說道：「我哥哥從來沒有得過這樣的病，怎麼會突然就死了？」王婆道：「都頭怎麼能這樣說？俗話說：天有不測風雲，人有暫時禍福。誰能保證不會得病？」那婦人道：「這次多虧了乾娘，平時我是大門不出二門不邁，和鄰居沒有交情，要不是乾娘幫助，我都不知道該怎麼辦。」武松道：「哥哥屍首埋在哪裡？」婦人道：「我一個婦道人家，到哪裡去尋找墳地？沒有辦法，在家放了三天，到外面火化了。」武松道：「哥哥死了多少天了？」婦人道：「再過兩天，便是斷七*。」

武松沉吟了半晌，便回到縣裡的住處，換了一身素淨衣服，藏了一把刀在身邊，又帶了些銀子，回來給武大郎守靈。第二天起來，他就去找負責驗屍的何九叔。何九叔自知來者不善，趕緊將自己所經歷的事情告訴了武松，並將武大的骨頭和西門慶的銀子一起交給武松。二人又一起來找鄆哥，瞭解了真相。三人一起來到了公堂之上，請求知縣捉拿西門慶、潘金蓮等人。沒想到西門慶早和知縣勾結在了一起，知縣百般維護西門慶，不肯捉人。武松沒有辦法，只得回來。

武松到街上買了些酒菜，回到家中便邀請左右鄰居都來飲酒。一個是對門開茶館的王婆，一個是開銀鋪的姚二郎，一個是開紙馬鋪的趙四郎，一個是賣冷酒的胡正卿，一個是賣餶飿（ㄍㄨ ㄉㄨㄛˋ）†的張公。大家知道沒有好事，都百般推辭，但迫於武松威逼，不得不參加。

武松叫小兵把前後門關了，說道：「眾位高鄰不要怪小人粗魯，沒有好酒菜招待大家。」眾人說道：「小人們還沒有給都頭接風洗塵，卻麻煩都頭破費。」武松笑道：「招待不周，大家不要笑話。」小兵只顧倒酒。眾人懷著鬼胎，不知道怎麼辦才好。看看酒過三巡**，那胡正卿就要起身，說道：「小人有點事情要忙，先行告退。」武松叫道：「先別走！既然來了，就再等等。」那胡正卿心裡是十五個吊桶打水——七上八下，他暗暗地想：「既是好意請我們吃酒，怎麼能是這樣態度，不許人動身？」只得坐下。武松道：「再滿上酒。」小兵又倒第四杯酒，前後一共只喝了七杯酒，大家卻度日如年。

武松讓士兵收拾了杯盤，自己抹了桌子。鄰居起身要走，武松兩手一伸說道：「我有話要說。大家誰會寫字？」姚二郎道：「胡正卿寫得好。」武松便拱手說道：「那就麻煩您了。」說著捋起袖子，從衣服底下「嗖」地拽出那把尖刀來。右手四指握著刀把，大拇指摁著刀中間，瞪著雙眼說道：「諸位高鄰在此，小人冤各有頭，債各有主，只要大家做個見證。」

---

* 舊時人死後，每隔七天做一次佛事，滿七七四十九天時叫「斷七」。

† 古時一種麵製食品。

** 「三巡」就是三遍。主人給每位客人斟一次酒如巡城一圈，斟過三次，客人都喝光了，就叫「酒過三巡」。

只見武松左手抓住潘金蓮，右手指著王婆說道：「大家不要覺得奇怪，也不要害怕。武松雖然是粗魯之人，死是不怕的，但知道有冤報冤，有仇報仇，不會傷害眾位，就是請大家做個見證。如果有哪一位先走的，那就不要怪俺無情了。讓他先吃我五六刀，武二去給他抵命就是了。」大家驚得目瞪口呆，不知所措，只能面面相覷，不敢說話。

武松看著王婆喝道：「你這老傢伙聽著！我哥哥性命，全是你害的，等會兒再問你！」回過頭來，看著潘金蓮罵道：「你這淫婦，趕緊把謀害我哥哥的經過從實招來，你若招了，我便饒你。」那婦人道：「叔叔，你這話好沒有道理！你哥哥是害心疼病死的，和我有什麼關係？」武松拿著刀就要往潘金蓮臉上劃去，嚇得她慌忙叫道：「叔叔，饒我性命，我說，我說。」武松一提，讓她跪在靈堂前。武松喝一聲：「淫婦快說！」

潘金蓮驚得魂魄都沒了，只得從實招了。王婆一看，也只得招了。武松讓胡正卿把她們的供詞都記了下來，讓她們兩個簽名畫押，眾鄰居也跟著簽名。

武松把供詞卷起來揣到懷裡，把那婦人拖到武大郎的靈前，讓士兵焚起紙錢。那婦人見勢不好，剛要喊叫，便被武松殺死；武松還割下那婦人的頭，霎時血流滿地。眾人見了，都兩手掩面，一動也不敢動。武松拱手對眾人說：「煩勞各位到樓上再等一會兒，我去去就來。」說著，包起那婦人的頭，直奔西門慶的藥鋪而去。

武松把藥鋪的主管約到一邊，打聽到西門慶正在獅子橋下的大酒樓喝酒，一點也不耽擱，直接奔到獅子橋下酒樓前，便問酒保道：「西門慶大郎在哪裡？」酒保道：「在樓上靠街的閣子裡吃酒。」武松一直沖到樓上，來到閣子前，從窗格裡望去，見西門慶坐在裡面喝花酒。武松從包裹裡拿出那顆人頭，用左手提著，右手拔出尖刀，挑開簾子，邁入閣子裡。武松把那婦人的頭朝西門慶臉上扔了過去。西門慶認得是武松，吃了一驚，叫聲：「哎呀！」便跳到凳子上，一隻腳跨上窗欄，想跳窗逃跑。可是往下一看，距離太高，不敢往下跳，心里正慌。說時遲，那時快，武松卻已跳到桌子上，把那些杯子、碟子等都踢下來。西門慶見他來得兇猛，上面虛晃一拳，底下飛起右腳來。武松只顧抵擋拳頭，見他腳起，略微一閃，恰好那一腳正踢中武松右手，手裡的刀就飛了出去，掉到街上了。西門慶見踢飛了武松的刀，心裡便不怕他，右手一晃，左手一拳，朝著武松的心窩打來。不料被武松躲過，順勢從肋下鑽入來，左手帶住頭，連肩膀只一提，右手早抓住西門慶左腳，叫聲：「下去！」那西門慶頭在下，腳在上，直接飛到窗外，摔在街上了。街上兩邊人，都吃了一驚。

武松伸手去凳子邊提了淫婦的頭，也鑽出窗子外，縱身跳在街上；先把那把刀搶在手裡，那西門慶早已跌得半死，直挺挺躺在地上，只有眼珠還能轉動。武松走到跟前，只一刀，割下了西門慶的頭。武松把兩顆頭放在一起，提在手裡。武松回到家裡，把姦夫淫婦的頭供到武大郎的靈前，說道：「哥哥早日安息！兄弟給你報仇了：殺了姦夫和淫婦。」

武松把鄰居從樓上請下來，讓眾人幫著變賣家裡的東西，自己提著兩顆人頭，押著王婆奔向縣衙。知縣念及舊情，便將武松的罪名寫輕，讓人把武松押送到東平府發落。再說東平府的府尹陳文昭，早就聽說武松是個打虎的英雄，心中愛惜，便將武松刺配孟州牢城營，並囑咐押送的差官，路上一定要好好照顧武松，又下批文把王婆殺了。

話說武松戴上枷鎖，由兩個公差押送著，離了東平府，奔赴孟州。那兩個公差知道武松是個好漢，一路小心服侍他，不敢有絲毫怠慢。武松見他們兩個懂事，一路上遇到村坊鋪店，便買酒買肉，給他們吃。

當時正是六月，烈日炎炎，一行人每日早起趕路，走了二十多天，來到孟州的十字坡。坡前有一個酒店，一個打扮妖豔的婦人正坐在門前。三人進入酒店，放下行囊，找個座位坐下。兩個公差說道：「這裡也沒有其他人看見，就把你的枷鎖打開，我們一起痛痛快快地喝兩碗酒吧。」

那婦人笑容可掬*問道：「客官要打多少酒？」武松道：「不要問多少，儘管拿來。肉也要切三五斤，最後一起給你結帳。」那婦人道：「還有大包子。」武松道：「那也拿二三十個來。」

那婦人進去不多時，提出一大桶酒來，放下三隻大碗，三雙筷子，切出兩盤肉來，一連倒了四五回酒，然後去灶上取了一籠包子，放在桌子上。兩個公差拿起來便吃。武松取一個掰開看了，叫道：「酒家，這包子是人肉的？是狗肉的？」那婦人哈哈笑道：「客官不要說笑。這樣太平世界，朗朗乾坤，哪有人肉的包子！都是正宗的黃牛肉。客人趕緊喝酒吃飯，等會兒去後面樹下乘涼。在這裡住宿也行。」

武松聽了這話，猜出這是一家黑店，就有意戲弄她一番，於是說道：「你家這酒太淡了，有好酒沒有？給我端上來。」那婦人道：「好酒倒是有，只是有點混濁。」武松道：「沒有關係。」那婦人暗自高興，轉身去熱了三碗酒端上來，說道：「客官，請試試這酒。」兩個公差迫不及待地喝了。武松說道：「你再切些肉來，給我當下酒菜。」等她轉身走後，武松偷偷地把酒潑了，他故意咂著嘴，說：「好酒，好酒，還是這酒夠勁！」

那婦人出去轉了一圈回來，拍著手說道：「倒下，倒下，倒下。」兩個公差只覺得天旋地轉，「撲通」一聲倒到地上。武松也閉上眼睛，裝作中計倒在桌子旁邊。店裡走出兩個大漢，把兩個公差扛到屋裡，又回頭來扛武松，卻死活也搬不動。那婦人親自來背武松，沒想到被武松用了個「千斤墜」牢牢地把那婦人壓在了身體下。老闆娘告饒，武松不肯放。這時候一個樵夫模樣的大漢走到武松身邊說：「好漢饒命。」武松說：

「她是什麼人？」大漢說：「她是我妻子。」武松說：「你是什麼人？」大漢說：「我是菜園子張青。」

原來這二人就是江湖上有名的菜園子張青和母夜叉孫二娘。他倆在大樹十字坡下開了個酒店，專打劫來往的不法客商，兜售人肉包子。張青知道這人就是打虎英雄武松時，倒身便拜。武松扶起張青，並向他說了自己的遭遇。張青勸武松去二龍山落草，武松不願當草寇，便叫張青放了兩個差人，拜別了張青夫婦。三個人上路直奔孟州牢城營而去。

＊形容笑容滿面。掬，雙手捧取。

風雲人物榜

姓名：武松

綽號：武二郎、武行者

星號：天傷星

地位：三十六天罡第十四位，步軍頭領。

生平經歷：武松為清河縣人，從小父母雙亡，由兄長撫養長大。景陽崗打虎、鬥殺西門慶、醉打蔣門神、大鬧飛雲浦、血濺鴛鴦樓、刀劈飛天蜈蚣，他的事蹟為人所熟知。他在征討方臘的戰鬥中，失去一臂，班師時拒絕回汴梁，在六和寺出家，被封為清忠祖師，賜錢十萬貫，以終天年，最後以享年八十歲善終。

第十四回 武松報恩醉打蔣門神

武松告別張青夫婦，和兩個公差直奔孟州，不到晌午就來到城裡。兩個公差和武松來到孟州縣衙，遞上東平府文牒。州尹看了，收押了武松，寫了回文給兩個公差，讓他們回去交差。隨即把武松押送到牢城營。武松來到牢城營前，看見一個匾額，上書三個大字「安平寨」。

武松被收押在單身的牢房，先是去見了管營，卻沒有受「殺威棒」的刑罰，又被送了回來。眾囚徒都認為這不是好兆頭，說道：「如果沒有挨『殺威棒』，夜裡一定會來要你的性命！」

眾人正說著，只見一個軍人托著一個盒子進來，問道：「哪位是新來的武都頭？」武松答道：「我便是。有什麼事情嗎？」那人答道：「管營給你送點心來了。」武松一看，一大壺酒，一盤肉，一盤子麵，還有一大碗湯。武松心裡想：「難道是讓我吃了這飯，然後再來對付我？我先吃飽了再說。」武松把那壺酒一飲而盡，把肉和麵也都吃完了。那人收拾好回去了。

武松坐在房裡沉思，自己冷笑道：「看他怎麼來對付我！」到了傍晚，只見那個軍人又來了，仍然帶著一個盒子，武松問道：「你怎麼又來了？」那人道：「給你送晚飯來了。」然後擺下幾盤菜蔬，又是一大壺酒，一大盤煎肉，一碗魚羹，一大碗飯。武松見了，暗暗說道：「吃了這頓飯，一定會來要我性命了。管他呢，即便是死也做個飽鬼。先吃了再說。」那人等武松吃了，收拾碗碟回去了。

不多時，那個人又和一個大漢進來，一個提著浴桶，一個提一大桶熱水，看著武松道：「請都頭洗澡。」武松心裡想：「難道是要等我洗完澡再下手嗎？我也不怕他，便高興地去洗澡。」那兩個漢子把熱水倒入桶裡，讓武松在浴桶洗了一會兒。隨即送過毛巾，叫武松擦乾了，穿了衣裳。一個把洗澡水提到外面倒了；一個鋪了涼席，掛起紗帳，放個涼枕，也回去了。武松把門關上，從裡面拴好，心裡想：「這到底是什麼意思？」他思來想去也沒有眉目，便倒頭睡了，一夜無事。

第二天早上，武松剛打開房門，昨天晚上那個人又進來，提著熱水請武松洗臉漱口，然後又拿出梳子替武松梳頭髮，挽了髮髻，用頭巾包好。梳洗完畢，又一個人帶著一個盒子進來，取出幾樣菜下飯，還有一大碗肉湯，一大碗飯。武松想：「看他到底要什麼花招，我先吃飽了再說。」武松吃完飯，那些人又把泡好的茶端上來，等茶喝得差不多了，只見送飯的那個人過來說道：「這裡環境不好，請都頭到隔壁歇著，在那裡吃飯喝茶都比較方便。」武松心裡想道：「狐狸就要露出尾巴了！我暫且跟他去，看看他到底想幹什麼！」於是兩人一個過來收拾武松的行李被褥，一個領著武松離開了單身牢房，到了前面的一個房間。推開房門來，裡面的睡床和蚊帳都乾乾淨淨，桌子、凳子等日常用品也是新的。武松看著更加疑惑：「我原以為他們要把我送到土牢，為什麼比原來的單身牢房條件還好呢？」

到了中午，那個人又提一個盒子和一壺酒進來。打開盒子，擺下四樣水果，一隻熟雞，又有許多蒸卷。那人把熟雞撕了，又倒滿一杯酒，請都頭吃。武松心裡琢磨：「他們到底想幹什麼？」晚上仍然是好酒好菜，飯後沐浴更衣，乘涼歇息。武松越來越疑惑。

就這樣，一連幾天，每日好酒好食伺候著，並沒有要加害的意思。武松心裡別提多疑惑了。這天中午，那人又帶著酒菜來了，武松再也忍不住了，按住盒子問那人道：「你家主人到底是誰？為什麼每天這樣好酒好菜招待我？」那人答道：「小人前幾天已經告訴都頭了，小人是管營相公家的親信。」武松道：

「我問你每天送的酒食，是誰讓你請我吃的？為什麼請我吃？」那人道：「是管營相公家裡的公子送給都頭吃的。」武松道：「我就是個囚徒，他為什麼送東西給我吃？」那人道：「小人怎麼知道為什麼？我家公子吩咐說，讓我先送幾個月再說。」武松道：「這就奇怪了！難道要把我養胖了，再來要我的命不成！這樣不明不白的酒食，我怎麼能吃得安心？你告訴我你家公子是誰，我們在哪裡見過沒有？」那個人道：「就是前幾天都頭剛來時，在廳堂右手打著繃帶的那位。」武松道：「難道是穿青紗站在管營相公身邊的那個人？」那人道：「正是老管營相公的兒子。」

武松這才想起，原來那天在廳堂上，按照宋朝的規矩，凡是新來的配軍，都要打一百殺威棒。剛要打時，管營旁邊站著的一位公子給管營低聲說了幾句話，管營就說：「這犯人在途中得病，就先免了這頓殺威棒。」武松就沒有挨打。武松越來越奇怪：「我是清河縣人，他是孟州人，我們素不相識，他為什麼這樣照顧我？這其中一定有原因。你告訴我，那小管營姓什麼叫什麼？」那人道：「姓施，名恩，喜歡舞拳弄棒，人們叫他金眼彪施恩。」武松聽了，道：「想必他也是一個英雄好漢。你去請他出來，和我相見；如果他不來，以後送的酒食我就不吃了。」那人道：「公子吩咐小人說：『不要多說話，等個三月或半年再相見。』」武松道：「不要胡說！儘管去請小管營來和我相見。」那人害怕，怎麼也不肯去。武松發起怒來，那人無奈，只得去通知。

不多時，只見施恩從裡面跑將出來，看見武松便拜。武松慌忙答禮，說道：「小人是個囚徒，卻得到您多日的照顧，無功受祿，您讓我寢食難安哪！」施恩答道：「小人早聽說過兄長大名，如雷灌耳，今日才有幸在此見到兄長。」武松問道：「聽說小管營要讓武松休息一段時間，然後有話要說，不知道您要對小人說什麼？」施恩說道：「既然兄長已經知道了，那我也就直說了。小弟的確有事相求，只是想到兄長遠路到此，身體疲憊，因此先讓兄長養精蓄銳，等身體完全恢復了再給您細說。」武松聽了哈哈大笑，領著施恩來到天王堂前，指著堂前的石墩問道：「你估計這石墩有多少斤重？」施恩道：「有四五百斤重。」武松把上衣脫了，拴在腰裡，抱著那石墩，輕鬆地就抱了起來。然後雙手一松，石墩「撲通」一聲砸入地裡一尺來深。眾囚徒見了，目瞪口呆。武松又用右手提起石墩，朝空中一拋，拋起一丈多高，雙手接住，輕輕地放回原位。武松面不改色。眾人看了，都驚嘆道：「真是神人！」

施恩大喜，把武松請到家裡，把相求之事說了。原來在孟州東門外，有一處集市，人稱「快活林」。山東、河北的客商都來這裡做買賣。有一百多處大客店，二三十座賭坊、兌坊。施恩依仗父親的權勢，在這裡開了一家酒店，霸占了這個地方。凡是在此做買賣的店鋪，都要按時繳納銀子。但是最近新來的張團練，帶來了一個人，姓蔣名忠，身高九尺，江湖人稱「蔣門神」。這個人武藝高強，奪去了施恩的生意，還把施恩打了一頓。施恩礙於張團練，所以一直未能報仇。

武松聽了哈哈大笑，說道：「難道他有三頭六臂不成，我現在就去會會他。」施恩怕武松吃虧，苦苦相勸，武松才慢慢平靜下來。第三天一大早，武松早早起來洗漱完畢，穿戴整齊。施恩過來請武松去家裡吃早飯。吃完飯，武松道：「我打蔣門神時，出了城後，只要遇著一家酒店，便請我喝三碗酒，如果不喝三碗，我就不經過**望子**[*]繼續前行。」施恩聽了，說道：「從東門到快活林有十四五里地，酒家也有十二三家。若要每戶喝三碗，有三十多碗酒，恐怕還沒有到那裡，哥哥就醉了。」武松大笑道：「你怕我醉了沒本事，我卻是沒酒沒本事。帶一分酒，便有一分本事；五分酒，五分本事。我如果吃了十分酒，這氣力不知從何而來。如果不是酒醉了膽大，景陽崗上如何打得老虎？」施恩哪裡敢違背武松，滿口應承：「全聽哥哥的！」武松和施恩一路朝快活林奔來，路上只要遇到酒店，武松都要痛飲三大碗酒，等快到快活林時，武松已經醉了六七分了。武松對施恩等說：「賢弟，你們先躲起來，等我收拾了蔣門神，你們再出來！」施恩叫僕人送武松，自己則帶著其他人隱藏在附近的樹林裡。

武松走了三四里路，又喝了十來碗酒。此時正是中午時分，天正熱，卻有些微風。武松走著走著酒勁湧上來，他把上衣解開，露著肚皮。他雖然是半醉，卻裝作十分醉的樣子，走起路來踉踉蹌蹌。武松來到林子前，那僕人用手指道：「前面的丁字路口，便是蔣門神的酒店。」武松道：「既然到了，你也到一邊躲起來，等我收拾完蔣門神，你再過來。」武松轉到林子背後，見一個大漢，披著一件白布衫，拿著蠅拂子，躺在一把躺椅上，在綠槐樹下乘涼。武松斜著眼看了一看，心中說：「這個大漢，肯定是蔣門神了。」

武松又走了三五十步，來到一個大酒店前，高高的酒旗上寫著四個大字「河陽風月」。柵欄上也插著兩面旗子，每面旗上五個金字，寫道：「醉裡乾坤大，壺中日月長。」屋內一邊是肉案、砧頭、操刀等物品，一邊是蒸饅頭的爐灶。再往裡面看，一排擺著三隻大酒缸，半截埋在地裡，缸裡面各有大半缸酒。屋內正中間是櫃檯，裡面坐著一位少婦，正是蔣門神新娶的妾。

武松直接進了酒店，在櫃檯正對著的桌前坐下。他雙手按在桌子上，目不轉睛地盯著那婦人。那婦人看見了，轉頭看向了別處。武松敲著桌子叫道：「賣酒的主人家在哪裡？」一個酒保過來，看著武松道：「客人要打多少酒？」武松道：「打兩**角**(ㄐㄧㄠˇ)†酒，我先嘗嘗。」酒保去櫃檯叫那婦人舀兩角酒來，放到熱水裡燙了，端給武松，說道：「客人嘗酒。」武松拿起來聞一聞，搖著頭道：「不好，不好，換酒來！」酒

＊亦稱「幌子」，一種表明商店所售物品或服務專案的標誌。

†古代盛酒的器物。

保見他醉了，來到櫃檯前說道：「娘子，胡亂換些好些的酒給他。」那婦人倒了酒，換了些好酒。酒保又燙了端給武松。武松提起來嘗了一口，叫道：「這酒也不好，趕緊換了！」

酒保忍氣吞聲，拿了酒去櫃檯邊說：「老闆娘，再給他換些好酒。這個人喝醉了，不要計較。」那婦人又舀了好酒遞給酒保，酒保放到熱酒的桶裡，送到武松面前。武松喝了一口說道：「這酒還差不多。」又問道：「夥計，你家主人姓什麼？」酒保答道：「姓蔣。」武松道：「為什麼不姓李呢？」那婦人聽了說道：「這東西喝醉了，到這裡來撒野！」酒保道：「一看就知道是外地人！」武松問道：「你說什麼？」酒保道：「我自言自語，你喝你的酒，不要管閒事。」

武松邊喝酒邊找碴滋事，最後和店裡的夥計打了起來。那幾個夥計哪裡是武松的對手，一個個被武松打得屁滾尿流。其中有個乖巧的一看形勢不好，向門外逃去。武松心想：「他一定去告訴蔣門神了，我就迎他一下，到大路上教訓他一頓，也讓大家都看看。」於是武松大步跟了出來。蔣門神聽到夥計報告，大吃一驚，踢翻了躺椅，扔掉驅趕蒼蠅的拂塵，朝酒店奔來，和武松在大路中間撞了個對面。蔣門神雖然身材魁梧，但疏於鍛煉，看到渾身肌肉隆起的武松，心裡暗暗吃驚。說時遲，那時快，武松兩個拳頭在蔣門神臉前晃了一晃，轉身就走。蔣門神以為武松害怕了，就沖了上來。武松飛起一腳，正踢在蔣門神小腹上。蔣門神雙手按著肚子蹲了下來。武松一轉身，右腳又飛出，正踢到他的額頭上。蔣門神仰面向後倒去。武松踏步向前，一腳踩在他的胸脯上，掄起大拳頭，朝蔣門神臉上打去，打得蔣門神連連求饒。武松喝道：「要讓我饒你性命，只要答應我三件事。」蔣門神在地下叫道：「好漢饒我！不要說三件，就是三百件，我也答應！」

武松說：「第一，把快活林的生意還給施恩。第二，把快活林的老板都叫來給施恩賠禮。第三，你得連夜滾出孟州，有生之年不得踏進孟州半步！」蔣門神說：「全聽你的。」武松叫出了施恩等人，各家的店主都來給施恩賠禮，施恩重新要回了快活林。武松也更加受到施恩父子的敬重。

再說蔣門神，雖然答應武松永遠離開孟州不再回來，卻偷偷地躲到了張團練家。蔣門神和張團練賄賂了孟州守禦兵馬都監張蒙方，三人設計陷害武松。武松知道後怎能忍下這口氣，他奮起反抗，大鬧飛雲浦，血濺鴛鴦樓，報仇雪恨。武松在逃亡途中，得到了張青、孫二娘夫婦的幫助。孫二娘把武松打扮成行者，送給他一個鐵戒箍*，一本度牒†，一串念珠，兩把鑌鐵打成的戒刀，介紹他去了二龍山找魯智深、楊志落草去了。

* 鐵制的戒箍，僧人用以束額。

† 指由政府發給僧侶的證明檔，表示其乃依法得到公家認可，非由私人剃度出家。

詞語收藏夾

徇私舞弊

出處：明．施耐庵《水滸傳》第八十三回：「誰想這夥官員，貪濫無厭，徇私作弊，克減酒肉。」

解釋：徇，曲從；舞，舞弄，耍花樣。為了私人關係而用欺騙的方法做違法亂紀的事。

近義詞：營私舞弊、弄虛作假

造句：這種徇私舞弊的事情，他絕對不會幹。

白白老師的國學小教室

自我強烈的武松

武松是《水滸傳》裡相當有魅力的英雄，他除了力氣極大、武藝高強，而且性格剛強、快意恩仇、聰明冷靜。相較於魯智深四處為人打抱不平，林沖隱忍冷靜，武松殺人目的不是為了江湖大義，多是為了保護自己人，雖然他殺的也是壞人，但是他的目的不是為了守護天下，而是為了捍衛自己人，他的個人魅力其實在於自我強烈。

小說中用了許多代表事件呈現武松的性格，像是武松打虎是極為著名的章節，原本使用的武器在與虎鬥的過程中斷成兩半，武松是赤手打死老虎的，以此表現他的勇猛不屈。而武松為武大郎報仇的情節，可見他聰明冷靜，他明知兄長的死有冤情，卻默不作聲地蒐集證據，還找眾人來作證，最後再親手殺了兄長的仇人，血刃頭顱作為祭奠。

武松剛強勇猛，又聰明冷靜，對待身邊的人極為呵護，使他的性格具有璀璨的魅力。

第十五回　潯陽江頭宋江題反詩

再說宋江，自從在柴進莊上與武松分別，在柴進的莊上又住了半年。有一天宋江被孔太公邀請，到孔家莊做客。宋江在孔家莊遇見了孔太公的兩個兒子：獨火星孔亮，毛頭星孔明。孔太公的這兩個兒子非常仰慕宋江，就要拜宋江為師，宋江同意了。宋江後來又去了清風寨找花榮，其間經過很多曲折，他帶著花榮等人準備投奔梁山。不料又聽說宋太公病故，就風塵僕僕地趕回家。到了才知道是老父親想念兒子，故意讓人騙自己回來的。但這時鄆城縣內的捕頭雷橫和朱仝都已經調走了，結果宋江被官府捉住，刺配江州。在梁山好漢的幫助下，宋江在江州認識了江州牢營裡的院長戴宗。戴宗仗義疏財，精通道術，一日能行八百里，人們都稱他為「神行太保」。在戴宗的照顧下，宋江在江州生活得十分愜意，還認識了李逵、張順等好漢。

這一天，宋江想念戴宗，吃過早飯，揣了幾兩銀子，鎖上門，就出了營地，直接去州衙前打聽戴院長的家。有人說道：「戴院長沒有老小，在城隍廟的隔壁觀音庵裡居住。」宋江聽了，就一邊打聽一邊找到觀音庵，沒有想到戴宗沒在家。找不到戴宗，宋江就回過頭來打聽黑旋風李逵，知道的人告訴他說：「李逵這個人居無定所，也沒有家人，誰也不知道他去哪裡了。」宋江又打聽張順的蹤跡，人們告訴他說：「他平時都在城外村裡住，只有賣魚的時候才進城，進城來也只在城外的江邊，除非討要賒帳的時候才進城。」

宋江找了一圈也沒有找到人，就又出了城，也不知道要去哪裡，心裡悶悶不樂。宋江晃晃悠悠走出城外來，走到一座酒樓前，仰面看時，旁邊豎著一根旗杆，上面懸掛著一個青布酒旗，旗上寫著「**潯陽江正**

庫*」幾個字。樓簷外面有一面牌匾，上有蘇東坡寫的「潯陽樓」三個大字。宋江看了，便道：「我在鄆城縣時，就聽說江州有座潯陽樓，沒想到今天碰上了！我雖然一人來了這裡，也不能錯過，為什麼不上樓去看看？」

宋江來到樓上，只見門兩旁的柱子上各有五個大字，寫道：「世間無比酒，天下有名樓。」宋江走進去找了一個靠江邊的房間坐下了，隔著柵欄望去，四周風景壯麗，酒樓高大雄偉。

宋江看後，讚嘆不已。酒保上樓來問道：「官人是要等客人，還是自己消遣？」宋江道：「要等兩位客人，還沒有來，你先上一壺好酒，果品、肉食儘管端上來，魚就不要了。」酒保聽完，就下樓了。一會兒，酒保用託盤端著酒菜上來：一壺藍橋風月美酒，幾樣新鮮的蔬菜水果，還有肥羊、嫩雞、醬鵝等，都盛在朱紅的盤碟之中。宋江一看，心裡禁不住誇讚道：「這樣豐盛的菜肴、精美的器皿，真不愧是遠近聞名的江州哇！我雖然是流放到此地的犯人，卻能欣賞到如此壯麗的風景，吃如此精美之食，也應該知足了。我老家那裡雖然也有幾座名山古跡，卻沒有如此壯麗的風景啊。」

欣賞著這樣難得的景致，宋江靠在窗前暢飲，不知不覺就醉了。宋江不禁樂極生悲，突然想：「我生在山東，長在鄆城，筆吏出身，結識了很多英雄好漢，雖然也有一個好的名聲，但現在已經三十多了，卻沒有功名，反而被臉上刺字，發配到這裡，什麼時候才能和家鄉的父親、弟弟見面哪？」想到這裡，酒勁慢慢上了頭，觸景生情，感慨不已，他不覺已經潸然†淚下。宋江趁著酒興，揮筆在牆壁上寫了一首《西江月》：

自幼曾攻經史，長成亦有權謀。恰如猛虎臥荒丘，潛伏爪牙忍受。不幸刺文雙頰，那堪配在江州。他年若得報冤仇，血染潯陽江口！

宋江寫完，站在一旁自己欣賞著，不禁放聲大笑，又接連喝了幾杯酒，更加控制不住自己，拿起筆來，在《西江月》後面又寫下四句詩：

心在山東身在吳，飄蓬江海謾（ㄇㄢˋ）‡‡嗟吁。他時若遂淩雲志，敢笑黃巢‡不丈夫！

他最後在後面寫了大大的五個字：「鄆城宋江作。」接著又痛快地喝了幾杯，感覺支撐不住了，喊過酒保結算完酒錢，剩下的賞給他，踉踉蹌蹌地回營房去了。宋江回到營房，一頭倒在床上，一直睡到早上才醒來，在潯陽江酒樓作詩的事情已經全忘了。

江州的對岸有個地方名叫無為軍，無為軍有個通判名叫黃文炳，這個人無惡不作，挖空心思討好上級，最近正準備了禮物拜見江州知府。這江州知府可不是一般人，他是當朝蔡太師的兒子蔡九。黃文炳經常過江來拜訪蔡知府，希望自己能得到提拔。

這天黃文炳坐船過江，來到蔡知府的家裡，正碰上蔡知府在招待客人。他不敢打擾，就回到自己的船上。撐船的僕人正好把船停泊在潯陽樓下。當時天氣正熱，黃文炳就去樓上閑走。牆壁上題寫的詩詞很多，黃文炳也是個讀書之人，心裡不免評論一番。他邊走邊看，突然看到了宋江題寫的詩詞。黃文炳讀了

＊ 儲藏發賣官酒的地方。
† 流淚的樣子。
‡‡ 通「漫」，徒然。
‡ 唐末農民起義領袖。

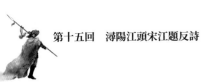

一遍，大驚道：「這個人難道要造反嗎？這不是反詩又是什麼？」於是向店家要來了紙筆，將詩詞抄寫下來，又記住宋江的名字和籍貫，向店家打聽了宋江的情況後，在江上的船上住了一夜，第二天就匆匆忙忙來找蔡知府。

賓主相見，寒暄之後，黃文炳說道：「文炳昨天渡江拜望大人，聽說您正忙，就沒敢打擾，今天才來拜見。」蔡知府道：「通判是自己人，一起坐坐又有什麼要緊的呢？是本官招待不周哇！」左右僕人端上茶，黃文炳問道：「相公在上，小人斗膽問一句，不知近日太師有沒有書信來呀？」知府道：「前天剛收到了一封信。」黃文炳道：「京師最近有什麼新聞？」知府道：「家父在信中說太史院*司天監夜觀天象，有罡星落在這裡。說如果發現有為非作歹之人，要及時調查清剿。另外京城民間流傳著四句民謠，說：『耗國因家木，刀兵點水工。縱橫三十六，播亂在山東。』因此告誡下官，管理好地方事務。」黃文炳尋思了半天，笑道：「大人，這事並非偶然哪！」於是從袖中拿出所抄之詩，遞給知府。蔡九看了道：「這是首反詩，通判從哪裡得來的？」黃文炳道：「小生昨天夜裡不敢進府，回到江邊，去潯陽樓上乘涼，觀看前人吟詠的詩詞，發現了這首反詩。」知府道：「這是誰寫的？」黃文炳回答道：「相公，上面明明寫著作者，是『鄆城宋江作』。」知府問道：「這宋江是什麼人？」黃文炳道：「他詩中寫著『不幸刺文雙頰，那堪配在江州』。一看就知道是個配軍，牢城營犯罪的囚徒。」知府道：「就他一個配軍，能做出什麼事情來？」黃文炳道：「相公不可小看了他。剛才太師在信中說的四句民謠，都應驗在這個人的身上。」知府道：「為什麼說應驗在他身上呢？」黃文炳道：「『耗國因家木』，意思是說，耗散國家錢糧的人，必定是『家』字的頭部和一個『木』字，這不就是一個『宋』字嗎？第二句『刀兵點水工』，說的是興起刀兵的人，水邊有個『工』字，這就是一個『江』字呀。這個人姓宋，名江，又寫下反詩，這就是上天註定的！」知府又問道：「那『縱橫三十六，播亂在山東』說的是什麼？」黃文炳答道：「或者是指時間，或者是說數量；『播亂在山東』，那鄆城縣正是山東的一個地方。這四句謠言，全都應驗了。」知府又道：「不知道這個人現在在哪裡？」黃文炳回道：「這個不難找，只要找出牢城營花名冊查一查，就知道了。」知府道：「通判高明。」就命令下人找出牢城營裡的花名冊查看，果然發現了五月的時候有一個新來的配軍叫宋江。黃文炳看完說道：「就是這個人，這事非同小可，不能拖延，不然就走漏了風聲，趕緊派人把他逮捕，關押到牢房裡，然後再處置。」知府道：「說得非常對。」於是立即升堂，命令戴宗去捉拿鄆城縣宋江。

戴宗領了蔡九的命令之後，沒有辦法，只得先帶人出來，吩咐眾人說：「你們先回去取來兵刃，我們在城隍廟會合。」眾人聽命去了。戴宗施展開神行本領一路朝牢城營奔來。當時宋江正在酣睡，戴宗將事情告訴了宋江，宋江嚇得不知如何是好。戴宗說：「如今只有委屈哥哥裝瘋賣傻，扮作瘋子，口裡胡言亂語，這樣也許能躲過此劫。」宋江說：「全靠賢弟幫助了。」

戴宗告別宋江，急急忙忙地回到城裡，直接來到城隍廟，把那些公差集合起來，一起奔向牢城營。到了之後，假裝大聲問道：「哪個是新發配來的宋江？」營裡的頭目領著眾人來到宋江的住處，卻見宋江披頭散髮，胡言亂語。他抬頭看見戴宗等人，大聲問道：「你們是什麼人？」戴宗假裝辦案，大聲命令道：「給我捉住這賊人！」宋江翻著白眼，瘋瘋癲癲地上來廝打眾人，嘴裡胡言亂語道：「我是玉皇大帝的女婿。玉帝叫我領十萬天兵來殺你江州人，閻羅大王做先鋒，五道將軍做後應，玉帝還賜予我一枚金印，重八百多斤，我要殺光你們這些壞傢伙！」一起來的公差一看，說道：「原來他是一個瘋子，我們把他捉回

＊掌管天象觀測、推算節氣、編制曆書等事務的機構。

去又有什麼用呢？」戴宗假裝附和道：「說得是。那我們就先回去吧，大人確定要抓這個瘋子，我們再來捉拿也不遲。」眾人跟著戴宗回到州衙裡，眾人把見到的情況跟知府一一做了彙報。

蔡知府正要問清楚緣故，黃文炳從屏風後面走了出來，對知府說道：「不要聽信這些話，從他寫的詩，還有筆跡看，他絕對不是瘋癲的人，這件事情必然有緣故。先把他抓起來再說。」蔡知府說道：「通判說得對。」蔡知府就命令戴宗道：「不管他什麼樣，先給我抓住了，帶到這裡來。」戴宗聽了，不禁暗暗叫苦。

白白老師的國學小教室

宋江題反詩的狂妄

宋江是一〇八條好漢的頭領，他的性格特質極為複雜，留給後人不同的評價和爭議。宋江為人仗義疏財、扶危濟困、標榜忠義，對好漢們而言，宋江就是江湖義氣的代表，具有領導眾人的魅力，再加上他心思沉著、城府較深，相較於其他無心機的好漢，他有更多的計謀和籌畫。

而宋江最有爭議之處，莫過於後來他選擇向朝廷招安，原本是民間盜賊的首領，打著反叛政府的名義廣納群眾，後來卻向朝廷招安，這是宋江最引人詬病的地方。其實沒有人想當反賊，宋江原本也是提轄，只是無奈下才落草為寇，而且他重視道德忠孝，所以他一上梁山就主張投降朝廷。

相較於平時重視忠孝，滿口義氣的宋江，其實整部《水滸傳》裡，筆者最喜歡的宋江，就是在潯陽江酒樓上題反詩的他，這時的他放下了世俗的框架，放下了世間道德標準，洋洋灑灑寫下狂妄的想法，多麼真實坦率。

「他年若得報冤仇，血染潯陽江口！」

「他時若遂淩雲志，敢笑黃巢不丈夫！」

這些詩句是宋江在壓抑許久之下，傾洩而出的狂妄不羈，直率而坦白。透過詩句，我們彷彿看到了潯陽江邊的酒樓，坐著一個三十多歲的男子，雖然現在落魄失意，但仍然胸懷壯志，終會成為群星之首，是群星中最耀眼的一顆。

第十六回　梁山好漢大義劫法場

戴宗帶人再次來到牢城營裡，把宋江押回了江州衙門。蔡知府在大堂上說道：「把那個反賊帶上來。」公差把宋江押到堂下，讓他跪下。宋江哪裡肯跪，瞪大眼睛，盯著蔡知府說道：「你是什麼鳥人，敢來問我！我是玉皇大帝的女婿，老丈人派我引十萬天兵，殺你江州人……」宋江仍然瘋瘋癲癲地說著胡話，蔡知府一下子不知如何是好。這時黃文炳過來對知府說，這人早不瘋，晚不瘋，偏偏這個時候瘋，一定是裝的。知府又派人把管營、差撥喊來，問他們宋江的情況，他們兩個哪敢隱瞞，只能如實回稟道：「這個人原來並沒瘋癲的情況，是最近才得了瘋癲的病。」蔡知府聽了，大怒，命令衙役嚴刑拷打。宋江忍受不住，只能招了。蔡知府一面命人給宋江戴上二十五斤死囚枷板，押送到大牢裡；一面寫好書信，派戴宗送往京城，詢問處理宋江的辦法。

話說戴宗安排李逵照顧宋江，自己帶著書信直奔京城。當時正是六月，天氣熱得厲害。戴宗累了，就來到路邊的一處酒店準備歇息。夥計端上酒肉，給戴宗倒滿三碗酒。戴宗當時又饑又渴，端起來就喝了，正準備再要夥計倒酒時，突然天旋地轉，倒在桌旁。原來酒中早被夥計下了蒙汗藥。這時，朱貴從裡面走過來，說道：「抬到後面去，先搜搜身上，看看有什麼東西。」夥計搜了搜，找出一個紙袋，裡面有一封書信。朱貴打開書信一看，裡面寫著：「現在捉到應謠言題反詩的山東宋江，暫時關在監牢，聽候發落。」朱貴一看，大吃一驚，趕緊讓人把戴宗抬回來救醒，才知道戴宗是吳用的好友。朱貴問道：「既然是吳學究的好友，為什麼要陷害宋江哥哥？」戴宗說：「哪裡是我要陷害哥哥，事情是這樣的……」戴宗就將宋江在江州的所作所為詳細地向朱貴說了。朱貴說：「既然這樣，還請院長您親自到山寨一趟，請山上的頭領商量解救宋江哥哥的辦法。」

戴宗和朱貴來到山上見晁蓋等人，把事情的經過又說了一遍。晁蓋聽了大吃一驚，當時就要帶人馬下山解救宋江，被吳用攔下了，說：「晁天王不可魯莽。小弟有個計策，可讓宋江哥哥獲救。」晁蓋說：「軍師有什麼好計策趕緊說。」吳用把自己的計策一說，眾人聽了紛紛稱讚。

吳用請來聖手書生蕭讓，讓他模仿蔡京的筆跡寫了一封回信。在信上要求蔡知府把宋江押送東京，再仔細審問。原來北宋時期，天下盛行四種筆體，分別是「蘇、黃、米、蔡」。聖手書生蕭讓天生聰慧，學會了四家筆體，模仿得像真的一樣。吳用讓玉臂匠金大堅雕刻了一枚蔡京的印章。一切準備就緒，吳用把寫好的書信給戴宗，讓他帶回去交給蔡九。希望蔡知府能按照書信中的要求，把宋江押到京城。那樣，梁山好漢就可以趁機救下宋江。

送走戴宗，眾人回到大寨飲酒。正喝著，忽然聽到吳用叫了一聲「壞事了」，大家都不知道為什麼。眾人問道：「軍師為什麼說『壞事了』？」吳用回答道：「你們哪裡知道，我這封信，不但不能救得宋江哥哥，還會要了他和戴宗的命啊！」眾人一聽都大驚失色，連忙問道：「軍師您信上出了什麼差錯？」吳學究道：「我只想著救人了，沒承想信中出了一個大漏洞。」蕭讓說道：「小人寫的字體和蔡太師的字體一模一樣，內容也沒有什麼差錯，軍師說的漏洞到底是什麼呢？」金大堅又說：「小人雕刻的印章，也絲毫沒有差錯，怎麼會有漏洞呢？」

吳用說道：「是我考慮不周全，用了篆文『翰林蔡京』四字！就是這個印章，戴宗就會遇到麻煩。」金大堅說道：「小弟每次見蔡太師書信，還有他的文章，都是用的這個印章啊。這次雕刻也分毫不差，怎麼會有破綻？」吳用說道：「有個事情大家不知道，如今江州的知府是蔡太師的兒子蔡九，哪有父親給兒子寫信還寫自己名字的，因此用這個印章用錯了。戴宗回到江州，一定會被仔細詢問，一旦事情敗露就麻煩了。」晁蓋道：「那麼趕快派人把他追回來，重新寫怎麼樣？」吳用說道：「我們怎麼能追上他呀！他用法術，估計已經到了五百里外了。我們只能另外想辦法，才能救下他們兩個。」晁蓋說：「這個不礙事，軍師照看山寨事務，我帶些人殺到江州去，救出宋江哥哥。」吳用說：「也只有天王親自前去了。」

再說戴宗帶著偽造的書信回到江州，蔡知府非常高興，賞賜了戴宗一錠二十五兩的銀子，又吩咐手下準備囚車，準備押送宋江去京城。過了一兩天，囚車準備好了，正準備啟程，黃文炳又來了。蔡九非常高興，把他請到後堂說：「家父的書信來了，讓我將犯人押送到京城。我在信中保舉了通判，您不久就要高升了。」黃文炳說道：「多謝大人恩德，小人沒齒難忘！」蔡九非常得意，故意把那封信遞給黃文炳看。正如吳用所料，黃文炳看完，果然發現了信中的漏洞。蔡九找來戴宗一問，果真如此。蔡九大怒，把戴宗也抓起來，送到大牢。

第二天，蔡九叫來當案的孔目吩咐道：「趕緊將宋江和戴宗的案件整理一番，儘快將他們處決！」孔目姓黃，和戴宗關係很好，他聽到這裡就說：「明天是國家忌日，後天是七月十五中元節，這幾天都不能處決人，要是想處決，需要在五天以後。」蔡九說：「那就再等五天，但一定要快，不能耽擱！」

到了第六日，蔡九命人到十字街頭打掃法場。吃過早飯，宋江和戴宗從牢房被帶出來，押到十字路口。兩人一個面南背北、一個面北背南跪在地上，只等著午時三刻，監斬官到了就開刀。法場周圍人山人海，把道路堵得**水泄不通***。時間馬上就到正午，這時法場中間人群分開，一個士兵報告：「午時三刻已到！」監斬官蔡九說：「時辰已到，劊子手開始行刑。」劊子手聽到命令，打開了二人身上的枷板，舉起了砍刀。說時遲，那時快，突然響起了一聲鑼響，人群立刻騷動起來。這時，十字路口茶坊樓上一個彪形大漢，上身赤裸，如同一座黑塔，兩手握兩把板斧，大吼一聲，如同晴天打了一個霹靂，從空中跳了下來，手起斧落，將兩個劊子手砍倒在地，接著奔向監斬官殺了過去。周圍的士兵忙上來阻擋，被那黑大漢砍倒一片。蔡九一看不好，在眾人的護衛下逃跑了。早有兩個人來到宋江、戴宗身邊，解開他們身上的繩子，背起來就走。原來晁蓋帶著梁山泊的十七個頭領率領一百多個小嘍囉到了，他們從四面殺了過來。那個黑大漢就是黑旋風李逵，此時晁蓋還不認識。

只見李逵掄著兩把板斧，一味地砍殺，無人能阻擋得了。這時晁蓋突然想起來：「戴宗曾說有一個黑旋風李逵，和宋江關係最好，只是性格魯莽。」於是晁蓋就大聲喊道：「前面那好漢，是不是李逵呀？」李逵也不搭話，只顧掄著大板斧砍人。晁蓋就吩咐背宋江、戴宗的兩個小嘍囉，緊緊跟著前面的黑大漢。背後的花榮、黃信、呂方、郭盛，不斷地搭弓射箭，射向後面的追兵。眾人終於殺出一條血路，沖出了城門。眾人走了五六里路，前面突然被一條大江攔住了去路。晁蓋一看傻了眼，心裡暗暗叫苦。前面的黑大漢說：「不要慌，暫且把哥哥背到廟裡。」

原來靠江邊有一座大廟，兩邊都是蒼松等樹，林木遮映，前面的匾額上有四個大字「白龍神廟」。外門緊緊關著。黑大漢兩斧砍開，眾人沖了進去。小嘍囉把宋江、戴宗背到廟裡歇下，宋江這才睜開眼，見了晁蓋等人，哭道：「哥哥，難道我們這是在夢中嗎？」晁蓋安慰他道：「兄長不肯留在山寨中，才會遭受今天的苦難哪！不知道這位黑大漢是誰？」宋江道：「這個就是黑旋風李逵。他好幾次要到大牢救我，只是我怕逃不了才沒有答應他。」晁蓋說道：「這次就是他出力最多，弓箭也傷不了他。」

正說著，只見李逵提著雙斧，從廊下走出來。宋江便叫住道：「兄弟哪裡去？」李逵答應道：「我去找廟裡的住持，他不但不來接我們，還把廟門關了，簡直是膽大包天。」宋江道：「你先過來，拜見晁蓋哥哥。」李逵一聽，忙扔了雙斧，跪在晁蓋面前，說道：「大哥不要怪罪鐵牛粗魯。」眾人相見，都非常高興。花榮說道：「哥哥，你讓大家只顧跟著李大哥走，如今來到這裡，前面有大江攔住去路，又沒有一條船接應，如果官兵追上來，怎麼辦呢？」李逵說道：「這有什麼？大不了我和你們再殺入城中，把那個蔡知府砍了再走。」戴宗此時才蘇醒，便叫道：「兄弟，不要魯莽，城裡有六七千人馬，再殺回去，一定有麻煩。」這時候阮小七對晁蓋說：「隔江那邊的岸上有幾隻船，我們兄弟三個游水過去把船奪過來，然後載著大家過去吧。」晁蓋點頭答應。

阮家三弟兄都脫了衣服，帶著尖刀，鑽入水裡，準備去奪船。剛遊了半里路左右，江面上開來三隻大船，每只船上有十幾個人，都手裡拿著兵器。眾人慌了，忙回到廟裡報告。宋江聽了，說道：「我命可真是苦哇！」趕緊跑出廟門去看，只見領頭的那只船上坐著一個大漢，倒提一把明晃晃五股叉，口裡吹著口哨。

來人正是浪裡白條張順。宋江一看，大聲喊道：「兄弟救我！」張順等人見是宋江，趕忙把三隻大船搖到岸邊。三阮看見，也遊了回來。宋江看見張順帶著十幾個壯漢在領頭的那只船頭上。張橫和穆弘、穆春、薛永，帶著十幾個莊客在另外一隻船上。第三只船上，李俊、李立、童威、童猛，也帶著十幾個人。

＊連水也流不出去，形容擁擠或包圍得非常嚴密。

原來，張順聽說宋江、戴宗吃了官司，非常著急，又找不到李逵，只好找來自己的哥哥，來到穆太公莊上，召集了許多朋友，準備殺入江州救人，正好在這裡碰上大家。到目前為止，張順等九人再加上晁蓋等十七人，又加上宋江、戴宗、李逵，共是二十九人，都聚在了白龍廟。這個喚作白龍廟小聚會。

詞語收藏夾

天誅地滅

出處：明．施耐庵《水滸傳》第十五回：「我等六人中，但有私意者，天地誅滅，神明鑒查。」

解釋：誅，殺死。比喻罪惡深重，為天地所不容。

近義詞：天理難容、天地誅滅。

造句：他壞事做盡，卻毫無悔改之心，必將天誅地滅。

第十七回　宋江報仇順天意

話說眾好漢從法場劫走宋江、戴宗之後，暫時聚在江州城外的白龍廟內，兄弟們正在聊天的時候，有人報告說江州追兵趕到。眾好漢吶喊著沖出來與追兵廝殺起來。沒過多久，眾好漢就將追兵殺得四處逃散，關了城門，不敢出來。眾好漢回到白龍廟，乘上準備好的三隻船，去了穆太公的莊上。

穆弘邀請眾好漢來到內堂上，穆太公出來迎接，說道：「各位忙了大半夜，一定累了，請到房內休息。」當天穆弘叫莊客宰了一頭黃牛，殺了十幾隻豬、羊、雞、鵝、鴨等作為下酒的菜肴，安排好酒席，招待眾位頭領。酒席間，宋江起身對大家說：「小人宋江，如果沒有眾位好漢的搭救，早就和戴院長丟了性命。這樣的大恩大德，就是死也報答不了。最可恨的是那黃文炳，我與他無冤無仇，他卻來害我。這樣的大仇怎麼能不報？請各位好漢再幫我一次，殺了那可惡的黃文炳，給我報了這血海深仇。」宋江相求，眾位好漢當然義不容辭。但是，眾人剛劫了法場，已驚動了四周，晁蓋擔心江州兵馬早有防備，自己現在人馬又少，因此想先回梁山調集大隊人馬再打不遲。宋江卻說：「如果回了梁山，就再也回不來了。一是路途遙遠；二是江州一定會通報各地，各地都會攔阻，想再殺到江州就是痴心妄想了。只有趁這個機會動手，不能再做其他準備了。」眾好漢聽了，都認為宋江分析得有道理。於是，先讓熟悉無為軍的薛永去城中打探虛實，其餘眾頭領在莊上商議備戰的具體事情，整頓槍刀，安排弓箭，打造船隻。

過了五天，薛永帶著一個人回到莊上。此人名叫侯健，是當地一個有名的裁縫。他平時也喜歡舞槍弄棒，曾經得到薛永的指點，因此稱薛永為師傅。因為他黑而瘦卻動作輕捷，人們都稱他為「通臂猿」。他正好在黃文炳家做事，對他家裡的事務非常熟悉，薛永就把他請來共同議事。這個侯健也是地煞星裡的人，與眾好漢自然意氣相投，便把自己知道的相關消息都對宋江等人說了。侯健說：「黃文炳有個哥哥叫黃文燁，他是一個大善人，平時修橋補路，塑佛齋僧，扶危濟困，無為軍城中的人都叫他『黃佛子』；黃文炳雖是個被免了職的通判，卻心地險惡，總想著害人，城中人都叫他『黃蜂刺』。他哥哥知道了他陷害宋江的事情之後，背地裡總是罵他，說他一定會遭報應。兩兄弟性格不同，就早早分家了，但原來畢竟是一家，所以兩家中間只隔著一個菜園。這幾天，黃文炳聽說有人劫了法場，非常吃驚，昨夜到江州城中探望蔡知府去了，還沒有回來。」宋江聽明白了，他深知這件事與城中百姓和黃文燁無關，只是黃文炳一人所為，立刻囑咐眾兄弟動手時不要侵擾了百姓，免得天下人說梁山好漢不仁義。眾好漢都點頭稱是。

宋江做了詳細的安排，他先叫穆太公準備八九十個沙袋、百十捆幹柴、五隻大船和兩隻小船。他又讓張順、李俊駕著這兩隻小船，張橫、三阮、童威和會游泳的人護船。這些都安排好了，他就讓侯健領著薛永和白勝，提前到無為軍裡躲起來做內應，以白色布帶做信號接應城外眾頭領。其餘好漢也都分頭準備去了。

這天夜裡，大小船隻都到了無為江岸邊，藏在蘆葦深處。宋江讓小嘍囉們把船上的沙袋、乾柴等抬上岸，到了半夜，放出信號，等看到城頭升起白色信號帶，就叫小嘍囉們把沙袋靠城牆堆起來，然後指揮小嘍囉們挑著乾柴上城。白勝在城上接應大家，領著眾人前往黃文炳的家。

薛永、侯健二人已等候在那裡了。侯健開了菜園的門，叫小嘍囉們把乾柴都抬進去，薛永把這些乾柴點著了。侯健就來敲黃文炳家的門，說道：「隔壁大官人家著火了，有些箱子搬來寄存，麻煩你們開開門。」黃文炳家人見外面真的著火了，信以為真，連忙打開門。門一開，眾好漢紛紛沖了進去，見一個，殺一個，見兩個，殺一雙，把黃文炳一家大小四五十口，全都殺了，就是沒有發現黃文炳。眾好漢把他從前禍害百姓得來的許多金銀，也都收拾好，帶著奔向城門。

城中百姓見到起火了，都來救火。石勇、杜遷一看，忙喊道：「百姓們，我們是梁山泊好漢，這次是來殺黃文炳一家，為宋江、戴宗報仇的！不關你們的事，你們不要出來，以免傷到你們。」有幾個鄰居不信，停下來看，只見黑旋風李逵掄起兩把板斧，殺了過來，鄰居頓時被嚇得一哄而散。眾人殺了守門軍士沖出城去。

再說江州城內，有人發現無為軍城中火光沖天，趕忙報告知府蔡九。這時黃文炳正好在府上，聽說家中起火，慌忙乘一條官船返回家中探望，不料卻被張順抓住了，帶到宋江面前。宋江痛罵黃文炳一頓，讓李逵殺了他，終於解了心頭之恨。

宋江報了仇，也走投無路，只得跟晁蓋回梁山。穆弘帶了太公一家老小，把家財裝到車上，放了十幾個火把，燒了莊院，撇下了田地，也決定投奔梁山。莊客內有不願去的，就給了他們一些銀子，讓他們另外找地方謀生去。眾人途經黃門山時，又結識了摩雲金翅歐鵬、神算子蔣敬、鐵笛仙馬麟、九尾龜陶宗旺四人，大家一起奔赴梁山。

一路無事，沒幾天就來到了朱貴的酒店。山上守山寨的吳用等首領早就得到報告，把眾位英雄迎接到山寨上。晁蓋請宋江坐梁山第一把交椅。宋江怎麼能接受呢，推辭道：「哥哥的好意宋江領了！我非常感謝眾位兄弟冒著危險，將我救出來。哥哥原本就是山寨之主，怎麼能讓給我呢！如果執意要讓，宋江寧願去死。」晁蓋說道：「賢弟怎麼能這樣說？當初如果不是你冒著生命危險救我七人的性命，哪裡能有今天梁山的興旺場景！你對梁山有大恩，你不做山寨之主，誰還有資格做？」宋江道：「論年齡，兄長大我十歲，宋江如果做了，難道就不知道羞恥二字了嗎？」二人再三推讓，最終晁蓋仍然坐了第一位，宋江坐了第二位，吳學究坐了第三位，公孫勝坐了第四位。宋江道：「現在就不要分功勞大小了，梁山泊原來的頭領去左邊主位上坐，新到的頭領去右邊客位上坐，等以後再根據功勞大小排座位。」眾人都心悅誠服，梁山上大擺宴席慶祝。

過了幾天，酒席上宋江起身對眾頭領說道：「宋江還有一件大事要告訴眾位兄弟。我想請幾天假，到山下做一件事，不知道眾位願意嗎？」晁蓋問道：「賢弟打算去哪裡，幹什麼大事？」宋江說：「自從我被眾位救上山來，整天飲酒作樂，十分痛快，就是不知道家裡的老父親怎麼樣了。目前江州之事已經上奏朝廷，朝廷一定會命令濟州府、鄆城縣捉拿家屬，我擔心父親的安危。宋江打算去家中把父親接到山上，不知道眾位兄弟願意嗎？」晁蓋道：「賢弟，這是件大事情，難道我們兄弟在這裡飲酒作樂，讓老父親在家裡受苦嗎？只是諸位兄弟連日奔波，山寨裡的事情還沒有安穩下來，再等兩天，我安排人馬和兄弟一起去接老人。」宋江道：「等幾天也沒關係，只是怕濟州府捉拿家屬，這個事情要儘快去做。這個事情我自己去就可以了，人多了反而容易走漏風聲，招來麻煩。」晁蓋道：「賢弟一個去，如果遇到意外，沒有人搭救哇！」宋江說道：「為了父親，我即使死了也沒有怨言。」晁蓋拗不過他，只得讓他一人回家去了。

走了幾天，宋江終於到了村裡，他白天不敢回家，等到晚上，才敲開了自家的後門。弟弟宋清出來開門，見了哥哥，大吃一驚，慌忙道：「哥哥，你怎麼回來了？」宋江道：「我專門回來接父親和你。」宋清道：「你在江州做的事，縣裡都知道了。本地的兩個都頭，每日都來提審，監視著家裡的一舉一動，就等江州文書到來，再抓我們。每天有幾百個士兵巡邏。你現在趕緊去梁山泊，請眾位頭領來救父親和我。」

宋江聽了，嚇得出了一身冷汗，沒敢進門，轉身就往回跑。當時月色朦朧，看不清路，宋江專揀偏僻小路走，恐慌之下，竟然走進了一條死路，前面只有一座荒村破廟。這時追兵已經上來，堵住了路的出口。宋江沒辦法，只能躲進破廟裡，鑽進神櫥，心中默念神仙保佑。

時間不長，官兵就到了，沖進廟裡四處搜查，一名捕頭朝著神櫥走來，舉著火把，正想掀開神櫥的布簾來看。突然一陣大風吹來，吹滅了所有的火把，廟裡頓時漆黑一片，伸手不見五指。追兵以為得罪了廟裡的神仙，心裡十分害怕，一下子奔下殿來，向廟門外逃去。有兩三個小兵跌倒，被樹根鉤住了衣服，死也掙不脫，手裡樸刀也扔了，扯著衣裳大喊饒命。宋江在神櫥裡聽了，忍不住笑，聽到官兵說守在村口，心中暗暗叫苦：「雖然多虧神仙保佑，一時躲過了，可是追兵就在村口，我怎麼逃脫得了哇？」

宋江正不知道怎麼辦才好，忽然聽到身後走廊裡有人叫他的名字，不禁大驚失色，哪裡還敢答應？只聽那人又說道：「宋星主不要猶豫，娘娘等候您多時了。」宋江仔細聽那聲音，那聲音如同鶯聲燕語，不是男子的聲音。於是，宋江就從神櫥裡鑽出來，仔細一看，原來是兩個女童。她們看見宋江出來，一起躬身行禮，說道：「奉娘娘法旨，請星主到後殿宮中相見。」宋江跟著兩位仙童，轉過後殿側面的一個小門，眼前又是一個天地。此處星月滿天，空氣中香風細細，四下裡都是茂林修竹，兩邊種著大松樹，中間有一條平坦寬敞的路。宋江暗想：「早知道有這麼好的地方，剛才我就不在廟裡躲藏了。」又走了一里多路，來到一座青石橋上，兩邊都是紅色的欄杆，岸上種著奇花異草，橋下流水潺潺。過了橋，兩行稀奇的樹木中間，一座朱紅色的大門出現在面前。

宋江跟著仙童進入大門。門兩邊廊上全是紅色的柱子，掛著繡簾，正中一所大殿，殿上燈火通明。仙童向裡面通報後，裡面傳來一聲：「娘娘請星主進來。」宋江來到殿上，禁不住心裡害怕，他從沒見過這麼富麗堂皇的大殿，又不知是何方神聖邀請，心裡惶恐不安，不敢抬頭，只是小心答話。

仙童到簾子後面請示後說道：「請宋星主到禦階前來。」宋江趕緊來到簾前禦階下，躬身拜了兩拜，說：「我就是塵世間的一個草民，沒有見過世面，希望您能大發慈悲，保佑我平安無事。」那位娘娘吩咐道：「為宋星主看座。」宋江小心坐下了，才敢抬

起頭來。這時大殿上響起一聲「捲簾」，只見幾個仙童把珠簾卷起，搭在金鉤上。娘娘問道：「星主別來無恙？」宋江起身又拜了兩拜，說道：「我是一個草民，不敢冒犯娘娘的聖容。」娘娘道：「星主既然到了這裡，就不要拘謹了。」宋江這才敢抬頭觀望，看見殿上金碧輝煌，點著龍燈鳳燭；兩邊都是青衣女童，在旁侍奉；正中七寶九龍床上，坐著個美麗威嚴的娘娘。

那位娘娘叫仙童為宋江捧上美酒仙棗，宋江喝了三杯仙酒，又吃了三個仙棗，頓時感覺精神煥發，有點飄飄然，又怕酒醉失禮，拜了兩拜說道：「我酒量有限，希望娘娘不要再讓我喝酒了。」娘娘下旨道：「既然宋星主不能飲酒，就不要喝了。去把那三卷天書拿來賜予星主。」仙童去屏風後面，用玉盤托出一個黃色錦緞包著的包裹，裡面放著三卷天書，遞給宋江。娘娘說道：「宋星主，我這裡有三卷天書送給你，你要替天行道，忠義為臣，輔國安民，去邪扶正。我剛才幫你逃脫追兵，天亮之後你自然可以脫身。」又傳授他四句天言：「遇宿重重喜，逢高不是凶。北幽南至睦，幾處見奇功。」最後囑咐宋江天書只能和吳用一起看，然後叫仙童送他回去。宋江拜謝了娘娘，由仙童領著出了大殿，走到橋邊，仙童讓他觀看橋下二龍戲水，然後用力一推，宋江忽然驚醒，卻發現自己仍然坐在神櫥裡面，衣袖裡放著三卷天書。

宋江揭起帳幔一看，只見殿裡的九龍椅上坐著一位娘娘，和夢中的一模一樣。宋江心裡想：「這娘娘稱呼我為星主，難道我前生也不是等閒之輩？這三卷天書，必然有用。囑咐我的四句話，我也記住了。」於是宋江走出了大殿。從左邊廊下走出廟門，抬頭一看，破舊的匾額上刻著「玄女之廟」這四個字。宋江心想：「原來是九天玄女娘娘傳授給我三卷天書，又救了我的性命。如果能夠逃過此劫，我一定來重修廟宇。」

宋江小心翼翼地往村外走去，剛走了不遠，就看見李逵、劉唐等六人，殺了村口官兵，接應他來了，晁蓋等眾頭領也都趕來接他。原來晁天王不放心宋江一人回家，早叫人打探他的消息，知道他有難，馬上趕來救援。這時，戴宗等人已經把宋江的父親和弟弟護送上了梁山。

眾頭領和宋江歡歡喜喜地回到梁山，拜見了宋太公。公孫勝見到這父子相見的情景，忽然思念起多年不見的老母親，便起身告別，要回家去探望母親。晁蓋等人苦留不住，就囑咐他早去早回。公孫勝答應了，就帶上路費、兵器，告別了眾兄弟回家鄉探望母親去了。

風雲人物榜

姓名：李逵
綽號：黑旋風、鐵牛
星號：天殺星
地位：三十六天罡星第二十二位，步軍頭領劫法場後上梁山。他曾沂嶺殺四虎、元夜鬧東京。平方臘後，他獲封鎮江潤州都統制之職，後為宋江所騙喝下毒酒身亡。

第十八回　黑旋風家鄉除四虎

眾英雄送走了公孫勝，正準備回山寨，李逵在一旁放聲大哭起來。宋江連忙問：「兄弟，你為什麼哭哇？」李逵說：「你們這個去接爹，那個去看娘，難道俺鐵牛就是從土疙瘩裡蹦出來的嗎？哥哥給人家當長工，不能讓俺娘享福，她老人家正在老家吃苦受窮，俺也要去接她到山上來享幾天福！」宋江知道他生性粗魯，性格急躁，現在回去必然惹出事來，但又拗不過他，就要他答應三個條件，才可以放他下山。李逵問道：「哪三個條件？」宋江說：「第一，下山後直接回家，路上不可以喝酒。第二，你脾氣急躁，聽不進別人的勸告，因此不能讓人陪你去，你只能自己悄悄回家，接了娘就馬上回來。第三，你平時使的那兩把板斧也不能帶著，免得被人認出來。路上小心一些，早去早回。」李逵一口答應了，只挎一把腰刀，提了樸刀，拿了一錠大銀子、三五塊小銀子做路費，告別了眾位好漢，獨自下山回家去了。

眾人回到山寨，宋江仍放心不下，就找來朱貴去照應李逵。原來朱貴也是沂水人，和李逵是同鄉。朱貴對眾人說：「小弟是沂州沂水縣人，現在還有一個弟弟名叫朱富，在縣城西門外開酒店。這李逵是本縣百丈村董店東人，有個哥哥叫李達，給人家做長工。我也很久沒有回家了，也正好要回家探望兄弟。」於是安排好酒店裡的事情，也奔沂水老家去了。

再說李逵一人離了梁山，一路上真的沒有喝酒，也就沒有意外發生。這一天，李逵進入沂水縣界，來到了沂水縣西門外，看見一群人圍著看城牆上貼著的告示。李逵好奇，也鑽到人群裡湊熱鬧。只聽有人讀道：「告示上第一名主犯宋江，是鄆城縣人；第二名從犯戴宗，是江州兩院押獄；第三名從犯李逵，是沂州沂水縣人。」李逵在背後聽了，正要說話，突然有一個人沖過來，攔腰抱住他，叫道：「張大哥，你在這裡幹什麼呢？」李逵扭頭一看，原來是旱地忽律朱貴。李逵問道：「你怎麼也來了這裡？」朱貴道：「你先跟我出來說話。」

朱貴拉著李逵來到西門外的一家酒店裡，找了一個偏僻的屋子坐下。朱貴指著李逵說：「你好大膽！那告示上明明寫著賞一萬貫錢捉宋江，五千貫捉戴宗，三千貫捉李逵，你怎麼還敢站在那裡看告示？要是被人捉住送到官府，那可怎麼辦？公明哥哥就怕你惹事，不敢叫人和你同來，又擔心你出意外，就讓我趕來探聽你的消息。我比你晚一天下山，卻比你早一天到這裡，你為什麼今天才到這裡？」李逵說：「這一路上沒有喝酒，沒力氣，就走得慢了。」朱貴叫來弟弟朱富與李逵相見，原來這個酒店正是朱富開的。李逵一路沒喝酒，現在覺得已經到了家裡，就要喝上幾碗。朱貴知道他的脾氣，也不敢阻止，就由他喝了。

李逵一直喝到半夜，才吃了些飯，趁著天還沒亮就趕路。朱貴叮囑道：「要走大路，到了村裡接了母親趕緊走，早日回山寨。」李逵道：「我從小路走，那樣不是更近嗎？走大路太遠了！」朱貴道：「小路上有老虎，還有攔路搶劫的山賊。」李逵回答：「我怕什麼？」就戴上斗笠，挎了腰刀，手拿樸刀，告別了朱貴、朱富，出門奔百丈村來。

李逵走了幾十里，天漸漸亮了，前面出現一片樹林，因為是初秋，樹葉正紅。李逵剛走到樹林邊，忽然冒出一個大漢，大喊一聲：「我是黑旋風李逵，要想從這裡過去，趕緊留下買路錢，不然就要你的命。」李逵大笑道：「你是什麼人？你竟敢冒充你爺爺的大名，在這裡攔路搶劫！」李逵舉起手中樸刀，奔著那大漢砍了過去。那漢哪裡抵擋得住，轉身就想逃跑。李逵趕上去，一刀砍到腿上，把他砍倒在地，接著一腳踏在他的胸脯上，大聲斥問道：「你認得你家爺爺嗎？俺就是黑旋風李逵！你是什麼人？」那漢在地上連連求饒：「爺爺，饒命！小人雖然姓李，但不是真的『黑旋風』。因為爺爺在江湖上大名鼎鼎，提起您的大名，神鬼都害怕，因此小人冒充爺爺名號，在這裡嚇唬人，有單獨經過的過客，聽到『黑旋風』三個字，就丟下行李，逃命去了，我就這樣搶些財物，真沒有殺過人。小人自己的名字叫李鬼，就住在這前村。小人家裡有九十歲的老母親要養，今天好漢若是將我殺了，老母親沒人養，也會死的，你就等於殺了兩個人！」李逵雖然殺人不眨眼，卻極為孝順母親，是個孝子。他聽了李鬼的話，聯想到自己的母親，就放了李鬼，還送了他十兩銀子，吩咐他好好贍養母親，不許再冒充自己的名字打劫。李鬼死裡逃生，還得了銀子，千恩萬謝逃走了。

李逵又拿了樸刀，繼續趕路。快到中午時分，李逵又餓又渴，看看周圍都是僻靜小路，一個酒店也沒有。正在著急的時候，他遠遠看見山溝裡露出兩間草屋。李逵見了，跑了過去，來到跟前，看見一個婦人從屋子後面走了出來。李逵放下樸刀說道：「嫂子，我是過路的客人，肚子餓了，卻找不到酒店，我給你一些銀兩，你給我弄些酒飯怎麼樣？」那女人看李逵的模樣兇狠，也不敢說不行，只好去做飯。那婦人又說道：「這裡沒有買酒的地方，飯可以給你做。」李逵說道：「好吧，飯要多做些，我肚子正餓。」於是那婦人就到廚房裡燒起火，然後去溪水邊淘米，準備做飯。

李逵在屋子裡等著，後來轉過屋後去小便，忽然看見一個大漢躡手躡腳地從後山過來，在屋前和那婦人說話。他仔細一看，原來正是前面遇到的李鬼。李逵覺得很奇怪，就悄悄走去聽他們說什麼。原來那婦人正是李鬼的老婆。李鬼把剛才遇著李逵的事告訴了那婦人，那婦人馬上想到來家裡討飯吃的就是李逵，於是夫婦兩人就商量著在飯裡下藥，迷倒李逵，奪走他身上的錢財，再把他押送到官府領賞。李逵一聽，大怒，沖出來一刀砍死了李鬼，那婦人嚇得跑到山裡去了。這時飯已經熟了，李逵自己吃了飯，把李鬼的屍體拖進屋裡，一把火燒了草屋，從山路回家去了。

李逵殺了李鬼繼續趕路，等到了村裡已經是日落西山。他剛推開門走進家裡，就聽見娘在床上問道：「是誰來了？」李逵一看，娘雙眼瞎了，坐在床上念佛。李逵道：「娘，鐵牛回來了。」娘道：「孩子，你走了這麼多年，都在哪裡安身哪？我和你大哥艱難度日，天天都想你，眼淚流幹了，因此瞎了雙眼。你在外面過得怎麼樣？」李逵心裡想：「我如果說自己在梁山泊落草為寇，娘肯定不會去。」於是李逵回答：「鐵牛如今做了官，特地來接娘。」這時，哥哥李達提了一罐飯回到家，看見李逵，氣不打一處來，大聲責罵道：「你回來幹什麼？又來害我！」原來李逵當年殺人逃跑後，官府抓不到他，就抓了李達替他受苦。現在李達知道他又惹了大禍，落草為寇，這次回來一定還會連累自己，又聽說李逵要帶娘一起走，心裡更加生氣，可是又沒有辦法阻止，就摔了罐子走了。李逵見哥哥走了，心想：「哥哥一定會找人來捉我。我把那錠五十兩的大銀子留給哥哥吧。」然後背起娘離開了家，連夜奔梁山而去。

李逵背著娘專走小路，這時天色黑了下來，娘兒倆走到了一座大嶺下。這座嶺叫沂嶺，荒無人煙，只有過了這座嶺才有人家。李逵背著娘趁著月色來到嶺上，老太太已經口渴難耐，就讓李逵找些水來喝。李逵只得把娘安放在一棵松樹下的大青石上，自己找水去了。

李逵來到溪邊，捧起水來，喝了幾口，可是沒有盛水的東西，沒有辦法把水送給母親喝。李逵站起來，在周圍找了找，遠遠看見山頂上有一個庵。李逵來到跟前，發現原來是泗州大聖祠堂。祠堂前有個石香爐。李逵把那香爐拿到溪邊，把裡面的雜草拔掉，洗乾淨了，盛了半香爐水，端著回來。

李逵來到大松樹下，青石上卻沒看到娘的蹤影。喊了幾聲也沒有聽見娘應答，李逵慌了，扔了香爐四下尋找。在距離青石三十幾步的地方，李逵發現了一攤血跡。李逵心裡更加慌亂，循著血跡追過去，來到一個大山洞旁，看見洞裡兩隻小老虎正在啃一條人腿，正是自己娘的腿。李逵火冒三丈，抄起樸刀殺了一隻小老虎，另外一隻往洞裡跑去。李逵哪裡肯放，跟上去也殺了。正準備出來，看見一隻母老虎從外面走來，到了洞口，頭朝外尾朝裡窩在洞口。李逵拽出腰刀，奔著老虎尾巴下面就捅了進去，刀把都沒到老虎的肚子裡。母老虎大吼一聲，帶著刀，從洞口跳過山澗去了。李逵拿了樸刀追了出來。只見樹邊卷起一陣狂風，吹得枯枝黃葉都落了下來。在月光下，又跳出一隻老虎。老虎大吼一聲，猛地撲向李逵，李逵不慌不忙，趁著老虎一撲的氣勢，手起一刀，正中老虎下巴。老虎或許因為疼痛，或許傷到了氣管，便沒有再撲過來，只是後退，可沒退幾步，就聽一聲巨響，老虎摔死在岩石下面了。

李逵接連殺死了四隻老虎，擔心還有其他的老虎，就在周圍搜尋了一圈，沒有發現其他老虎的蹤跡，才放心了，走到大聖祠堂裡休息。他又累又困，不知不覺就睡著了，天亮了才醒來。李逵傷心地收拾了娘的殘骨，用衣服包好安葬了，大哭一場後，提著樸刀、包袱，順著山路往嶺的那邊走去。李逵正走著，遇到一群獵戶。獵戶看見李逵滿身血跡，就問道：「你是什麼人？」李逵說：「我是過路的客人。」然後把自己娘被老虎吃了、自己殺虎的事情說了一遍。眾人不敢相信一個人竟能殺死老虎，就跟著李逵去看，果然看見了老虎的死屍，於是抬著死老虎下山，把李逵當成打虎英雄迎接到當地的財主曹太公家。

當地人聽說有人殺死了老虎，都爭先恐後地來看打虎英雄，李逵也成了打虎英雄，可是他哪裡想到，李鬼的妻子就在人群中。她一眼就認出了李逵，慌忙告訴了自己的父母。她父母一聽，官府通緝的梁山泊賊寇就在眼前，趕緊跑去告訴了里正。里正聽了也是大吃一驚，悄悄地找來曹太公商量對策。

曹太公回到莊上，擺下酒席，招待李逵。鄉里的大戶、里正、獵戶等人，輪番勸酒。李逵不知是計，只顧開懷暢飲，早就把宋江的囑咐拋到了九霄雲外。不到兩個時辰，李逵就被灌得**酩酊**大醉*，站不住腳。眾人把李逵扶到後堂的空屋子裡，放倒在一條板凳上，拿來繩索，連人帶凳子綁到一起，又派人到縣衙報案。縣令聽說抓住了梁山泊的賊寇李逵，不敢拖延，找來本縣的都頭「青眼虎」李雲，帶人趕到曹太公莊上抓人。

抓住黑旋風李逵的事情在當地馬上就

傳開了。朱貴聽到消息，趕緊找兄弟朱富商量對策，營救李逵。朱富道：「大哥不要慌張。這李都頭本領高強，就是有三五十個人也不是他的對手，你我二人即使一塊也勝不了他。這件事只能智取，不可強行。今晚我煮幾十斤肉，準備十幾壇好酒，把肉切好，把蒙汗藥拌在裡面，我們兩個帶著酒肉到半里外的僻靜處等候，等他們押解著李逵來時，就用酒肉給他們賀喜，把他們都迷倒。」朱貴說道：「這個計策非常好，我們趕緊準備。」

再說李雲帶著三十多個士兵來到曹太公莊上，當天夜裡喝酒到大半夜，早上天還沒亮，就押著李逵往回走，在路上遇到朱富等人。李雲見朱富十分熱情，沒有辦法，只得喝了點酒，吃了幾塊肉。在兄弟二人的勸說下，跟隨的其他人見有酒有肉，都一齊上來，搶著吃了。時間不長，這些人就被迷倒在地。朱氏兄弟趕緊放了李逵，又把沒有喝酒、正四處逃竄的莊客們都趕上殺了。李逵要殺李雲時，朱富連忙攔住，說：「他是條好漢，又是我的師傅，留他一條性命，我好勸他一起上山。」李逵後來又跑去殺了曹太公和李鬼的老婆。李雲醒來一看眼下的情形，不停地叫苦，無奈之下，只得和李逵、朱氏兄弟一起上梁山了。

＊形容醉得很厲害。用於形容人喝酒過多後，言行與平常不同的狀態。酩酊，沉醉的樣子

白白老師的國學小教室

李逵打虎

李逵是一〇八條好漢中相當純真的角色，他單純莽撞得像個孩子，沒有半點心機，而且十分忠誠於宋江。雖然他衝動笨拙、莽撞無禮，也會做出一些令人摸不著頭緒的傻事，可是又會讓人覺得可愛。

這回故事裡，李逵原本下山要看母親，沒想到母親為他哭瞎了，後來他揹著母親離開，母親卻在中途休息時被老虎咬死。氣憤懊惱的李逵，憤恨下將四隻老虎打死。《水滸傳》裡寫過幾個人物打虎，較為知名的就是武松、李逵，若比較武松和李逵打虎，二者的動機是完全不同的，武松是明知山有虎還是往山行，遇見老虎要咬他，所以奮力把虎打死；至於李逵是因為母親偶然被虎咬死，為了替母親報仇，將四隻老虎打死。雖然李逵打死了四隻，但他是用武器打死老虎，武松則是赤手空拳將老虎打死，這是外在形式的不同。

有些人討論過為什麼武松打虎相較李逵打虎比較有名？有人覺得武松打虎是自發性的生命力，而且充滿了勇敢，李逵則是悔恨的報復，所以武松打虎更具有生命的張力與蓬勃。但我想這也牽涉了後世的流傳方式，小說、戲曲、繪畫都常以武松打虎作為故事情節，一定程度上影響了武松作為打虎英雄的形象。

不論是武松打虎，還是李逵打虎，不分高下、比較來看待，透過打虎的情節，其實都突出了兩位英雄的武藝與勇敢。

第十九回
石秀義殺裴如海

李逵、朱貴等人回到梁山，眾頭領見了都非常高興，自然又是大擺宴席慶祝。因為山寨事業日漸興旺，人多將廣，經吳用提議後，山寨又增設了三處酒館，一面為了打探消息，一面為了接江湖上的好漢上山來。他們還在通往山上的大路上修建了三處關隘，建造大小戰船，打造盔甲兵刃，操練水軍陸軍，這樣一來山寨的防衛更加牢固。

這一天，宋江與晁蓋、吳學究閒聊，說起了公孫勝：「公孫兄弟回**薊州***看望母親，本來約定百天就回來，現在這麼久了也沒有音信，該讓戴宗兄弟去一趟，打探打探消息。」戴宗當然義不容辭，當天就告別眾人，下山往薊州去了。

離開梁山，戴宗用法術直奔薊州，走了三天，到了沂水縣界，遇到了楊林。楊林人稱「錦豹子」，他也希望上梁山，不料在這裡遇見了戴宗，於是二人結伴，一起先奔赴薊州尋公孫勝。他們經過飲馬川的時候，碰到了三位占山為王的好漢：「**火眼狻猊**†」鄧飛、「玉幡竿」孟康和「鐵面孔目」裴宣。鄧飛認識楊林，請楊林、戴宗到山上，擺宴席招待二位。因為都佩服梁山上的晁天王、宋江，三人決定入夥。他們約

* 古稱漁陽，春秋時期稱無終子國，戰國時稱無終邑，秦代屬右北平郡，唐朝設薊州。中華人民共和國成立後，此地屬河北轄縣，後劃分至天津，相沿至今。

† 中國古代神話傳說中的一種猛獸。形如獅，喜煙好坐，所以該形象一般出現在香爐上，隨之吞煙吐霧。

定等戴宗從薊州回來時一起回梁山。

離開了飲馬川，戴宗、楊林繼續趕路。這一天，他們來到薊州城外，找了一家客店住下了。楊林說：「哥哥，我想公孫先生是個出家人，一定住在山間林下的村落，不應該在城裡。」戴宗道：「說得對。」於是在城外到處打聽公孫先生的下落，可是並沒有人認識他。第二天，二人早早起床，到了離城更遠的村莊打聽，還是沒有任何消息。第三天，戴宗說：「也許城中有人認識他。」於是他們就到薊州城裡四處打聽，還是沒有人知道。

兩個人正在街上走著，突然前面來了一個獄卒。他剛行刑回來，前面兩個小兵捧著許多禮物。戴宗看這人相貌不凡，就問身邊的人，才知道他是「病關索」楊雄。他這是剛從刑場回來，熟悉的人送給他一些禮物。這時，有七八個守城的軍卒截住了楊雄，向他勒索財物。楊雄被逼在中間，空有一身本事卻施展不開，只得忍氣吞聲。正在爭執不下的時候，一個挑柴的大漢正好經過，看到楊雄被困在中間動彈不得，就放下柴擔，一頓拳腳把那些潑皮無賴打得東倒西歪。楊雄乘機脫身，施展開拳腳，把幾個無賴打倒在地。那領頭的一看大事不好，轉身就逃。楊雄哪裡肯放，大步追了過去。戴宗、楊林看了那大漢的身手，心裡暗暗喝彩道：「路見不平，拔刀相助，真的是壯士的行為！」趕緊上前結識，邀請到路邊的酒店交談。

原來這個好漢叫石秀，人稱「拼命三郎」。因為做生意賠了錢，他就獨自流落到薊州。戴宗聽了，拿出十兩銀子送給石秀做本錢。石秀聽說眼前的就是神行太保，就想：「我何不請他引薦我上梁山呢！」可是還沒來得及說，楊雄帶著二十幾個人趕到了酒店。戴宗、楊林一看人多，怕惹出麻煩，就悄悄地離開了。楊雄這次是來找石秀的，感謝他在自己遇到麻煩時給予幫助。楊雄聽說石秀自己一個人在此地生活，就與他結拜為兄弟，帶他回家中住宿。

楊雄的妻子潘巧雲本是當地一個姓王的押司的妻子，王押司兩年前去世了，她就改嫁了楊雄。楊雄的岳父潘公，原來是一個屠戶，因為年齡大了就歇手不幹了。潘公聽說石秀原來也做屠戶，就商量著開屠宰作坊，讓石秀打理生意，楊雄自己仍然在官府做差事，大家都很高興。

光陰荏苒，轉眼兩個多月就過去了。在這個看似美滿的家庭中，石秀卻發現了祕密。原來，潘巧雲從小就認識一個師兄，名叫裴如海，在當地的報恩寺出家，兩人平日眉來眼去，慢慢有了姦情。楊雄整日在衙門做事，一個月有二十幾天不在家，當然沒有發現。但石秀是一個精細之人，又經常在家，慢慢發現了二人的骯髒之事。但他一時沒有證據，不敢輕易告訴楊雄，就在暗中觀察，終於看出了門道：每當楊雄夜裡不回家，潘巧雲就在後門擺上一個香案，點上香，作為信號，那個和尚看到了，就來和那婦人相會。潘巧雲的丫鬟迎兒在後門等著放和尚進屋。裴如海則買通了一個**頭陀***，每次一到五更，就在門外街上敲木魚念經為他報時，裴如海聽見後，就從後門離開。石秀看清了他們的**伎倆**†，就來到衙門，把二人的姦情告訴了楊雄。楊雄大怒，就要回家殺了姦夫淫婦，被石秀勸住了，讓他忍耐住，想出一個好計策再動手。楊雄暫時壓住了怒火。誰承想楊雄當晚在衙門喝醉酒，回家忍不住大罵潘巧雲，言語之中被她發現了端倪，知道事情已經敗露。於是等楊雄酒醒了，她就誣陷石秀經常調戲自己，楊雄信以為真，非常憤怒，以為石秀是做賊心虛，才會惡人先告狀。第二天早晨，楊雄把櫃子和肉案都拆了。石秀一看就知道楊雄走漏了風聲，聽信了那婦人的讒言。他有心想辯解，又怕

* 佛教僧侶所修的苦行，後也用於稱呼行腳乞食的僧人。

† 指不正當的手段或者花招。

哥哥出醜，就收拾了自己的東西，對楊雄說：「哥哥，肉鋪的帳目已經清了，分毫不差。以後哥哥不再開店，我在這裡也沒事做，就回去了。」楊雄本也不想難為他，見他主動離開，也就不再聲張了。

石秀離開了楊雄家，自己到外面租了一間屋子住下，但他眼看著自己的哥哥受辱，擔心楊雄早晚有一天會被害了性命。石秀有心告訴楊雄真相，但知道楊雄聽信了那婦人的話，不會相信自己，於是決定找個機會讓哥哥看清楚真相。

當天夜裡**四更***時分，石秀帶著一把尖刀，來到楊雄家後門街上。快到五更時分，他果然看到一個頭陀拿著木魚四處張望。石秀從背後勒住他的脖子，逼他說出潘巧雲和裴如海的姦情後，就一刀殺了他，然後脫下頭陀的衣服自己穿上，假扮成頭陀敲著木魚來到後門。一會兒，門開了，裴如海從裡面走了出來。等他走到了巷口，石秀一把抓住了他，將他捅死在街上。

天亮之後，有人發現了他們二人的屍體，趕緊報告官府。楊雄聽說一個和尚、一個頭陀死在自己家的後門，立刻明白自己錯怪了石秀。楊雄非常後悔自己聽信了讒言，錯怪了兄弟，於是趕緊去找石秀。他來到街上，正好遇到石秀。石秀告訴了他實情，又把從二人身上扒下來的衣服給楊雄看。二人商量好計策，要殺潘巧雲。

楊雄回到家裡，假裝什麼都不知道。幾天後，楊雄對潘巧雲說：「我要去東門外的廟裡燒香，你帶著迎兒和我一起去。」等她們上了轎，楊雄對轎夫說：「抬她們去翠屏山。」到了山腰，楊雄讓轎夫停下來等候，自己帶著二人一路來到山頂，在一座古墓前停下來，石秀早已經等候在那裡。潘巧雲一看到石秀，大吃一驚，後悔不該來，但已經晚了。石秀扔出裴如海和頭陀的衣服與她對質，又揪住迎兒問話。迎兒害怕，就把事情的經過說了。楊雄大怒，操起尖刀殺了二人。

楊雄殺了人，當然不能再回衙門。石秀說：「哥哥，我們不如投奔梁山吧。我認得梁山的好漢戴宗，可以讓他給我們引薦。」於是二人準備投奔梁山，不料遇到了「鼓上蚤」時遷。其實在二人殺潘巧雲的時候，時遷就在一旁，聽說他們要投奔梁山，就跟著來了。

三人日夜兼程奔往梁山。這一天，三人來到鄆城地界，過了香林窪，看見一座高山。那時天色已晚，他們就來到山下的一家客店休息。當時店裡只剩下一缸酒，三人無奈就只得買了幾盤青菜下酒。石秀看見屋簷下都擺著兵器，就問原因。店小二說：「這座山叫作獨龍岡山，山上有個祝家莊，就是小店的主人家。這裡離梁山泊不遠，那些兵器是用於防禦梁山賊寇的。」三人只顧喝酒，時間已經很晚了，店小二就說：「小人累了一天，先去歇息了，你們自己喝吧。」就自己休息去了。

楊雄、石秀又喝了一會兒酒，時遷問道：「哥哥要吃肉嗎？」楊雄道：「店小二說沒有肉了，你到哪裡去找肉呢？」時遷嘻嘻地笑著，去爐灶上提出一隻大公雞來。楊雄問道：「哪里弄來的雞？」時遷道：「兄弟剛才去後面上廁所，看到雞籠裡有只雞，想到哥哥沒有肉下酒，就悄悄地把它抓到溪邊殺了，放到鍋裡煮熟了，這才拿來給哥哥吃。」楊雄道：「你就是賊手賊腳。」石秀笑道：「還是改不了老本行啊！」三人笑著，就把這雞撕開吃了，又盛飯來吃。

第二天早晨，店小二醒來，發現報曉的公雞不見了，來到堂上，看到滿桌子的雞骨頭，就知道雞被這三個人偷吃了，立刻大發雷霆。石秀賠不是道：「我們賠你錢就是了。」但是店小二依仗主人家的勢力，就是不答應石秀的建議，惹得楊雄等人大怒，把店小二打跑了，又在店裡吃飽了飯，然後放火燒了店，繼續

＊舊時夜間計時的單位。一夜為五更，每更約兩小時。

趕路。

三人哪裡知道，這祝家莊可不是好惹的。三人走了一會兒，天就黑了，他們望見後面有一二百人舉著火把追了上來，於是只得從小路逃跑，但很快就被包圍了。打鬥中，時遷突然被草叢中伸出來的鉤子鉤住腿拖走了。石秀看到時遷被抓，趕忙過來營救，也險些被抓住，幸好楊雄眼疾手快，一刀擋開了鉤子。兩人見形勢不好，知道這樣打下去不但不能救時遷，還會把自己也搭進去，於是殺出重圍，準備另外想辦法營救時遷。

二人沖出重圍，一直跑到天亮，發現前面有一家酒店，

就走進去歇息。二人坐下，讓店裡的夥計端上酒菜來，正要吃，突然從外面走進一個大漢，那大漢很是粗壯，相貌有些醜陋。楊雄一看自己認識，原來是鬼臉兒杜興。他曾經在薊州因為殺人被抓進牢房裡，楊雄愛惜他是條好漢就救了他一命。杜興看到恩人，趕緊過來施禮。三人重新入座，邊喝酒邊說話。楊雄就把時遷被抓的事情說了。杜興說：「恩公不要著急，我現在在李家莊做主管，我們的莊主撲天雕李應也是一條好漢，我回去請他幫忙就是。」原來獨龍岡有三個莊子，分別是東邊的李家莊、中間的祝家莊、西邊的扈(ㄏㄨˋ)家莊。這三個莊子中，祝家莊實力最強，莊主叫祝朝奉，他的三個兒子分別是祝龍、祝虎、祝彪，號稱「祝氏三傑」。因為擔心梁山賊寇過來搶劫，便結成了同盟，相互支援。

三人喝完酒，一起來到李家莊拜見莊主李應。李應果然是條好漢，答應了楊雄、石秀的請求，他立刻讓莊客帶著書信前往祝家莊救人。不料祝家三兄弟根本不理會，硬要把時遷押送到官府請賞。李應以為前去送書信的人辦事不力，就派杜興親自前往。

直到天黑時分，還是不見杜興回來，李應心中疑惑，正要派人去接，只聽莊客報導：「杜主管回來了。」李應問道：「幾個人回來？」莊客道：「只是杜主管一個人騎馬回來。」李應搖著頭道：「這到底發生了什麼事？」就和楊雄、石秀一起來見杜興，忙問緣由。原來這次不但沒有放人，祝家三兄弟反而氣焰囂張，大罵李應，還差點動起手來。李應一聽，火冒三丈，穿上鎧甲，戴上頭盔，當即帶著人馬奔向祝家莊。他們來到獨龍岡前，人馬各站好位置。

這祝家莊有三層城牆，都是用堅硬的石頭砌的，高約二丈。前後有兩座莊門，兩條吊橋。牆裡四周，都插著槍刀軍器。門樓上擺著戰鼓銅鑼。

李應勒馬在莊前大罵：「祝家的人，怎敢污蔑老爺！」李應罵完，只見祝家莊的大門開了，有五六十人騎馬出來。第一個是祝朝奉的第三個兒子祝彪。李應見了祝彪，指著他大罵道：「你這未長大的孩子，頭上的胎髮還沒退掉，我二次寫信來要人，你竟敢扯了我的信，羞辱我。你爺爺與我是生死之交，發誓一起保護村坊。你家有事情要人給人，要物給物，何曾怠慢？今天你做下這等事情，是什麼意思？」祝彪答：「我家和你結生死之交，發誓一同護村，一起捉梁山泊反賊，掃清山寨，你卻勾結反賊。你是想謀反嗎？」李應生氣地說道：「你說他是梁山泊的人？你無緣無故冤枉人該當何罪？」祝彪答：「那是時遷自己招的，你不要在這裡胡說八道！你要走趕緊走，否則把你也捉了當作賊人送交官府。」李應聽了大怒，在莊外和祝彪打起來。二人大戰十七八個回合，祝彪漸漸支撐不住，撥馬就逃，等李應追來，卻暗中搭弓射箭，射中李應的胳膊。幸好楊雄、石秀等人拼命廝殺，才把李應救下來。

回到莊上，李應包紮好之後，對楊雄、石秀說：「不是我不用心，確實沒有辦法。兩位壯士，不要怪罪。」又叫杜興取些金銀送給二人。二人辭別李應、杜興，直奔梁山，請求眾英雄搭救時遷。

延伸小知識

白話小說

白話小說是發源於唐代的一種文學形式。中國白話小說的前身是民間故事和所謂的「街談巷語」。在古代中國文學發展的歷史長河中，小說經歷了不斷豐富和拓展的過程，到宋代的話本階段基本成熟定型，直到明代才迎來真正的繁榮，成為與抒情文學分庭抗禮的一大文學體系。

《水滸傳》成為中國第一部以白話文寫出的長篇小說，對中國白話小說的發展而言具有重要意義。

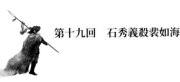

第二十回

眾好漢大戰祝家莊

楊雄、石秀辭別李應等人，一路奔向梁山。這一天來到了梁山腳下，在一家新開的酒店歇息，順便打聽上山的路線。這酒店正是梁山泊新增設的酒店，掌管此店的是石勇。他見兩人非同一般，就走過來搭話：「二位從什麼地方來？」楊雄答道：「我們從薊州來。」石勇一聽，忙說道：「你難道是石秀嗎？」楊雄說道：「我是楊雄，他才是石秀。」原來戴宗從薊州回來，提起過石秀，說他可能來入夥，讓他多留意。在石勇的安排下，楊雄、石秀來到了山寨上。

二人在大廳上和眾位首領見了面，將時遷被抓及李應營救的經過說了一遍。晁蓋聽了大怒，認為他們壞了梁山的名聲，讓人把他們兩個推到外面砍了。眾人趕忙勸解，宋江說道：「哥哥不要生氣，這件事情是時遷做的，本來就和這兩位兄弟沒有關係。現在我們山寨的人越來越多，錢糧越來越不夠用。這祝家莊既然有意和我們梁山作對，不如正好拿下祝家莊，一來可以壯大山寨的氣勢，二來不要讓來投奔山寨的兄弟被欺辱，三來也可以得到糧食，還可以請李應上山入夥。小弟願意率軍前去攻打，不破祝家莊誓不回山。」眾人都覺得宋江說得有道理，於是放了楊雄、石秀，安排人馬準備攻打祝家莊。

晁蓋領著一部分人守山寨，宋江率領兩路人馬下山：第一路，宋江、花榮、李俊、穆弘、李逵、楊雄、石秀、黃信、歐鵬、楊林，帶領三千小嘍囉，三百騎兵，準備好了，下山打頭陣；第二路林沖、秦明、戴宗、張橫、張順、馬麟、鄧飛、王矮虎、白勝，也帶三千小嘍囉，三百騎兵，隨後接應。宋萬、鄭天壽把守金沙灘和鴨嘴灘兩處小寨，接應糧草。安排妥當以後，大家就出發了。

話說宋江帶著人馬奔向祝家莊，在獨龍山前紮下營寨。宋江在中軍帳裡坐下，他和花榮等頭領商議道：「我聽說祝家莊裡路況複雜，應該先派兩個人去打探一下，弄清楚怎麼走，再率領大軍攻打。」李逵一聽，迫不及待地想去。宋江知道他的性子急，不適合做這樣的事情，就派遣石秀、楊林前去打探。楊林假扮成解魔的法師，石秀就裝成賣柴的，分別進村探路。

話說石秀挑著柴擔，走了不到二十里，見道路曲折複雜，路口都差不多，樹林茂密，難以辨認，石秀就放下柴擔來看。這時石秀聽見背後法環聲越來越近，回頭一看，原來楊林戴著一個破竹帽，穿著舊法衣，手裡舉著法環，一邊搖著一邊過來了。石秀見周圍沒有人，叫住楊林說：「這裡的路複雜難辨，不知道怎麼走哇？」楊林說：「不要管路是什麼樣，只管揀大路走就是了。」石秀又挑起柴擔，專門選擇大路走，看見前面有個小村子，有幾處酒家。石秀挑著柴，到一家酒店門前歇息。四下看了看，見每家店門前都擺著刀槍，每人身上都穿黃背心，寫著一個大「祝」字，來往的人也是這樣。石秀見了，就攔住一個老人問：「老人家，請問本地是什麼風俗？為什麼門前都插著刀槍啊？」那老人說道：「你是哪裡來的客人？你要是不知道的話，就趕緊離開這裡。」石秀道：「我是山東販棗子的客人，因為賠了本錢，沒有路費回家了，就擔柴來這裡賣，不知道這裡的風俗習慣。」老人道：「趕緊到其他地方躲避，這裡馬上就要打仗。」石秀道：「這地方這麼好，為什麼要打仗？」老人道：「你看來真的不知道，我跟你說說。這裡叫作祝家莊，因為惹惱了梁山泊好漢，他們帶領人馬來攻打。因為這裡的路況複雜，才沒打進來，他們的人馬現在就駐紮在村口。現在傳來命令，家裡強壯的男人都要做好準備，時刻準備去迎敵。」石秀道：「老人家，這莊上總共有多少戶人家？」老人道：「單單我們祝家莊，就有一二萬人家，東西還有兩村人接應。

東村的莊主是撲天雕李應李大官人，西村是扈太公莊，扈莊主有個女兒，叫扈三娘，綽號『一丈青』*，本領高強。」石秀道：「那我們還怕梁山的人嗎？」

那老人道：「如果初次來這裡，不知道路怎麼走，就一定被抓住。」石秀道：「老人家，為什麼這樣說呢？」老人道：「我們這裡的路，有首詩說：『好個祝家莊，盡是盤陀路。容易入得來，只是出不去。』」石秀聽完，就假裝哭起來，跪在老人前面就磕頭，說：「小人就是個折了本錢回不了家的外鄉人，即使賣了柴，卻遇到打仗的，還是走不了哇！老人家一定要可憐可憐我，小人情願把這擔柴送給您，希望您能給小人指一條出去的路。」老人可憐他是外鄉人，又遇到這樣的禍事，就請他進屋坐下，把出路細細地告訴他。原來這裡的岔路大部分都是死路，而且死路裡都埋著竹簽、**鐵蒺藜**†，要是走了死路，走不出去是小，丟了性命是大。只有在種著白楊樹的路口轉彎，不分路寬路窄，才是活路。石秀都一一記下了。

正說著，門外響起吵鬧聲，說是抓住了一個梁山的奸細。石秀大吃一驚，趕緊和老人出來看，只見七八十個壯丁綁著一個法師過來。石秀一看，正是楊林。石秀心裡著急，但也沒有辦法，只得裝作不認識。他問老人道：「為什麼捉他？」老人說：「他不認識路，撞進了死路，就被抓住了。有人認識他，說是梁山上的『錦豹子』楊林。」石秀知道外面兇險，不能慌張，於是就哀求那老人留他在家裡過夜，想天亮再回去報信。不一會兒，又一隊軍人擁著一個騎白馬的少年走過，喊道：「莊上百姓都聽好了，今晚以紅燈為信號，捉拿梁山賊寇。」這人正是祝家莊的少莊主祝彪，他和西邊扈家村「一丈青」扈三娘訂有婚約。石秀聽著都暗暗記下了，然後才到屋後草垛裡睡覺去了。

宋江帶領軍隊駐紮在村口，等了好久也不見石秀、楊林回來，就派遣歐鵬到村口觀望。歐鵬回來報告說：「聽說村裡抓住一個奸細。」宋江聽說兄弟被抓住了，大怒，也不再等消息，命令軍隊全力進攻。李逵早就等得不耐煩，和楊雄一起做先鋒，李俊、穆弘、黃信等頭領率領各自部下殺往祝家莊。

一路上，只見每家的門都關著，路上看不到一個人影，黃昏時分，大隊人馬殺到獨龍岡上。李逵、楊雄率領軍隊來到城下，那城門卻緊閉，吊橋高懸，還是沒有人。李逵性急，就要跳到水裡過河。楊雄一把拉住他，說道：「不能去。門關著，一定有陰謀，還是等哥哥來再商量對策。」李逵忍不住，隔岸大罵道：「快讓那祝老賊出來，你家黑旋風爺爺在此！」莊內仍然沒有人應答。這時，宋江率領軍隊到了，他勒住戰馬，看莊內沒有動靜，心中疑惑，猛然清醒過來說道：「天書上明明告誡說，遇到敵人不要急躁。我為了救兩個兄弟，迫不及待地連夜進軍，直接到了莊前面。敵人沒有動靜，一定有陰謀，趕緊讓三軍後撤。」

話音未落，莊內響起炮聲，獨龍岡上霎時亮起了無數的火把，門樓上的箭如雨點般射下來，來路也被堵死了。宋江說「大事不好」，正想讓人尋找其他的路，祝家莊內又是一聲炮響，四周突然喊殺聲震天，擁出了無數伏兵。

話說當時宋江在馬上看時，只見周圍都有兵馬埋伏，宋江趕緊叫小嘍囉往大路殺去。只聽見五軍屯塞住了，眾人都叫中計了。宋江問：「怎麼中計了？」眾軍說：「前面的路曲折回環，走了一圈，又轉到這裡。」宋江吩咐道：「讓兵馬向有火把、有房屋的人家處走。」可是大軍還沒走多久，前軍又說道：「竹

＊一種細長簪，一頭尖。有人這樣稱，古有一丈白以喻女色已老，故一丈青比喻女子青春美麗。也有人認為它是比喻女子兇狠毒辣的。因為一丈青乃是一種大蛇，長一丈余，色黑，常隱於草叢中，見人不跑迎頭而來，非常嚇人，百姓惡其名曰一丈青。

†中國古代一種軍用的鐵質尖刺的障礙物。有四根伸出的鐵刺，長數寸，凡著地均有一刺朝上，刺尖如草本植物「蒺藜」，故名。

簽、鐵蒺藜堵住了去路。」大家正不知如何是好的時候，石秀趕到了。石秀告訴宋江，不管路的寬窄，看見白楊樹就轉彎，那就是出路。宋江急忙叫人傳令下去，才逃了有五六里路，只見前面的敵人越來越多。宋江疑惑，忙問石秀怎麼回事。石秀說：「哥哥看到樹影裡的紅燈了嗎？我們往東，它就往東，我們向西，它也向西，那就是信號。」小李廣花榮一聽，搭弓射箭，將紅燈射了下來。沒有了信號燈的指引，追兵馬上亂了陣腳。在石秀的指引下，梁山軍隊才沖出重圍，和前來接應的林沖會合在一起，沖出了村口。祝家莊的人馬也撤了回去。梁山軍隊來到村外，清點人馬，發現黃信不見了，原來在夜裡衝殺時，他被蘆葦叢中的鉤子鉤住，被抓了。

第一仗就大敗而回，還被抓住了兩個兄弟，眾頭領都悶悶不樂。楊雄說：「獨龍岡的東邊就是李家莊，莊主李應正在莊中養病，哥哥為什麼不去拜訪，請他幫助咱們呢？」宋江聽了，拍了拍腦袋說：「怎麼忘了他呢？」說完他忙和花榮、楊雄、石秀一同上馬，叫士兵備了禮物，奔李家莊去了。

這時，李應正在養病，聽說梁山頭領來求見，他不願相見，怕給自己帶來麻煩。於是派杜興接待宋江等人。杜興告訴宋江說：「祝家莊裡除了三兄弟之外，還有一個教頭叫欒廷玉，此人善於使兩個大錘，有萬夫不當之勇。西邊的扈家莊有一個女將，名叫『一丈青』扈三娘，使日月雙刀，武藝高強。眾好漢要防備這兩個莊，不用防備東邊。我們的莊主被祝彪射傷，當然不會再幫助他們。祝家莊有前後兩座莊門：一座在獨龍岡前，一座在獨龍岡後。只有前後夾擊，才能攻破。祝家莊的路雖然難走，但只要遇到白楊樹就轉彎，那就是活路，不然就是死路。」石秀說：「可是現在他們已經把白楊樹砍了。」杜興說：「樹砍了，但是根還在呀。只是晚上不能進攻，只能白天去攻打。」

宋江聽完，謝了杜興，率領一行人回到寨裡，把李應不肯相見及杜興說的話對眾頭領說了。眾兄弟調侃了一會兒，宋江說：「現在，我們兩個兄弟落入敵手，也不知生死。眾兄弟應該和我一起再去攻打祝家莊。」眾人都說好。李逵說他要當先鋒。宋江說：「這次你做先鋒不合適。」李逵便忍氣吞聲。宋江讓馬麟、鄧飛、歐鵬、王矮虎四個跟自己做先鋒。戴宗、秦明、楊雄、石秀、李俊等準備在水路埋伏。第三路是林沖、花榮、穆弘、李逵，分作兩路，從旁策應。宋江派遣完後，大家酒飽飯足，分路行事。

宋江做先鋒，攻打頭陣。他前面打著一面大紅「帥」字旗，帶著四個頭領並眾小兵，向祝家莊殺去。他們來到獨龍岡前，看見祝家莊門上掛著兩面大旗，上面寫著：「填平水泊擒晁蓋，踏破梁山捉宋江。」眾好漢大怒，宋江高聲說道：「不破祝家莊，永遠不回梁山泊。」他率領一路人馬攻打後門，讓第二路人馬攻打前門。宋江帶領軍隊剛繞到獨龍岡後門，正迎面碰上一丈青扈三娘。只見她騎著一匹青驄馬，掄著日月刀就殺來。王英本是好色之徒，看到女將，就沖了上去交戰，不到二十個回合，就被扈三娘抓住了。歐鵬見王英被捉住了，趕忙提起刀來救。一丈青迎著歐鵬，兩個便鬥起來。歐鵬刀法精熟，與一丈青鬥得不相上下。鄧飛遠遠看見王矮虎被捉，歐鵬與那女將正打得不可開交，便提著刀大喊著趕來。這時，祝家莊的大門開了，祝龍率領三百壯丁殺了出來要捉宋江，馬麟便騎馬使起雙刀迎戰祝龍。鄧飛保護宋江。宋江見馬麟打不過祝龍，歐鵬也分不開身，正慌的時候，霹靂火秦明來了。宋江趕緊讓秦明替下馬麟。秦明是個急性的人，再加上祝家莊捉了他的徒弟黃信，便騎馬舞起狼牙棍，捉拿祝龍，祝龍挺槍迎戰秦明。這時馬麟帶人去奪王矮虎。一丈青見馬麟來奪人，便撇了歐鵬，與馬麟廝殺。兩人都會使雙刀，在馬上你來我往地打著，宋江看得眼也花了。祝龍哪裡是秦明的對手，只打了十幾個回合就招架不住。這時祝家莊的教頭欒廷玉掄著雙錘飛馬沖了出來，歐鵬趕緊上前截住廝殺。欒廷玉一錘打傷歐鵬，前來戰秦明。剛打了十幾個回合，欒廷玉一看打不過秦明，就掉轉馬頭往草叢裡跑去。秦明哪裡肯放，拍馬追了過去，被絆馬索絆倒，又被捉了去。

鄧飛想過去救秦明，也被四處伸出的鉤子鉤住，抓住了。宋江身邊只剩下歐鵬一個頭領，扈三娘、欒廷玉和祝龍一起朝宋江殺來，眼看宋江就要被抓住。穆弘、楊雄、石秀和花榮率領幾百人趕來救援。兩邊人馬混戰在一起。宋江看天色已晚，就鳴鑼收兵，帶著人馬後退。

正走著，只見一丈青飛馬追來，宋江拍馬就跑，眼看就要被抓住了，只聽見一個人大喊：「不要傷害我哥哥！」宋江看時，卻是李逵引七八十個小嘍囉趕來。一丈青便勒轉馬，往樹林邊去。宋江也勒住馬看時，見樹林邊轉出十數騎馬軍來，原來是林沖到了。一丈青飛刀縱馬，直奔林沖，林沖挺丈八蛇矛迎敵。兩個打了不到十個回合，林沖故意露出破綻，

任憑一丈青兩口刀砍過來，林沖用蛇矛纏住了雙刀，探身過去，一把就把一丈青拉了過來。此時天色更暗了，林沖不敢戀戰，保護著宋江沖出村口。宋江回到寨中，吩咐四個頭領帶著二十幾個人，連夜把扈三娘押回梁山，交給宋太公看管。歐鵬也一起回山寨養傷。等他們走了，宋江回到帳中，心中煩悶，一夜未睡。

第二天，探子來報，說軍師吳用和三阮頭領，還有呂方、郭盛，帶五百人馬到了。宋江聽了，連忙出了寨門迎接。回到中軍帳裡坐下，吳用拿出酒食，給眾人壓驚，犒賞三軍眾將。原來，吳用帶來了攻打祝家莊的妙計。

第二十一回　宋公明攻破祝家莊

話說宋江因為兩次攻打祝家莊都遭到挫折，正在鬱悶，聽到吳用竟然要給他慶功，心裡感到奇怪。吳用笑著說：「小弟這次來到這裡，帶來幾位好漢，他們和祝家莊裡面的教頭欒廷玉認識，也是我們很多兄弟的好友。這幾位好漢想了一個裡應外合的妙計，保證用不了五天，就一定能攻破祝家莊。」宋江一聽，壓在心頭的煩惱一掃而空。隨後，孫立、孫新、顧大嫂、解珍、解寶、鄒淵、鄒潤、樂和等八個人前來和宋江見面。

這八人來到這裡，也是被逼的。原來，山東海邊有一座登州城，解珍、解寶兩兄弟都是那裡的獵戶，解珍外號「兩頭蛇」，解寶綽號「雙尾蠍」。兩人都使渾鐵點鋼叉，本領高強，在當地獵戶中排名第一。登州城外的登州山上有許多豺狼虎豹，經常出來傷人。當地知府召集獵戶，發下告示，要他們限期三天捉拿老虎。捉到老虎重賞，捉不到重罰。解珍、解寶兩兄弟接了告示，終於在第三天夜裡用抹了藥的箭射傷一隻老虎。老虎中箭後，逃到當地財主毛太公家的園子裡。毛太公貪圖老虎，不但不交出，還誣陷二人入室搶劫，勾結官府把兄弟二人關進死牢，又買通管牢想害死他們。

恰好押送解珍、解寶進牢房的獄卒是樂和，他是登州兵馬提轄孫立的小舅子。他聰明伶俐，精通各種樂器，也會使各種槍棒，人們見他歌唱得好，送他綽號「鐵叫子」。他敬佩解珍、解寶兩兄弟都是好漢，便把毛太公買通官府要害他們性命的事情說了。談話過程中提起了孫立，解珍忽然想到他們有個表姐——顧大嫂，人稱「母大蟲」，和他們倆關係最好。顧大嫂嫁給了孫立的弟弟——小尉遲孫新，在登州城東門外開酒店。兩人求樂和去找表姐來搭救自己。顧大嫂知道自己的兄弟被人陷害，趕忙找丈夫孫新商議救人。

孫新知道救人的事不能魯莽，就去登雲山找來占山為王的鄒淵、鄒潤叔侄二人幫忙。這兩人都是忠良慷慨的人，叔叔鄒淵綽號「出林龍」，侄子鄒潤人稱「獨角龍」。這叔侄倆都好賭錢，與孫新關係很好。

孫新帶了鄒淵、鄒潤回來，顧大嫂早準備好了酒肉等待。四個人邊吃飯邊商議救人計畫，還有救人之後的去處。鄒淵說：「我早聽聞梁山近來非常興旺，宋公明又招賢納士，我與梁山上的楊林、鄧飛、石勇都是老朋友，我們救人之後，就去投奔梁山。」鄒潤又說：「還有一件事我們要仔細規劃好，救人之後，登州城必然有兵馬來追趕，我們怎麼辦呢？」孫新道：「現在登州城裡武藝高強的只有一個人，那就是我的哥哥孫立。前幾次草寇來攻打登州城，都是被他打敗的。我明天就去請他。」鄒淵道：「就怕他不肯跟我們一起投奔梁山。」孫新說道：「我自然有辦法。」

第二天，孫新就派一個夥計跑去孫立家，說顧大嫂病重，要見大伯孫立和嫂子樂大娘子。孫立果然帶著妻子趕來探望。進到屋裡，顧大嫂說出了真相，孫立當然不同意。顧大嫂便從身邊抽出兩把刀來，要和他拚命。孫立嘆了一口氣，說道：「既然你們執意要劫牢，我也不能不和你們一起去，不然以後一定會因為這件事吃官司。」

鄒淵、鄒潤回山寨收拾了財物，然後帶領二十個親信到了登州衙門，抓住了毛太公的女婿王孔目。毛太公就是通過他陷害解家兄弟的。孫立則率領十幾個親信，同孫新一起直奔大牢。顧大嫂扮成送飯的，先進到了牢裡。樂和早暗地裡給解家兄弟打開了枷鎖。孫立等人來到大牢外叫門，大家裡應外合，殺了那裡的節級和獄卒們，救出解珍、解寶。這時鄒氏叔侄也已經殺了王孔目，眾人會合後，又沖到毛太公莊上，殺了他全家，把金銀財寶都裝上車，放火燒了房屋，奪了幾匹好馬，帶著樂大娘子，直奔水泊梁山。

到了梁山山腳下，孫立等人在石勇的酒店知道了宋江等人攻打祝家莊受挫的事情。孫立聽完，哈哈大笑，說道：「我們投奔梁山，正因為沒有功勞發愁，正好有一條計策，可以攻破祝家莊。」原來，孫立和祝家莊裡的教頭欒廷玉是師兄弟，他想通過這個關係進到莊裡，裡應外合拿下祝家莊。正好吳用正率領人馬下山去支援宋江，聽到這個計策，心中大喜，於是眾人一起來到了這裡。

宋江聽完事情的經過，非常高興，連忙命人安排筵席來招待眾人。這時有嘍囉前來通報：「扈家莊扈三娘的哥哥扈成求見。」只見扈成帶人抬著很多酒肉，來到宋江軍中賠罪，求宋江放了他的妹妹扈三娘。宋江說：「你把王英送回來，我就放了你妹妹。」但王英被關在祝家莊，扈成哪裡敢去要人。吳用便對他說：「從今往後，你扈家莊不可以出兵幫助祝家莊。如果有祝家莊的人逃到你的莊上，你就把他綁了交給我們。你妹妹已經送到了梁山，由宋太公照顧，你就放心回去吧。」扈成連忙拜謝，回莊上去了。

再說孫立，他打著「登州兵馬提轄」的旗號，率領一隊人馬來到祝家莊後門。莊上牆裡望見是登州的旗號，連忙進去報告。欒廷玉聽說登州孫提轄到了，就對祝氏三傑道：「這孫提轄是我師弟，我自幼與他一起拜師學藝，不知道為什麼來到這裡。」於是帶了二十餘人馬，開了莊門，放下吊橋，出來迎接。大家見面落座，孫立說：「總兵府下令，調我去鄆州守衛，防備梁山賊寇。我正好經過這裡，就順便過來看望哥哥。我看見村口駐紮著許多人馬，不知道發生了什麼事情，就繞路到了後門。」欒廷玉說：「這幾天與梁山賊寇作戰，村口的軍隊就是梁山賊寇。」孫立一聽，笑著說：「小弟雖然沒有什麼能耐，但是幫哥哥捉幾個毛賊還是可以做到的。」欒廷玉當然知道他的本事，聽後大喜，忙安排孫立一行人換了乾淨衣裳，帶他們去見莊主。

祝朝奉和祝家三兄弟聽說孫立願意幫助捉拿梁山賊寇，也是非常高興，讓莊客殺牛宰馬，大擺宴席，招待孫立等人。

第三天，有人來報說梁山賊寇又殺到了莊前。祝彪一聽，帶領一百多騎兵前去迎戰，原來是小李廣花榮帶領五百騎兵在叫陣。二人舞動兵器打在一起，打了十幾個回合還不分勝負。花榮故意露出破綻，掉轉馬頭就走，想騙他來追趕。祝彪正要放馬追去，背後有人認識花榮，就說道：「將軍不要去追趕。防備他有暗器，此人弓箭非常厲害。」祝彪聽完，勒住戰馬，收兵回莊了。祝彪下馬後，進了後堂和孫立等人飲酒，談起戰事。孫立便說：「小弟不才，明天捉他幾個回來。」

第四天，梁山兵馬又來叫陣。祝朝奉帶著祝家三兄弟、欒廷玉、孫立等人來到門樓上觀看。只見對面早已列開陣勢，林沖跨馬執槍在隊伍前面叫陣。祝龍聽得心急，領著兵馬出門迎戰。二人打了三十幾個回合，難分勝負，各自撥馬回到陣前。這時祝虎提刀上馬，沖了出來。梁山隊伍中的穆弘飛馬迎戰，打了三十幾個回合，也是難分勝負。祝彪又出來助戰，楊雄上前堵住了。孫立看得不耐煩，便讓孫新取來自己的盔甲兵刃，披掛整齊，飛身上了自己的烏騅馬，持一杆長槍，腕上懸一條**虎眼鋼鞭**＊來到陣前大聲喝道：「對面的梁山賊寇，哪個敢來與我比試比試。」話音未落，石秀拍馬殺了出來，二人大戰五十個回合，不分上下。孫立故意露出破綻，讓石秀的槍刺了過來，他往旁邊一閃，伸手把石秀從馬上拎了過來，扔到地上，讓人綁了起來。宋江一看，趕緊撤兵。祝家也收兵回莊，眾人都對孫立欽佩不已。孫立問

＊像鐵棍一樣的兵器。鞭是為對付比鎖子甲更堅固的盔甲而產生的兵器，可以一舉打碎護心鏡，威力極大，屬於重武器。

道：「一共抓了幾個梁山賊寇？」祝朝奉說：「算上這個一共七個。」孫立讓人把七個人都用囚車裝了，等日後押上東京請賞。

第五天，早飯剛過，莊兵來報，梁山兵馬分四路來攻打。孫立說：「不要驚慌，就是來十路也沒有關係。多準備繩索，把他們都活捉了，不要死的。」眾人趕緊披掛整齊，準備出門迎戰。祝朝奉來到門樓上一看：東邊林沖帶著李俊、阮小二領五百多兵馬，西邊花榮帶著張橫、張順領五百多兵馬，南邊穆弘、楊雄、李

逵領著五百多兵馬……總之，到處都是喊殺聲，四周都是梁山兵馬。莊內得知情況，也不敢大意，立刻安排人馬迎敵：欒廷玉出後門打西北軍，祝龍出前門打東邊兵馬，祝虎出後門打南軍，祝彪從前門出捉拿宋江，眾人各領三百多兵馬，其餘莊兵守在莊內。戰鼓一響，四路兵馬一齊殺出。孫立領著十幾個軍士，守在吊橋上。這時莊內的孫新用梁山大旗換下祝家莊的旗，樂和唱曲報信；鄒淵、鄒潤聽見了，掄著大斧，砍死了看守牢門的莊丁，打開囚車，把石秀等幾位好漢放出來；顧大嫂揮舞著兩把刀，沖進房裡，見人就殺；祝朝奉見大事不妙，正想投井，被石秀趕來一刀砍了；解珍、解寶在後門點起火，梁山兵馬一見火起全都奮力沖上來。

在莊外作戰的祝虎看到莊內火起，急忙往回奔，卻被孫立攔住了去路。祝虎明白大事不好，掉轉馬頭往外衝殺，被趕上來的呂方、郭盛砍落馬下。祝龍怎麼能抵擋住林沖，所以往後門逃去，迎面碰上李逵，被他一斧砍倒在地。祝彪得知莊子已經被攻破，只能催馬逃往扈家莊，卻被扈成捆綁起來，押送給宋江。半路上正碰到李逵，那李逵又是一斧，將祝彪砍死了，嚇得扈成和莊丁四散奔逃。殺紅眼的李逵沖進扈家莊，把扈家老小全殺了，搜出財物，讓嘍囉裝好，放火燒了莊院，回去請功了。

另外一邊，孫立、孫新等人把宋江迎進了祝家莊，在莊內的正廳坐好，眾位頭領都來報告自己的戰果：生擒四五百人，奪得好馬五百餘匹，活捉牛羊不計其數。宋江聽了大喜，但還是感到有些遺憾，說：「只可惜死了欒廷玉那個好漢。」正在嘆息時，只見李逵滿身是血，腰裡插著兩把板斧前來報告自己的戰果。宋江聽他趕走了扈成，殺了扈家滿門老小，非常生氣。但因為他殺了祝龍、祝彪，正好功過相抵，不再懲罰。李逵只圖殺得痛快，也不計較這些功過。

宋江與吳用商議，要把這祝家莊村民全都殺了。石秀說：「並不是所有的村民都有罪，不能冤枉了好人，那位給自己指路的老人就有大功。」於是，宋江叫石秀找來那老人，送給他一包金銀絲帛，也饒恕了當地的村民，把得來的糧食，送給每家一石，其餘的都運回梁山，金銀財帛分賞給三軍，牛羊牲畜也趕回山寨。吳用還用計策騙了李應、杜興，讓他們跟隨大家一同上山。

回到山寨，晁蓋擺下宴席犒勞大家。宋江則履行承諾，把父親新認的乾女兒扈三娘嫁給了矮腳虎王英。

歷史好奇問

《水滸傳》中的花榮箭法很好，曾多次救人於危困，人稱「小李廣」。人們為什麼稱他為「小李廣」呢？

李廣是西漢時期的著名將領，精通騎馬射箭，人稱「飛將軍」。在與匈奴作戰時，李廣斬殺了很多匈奴人。有一次打獵，李廣看到草叢中的一塊石頭，以為是老虎，張弓而射，一箭射去把整個箭頭都射進了石頭裡。花榮因為有「百步穿楊」的功夫，善騎烈馬，能開硬弓，所以被比作李廣，人稱「小李廣」。

第二十二回　梁山高唐救柴進

宋江率軍拿下祝家莊，勝利回到梁山，又成就了扈三娘和王英的一段姻緣，眾人都對宋江稱頌不已。山寨擺下宴席慶祝。正在暢飲時，朱貴酒店裡的嘍囉來報告：「鄆城縣的都頭雷橫經過這裡，被朱頭領留在酒店飲酒，派遣小人前來告知各位頭領。」晁蓋、宋江一聽，都非常高興，馬上和吳用三人一起前去迎接雷橫。他們把雷橫接到山寨，設酒宴款待。在酒席間，眾人都勸說雷橫來山寨入夥。雷橫說：「等家母百年之後，我一定前來投奔。」說完就告別眾人，準備下山回家。眾人看留不住雷橫，就送給他許多金銀絲帛，送他下山去了。

雷橫回到鄆城縣，每天到縣衙報到，聽候差遣。沒多久，他因為和知縣的相好白秀英起了爭執，失手打死了她，被判押往濟州府。恰好負責押送的正是美髯公朱仝，他和雷橫的關係最好，又敬佩雷橫是個孝子，就在半路把他放走了。雷橫謝過朱仝的救命之恩，回家帶著母親投奔梁山去了。

朱仝放走了犯人，自然吃了官司，被發配到滄州城。朱仝到了滄州城，**知府**＊見他相貌堂堂，十分喜歡，就把他留在府裡使喚。朱仝為人和氣慷慨，府裡的人都十分喜歡他。知府有個四歲的兒子，長得眉清目秀，招人喜愛，他最喜歡讓朱仝抱著出去玩耍。知府也十分信任朱仝，很放心地讓朱仝每天帶著孩子出去遊玩。

＊官名。州郡最高行政長官。

這樣過了半個月，正好到了七月十五放燈節，朱仝帶著知府的兒子去地藏寺看河燈。突然有人從後面拉著朱仝的衣袖說：「哥哥，這邊說話。」朱仝一看，吃了一驚，原來是雷橫。朱仝放下知府的兒子說：「你在這裡等我，不要亂跑，我去買糖給你吃。」知府的兒子答應了，朱仝就和雷橫找了個僻靜的地方說話。雷橫告訴朱仝，自己已經投奔梁山，這次是奉宋江哥哥的命令，和吳用一起來請朱仝到山上享受榮華富貴。朱仝軍人出身，只想在這裡等個一年半載，仍然能回去做一個普通百姓，怎麼肯答應落草為寇！於是又一起回到橋邊。

等他回來，卻找不到知府的兒子了。朱仝大驚失色，四下尋找就是沒有蹤影。雷橫說：「一定是被和我一起的李逵帶走了，哥哥不要著急，我們去找他。」朱仝跟著雷橫等人到城外找到李逵，李逵說：「我把知府的兒子迷昏了，放在樹林裡。」朱仝趕緊跑去一看，孩子已經被砍死了。朱仝大怒，回來找雷橫等人算帳，卻早已不見了三人的蹤影。他四下張望，遠遠望見李逵揮動著板斧喊：「來，來，來！我們鬥上幾十個回合。」朱仝咬牙切齒，一路追去，李逵跑進一座宅院就不見了。

朱仝追到莊園裡，看見兩邊都插著兵器，心想：「這是個官宦人家。」於是問道：「有人嗎？」屏風後面走出一個人，正是小旋風柴進。柴進和朱仝見過面，領著他到了後堂，請出吳用、雷橫。吳用說：「請兄長見諒，殺知府的兒子其實都是宋江哥哥的命令，是為了逼兄長一起上山。」朱仝說道：「雖然是你們兄弟的好意，只是太歹毒了。我可以去梁山入夥，但有一個條件。」吳用一聽，急忙道：「兄長請說，不要說一個條件，就是幾十個也可以。」朱仝對眾人說：「要想讓我上山，只有殺了黑旋風，讓我出了這口氣才行。」李逵聽了大怒道：「這是晁蓋和宋江兩位哥哥的意思，和我有什麼關係？」朱仝大怒，又要和李逵廝打，三個趕緊勸住了。他們最後決定把李逵留在柴進莊上，等朱仝的氣消了，再接他回去。

知府不見朱仝帶著兒子回家，派人四處尋找，最後在樹林裡發現了兒子的屍體，知府生氣，立即下令抓捕朱仝。

朱仝隨著吳用、雷橫上山，李逵留了下來。不知不覺就是一個多月，這一天，有人送來一封信，柴進一看，大吃一驚。李逵忙問：「出什麼事了？」原來柴進有個叔叔叫柴皇城，住在高唐州*。高唐州知府高廉的小舅子殷天錫，強行霸占了他的花園，他氣得一病不起，性命堪憂。柴皇城沒有子女，因此寫信讓柴進趕緊過去。李逵說：「那我也要去。」

柴進立刻收拾行李，帶著李逵和幾個莊客趕往高唐州。幾天後，一行人來到高唐州柴皇城家裡。一進門，柴進趕緊看望叔叔。柴皇城看到侄子，失聲痛哭，把殷天錫要霸占花園的事情說了一遍，又說：「我今天被殷天錫氣死了，你一定要去京城告狀，替我報仇……」話還沒有說完，柴皇城就去世了。李逵聽了大怒，馬上就要去殺了殷天錫，但被柴進攔住了。柴進說道：「李大哥，你先不要發怒，我已經派人去莊裡取丹書鐵券，等安排好叔叔的後事，我就去京城告狀。」李逵聽了，只好忍下這口氣。

這天，柴進安排叔叔的葬禮，殷天錫帶著一群流氓喝得醉醺醺的，來到柴皇城家裡搶奪花園。雙方動起手來。李逵打死了殷天錫。柴進一看嚇了一跳，忙叫李逵連夜起身回梁山，免得被官府抓住。李逵知道闖下大禍，哪裡肯自己走，要帶柴進一起回梁山。柴進說：「我有祖傳的丹書鐵券，官府不敢捉拿我。」李逵這才帶著路費回梁山了。

聽說殷天錫被殺，知府高廉大怒，率領官兵前來捉拿柴進。他哪裡管什麼丹書鐵券，把柴進打得血肉

＊在山東西部、徒駭河流域。

模糊，關進大牢。

李逵匆匆回到梁山，遇到朱仝。朱仝拎著樸刀就直殺向李逵。李逵也毫不退讓，揮動板斧迎了上去。眾頭領忙過來勸阻。宋江和李逵都向朱仝道歉，朱仝才算出了口惡氣，不再找李逵的麻煩。山寨擺下宴席讓他們兩個和解。席間，李逵說了劈死殷天錫的事情，宋江聽了，非常著急地說：「你倒是走了，柴大官人要麻煩了。」吳用連忙說：「哥哥不要著急，柴大官人有丹書鐵券護身，應該沒有什麼問題。」正說著，奉命去接李逵的戴宗回來了，告訴眾人：「柴皇城的家被官府抄了，柴大官人也被關進牢裡，性命不保。」眾人聽了，都大吃一驚，顧不得埋怨李逵，馬上點齊人馬下山，去高唐州搭救柴進。晁蓋是山寨之主，留下守寨，林沖、花榮、秦明等十二個頭領，領五千軍兵做先鋒。宋江、吳用、朱仝、雷橫、戴宗、李逵等十個頭領，領三千軍兵為主力。全軍下山，向高唐州進發。

梁山先鋒到了高唐州地界，早有負責打探消息的兵丁報告給了高廉。高廉一聽，冷笑一聲說：「這幫梁山賊寇，我正想前去滅了他們，沒想到他們竟然自己送上門來了。」當即調集兵馬，出城迎敵。只讓城中百姓守住城門。高唐州除了守城的軍隊，高廉自己也有三百梯己軍，號稱「飛天神兵」，個個都是精壯好漢。

高廉親自率領軍隊在城外擺開陣勢，卻將三百神兵列在**中軍***，此時城外高廉讓人搖旗吶喊，擂鼓鳴金，只等敵軍到來。林沖、花榮、秦明領著五千人馬，就在對面列陣。林沖提著丈八蛇矛，來到陣前叫陣，高廉派遣一個叫於直的統制迎戰林沖。二人打了不到五個回合，於直就被林沖一槍刺到馬下。一個叫溫文寶的人提槍催馬直奔林沖，被秦明迎面截住，鬥了十幾個回合，讓秦明一棍打死了。

高廉接連損失兩員大將，就從背後抽出一把寶劍，揮動寶劍，指引三百神兵一起殺出，後面有官兵協助，殺得梁山人馬七零八落。梁山人馬後退五十裡才紮下營寨。高廉看到梁山人馬跑了，才收兵回城。

後來宋江帶領梁山主力趕來，林沖把事情的經過詳細地描述了一遍。宋江、吳用聽完，都很吃驚。吳用說：「這是一個精妙的大陣。」吳用與宋江趕緊找到了破陣的辦法。第二天一大早，宋江親自率領軍隊殺到高唐城下，在城外列好陣勢。有人趕緊通報城裡，高廉點齊人馬，加上三百神兵，打開城門，放下吊橋，來到城外擺陣迎敵。宋江對眾人說道：「大家儘管奮力拼殺，我有辦法破陣。」戰鬥一開始，高廉又列陣，那陣變化萬千，著實精妙，宋江用天書上的方法破了陣。不料高廉又用妖法變出一群兇惡的猛獸，宋江不敵，眾頭領四散逃命。高廉率領大軍追了二十多里，才收兵回城。宋江軍隊重新紮營，清點兵將，還好頭領都在。當晚，高廉趁夜偷襲宋江軍隊，卻被射傷了手臂，撤回城中養傷，準備等傷好之後再同梁山人馬開戰。

宋江見損失了許多兵馬，心中非常鬱悶，遂和軍師吳用商量道：「僅僅一個高廉我們尚且打不過，倘若再有其他的援軍，我們可怎麼辦呢？」吳用道：「想要破高廉的陣法，也只有去請公孫先生回來。如果請不來，柴大官人的性命，恐怕就難救了。」於是，宋江命令戴宗帶著李逵，再次前往薊州尋找公孫勝。

戴宗帶著李逵離開軍營前往薊州，一路無事，二人順利來到薊州地界。

有了上次的經驗，戴宗這次帶著李逵只在薊州周圍的村鎮上打聽，終於從一個老人那裡知道，薊州管下九宮縣二仙山下的清道人就是公孫勝。二人欣喜若狂，急忙趕到公孫勝家裡，請求他前往高唐州協助破城。但公孫勝有後顧之憂，一是母親年老需要照顧，二是恩師羅真人不讓他下山。經過戴宗的苦苦哀求，公孫勝決定帶著二人前去見羅真人，請求他准許自己下山。

三人一起到了二仙山紫虛觀，見到了羅真人。戴宗將高唐州戰事不順利的情況告訴了羅真人，說：「求

＊古代行軍作戰分左、右、中或上、中、下三軍，主將在中軍指揮。

真人允許公孫先生暫時跟我們去，等破了高廉，就送他回來。」但無論戴宗怎麼說，羅真人就是不答應。三人只好回去，商議明日再來。李逵心中著急，當天夜裡偷偷地來到了紫虛觀，揮斧劈死了羅真人和童子。

第二天，三人再次上山，李逵見羅真人和童子好好地來接見他們了，頓時大吃一驚。原來羅真人是得道高人，怎麼會被劈死呢？李逵只不過劈開了兩個葫蘆而已。羅真人怪他濫殺無辜，就狠狠地整治了他一頓，叫他受了很多皮肉之苦。戴宗只好請求羅真人手下留情，羅真人早知道李逵是天殺星下界，就饒恕了他，又賜給公孫勝八字真言「逢幽而止，遇汴而還」，教授他破解高廉陣法的仙術，然後放他下山，讓他輔助宋江去了。

告別羅真人，三人就急著趕回高唐。戴宗先回去通知宋江，李逵和公孫勝一起走大路前往高唐。李逵和公孫勝在路上又結識了鐵匠湯隆，人稱「金錢豹子」。湯隆的父親因為善打鐵，在老種經略相公跟前做事。後來他父親亡故，他因為好賭，流落在江湖上，在這裡靠打鐵度日。湯隆聽得梁山威名，願意去梁山泊入夥。

話說公孫勝、李逵、湯隆三人日夜兼程趕到梁山，早有小嘍囉通知了眾頭領。宋江、吳用聽到通報親自率領眾位頭領出寨迎接。宋江、吳用和眾頭領見公孫先生來了，心裡自然高興。李逵領著湯隆拜見了宋江、吳用和眾頭領。然後，宋江吩咐手下去準備接風酒，歡迎他們的到來。

話說高廉率領兵馬又來叫陣。梁山現在因有了公孫勝的幫助而士氣大振。後來公孫勝破了高廉的陣法，梁山軍隊殺得高廉緊閉城門，不敢再戰。吳用又借高廉搬救兵的機會，設計讓梁山兵馬假扮救兵，一舉攻破了高唐州城池。高廉逃跑，被雷橫一刀斬成兩段。

梁山軍隊殺了高廉，攻入高唐州，趕緊到牢營去解救柴進，可是找遍了牢營，也沒有發現柴進的蹤影。宋江就把所有的獄卒找來審問，一個叫藺仁的說，他為了保護柴進，把他藏到了一口枯井裡。眾人找到了枯井，用繩索綁了個籮筐，把李逵放進籮筐裡，下到井底，救出了柴進。眾人見了柴進都非常高興，安撫了城中的百姓，整理兵馬等戰利品，回梁山去了。

歷史好奇問

「丹書鐵券」是什麼？

我們在讀古代書籍或看古裝影視劇時往往會遇到「丹書鐵券」這一詞語，那麼「丹書鐵券」指什麼呢？

「丹書鐵券」俗稱「丹書鐵契」，又名「金書鐵券」、「金券」、「銀券」等，簡稱「鐵券」，「丹書」指用朱砂寫字，「鐵券」指用鐵製成的憑證。

這是古代帝王賜給功臣世代享受優遇或免罪的憑證，因用朱砂寫在鐵板上而得名。為了取信和防止假冒，一般將鐵券從中剖開，朝廷與個人各執一半。

宋太祖趙匡胤「黃袍加身」，從後周柴家手中謀得皇位，為了安撫民心，下令厚待柴氏子孫，賜柴氏「丹書鐵券」，柴氏後人犯罪也不能加刑。柴進家的「丹書鐵券」，確實有歷史依據。

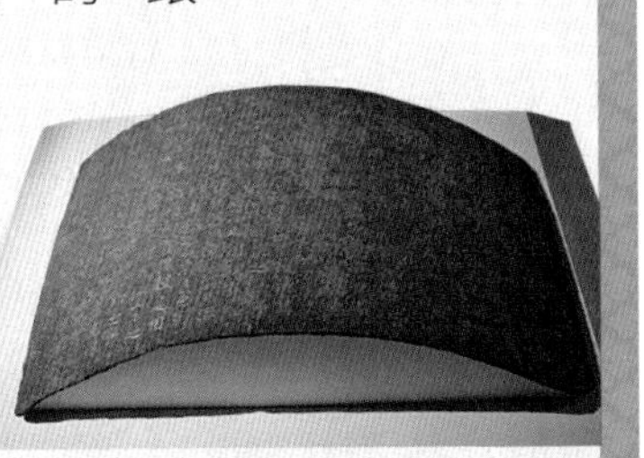

第二十三回 徐寧大破連環馬

梁山兵馬得勝回到梁山，又得到了柴進、湯隆兩位頭領，晁蓋、宋江等都非常高興，自然要大擺宴席慶賀。再說高唐州，自從城破，高廉被殺，這個消息很快就傳到了朝廷。這高廉不是旁人，他是當朝京師殿帥府太尉高俅的叔伯兄弟。高俅聽說梁山人馬攻陷高唐，殺了高廉，不禁怒火中燒。

高俅來到大殿上，等待皇帝早朝。當天皇帝開始早朝，兩邊文武百官排列整齊。等天子坐定，值班的官員喝道：「有事出班啟奏，無事捲簾退朝。」高太尉趕緊出來說：「晁蓋、宋江等賊人，本來就屢次作惡，現在又聚集一夥匪徒，盤踞在梁山泊。他們殺人放火，無惡不作，最近又攻陷了高唐州，無論官軍百姓，都被殺死。這窩賊寇要是不早日除掉，日後一定會成為禍患。」皇帝聽了非常吃驚，趕緊下了一道聖旨，讓高俅選派人馬剿滅梁山賊寇。高太尉奏道：「對付這些草寇，不用興師動眾。臣推舉一人，保證可以剿滅梁山。這個人就是開國名將呼延贊的後代，名叫呼延灼，使兩條銅鞭，有萬夫不當之勇。他現在是汝寧郡都統制，皇上可以下旨任命他為兵馬指揮使，讓他率領軍隊剿滅賊寇。」皇帝聽了，立刻下旨，讓呼延灼進京。

呼延灼接到聖旨，趕緊率領親信連夜趕赴京城，到殿帥府拜見高俅。第二天早朝，呼延灼來到大殿上覲見皇帝。皇帝見呼延灼威風凜凜，非常高興，就賜給他一匹踢雪*烏騅馬，命他率領軍隊剿滅梁山賊寇。退朝後，呼延灼隨高俅來到殿帥府，商量行軍計畫。呼延灼說：「我聽說梁山兵多將廣，個個武藝高強，因此不能大意。我保舉一人為先鋒，他就是陳州**團練使**†韓滔。他是東京人，武舉人出身，善使一條**棗木槊**（ㄕㄨㄛˋ）**，人稱『百勝將軍』。另外保舉潁州團練使彭**玘**（ㄑㄧˇ），也是東京人，他是將門之後，使一把三尖兩刃刀，人稱『天目將軍』，可以當韓滔的副手。」高俅聽了，立刻簽發文書，命令二人做正副先鋒。一切準備就緒，三路兵馬在汝寧會合後，前軍韓滔開路，主帥呼延灼率領中軍，後軍彭玘率領，浩浩蕩蕩殺向梁山。

這天，晁蓋、宋江、吳用等正在聚義廳上飲酒，探子來報：「汝寧州雙鞭呼延灼領軍前來征討。」大家聽了趕緊商量迎敵的策略。軍師吳用聽說呼延灼能征善戰，是一個

---

* 馬蹄是白色的。

† 宋代武將兼銜，高於刺史而低於防禦使，為武將敘遷之階

** 長矛，古代的一種兵器。

難得的虎將，就建議先用武力抵抗，然後用計策擒拿。宋江派遣了幾路人馬迎敵：霹靂火秦明打頭陣，豹子頭林沖為二陣，三陣是小李廣花榮，四陣是一丈青扈三娘，五陣是病尉遲孫立。這樣用車輪戰和呼延灼糾纏，前面打完，就轉為後軍。宋江親自帶領十個頭領，率大軍押後。另外又安排了朱仝、雷橫、穆弘、黃信、呂方五將率領左軍，楊雄、石秀、歐鵬、馬麟、郭盛五將率領右軍，李俊、張橫、張順、阮氏三雄統領水軍，李逵和楊林各領一路步兵，埋伏救應。軍隊調集完畢，秦明領兵先行下山列陣，遠遠望見韓滔的前軍到來，就紮下營寨，當晚沒有開戰。

第二天兩軍一開打，秦明先戰韓滔。二人打了二十幾個回合，呼延灼率領中軍趕到了。他看韓滔不是秦明的對手，就舞動雙鞭，騎著座下的踢雪烏騅馬來戰秦明。這時，林沖也趕到了，替下秦明。秦明就率領部下往後山去了。林沖和呼延灼打了五十幾個回合難分勝負，趕到的花榮替下林沖。林沖按照計畫也領兵走了。這時，宋軍的副先鋒彭玘迎了上來，提著三尖兩刃刀來戰花榮，二十幾個回合後，呼延灼看彭玘頂不住了，就騎馬上來戰花榮。兩人剛一動手，第四陣的扈三娘到了，她大叫：「花將軍歇一會兒，我來會會他。」花榮便引軍往山後走了。扈三娘正在和彭玘打鬥時，五陣的孫立也到了，站在旁邊觀看。二人鬥了二十多個回合，扈三娘回馬便走，彭玘急忙追來，扈三娘從袍底取出金鉤套索，等彭玘的馬跑近了，回身一撒，再一拽，就把彭玘拽下馬來，孫立忙叫人綁了。呼延灼看見彭玘被抓，趕緊騎馬來戰扈三娘。二人鬥了十多個回合，仍然不分勝負。孫立怕扈三娘吃虧，就替下她，過來迎戰呼延灼。正當兩個人打得難解難分的時候，宋江的大軍也到了，列成陣勢，看著二人交戰。宋軍中的韓滔見彭玘被擒，就率領兵馬一齊衝殺過來。梁山兵馬在十個頭領的率領下，奮勇迎敵，山後的四陣兵馬也分成兩路夾攻。呼延灼一看形勢不利，急忙收了本部兵馬。但梁山軍隊也沒有能討到便宜，原來呼延灼陣裡都是連環馬——官兵馬帶馬甲，只露四隻馬蹄；人披鐵鎧甲，只露一雙眼睛，又都配了弓箭。宋江大軍根本不能前進，只得鳴金收兵，退到西面紮寨。呼延灼也退兵二十里紮寨。

宋江收兵後，親自為彭玘解開繩索，對他以禮相待，當天就派人把他送回山上休息。第二天，兩軍繼續交戰，宋江把人馬分成五隊，並在左右兩邊安排好了伏兵，霹靂火秦明仍然做先鋒。但呼延灼的軍中只有一千步兵在搖旗吶喊，宋江看了很是疑惑，趕緊傳令後面的兵馬暫且後退，縱馬來到前面觀看，正在觀察的時候，突然連珠炮響，呼延灼手下的步兵分到兩邊，中間的三隊連環馬沖了出來。兩邊的弓箭亂射，中間都是長槍。宋江急忙命令放箭，但是根本抵擋不住。連環馬三十匹為一隊，鎖在一起衝鋒。馬隊橫衝直撞，拼命向前。宋江全軍一路潰退逃散，眾將領只能護著宋江撤走，後面連環馬一路追來，幸好李逵、楊林的伏兵殺出來救了宋江，逃到河邊，水軍將領已經備好了戰船，把眾人營救到鴨嘴灘上。宋江清點兵馬，雖然將領們沒有什麼損傷，但是士兵死傷了大半。晁蓋聽說戰事不利，帶了吳用等頭領下山慰問，請宋江回山上大寨休整。宋江卻無論如何也不肯，就在鴨嘴灘上紮下營寨。

這一仗，呼延灼大獲全勝。他一面犒賞三軍，一面派人回京城報信。高俅聽到勝利的消息高興萬分。第二天早朝，高俅奏報天子。天子聽了也非常高興，下旨賞禦酒十瓶，錦袍一件；派遣一名官員攜帶十萬貫錢，去犒賞眾軍。高太尉領了聖旨，回到殿帥府，立即派遣官員帶著賞賜前去。

考慮到梁山周圍四面環水，呼延灼又向殿帥府要了東京炮手轟天雷淩振。淩振善於製造火炮，他製造的火炮能打十四五里。炮彈打到的地方，會發出天崩地裂的聲響。淩振來到軍中見到呼延灼，詳細詢問了水寨的遠近距離，然後安排了三種火炮攻打：第一是風火炮，第二是金輪炮，第三是子母炮。官軍在河邊豎起火炮，準備攻打山寨。宋江營裡早有人打探到官軍情況，宋江率人一面撤出鴨嘴灘小寨，一面派了李俊等六個水軍頭領前去誘捕淩振。

六個頭領接到命令，就分成兩隊：李俊、張橫先帶著四五十個水軍，乘著兩隻快船，從蘆葦蕩悄悄探路過去，背後張順、三阮領四十多隻小船接應。再說李俊、李衡上到對岸，便在炮架子旁吶喊，又推倒了炮架子。軍士慌忙報與淩振，淩振聽到報告，帶著炮和一千多人追來，看見蘆葦灘邊停著四十多隻小船，船上有一百多梁山的水軍。他們看到淩振等趕來，都跳到水裡去了。對岸的朱仝、雷橫正在擂鼓吶喊。淩振命令士兵搶了船，追殺對面敵人。剛到江心，阮小二等人從水底鑽出來，抱住淩振拖上岸，押送到山上。跟淩振來的官兵，淹死的淹死，生擒的生擒，剩下幾個逃回大營。呼延灼聽後，趕緊帶人來營救，但已經來不及了。淩振被捉到山上，宋江好言相勸，拉淩振加入梁山。

呼延灼的連環馬確實厲害，這讓宋江愁眉不展。這時，金錢豹子湯隆獻上一個計策。原來，鐵匠出身的湯隆，祖上就以打造兵器為生，留下了打造**鉤鐮槍**＊的圖紙，而這鉤鐮槍正是克制連環馬最好的兵器。只是鉤鐮槍的使用方法都是世代相傳，從來不教外人，只有京師金槍班的教頭徐寧才會使用，而這個徐寧正是湯隆姑舅家的表哥。他說：「徐寧有一副祖傳的雁翎鑲砌圈金鎖子甲，叫作賽唐猊，他把這副鎧甲看得像他的性命一樣重要，用匣子裝了拴在梁上。只要能盜得這副鎧甲來，我就有妙計能讓徐寧上山。」

宋江一聽，心中大喜，一邊讓鼓上蚤時遷去偷徐家的鎖子甲，一邊命令湯隆趕緊打造一杆鉤鐮槍，讓雷橫督促工匠仿照著製作；然後再讓湯隆和樂和下山用計騙徐寧來；又派了幾個弟兄去接彭玘和淩振的家人上山，解除他們的後顧之憂。

再說鼓上蚤時遷，雖然武功不行，但就偷盜的本領來說，他可是行家裡手。他來到東京城，打聽到徐寧的住處，先暗中觀察，然後藏到了徐家的房梁上，徐寧一出門，他就輕而易舉地盜走了那副鎧甲，然後讓戴宗帶著鎧甲先回梁山了。徐寧得知鎧甲丟失，內心萬分痛苦，不知道如何是好。

第二天，徐寧正在家裡鬱悶，家人來報，說湯隆前來拜訪，徐寧一聽堂弟到了，趕緊迎接到屋裡。兄弟二人見面，自然非常高興。徐寧安排酒宴招待他，兩人邊喝酒邊聊天。徐寧心裡想著祖傳的鎧甲，臉上難免憂鬱不已。湯隆故意問道：「哥哥為什麼煩惱？」徐寧就說起昨夜丟失鎧甲的事情。湯隆聽後，假裝很吃驚地問：「放在哪裡被偷的？」徐寧說：「我用匣子裝著拴在梁上。」湯隆又問：「那匣子上是不是用白線繡著如意，中間還有一個獅子滾繡球的圖案？」徐寧奇怪地問：「兄弟你怎麼知道的？」湯隆說：「我來的時候，在城東約四十里的地方遇到一個瘦黑的漢子，瘸了一條腿，挑著擔子，上面拴著一個匣子。」湯隆又假裝著急地說：「哥哥，我們現在去追，一定能追上。」徐寧一聽，忙和湯隆一起出了東城門，沿途打聽著追了上去。

其實這些事情都是事先安排好的，專門騙徐寧上山，他怎麼能想到呢？徐寧跟著湯隆，一路追了下去。他們在一座古廟的大樹下追上了時遷，打開匣子卻沒有發現鎖子甲。徐寧一把揪住時遷問：「我的鎧甲呢？」時遷說：「鎧甲沒在我這裡，但我可以幫你找到。我叫張一，是泰安人，我們那裡有個財主，知道你家有雁翎鎖子甲，非常希望得到，但你不賣，他就讓我和李三去你家偷，答應給我們一萬貫錢。我的腿摔傷了，李三先帶著鎧甲走了。你要是答應不去官府告我，我就帶你去要回鎧甲。」徐寧一聽，只好跟著時遷前去。時遷裝作腿瘸，走得很慢，徐寧心裡著急，一是擔心找不回鎧甲，二是擔心自己作為軍官，

＊槍長七尺二寸，其中槍頭為八寸。槍頭上尖銳，其下部有側向突出之倒鉤，鉤尖內曲。槍桿長六尺，粗圓徑為四寸，以木製成，杆尾有鐵，長四寸。鉤鐮槍的槍頭和普通長槍一樣，以刺為主來殺傷敵人。柄側的倒鉤則用來砍殺敵人，還可把敵人拉倒在地。

連日不在，官府會認為他擅離職守。這時，有一輛空馬車經過身旁。湯隆一看，自己認識那駕車的人，就介紹給徐寧：「這是小弟去年在泰安結識的李榮兄弟，我們正好坐他的車趕路。」其實這個駕車的人是樂和，計畫好來接應的。於是湯隆和徐寧就坐上了樂和的馬車，快到梁山時，樂和用蒙汗藥弄暈了徐寧，將徐寧直接抬上了梁山。徐寧醒來後才知道自己中計了。宋江詳細說明了請他來梁山的原因，又告訴他，湯隆已經把他的家眷接到山上來了，還假扮徐寧搶劫了客商，官府早晚會發公告捉他。徐寧看自己已經沒有了退路，只好在梁山入夥。

此時雷橫監造的鉤鐮槍也準備好了，宋江請徐寧挑選嘍囉，教他們鉤鐮槍的使用方法。徐寧挑選了一些精壯的嘍囉，把使用鉤鐮槍的方法教給他們，然後日夜練習，不到半個月，梁山上已經有六七百人學會了。

宋江看時機成熟了，就調集人馬，準備和呼延灼決一死戰。他先命令步兵下山，分成十隊誘敵。如果見連環馬沖來，就往蘆葦叢中跑。又讓手拿鉤鐮槍的嘍囉埋伏在蘆葦叢中，每十個拿鉤鐮槍的嘍囉中間穿插十個撓鉤手，只要看到連環馬一到，就一槍鉤倒，再用撓鉤把人鉤住。一切安排妥當，第二天四更時分，就派十隊步軍下山進攻，宋江親自率領中軍在對岸搖旗吶喊。

呼延灼聽得探子報知，便傳令先鋒韓滔先去探路，他隨即親率連環甲馬趕來。先鋒韓滔回來與呼延灼商議道：「正南方有一隊步軍，不知是從什麼地方來的。」呼延灼說：「不管它從哪裡來，讓連環馬去對陣。」韓滔領著五百馬軍去了。後來又見東南方、西南方有人揮動梁山旗幟吶喊。於是韓滔帶軍回來，對呼延灼說：「南邊有三隊賊兵，都打著梁山旗號。」呼延灼說：「這些賊兵分多路來廝殺，必有陰謀。」話還沒說完，只聽得北邊一聲炮響。呼延灼罵道：「這炮肯定是淩振那賊讓他們放的。」呼延灼等人又見北

邊擁起三隊旗幟。呼延灼看後說：「這肯定又是賊人的陰謀。現在我和你把人馬分為兩路，我去殺北邊人馬，你去殺南邊人馬。」正準備分兵之際，只見西邊又是四路人馬趕來，呼延灼慌了，又聽到正北方向的連珠炮響，那炮打到哪裡，哪裡就山崩地裂。呼延灼的軍隊四面受敵，軍心難免渙散，他急忙和韓滔各引馬步軍兵四下衝殺突圍，可是梁山的多路步軍應對自如。呼延灼看了十分氣惱，帶著連環馬，快速奔來，可宋江的軍兵都藏進了蘆葦叢、枯草荒林，那連環馬竟直奔進去。只聽那裡面呼哨響處，鉤鐮槍一齊舉手，先鉤倒兩邊馬腳，中間的甲馬便咆哮起來。那撓鉤手軍士一齊搭住，蘆葦中只管綁人。呼延灼見中了鉤鐮槍計，便勒馬回南邊去找韓滔。當時的火炮聲、馬的哀鳴聲、士兵漫山遍野的廝殺聲交織在一起，真是震耳欲聾。韓滔、呼延灼率領的連環甲馬都進了荒草蘆葦中，全被捉了。呼延灼見大勢已去，只好一個人逃往青州。

詞語收藏夾

大刀闊斧

出處：明．施耐庵《水滸傳》第一百一十八回：「當下催軍劫寨，大刀闊斧殺將進去。」

解釋：像使大刀、用闊斧那樣，形容辦事果斷而有魄力。

近義詞：雷厲風行、大馬金刀

造句：大家都欣賞經理這種大刀闊斧的辦事作風。

第二十四回　晁蓋命喪曾頭市

梁山泊將士用鉤鐮槍大破呼延灼的連環馬，繳獲無數戰利品，先鋒韓滔也被活捉，最後在梁山入夥。只是主將呼延灼僥倖逃脫。梁山眾人喜不自禁，接連幾日擺宴席慶賀。

再說呼延灼，因為損失了許多官軍人馬，他不敢回京，獨自一人騎著那匹踢雪烏騅馬，把衣甲拴在馬上，四處逃難。他身邊沒有盤纏，就解下束腰金帶，賣了當盤纏。他邊走邊想：「誰能想到我今天竟落魄到如此地步，想找個落腳的地方都沒有！」這時，他猛然想起：「青州的慕容知府原來與我有一面之緣，為什麼不去投奔他呢？我可以通過他打通慕容貴妃的路子，到那個時候，我再率領官兵來報仇。」於是直奔青州而去。

這一天，呼延灼進入青州地界，晚上在一家客店休息，半夜的時候被桃花山的嘍囉偷去了烏騅馬。第二天呼延灼就投奔了青州知府，然後率領官兵前去剿滅桃花山、二龍山、白虎山的賊寇。三山好漢聚到一起，準備聯合攻打青州，但擔心實力不夠，於是請梁山英雄幫助。經過一番周折，呼延灼最終還是歸順了梁山，和他一起歸順梁山的還有花和尚魯智深、青面獸楊志、行者武二郎、打虎將李忠、小霸王周通、金眼彪施恩、操刀鬼曹正、菜園子張青、**母夜叉**＊孫二娘等十二位頭領。宋江眼見梁山大寨新添許多兵馬，

＊即夜叉婆，指兇惡的婦人。關於夜叉的傳說，宋元間的杭州傳播很廣。

非常喜悅，命令小嘍囉們建造新屋，給新到的頭領居住，又重新分配了人員職務。

忽然有一天，魯智深對宋江說：「我有個朋友，李忠也曾經見過，名叫九紋龍史進，現在在少華山*上，和他一起的還有神機軍師朱武、跳澗虎陳達、白花蛇楊春等三人。我很長時間沒有見他了，心裡十分想念，打算去探望他，然後叫他和少華山的兄弟一起來梁山入夥。」宋江聽了，說：「這個九紋龍的大名，我也早有耳聞，師父如果能勸說他來梁山入夥，這是一件好事情。但你不要自己一個人去，就讓武松陪你一起前往，這樣也好有個照應。」於是，魯智深、武松便收拾好行裝，帶著兵器、路費一起下山，直奔少華山而去。二人走後，宋江放心不下，派遣戴宗暗中打探消息。

這一天，魯智深、武松來到了少華山上，卻沒有見到史進。神機軍師朱武告訴魯智深，史進為替一位大名府的老朋友王義報仇，前去刺殺華州太守，結果被抓住了，現在被關在大牢。那太守知道史進是少華山上的人，正準備率領官兵來圍剿山寨，眾人正在為此犯愁呢。魯智深是個急性子，聽後勃然大怒，抄起禪杖就要去找太守報仇，救出史進。武松連忙攔住，說：「哥哥不要魯莽！你我現在就回梁山，請宋公明哥哥前來幫忙。」魯智深哪裡聽得進去，自己直奔華州城去了。朱武不放心，忙派遣了兩個嘍囉隨後跟著，讓他們有消息趕緊來報告。

再說華州太守為人非常狡詐，他用詭計捉住了魯智深，把他痛打一頓，也關進了監獄，正好和史進關在一起。小嘍囉打探到魯智深也被抓的消息，飛速回到山寨報告。這個時候戴宗也趕來了，得知這個消息，趕緊連夜回梁山報信。宋江聽說後，立即與軍師吳用等首領商量，準備率領三路兵馬共七千多人奔赴少華山。

宋江帶領三隊兵馬到了少華山下，被武松、朱武、陳達、楊春等頭領請上山，來到大廳坐定。宋江仔細聽了朱武講的城內情況，第二天又帶眾頭領到城外觀察了一番。這華州城背靠西嶽華山，城牆既結實又高大，護城河寬闊，如果強攻，很難有勝算。宋江看見這樣的情況，愁眉不展，無計可施。

過了兩天，忽然探子來報信，說：「朝廷派了一個殿司太尉，帶著御賜的金鈴吊掛，來西嶽華山替天子上香。他們從黃河經渭河而來。」吳用聽了非常高興，對宋江說：「哥哥不用煩惱了，有破城的妙計了。」吳用立即派遣熟悉地形的白花蛇楊春帶路，領著李俊、張順先到渭河搶了十幾隻大船，請宋江、李應、朱仝、呼延灼、花榮、秦明、徐寧等人直接來到渭河渡口。這時，李俊等三人已經準備好了船隻，吳用便讓花榮、秦明、徐寧、呼延灼埋伏在岸上，他和宋江、李應、朱仝一起上了船，然後把船劃進灘頭藏起來。第二天，他們遠遠地望見三隻官船，船上掛著一面黃旗，上面寫著「欽奉聖旨西嶽降香太尉宿元景」幾個大字。等官船接近河口時，朱仝、李應分別持長槍站在宋江、吳用身後。大船開動向前，截住了太尉的官船。宋江軟硬兼施，把宿太尉劫持到少華山上。

梁山好漢劫持了宿太尉一行人，向他們借了衣裝鞋帽，穿戴整齊，假扮成了宿太尉的隊伍，然後一面去華山雲台觀進香，一面命人到城內報告太守，讓他趕緊來接待宿太尉。太守放心不下，先派人過來打探虛實。那個官員見了御賜的金鈴吊掛、中書省各項公文，知道這些都是真的，才相信欽差真的到了。那太守來到雲台觀，被一刀砍死了。華州城下，吳用早已安排林沖等頭領率領大軍攻進城裡，救出了魯智深和史進。

華州城既然已經攻破，人也救了，宋江也就不再為難宿太尉。他派人把衣物等東西還給宿太尉等人，

＊在陝西華縣東南。因其東有華山而得名。

又贈送了一些金銀財寶，送他們下山。少華山上的四位好漢也整理好山寨的財物，把空山寨燒了，跟隨宋江回到了梁山。晁天王及留在山寨中的頭領聽說大軍凱旋，忙下山迎接。眾頭領見面後，自然又是大擺宴席慶祝。

這一天，探子回來報告說：「徐州沛縣芒碭山中聚集了一夥人，為首的叫樊瑞，號稱『混世魔王*』。此人能呼風喚雨，用兵如神。他手下還有兩個副將，一個是『八臂哪吒』項充，擅使一杆標槍和一麵團牌，團牌上插著二十四把飛刀；另一個是『飛天大聖』李衮，也使團牌，團牌上插著二十四根標槍，拿一把寶劍。這三個結為兄弟，占據芒碭山，打家劫舍，想和梁山作對。」聽到這個消息，眾頭領都很生氣，於是宋江率領大軍前去討伐。那芒碭山的三個人果然有些本領，可惜還是抵擋不住梁山好漢的進攻。公孫勝排兵布陣，打敗了他們三兄弟。他們也是心服口服，上了梁山。

宋江平定了芒碭山，收服了三員猛將，回到梁山腳下，準備登船上山。這時，一個大漢跑來，見到宋江就拜。這人就是段景住，人稱「金毛犬」，以盜馬為生。他最近從金人手裡偷了一匹寶馬，名叫照夜玉獅子，本來想獻給宋江，沒有想到經過淩州西南的曾頭市時，被曾家的五虎搶去了。他們不但搶馬，更可氣的是大罵梁山好漢。宋江帶著段景住回到山寨，來到聚義廳和眾人相見。酒席間，段景住又說了那匹寶馬的事情，繪聲繪色地講了它的種種好處，宋江便讓戴宗去曾頭市打聽那匹馬的消息。四五天後，戴宗打探好消息回到梁山，他向眾人說了自己得到的信息：曾頭市有三千多戶人家，其中有一個大戶——曾家府。這家的老子原來是金國人，有五個兒子，人稱「曾家五虎」，還有一個教頭叫史文恭，一個副教頭叫蘇定。那寶馬就是被曾家劫走的，現在給史文恭當坐騎。最可惡的是，他們聚集了六七千人馬，聲稱專門對付梁山賊寇。為此還專門製造了五十多輛囚車，就是要裝梁山的頭領。晁蓋聽完大怒，傳令下去，自己要親自率領人馬攻打曾頭市。宋江忙說：「哥哥是一山之主，不能輕易征戰，還是小弟去吧。」晁蓋說：「賢弟剛剛遠征回來，應該好好休息。這次還是我去吧，下次有事，賢弟再去。」晁蓋正在氣頭上，怎麼肯聽宋江等人的勸說？他當時就點了五千人馬，又點了林沖、呼延灼、徐寧等二十位頭領，率軍出征曾頭市。

晁蓋親自出征，宋江、吳用、公孫勝等頭領都到金沙灘為他送行。大軍到了曾頭市，紮下營寨。晁蓋就帶領著二十個頭領前去觀察地形。正看的時候，樹林中沖出一隊人馬，為首的是曾家的四子曾魁。林沖飛馬迎戰，打了二十幾個回合，曾魁抵擋不住，就撥馬逃走了。林沖也不追趕，和眾頭領回營了。

次日平明，兩軍在曾頭市外列開陣勢。曾家五虎全都披掛來到陣前，史文恭彎弓插箭，手拿一杆方天畫戟，坐騎正是那匹照夜玉獅子馬。三通鼓後，曾家陣前推出了多輛囚車，曾塗大喊：「梁山賊寇，你們看到這些囚車了吧？我要將你們都活捉，關到囚車裡，押送到東京。」晁蓋大怒，縱馬直奔曾塗，眾將怕他有危險，領軍一起衝殺上去，兩軍混戰在一起。曾家兵馬一步步退入村中。林沖見路途不好，忙令**鳴金收兵**†。這一仗，雙方各損失了不少人馬。晁蓋心裡悶悶不樂，眾頭領都來勸說。後來晁蓋連續叫陣三天，曾家府都不應戰，只堅守不出。

到了第四天，曾家府派了兩個假和尚前來詐降，並獻出一條計策：讓晁蓋帶人趁夜色偷襲曾家府。林沖說：「哥哥不要相信他們，這其中一定有詐。」晁蓋被兩個人的花言巧語蒙蔽，怕錯過這個好時機，決定當晚就跟「和尚」前去劫寨。林沖說：「哥哥不要去，我帶領一半人馬前去，您在村外接應。」晁蓋聽不進

* 比喻擾亂世界、給人們帶來嚴重災難的人。也指成天吃喝玩樂、到處胡鬧的有錢有勢人家的子弟。

† 用敲鑼等方式發出信號撤兵回營，戰鬥暫時結束。古代打仗時，擊鼓和鳴金都是軍事指揮的號令，擊鼓進軍，鳴金收兵。

去，執意前往。

晁蓋當晚就帶著十個頭領和兩千五百人馬潛入村中，林沖率領剩下的人馬在外接應。一開始，大家並沒有發現異常，走了五里多路，突然發現兩個「和尚」不見了，大家知道事情不妙，趕緊原路返回，走了不到一百步，四周響起了鑼鼓聲、喊殺聲，向周圍望去，到處都是火把。晁蓋率領大軍正在撤退，迎面殺出一隊人馬，亂箭如雨點一樣飛來。其中一箭正中晁蓋臉

上，晁蓋一下子就摔下馬來。幸虧眾頭領拼死相救，才把晁蓋搶救下來。這時候林沖率軍前來接應，才擋住了追兵。

兩軍混戰一直到天亮，才各自退回營地。林沖查點人馬，損失大半，幸好頭領都還在。大家來看晁蓋時，只見他面頰上插著一支箭，醫生拔下箭來，上金瘡藥，卻發現箭上有毒。那箭上面刻著「史文恭」三個字。此時，晁蓋因傷勢過重已經說不出話來。林沖派人護送晁蓋回梁山，剩下的人馬留下來，等宋江的命令才能撤退。

晁蓋回到梁山，水米不進，周身浮腫。宋江日夜在他的身旁照顧，眾頭領都在屋外等候。當天夜裡三更時分，晁蓋病情更加嚴重，他轉頭對宋江說：「賢弟保重。如果誰能捉住射我的人，就讓他做山寨之主。」說完就一命歸天。宋江哭得死去活來，眾人許久才把他勸住，讓他主持安排晁蓋的後事。宋江命人給晁蓋沐浴更衣，打造棺木，選了吉時，擺設靈堂悼念。眾頭領都來祭拜。宋江因過度悲傷，無心料理寨中的事務，可山寨不能一日無主，林沖、公孫勝、吳用以及眾頭領商議，想立宋江為山寨之主，眾人都贊同。

第二天，林沖、吳用和眾頭領請宋江做山寨之主。宋江推辭道：「晁天王臨終留言說誰能抓住史文恭，就立誰做山寨之主。現在他屍骨未寒，我們怎麼能忘記呢？」吳用勸說道：「晁天王歸天，山寨中也不能一天沒有主人哪！哥哥暫時做山寨之主吧！」宋江說：「兄弟說得對，我就暫時代理一下，等以後誰抓住了史文恭，就把這個位置讓給誰。」於是宋江焚香施禮，坐了梁山的第一把交椅。從此，聚義廳改為「忠義堂」，梁山泊豎起「替天行道」的大旗。

白白老師的國學小教室

晁蓋作為領袖的缺點

晁蓋雖是梁山好漢前期的領袖，但他其實沒有列在一〇八條好漢的席位中，後來則由宋江當了梁山泊的頭領。

晁蓋為人仗義、愛結交朋友，為了朋友不惜兩肋插刀，這是他能當領袖的原因，但相較宋江的沉府，晁蓋過於單純直白，他初上梁山時，還想要好好報效王倫，若不是吳用在旁提醒，他根本看不出來王倫和林沖等人的不合。後期打仗的兵權，甚至完全掌握在宋江手上，沒想到晁蓋久違的親征，就讓他命喪黃泉。

其實晁蓋是很可愛的英雄，但論領袖這個位置上，他過於單純、沒有心機，沒有辦法應對複雜的事務，這是他的缺點，但也是他相較其他梁山泊領袖來說，更為坦率可愛的地方。

第二十五回

玉麒麟被逼上梁山

晁蓋去世後，宋江答應暫時做梁山的寨主。梁山上下大小頭領，自從宋公明當了山寨之主，都非常高興，聽從安排。

這一日，宋江聚集眾頭領商議，打算給晁蓋報仇，發兵去打曾頭市。軍師吳用勸說道：「哥哥守喪期間不能出兵打仗，等一百天後才可以。」宋江同意了吳用的意見，守好山寨，每天悼念晁蓋。

又過了幾天，宋江請了一個**遊方**＊僧人到山寨上給晁蓋做**道場**†。這僧人是北京城龍華寺的，名叫大圓。閒談的時候，宋江問起北京的風土人情。大圓和尚回答道：「頭領知不知道**玉麒麟**＊＊？」宋江猛然想起，北京城確實有個盧員外，綽號「玉麒麟」，祖居北京，有一身好武藝，棍法天下無雙。想到這裡，宋江感嘆道：「如果能請他上山入夥，還用怕官兵來攻打山寨嗎？」吳用在一旁聽了，說：「哥哥，這有什麼難的？」宋江說道：「他是北京大名府第一等的賢人，又有萬貫家財，怎麼肯到山上落草？」吳用說：「我只要略施小計，就能讓他來山上。只是我需要一個幫手。」李逵一聽，吵著要去，宋江無奈便答應了。吳用怕李逵又惹是生非，就給他約法三章：「第一路上不准喝酒，第二要假扮成道童，第三要假裝聾啞。」

＊ 指僧人為修行問道而雲遊四方。

† 中國佛教中一種誦經超度亡人的儀式。

＊＊ 古代傳說中的一種動物。其狀如鹿，有角，全身生鱗甲，有尾巴。多作為吉祥的象徵。也簡稱「麟」。

李逵十分想去，就全部答應了。當天，宋江就在忠義堂安排酒宴，率領眾頭領給二人送行。第二天，二人收拾好行李，吳用扮成道士的模樣，李逵則裝成道童，二人就一起下山了。

雖然約法三章，但一路上，李逵還是惹是生非，吳用只能生氣，也沒有辦法。走了四五天，終於到了北京城外，二人找了一個酒店住下。吳用對李逵說：「你非要跟我來，一路上把我快氣死了。進入北京城後，你不要再鬧了，不然就會要了我們的命。」李逵連忙說：「我不敢再鬧了。」囑咐好李逵，吳用仍然裝成道士，李逵扮成道童，二人裝成算卦的進了城。吳用搖著鈴鐺大聲說：「知生，知死，知貴，知賤。要問前程，賜銀一兩。」李逵在後面搖搖晃晃地跟著。他們二人的扮相引來了很多小孩子尾隨起哄，此時正好走到了盧員外家的門前，盧俊義聽到外面吵吵鬧鬧，就問僕人外面發生了什麼事情。看門的僕人說：「一個算命的道士路過門口，說算一卦要一兩銀子，誰會捨得那麼多的錢哪？一群小孩看到那個道士後面跟著的道童樣子很奇怪，都跟著笑呢。」盧俊義聽了，心裡暗暗琢磨：「一兩銀子一卦，也許他真的有點本領。」於是就請二人來到家裡。

吳用讓李逵在廳堂外等候，自己進屋來見盧俊義。二人分賓主坐下，盧俊義取出一兩銀子給吳用，請吳用為他算算前程。吳用問了他的生辰八字，又拿出鐵運算元在桌上擺弄了一會兒，大叫一聲：「奇怪！」盧俊義吃驚地問道：「這一卦到底是吉還是凶？」吳用道：「員外您要是不見怪，我就直言相告。」盧俊義道：「先生但說無妨，我正需要您的指點。」吳用說：「看這卦象，員外一百天之內，一定有血光之災，你也會傾家蕩產，死於非命。」盧俊義自然不信，笑道：「盧某生於北京，長在豪富之家，祖宗沒有犯法的，親戚也都生活安穩，我本人也行事謹慎，不合規矩的事情不做，不合法的財物不取，怎麼會有血光之災？」吳用裝作生氣的樣子，放下銀子，起身就走，假裝感嘆道：「原來世人都只喜歡聽別人阿諛奉承，我本想為員外化解災禍……算了，算了，貧道告退。」盧俊義急忙說：「先生不要生氣，我願意聽您指教。」吳用又重新算了一回，說：「員外必須向東南走，到方圓千里之外的地方，才可以躲過這一劫。我這裡有四句卦歌，請員外寫在牆上。」盧俊義忙叫人準備筆硯，在牆上寫下了「蘆花叢裡一扁舟，俊傑俄從此地遊。義士若能知此理，反躬逃難可無憂」四句詩。盧俊義寫完後說：「如果能躲過這次災難，我一定會重謝先生的。」他又挽留吳用吃飯，吳用推辭道：「多謝員外的好意，只是不要耽誤了貧道賣卦。」就收了鐵運算元，帶著李逵離開盧員外府，出城回到酒店。吳用高興地對李逵說：「事情成功了，我們連夜趕回山寨，安排後面的事情，迎接盧俊義，他很快就會來了。」

再說盧俊義，算完卦後，一直坐立不安，就命人把家裡各個主管召集起來商量。一會兒，眾人都到齊了，為首的名叫李固。他是東京人，到北京來投奔親戚，差點凍死在城裡，幸好盧俊義經過，救了他的命，還讓他做了家裡的主管，現在家裡的內外事情都由他管理。盧俊義看了一遍，說：「我怎麼沒有見燕青啊？」話音未落，門外走進一人，正是浪子燕青。

話說燕青也是北京人，自幼父母雙亡，在盧員外家長大，與盧俊義最親密。他渾身刺著一身漂亮的文身，而且吹拉彈唱、**酒令**＊遊戲沒有他不會的。

燕青善於使用弓弩，百發百中，人又聰明伶俐，盧俊義非常看重他。盧俊義看人都到齊了，就說了剛才算命的事情，他讓李固準備一隊車馬，放好貨物，跟他去泰安州走一趟，認為這樣做可以到泰山燒香，

＊酒席上的一種助興遊戲。一般是指席間推舉一人為令官，餘者聽令輪流說詩詞、聯語或其他類似遊戲，違令者或負者罰飲，所以又稱「行令飲酒」。酒令是一種有中國特色的酒文化。飲酒行令，是中國人在飲酒時助興的一種特有方式。

也可以避禍，家中的事務都交給燕青。燕青勸說道：「主人到山東泰安，必須經過梁山泊，近年宋江等一夥強盜十分猖獗，說不準那個算命的先生就是梁山賊寇假扮的，主人還是別去了。」眾主管也都勸盧俊義不要聽信那算卦的，盧俊義不肯聽，執意三天內起程，眾人不能違抗，只得準備行裝去了。

盧俊義帶著李固和車隊離開北京城，一路上曉行夜宿。這一天，他們來到梁山泊附近。眾人都提醒盧員外要小心提防山上的強盜。可是盧俊義自認

為武功高強，哪裡聽得進去，他還說要捉幾個強盜到官府請賞。這可難為了手下的僕人，他們只得哭哭啼啼地跟在後面。一行人剛來到梁山下的一片樹林邊，只見李逵掄著板斧跳出來，喊道：「盧員外，還認得俺這個小道童嗎？你已經中了俺家軍師的妙計，還是趕緊跟我一起上梁山入夥吧。」盧俊義一聽，大怒，提著樸刀就沖了上去。二人打了不到三個回合，李逵轉身就往林子深處跑去，盧俊義跟著追了過去。李逵三轉兩轉就不見了蹤影。盧俊義正要回來，魯智深又跳了出來，大喊道：「盧員外，我奉軍師的命令，前來接你上山。」盧俊義心裡焦躁，大罵：「哪裡來的禿驢，竟然如此無禮！」提著手中寶刀，直奔魯智深。兩人打了也是不到三個回合，魯智深轉身就走，接著武松又從旁邊殺了出來。盧俊義撇開魯智深，又來戰武松。武松也鬥了不到三個回合就走了。接著劉唐、穆弘、李應等三個人一起圍住盧俊義打鬥起來。盧俊義毫無懼色，越戰越勇。正打得激烈，忽聽山上一聲鑼響，三個人故意露出破綻，轉身一齊都走了。盧俊義累出一身汗，不再追趕，轉身走回林邊，卻發現他的車隊和僕人被劫走了。盧俊義跑到高處一看，發現一群嘍囉正帶著自己的財物押著李固等人往遠處走去。他心急如焚，正要追趕，又殺出朱仝、雷橫兩個好漢，盧俊義和他們打了不到三個回合，兩人便跑了。

盧俊義心想：「想要回財物、隨從，只有先捉住一個。」就拼命地追趕。可是轉過山坡，前面的兩個人又都不見了，他仰頭一看，只見一面大旗飄在空中，上面寫著「替天行道」四個大字。大旗之下，坐著宋江、吳用、公孫勝，眾頭領都分列兩旁。見盧俊義過來，一起高喊：「盧員外，別來無恙。」盧俊義更加生氣，望著山上大罵。吳用說道：「員外不要生氣！公明哥哥久仰您的大名，特地讓我們迎接您上山，一起替天行道。」盧俊義說：「你們這些草寇竟然敢欺騙我！」花榮笑道：「員外不要逞能，先讓你看看我花榮的箭法。」說完，一箭飛來，正中盧俊義帽子上的紅纓。盧俊義大驚，轉身就想逃跑，這時林沖、秦明、呼延灼、徐寧一起領兵沖下來，追得盧俊義無路可走，只能往僻靜山路上逃。此時天已經黑了，盧俊義走得腳痛肚餓，來到鴨嘴灘口，看到江水無邊無際，他仰天長嘆：「都怪我不聽良言，才落得這樣的下場。」

正當盧俊義鬱悶的時候，一隻漁船靠過來。那漁夫說：「你這個人好大的膽子，這裡可是梁山泊，三更半夜的，你怎麼敢一個人來這裡！」盧俊義趕忙求漁夫把他送過江去，他哪裡知道，這個漁夫其實是混江龍李俊。船到江心，李俊和阮氏兄弟還有張順等人，一起弄翻了船，捉住了盧俊義。戴宗等人在岸邊給他換了乾淨的衣服，用轎子抬著前去和宋江等人相見。

吳用把盧俊義騙上了山後，就打發李固等人帶著車輛財物回家。吳用對李固說：「盧員外已經決定留下來，在山上坐第二把交椅，他來之前就在家裡的牆上寫了一首藏頭反詩。這次本想殺了你們，又怕別人說我們不講義氣，所以放你們回去，你們不用再等盧員外了。」說完，就給了他們一些銀兩，讓他們下山。李固等人死裡逃生，連夜跑回北京，只有盧員外還蒙在鼓裡。宋江和眾頭領對他禮遇有加，千方百計勸說他坐梁山第一把交椅。但盧俊義家財萬貫，又是一個良民，寧死也不肯在梁山落草為寇。於是，梁山上三十餘個上廳頭領，每日輪一個做筵席。光陰荏苒，日月如梭，轉眼就過了一個多月。盧俊義又來和宋江告別，宋江道：「不是我不留員外，是您急著想回家，那麼明天在忠義堂安排酒宴給員外送行。」第二天，酒宴結束，宋江等人送盧俊義下山去了。

這段時間，盧俊義家裡已經發生了翻天覆地的變化。李固原本就和盧俊義的娘子有姦情，他回到家裡，馬上就告發了盧俊義，趕走了燕青，霸占了萬貫家財。盧俊義一回到家，就被官府以「謀反」的罪名發配充軍。李固為免除後患，收買差役，想在半路殺死盧俊義，幸好被燕青搭救。二人本想一起逃往梁山，不料盧俊義又被官兵抓回了北京城，官府判處盧俊義死刑，準備當街問斬。燕青把這事告訴了前來打探消息的楊雄、石秀。石秀讓楊雄、燕青前往梁山搬救兵，自己前往北京城中打探消息。石秀打聽到盧俊義行刑的地點就在街市的十字路口，他就提前來到附近的一座酒樓上，找了個臨街的位置坐下。不一會兒，就聽到街上鑼鼓喧天，石秀往下一看，知道行刑的隊伍到了。十幾對劊子手擁著盧俊義在樓前跪下。這時，有人高喊：「午時三刻已到！」蔡慶打開枷鎖，扶著盧俊義的頭，蔡福舉起大刀。在那千鈞一髮的時刻，石秀縱身跳下樓來，大喝一聲：「梁山好漢全都在此！」蔡福、蔡慶早放下盧俊義，解開繩索先跑了。石秀砍瓜切菜一般砍倒了軍卒們，一把拉住盧俊義就跑。可惜他不認得北京城的路，盧俊義早嚇呆了，又跑不動，官兵一齊沖上來，把兩人都捉了。

在大堂之上，石秀說：「梁山兵馬馬上就到了，早晚把你們都砍成三段，我就是前來報信的。」梁中書聽了十分害怕，只好把他們先關進大牢裡。蔡福一心要結識梁山好漢就把他倆關在一處，每天好酒好肉款待他們。第二天，軍卒來報告梁中書，說街上發現了數十張沒落款的告示，讓趕緊放了盧俊義、石秀兩個人，梁山兵馬馬上就要來了。梁中書大驚失色，就和王太守商量對策，決定先不傷害二人的性命，然後一邊上書給朝廷，一邊稟告岳父蔡太師，之後又找來**兵馬都監***大刀聞達、天王李成商議怎樣防禦。李成、聞達就派急先鋒索超帶領本部兵馬，在離城三十五里的飛虎峪紮下營寨。李成親自領兵在離城二十五里的槐樹坡紮下營寨。四周密布刀槍，三面挖掘陷阱，專等梁山兵馬到來。

梁山上，戴宗打聽到詳細的消息趕回來。戴宗說北京城沒落款的告示是他貼的，目的就是暫時保住盧

*官名，即「監軍」。唐中期常以宦官為監軍。宋代設有「路分都監」，掌管本路禁軍的屯戍、訓練和邊防事務；有州府「都監」，掌管本城軍隊的屯駐、訓練、軍器和差役等事務。

俊義和石秀的性命。宋江和吳用連夜商量計策，調集人馬，進攻北京城：第一撥，李逵領五百小嘍囉做先鋒；第二撥，解珍、解寶、孔明、孔亮領一千小嘍囉；第三撥，女頭領扈三娘，副將孫二娘、顧大嫂領一千小嘍囉；第四撥，李應、史進、孫新領一千小嘍囉。中軍主將宋江，軍師吳用，帳下頭領四員：呂方、郭盛、孫立、黃信。前軍頭領秦明，副將韓滔、彭玘。後軍頭領林沖，副將馬麟、鄧飛。左軍頭領呼延灼，副將歐鵬、燕順。右軍頭領花榮，副將陳達、楊春。炮手淩振，戴宗接應糧草。分配妥當後，大家當天就出發。山寨只留下副軍師公孫勝、劉唐、朱仝、穆弘等人。水寨派遣李俊等頭領把守。這次路上非常順利，大軍勢如破竹，很快就來到了北京城下。官兵不敢應戰，只得死守城池，等候救兵前來。

風雲人物榜

姓名：盧俊義

綽號：玉麒麟

星號：天罡星

地位：三十六天罡第二位，梁山泊總兵都頭領。

生平經歷：盧俊義，北京大名府人，武藝不凡，善使棍棒，後被吳用設計，騙上梁山。他先後攻打曾頭市、東昌府，後接受招安，征討遼國、田虎、王慶、方臘、官至武功大夫、廬州安撫使，後來被蔡京毒殺而死。

第二十六回　收猛將梁山智取大名府

北京城被梁山大兵壓境，蔡京聽到消息後非常著急，趕緊派遣蒲東巡檢關勝率領一萬五千兵馬出征救援。關勝是蜀漢名將關羽的嫡派子孫，他面如紅棗，長著一雙丹鳳眼，相貌很像關羽，武藝超群，也使一把**青龍偃月刀***，人稱大刀關勝。關勝接了軍令，採用了**圍魏救趙**†的策略，沒有直接奔赴北京，卻帶領副將醜郡馬宣贊、井木犴郝思文直奔梁山泊大寨而來。

話說宋江率領梁山兵馬攻打北京城，久攻不下，心里正在煩悶，忽然聽神行太保戴宗來報：「蒲東郡大刀關勝領兵進攻梁山大寨，請哥哥早日退兵救援山寨。」宋江一聽，趕緊和軍師商量怎樣帶兵回山寨。

關勝率領官兵圍攻梁山，已經抓住了張橫、阮小七兩名水軍頭領。宋江率領大軍回救山寨，來到了梁山泊邊，遇到宣贊領兵擋住去路。宋江在陣前問道：「哪位將軍願意把他捉來？」話音未落，小李廣花榮執槍縱馬，殺向宣贊，宣贊也放馬提刀迎上來，兩人便打鬥到一起。兩人鬥了十個回合，花榮故意露出破綻，轉身就走。宣贊哪裡肯放棄，拍馬緊追。花榮回身就是一箭，射向宣贊的面門。宣贊慌忙舉刀一擋，正中刀身。花榮見一箭不中，又是一箭，射中了宣贊的護心鏡。宣贊見花榮箭法如此精准，趕緊回頭撤

* 又名「冷豔鋸」。刀重八十二斤，刀身上鑲有蟠龍吞月的圖案，因而得名。使用它最著名的當屬武聖人關羽。

† 戰國時齊軍用圍攻魏國的方法，迫使魏國撤回進攻趙國的部隊而使趙國得救。後指襲擊敵人後方的據點以迫使進攻之敵撤退的戰術。

走。這時花榮又射了第三箭，正中他的後護心鏡。宣贊逃回軍中，趕緊派人報告關勝。關勝跨馬橫刀來到陣前。宋江和吳用見關勝威風凜凜，都非常欣賞。關勝喊道：「朝廷大軍來了，你們這些賊寇還不趕緊下馬投降？你們若不投降，一定讓你們死無葬身之地！」秦明一聽，火冒三丈，揮舞狼牙棒就沖了上來。關勝騎著馬，舉刀迎上。此時，林沖也縱馬直奔關勝，三人就纏鬥在一起。宋江怕傷著關勝，急忙鳴金收兵。林沖、秦明回到陣前問道：「馬上就要抓住那傢伙了，哥哥為什麼要收兵？」宋江說：「賢弟，我看這人也是個英雄，想收他到山上。我們以強淩弱，就是抓住了他，他也必定不服。」當天兩軍各自收兵。

關勝回到營寨，心中很是疑惑：「我和那兩個人打鬥，明明已經落了下風，宋江反倒鳴金收兵，這是為什麼呢？」關勝在營帳中坐臥不寧，就起身走出大帳，看著周圍的月色，不禁嘆了一口氣。忽然軍卒來報告說：「有位有鬍鬚的將軍，隻身騎著馬，也沒有帶兵器，要拜見元帥。」關勝道：「既然這樣，就讓他來見我。」一會兒，那人來到帳中，拜見關勝。關勝看了，覺得有些面熟。那人說道：「小將呼延灼，先前率領連環馬圍剿梁山賊寇，不幸中奸計被俘虜，不能回去。聽說將軍率軍隊前來，我非常高興。今天陣前宋江見林沖、秦明兩個人要抓將軍，連忙鳴金收兵，怕他們傷了您。其實這宋江早就有歸順朝廷之心，曾經暗地跟我說過，但是其他的賊人不同意。如果將軍能相信我，明晚帶兵從小路殺進軍營，就可生擒林沖等賊人，將其押解到東京，這可是大功一件哪！」關勝聽了非常高興，對呼延灼說的雖有懷疑，但最後相信了，於是把他請入大帳中，設酒宴款待。

第二天，呼延灼跟隨關勝出陣迎敵，還打傷了黃信。關勝更加信任他，當日就傳令宣贊、郝思文分兩路接應，自己則親自領五百騎兵，輕裝前進。關勝在呼延灼的指引下，奔向梁山軍隊的大營，準備以炮響為信號，裡應外合，拿下敵人的營寨。

呼延灼領著關勝一隊人馬，轉過山路，又走了一陣，迎面遇見幾十個軍卒。軍卒問道：「是呼延將軍嗎？宋首領讓我們在此接應你們。」呼延灼說：「別出聲，都跟在後面。」呼延灼縱馬在前，關勝騎馬在後，又走了一會兒，前面出現了一盞紅燈籠。呼延灼指著前面的紅燈籠說：「那裡就是宋江的中軍。」眾人就都跟著關勝一起衝殺過去，等到了跟前，發現什麼都沒有，轉身再找呼延灼，他早已經不見了蹤影。關勝知道中計了，正要撤退，這時四面喊殺聲不斷。正當關勝兵馬慌不擇路時，樹林裡又一聲炮響，四面撓鉤紛飛，將關勝拽下馬來，把他擒住了。此時林沖、花榮、秦明、孫立已分兩路截擊郝思文、宣贊，也把二人生擒了，與關勝一起押往梁山大寨，還救出了張橫、阮小七等人。

梁山的忠義堂上，宋江和眾位頭領依次坐好，軍卒把關勝三人押了上來。宋江一見關勝，趕緊起身給關勝松了繩索，拜倒行禮，然後扶他坐到正中主位上。在宋江的好言相勸之下，他們三人答應留在梁山，替天行道。宋江大喜，一面擺宴慶賀，一面招安敗逃兵將，又得了好幾千人馬。宋江又派人去蒲東，接關勝家人上山。

在宴席上，宋江想到盧俊義、石秀還在北京大牢中，不禁潸然淚下，決定再次起兵攻打北京城。關勝等三人剛入夥，想著立功，就做先鋒率軍出征。其餘人馬依照上次陣容前進。另外，還帶了李俊、張順等人以防備水戰。

此時索超箭傷已經痊癒，聽到梁山兵馬又來攻打，便披掛上陣，領兵出城迎擊。在北京城守軍中，能征善戰的將領也就只有索超一個。吳用想先抓住他，就故意先敗兩陣，叫官軍放鬆警惕。到晚上時，他才讓宋江帶大軍進攻，引誘索超出戰，事先又在路上挖好了陷阱，後來將索超活捉。在宋江的勸說下，索超也歸順了梁山。

失去了猛將索超，梁中書更不敢出兵迎戰，只是躲在城中等待救援。宋江大軍也無法很快破城。關勝歸降了梁山，東京的蔡太師也無計可施，於是就想要招安梁山眾人，所以也不再派兵增援，只是寄信給梁中書，要他先不要殺盧俊義、石秀兩個。

此時已經是初冬時節，宋江在北京城外駐紮了很久，見一時難以攻破城池，就想退兵回去，但又怕這期間盧俊義、石秀二人被官軍殺了。宋江感到進退兩難，一股急火上湧，背上竟然長了毒瘡，性命危在旦夕。吳用與諸將商議，只好先收兵回山。張順請到神醫安

道全，救了宋江性命，其間結識了霍閃婆王定六，也拉他一起上了梁山。

宋江病癒後，想到兩個兄弟還在大牢中受苦，就決定再次率領大軍攻打北京城。可是他的病剛剛好，身體不能承受遠征的勞頓，吳用便決定代替宋江領兵出征，攻打大名府。

梁山兩次興兵，都沒有達到目的，這次出征前更要好好地計畫一番。吳用和眾頭領正在商量，時遷說：「小時候我曾經到過北京城，城內有一座翠雲樓，每年元宵之夜，就會有很多賓客在那裡賞燈。我可以趁機潛入，放火為號，那時哥哥再帶兵劫牢。」

北京大名府是北方第一大城市，每年的正月十五元宵節，按照慣例都要張燈結綵與民同樂，一切都是仿照京城的模式。再加上往來的客商及各色人等，此時都會來這裡遊玩賞燈，因此熱鬧非凡。於是，吳用便決定趁這個時機破城，救出盧俊義和石秀。

商量好計策，吳用分八路軍，一齊出發攻打北京城。其餘頭領和宋江把守山寨。

今年的北京城仍然按照慣例掛起花燈。梁中書為防備梁山賊寇來襲，就調聞達率領一隊人馬駐紮在飛虎峪防守，李成率領五百騎兵，全副武裝，在城內巡查。到了元宵節的夜晚，北京城內大街小巷，到處都點起花燈，非常熱鬧。二更時分，時遷挎著一個籃子，裡面放著硫黃、焰硝等放火用的藥物，籃子上插著幾朵花，假扮成賣花的人偷偷來到了翠雲樓。時遷來到樓上，在各個小房子裡走了一遍，然後點了一把火，這時安排在各處的好漢們已經等候多時，一見火起，就一齊行動了。

梁中書看見翠雲樓起火，火勢沖天，就急忙上馬，要去察看，不料被兩個大漢擋住了去路，他們推兩輛車子，放在路中間，用提著的燈把車上的東西點著了，火焰沖天。梁中書要走東門時，被李應、史進截住。守門官兵嚇得四處亂跑，杜遷、宋萬正好截住，四個好漢一起占領了東門。梁中書見情況不妙，趕緊帶領隨行官兵飛奔南門，在路上聽說南門外一個胖大和尚掄著鐵禪杖，一個虎面行者掄著兩口戒刀殺進來了。梁中書掉轉馬頭想逃到留守司，卻見解珍、解寶拿著鋼叉，在那裡東沖西撞。梁中書只好回衙門，正看見王太守過來，被劉唐、楊雄兩個揮起水火棍當街打死了。梁中書嚇得急忙逃奔西門，只聽城隍廟裡，火炮齊響，聲震天地。鄒淵、鄒潤拿著竹竿正在房檐下放火，三對夫婦各執兵械一路衝殺。北京城中百姓，一個個抱頭鼠竄，鬼哭狼嚎，城內十幾處火起，方向難辨。

梁中書逃到西門，遇到了李成軍隊，這時梁山大軍殺來，李成只得護著梁中書，邊打邊跑，等逃出城外，兵馬已損失大半。此時的城中，杜遷、宋萬殺了梁中書全家老小，劉唐、楊雄殺了王太守一家老小。柴進、樂和、蔡福、蔡慶救出了盧俊義、石秀，與鄒淵、鄒潤會合保住了蔡家老小。盧俊義帶領石秀、孔明、孔亮、鄒淵、鄒潤五個，徑奔家中，來捉李固、賈氏，卻沒有找到，就讓人把家裡的金銀財寶都裝上車子，運往梁山。

這時，天已經大亮，吳用、柴進在城內鳴金收兵。燕青押著李固、賈氏，送往梁山，等候發落。吳用在城中傳下命令，一面貼出公告安撫當地居民，一面讓人撲滅大火；又打開大名府庫，把金銀寶物、綾羅布匹都裝上車；還打開糧倉，把糧食分給城中百姓，剩下的裝車運回梁山。眾頭領率大軍，高唱凱歌，班師回寨。宋江見盧俊義、石秀兩個回來了，心裡很高興，就想把寨主之位讓給盧俊義。可是，一來盧俊義不肯，二來眾兄弟不服，只得暫時不提。宋江大擺筵席，犒賞馬步水三軍。

梁中書和李成、聞達率領殘兵敗將逃出城，奔著南邊跑去，迎面碰到樊瑞、雷橫兩隊伏兵。李成、聞達護著梁中書，拼命死戰，殺得丟盔棄甲，艱難地衝開一個豁口，逃出重圍。一直等到梁山的兵馬走了，梁中書才敢領著殘兵敗將回到城裡，看到家人基本都被殺了，只能大聲痛哭。梁中書的夫人躲在後花園中，才保住了性命。梁中書上書請求蔡京奏報朝廷，調集兵馬圍剿梁山，為家人報仇。

延伸小知識

燕雲十六州

燕雲十六州，相當於以今北京市和山西大同市為中心，東至河北遵化市，北迄長城，西界山西神池，南至天津市海河以北、河北河間市、保定市及山西繁峙、寧武一線以北地。該區域為險要之地，易守難攻，自古以來便是北方少數民族南下中原的必經之處，也是中原王朝北部邊境天然的防禦陣地。

西元九三六年，後唐河東節度使石敬瑭反唐自立，向契丹求援。契丹出兵扶植其建立晉國，遼太宗與石敬瑭約為父子。天福三年（西元九三八年），石敬瑭按照契丹的要求把燕雲十六州割讓給契丹，使得遼國的疆域擴展到長城沿線，往後中原數個朝代都沒能完全收復。燕雲十六州的戰略意義重大，中原的北宋政權對此亦十分重視。

第二十七回　曾頭市梁山雪大仇

梁中書派人將書信送往京城，報知蔡京，北京城被梁山賊寇攻破，大名府很多官員都被殺了。蔡京看了書信怒火中燒，第二天早朝，就奏明宋徽宗。宋徽宗聽完，也是大吃一驚，問蔡京：「梁山賊寇這麼猖獗，應該派誰去圍剿哇？」蔡京說：「臣保舉淩州二將，一個叫單廷圭，一個叫魏定國，讓他們率領本州兵馬出征。」

再說宋江回到山寨，將從北京所得的金銀財物，賞給三軍。山寨內連日殺牛宰馬，大擺筵宴，眾人都喝得興高采烈。突然探子來報：朝廷要調淩州團練使單廷圭、魏定國率淩州兵馬圍剿山寨。宋江便問眾頭領退敵之策，關勝說：「自從上山以來，小弟受到兄長厚待，卻沒有功勞。我原來就和單廷圭、魏定國兩位元認識，知道單廷圭善用水浸兵之法，人稱『聖水將軍』；魏定國精通火攻兵法，人稱『神火將軍』。我願意帶五千兵馬，不等他們出征，先在淩州路上堵截他們。如果他們肯投降，便帶上山來；如果不肯，小弟便捉他們前來。」宋江一聽，心裡十分高興，就讓郝思文、宣贊與關勝同去。第二天，三人就帶領人馬直奔淩州去了。吳用放心不下，唯恐關勝有二心，就派林沖、楊志也率領五千人馬隨後出發，既可以監督，也可以作為接應。

李逵閒不住，也鬧著要去淩州，被宋江喝止住了，但他卻趁著夜色偷偷地去了。宋江怎麼能放心他一個人下山，就派戴宗、時遷、李雲、樂和、王定六等人下山去追趕。

凌州知府接到調兵聖旨和蔡太師的書信，忙請單廷圭、魏定國兩個商議出征的策略。二人不敢怠慢，趕緊整頓兵馬、糧草，準備前往梁山剿匪。正在這時，軍卒前來報告：蒲東大刀關勝帶領兵馬前來叫陣。二將一聽，自然大怒，立刻點齊人馬出城迎戰。見兩人來到陣前，關勝說：「二位將軍，別來無恙？現在朝廷奸臣當道，任人唯親，兄長宋公明仁愛有德，替天行道。我今天來這裡，特請二位將軍同歸山寨。」二將聽了惱羞成怒，縱馬就殺了過來。關勝剛要迎戰，宣贊、郝思文飛馬向前，與對方廝殺起來。突然水火二將掉轉馬頭，往本陣逃跑了，宣贊、郝思文拍馬便追。這時，有四五百個紅衣紅甲步兵沖了出來，圍住宣贊；另一邊五百多個黑衣黑甲步兵，把郝思文也包圍了。兩個都被連人帶馬活捉去了。單廷圭、魏定國又各領五百精兵衝殺過來。關勝慌忙後退，水火二將緊追不捨。這時前面殺出兩隊兵馬。關勝一看，只見左有林沖，右有楊志，他們一起將追兵沖散了。關勝和林沖、楊志合兵一處，紮下營寨。

單廷圭、魏定國捉了宣贊、郝思文，回到城中，把二人裝入囚車，派一員偏將領三百步兵，連夜押送京城。隊伍來到一個滿山枯樹、遍地蘆葦的地方，忽然聽到一聲鑼響，沖出一夥強盜。為首的是三條大漢，他們引小嘍囉攔住去路，也不說話，便搶囚車。其中一個大漢殺了領頭的偏將，軍卒嚇得扔下囚車就逃命去了。宣贊、郝思文一看，發現其中一人竟是李逵，忙問：「你怎麼在這裡？」李逵看到他們兩個，也非常吃驚，問明瞭情況，才說：「我和宋江哥哥賭氣下山，路上遇到了『沒面目』焦挺，他又帶我來到枯樹山寨，與寨主『喪門神』鮑旭見面。我正想著前來攻打淩州，聽小嘍囉說一隊官兵押著囚車過來，就下來打劫，沒想到把你們兩個救了。」五個好漢決定帶著幾百個嘍囉前往淩州助戰。

此時的淩州城外，關勝正領兵叫陣。單廷圭率領五百黑甲兵，來到陣前。他大罵關勝道：「你這個手下敗將，還不前來受死！」關勝聽了，舉刀迎戰，兩人打了不到二十個回合，關勝落敗而逃，單廷圭哪裡肯放，拍馬追了過去。走了十幾里路，關勝回頭喊道：「你現在還不趕緊下馬投降，還要等到什麼時候？」單廷圭哪裡聽得進去，直接挺槍沖了過來，關勝一刀把他拍下馬來。隨後，關勝下馬，上前扶起單廷圭說：「將軍恕罪！」單廷圭感謝他的不殺之恩，就投降了關勝。回到陣前，單廷圭大喊一聲，五百黑甲兵一起歸順了梁山。魏定國聽到這個消息，心中十分生氣，第二天立刻率兵出城交戰。他派五百火兵，這些人手執火器，背上都拴一個鐵葫蘆，裡面裝著硫黃火藥，火兵們一起點著火藥，飛奔出來。關勝手下的人被火燒得四散奔逃，關勝只得退後四十多里。魏定國得勝回城，卻看見城中濃煙滾滾，原來李逵帶著枯樹山的好漢，從後面攻破了淩州城。關勝也重整兵馬殺了回來，魏定國腹背受敵，只得退到陵縣駐紮。關勝領兵包圍了陵縣，每天率兵攻打，魏定國只是閉門不出。單廷圭請命前去勸降，向他說明替天行道、忠義報國的道理。魏定國說：「想要我歸順，必須是關勝親自來請，我便投降；他若是不來，我寧死不辱！」單廷圭回來，報與關勝。關勝見說，便道：「大丈夫做事，不用猶豫不決。」於是獨自前往魏定國大寨。神火將軍看他這樣誠懇，就率軍歸降了梁山。關勝大獲全勝，班師回山。李逵也和大部隊一同回去了。

關勝一行人來到金沙灘邊，正遇到段景住氣急敗壞地跑來。林沖好奇地問：「你不是和楊林、石勇去北方買馬了嗎？」段景住說：「我們在北方買了好馬回來，經過青州的時候，被一夥賊人搶去了，領頭的是險道神郁保四。他們把搶來的馬都送到曾頭市了。石勇、楊林不知去向。小弟連夜逃來，報告消息。」

大軍回到梁山，宋江見又多了四個好漢，非常高興。可是一聽到段景住的話，不禁怒火沖天：「先前害死了晁蓋哥哥，現在又來搶劫我梁山的兵馬，新仇舊恨，該一起報了。」吳用道：「現在春暖花開，正適合打仗。上次發兵，沒有地利之便，這次必須智取。」宋江道：「此仇深入骨髓，不報此仇，誓不回山。」吳用道：「先讓時遷去打探消息，他能飛簷走壁，等他回來再商量進兵的策略。」

時遷去了兩三天後，楊林、石勇逃回了山寨，說史文恭揚言要與梁山勢不兩立。宋江怒火又起，準備再次出兵，又被吳用好言勸住了。正好時遷回來報告說：「曾頭市里紮了五個營寨：北寨由曾塗與蘇定駐紮，南寨由曾密駐紮，西寨由曾索駐紮，東寨由曾魁駐紮，中寨是曾升和他父親曾弄駐紮，總寨內是史文恭駐紮。」吳用說：「既然曾頭市設了五寨，我們就派五路兵馬攻打。」當即點將：秦明、花榮領馬麟、鄧飛和三千兵馬攻打曾頭市南寨；魯智深、武松領孔明、孔亮和三千兵馬攻打東寨；北寨是楊志、史進領楊春、陳達和三千兵馬攻打；西寨由朱仝、雷橫領鄒淵、鄒潤和三千兵馬攻打；中軍由宋江，軍師吳用、公孫勝，副將呂方、郭盛、解珍、解寶、戴宗、時遷，領五千兵馬攻打；另外派李逵、樊瑞領項充、李袞帶五千兵馬做後軍。盧俊義說：「盧某多虧各位好漢救命上山，此恩一直無法報答，這次我願意領兵攻打曾頭市。」宋江也想給他一個立功的機會，好讓他做山寨之主，聽他這麼一說，就說：「既然如此，員外就做前軍先鋒吧。」吳用勸阻道：「員外剛到山寨，沒打過仗，不可以當先鋒。就領一支兵馬在平川埋伏接應吧！」其實吳用害怕盧俊義捉了史文恭，宋江就會按照晁蓋的遺言把寨主的位子讓給他。於是宋江讓盧俊義和燕青領五百步兵，在平川埋伏。安排好後，大軍開赴曾頭市。

大軍到了曾頭市後，就開始了廝殺。梁山軍隊勢如破竹，接連斬殺了曾塗、曾索，曾弄便讓史文恭寫信投降。史文恭此時心裡也害怕，就寫了投降書，派士兵送到梁山大營，宋江看完，把信撕碎了，怒氣衝衝地說：「你們殺了我的哥哥，我怎麼能善罷甘休！」吳用慌忙勸說：「兄長此言差矣，既然曾家派人來講和，我們不能因為心中有氣，就不顧大局。」便寫了回信讓送信的人帶了回去。

曾家打開書信，裡面提到了講和的條件：歸還兩次劫持的馬匹和郁保四。第二天，曾家派人來說：如果願意講和，雙方各派一個人質。吳用隨即派遣時遷、李逵、樊瑞、項充、李袞到曾家做人質，曾家派了

曾升帶著郁保四和所劫持的馬匹來到梁山軍營。可是那匹照夜玉獅子馬卻沒有蹤影，因為它已經成了史文恭的坐騎。宋江道：「你趕緊給他寫信，讓他早早牽那匹馬來還。」曾升就寫了書信，讓隨從回寨，討要寶馬。史文恭回信道：「別的馬我都不吝嗇，只有這匹馬不能給他。」隨從來回跑了幾次，宋江非要這匹馬不可。史文恭派人說：「如果想要這匹馬，你們必須退軍，我就把馬送來。」

宋江聽了，正與吳用商量怎麼辦，忽然有探子來報告：「青州、淩州兩路有兵馬到來。」宋江說：「如果史文恭知道來了援軍，一定會變卦。」他暗傳將令，派關勝、單廷圭、魏定國領兵迎擊青州兵馬；花榮、馬麟、鄧飛領兵迎擊淩州兵馬。又暗地裡叫來郁保四，對他說：「你要是肯和我們合作，也叫你做個頭領，奪馬之仇就一筆勾銷了。你要是不肯合作，攻破了曾頭市，你也活不了。」郁保四聽了，趕緊表示願意投降梁山。吳用讓他回去對史文恭說：「宋江講和是假，要回寶馬是真。如果把寶馬歸還給他，他一定會變卦。現在他們知道青州、淩州的援軍來了，他們非常慌張，得趕緊趁這個機會攻打。」郁保四回到史文恭那裡，將這話說了一遍。史文恭對其他人說：「今夜先進攻宋江大寨，救出曾升。只要我們殺了宋江，梁山賊寇就亂了，那時再回來殺了李逵他們幾個。」當下傳令北寨蘇定、東寨曾魁、南寨曾密讓他們一同劫寨。郁保四卻暗地裡到法華寺大寨裡，把軍師的計策告訴了時遷等五人。

當晚史文恭、蘇定帶著人馬走在前面，曾魁、曾密押後。他們悄悄地來到宋江的大寨，卻發現裡面空無一人，才知道中了梁山的圈套，趕緊命令後撤，卻突然聽到曾頭市里的鑼鼓聲及炮聲。原來，時遷爬到法華寺鐘樓上撞鐘為號，東西兩門火炮齊響，喊殺聲震天，一時不知道有多少兵馬。史文恭想要回到本寨，顯然已經沒有了退路；曾弄見寨中大亂，又聽說梁山兵馬分兩路殺來，就在寨中上吊死了；曾密奔往西寨，被朱仝一刀砍死了；曾魁奔往東寨，在亂軍中被戰馬踩死了；蘇定拼死逃出北門，迎面碰上楊志、史進，被亂箭射死。

只有史文恭憑藉胯下寶馬，沖出了西門。當時大霧漫天，分辨不出東西。他逃了二十幾里，也不知道自己到了什麼地方。正走時，前面樹林裡一聲鑼響，殺出四五百人馬。一個將領，**手提杆棒***，照著馬蹄子打來。照夜玉獅子是千里寶馬，見到杆棒，一躍就跳開了。當時濃霧瀰漫，冷風颯颯，半空中似乎有一人，擋住去路。史文恭心裡害怕，以為是遇到了神兵，勒馬就往回走，正好撞著浪子燕青和玉麒麟盧俊義。盧俊義大喝一聲：「強賊，你還想往哪裡逃？」奔著馬腿就是一刀。史文恭跌下馬來，立刻就被嘍囉綁了，押解到曾頭市。燕青牽了那匹千里寶馬，直奔大寨。

宋江見了史文恭，又喜又怒，喜的是盧俊義有了功勞，怒的是史文恭殺了晁蓋。真是仇人相見，分外眼紅。他命令把曾家滿門抄斬，一個不留。這時，關勝也殺退了青州援兵，花榮則殺退了淩州兵馬，兩人都勝利歸來。眾將領都歡天喜地，用囚車押著史文恭，撤往梁山。他們對所經過的州縣村莊，秋毫無犯。

回到忠義堂，眾頭領都來參拜晁蓋靈位。宋江傳令，由聖手書生蕭讓寫祭文，大小頭領都要給晁天王戴孝，將史文恭剖腹挖心，告慰晁蓋的亡靈。

*又叫齊眉棍，長五尺，立著正好齊眉。它橫可掄，豎可劈，直可刺。因為沒有刀刃，不容易致命，是一種較為「和平」的武器，最適合平時切磋。

風雲人物榜

姓名：燕青

綽號：燕小乙、浪子

星號：天巧星

地位：三十六天罡最後一位，步軍頭領。

生平經歷：燕青，北京大名府人氏，自幼父母雙亡，由盧家撫養長大，跟隨盧俊義一起上梁山，和宋江一起促成招安。梁山軍平定方臘後，班師回朝。燕青私下去見盧俊義，勸他急流勇退，隱姓埋名以終天年。盧俊義不肯，他只得拜別盧俊義並留書給宋江，當夜便離軍而去，從此下落不明。

第二十八回　承天命英雄排座次

晁天王的大仇已報，宋江就在忠義堂上與眾弟兄商議改立梁山泊之主。吳用道：「兄長仍然坐寨主之位，盧員外坐第二把交椅，其餘兄弟不變。」宋江道：「晁天王臨死留下遺言，說只要有人捉得史文恭，不管是誰，都立他做梁山泊之主。現在盧員外活捉史文恭，告慰了哥哥的英靈，就應該做山寨之主。」盧俊義道：「小弟沒有什麼本事，怎麼能擔當寨主大任！我能在眾位頭領中有一個位置，就知足了。」宋江說：「不是我宋江謙虛，我有三點比不上員外：第一，宋江又黑又矮，相貌醜陋，員外儀錶堂堂，一看就是貴人的福相；第二，宋江出身低微，員外生於大戶人家，一定會大有前途；第三，宋江文不能安邦，武不能服眾，員外力敵萬人，通今博古，天下人都很敬佩你。宋江主意已定，員外就是山寨之主了，請你不要推託。」盧俊義慌忙跪拜道：「哥哥不要再多說了，盧某寧死也不敢從命！」

吳用勸道：「兄長仍然做山寨之主，盧員外為副，眾位兄弟都信服。兄長如果還是這樣再三推辭，恐怕會寒了大家的心哪！」吳用這樣說著，還一邊用目光示意眾位頭領。只見黑旋風李逵大叫道：「我是天不怕、地不怕的人，你再讓來讓去，我就殺起來，各自散夥！」武松明白了吳用的意思，也附和道：「山上的很多兄弟，都是沖著哥哥來的，怎麼肯服別人呢？」劉唐說：「當初我們七個人上山，那時就想讓哥哥做寨主，今天卻要讓別人。」魯智深大叫道：「兄長要是不想做寨主，咱們就哪裡來哪裡去，散夥算了！」宋江說：「你們不要再說了，我現在有個主意，現在山上錢糧缺少，梁山泊東面有兩個城池，一個是東平府，一個是東昌府。我們從來沒有攪擾過那裡的百姓，要是去向他們借糧，必然不肯。現在寫兩個鬮（ㄐㄧㄡ）*，我和員外各自去那兩個城借糧，誰先破城，誰就做山寨之主。」吳用便說：「也好，各安天命吧！」盧俊義雖然不肯，但是也由不得他了。

宋江抓的是東平府，盧俊義抓的是東昌府。宋江傳令把眾將領分成兩部分，各自領著人馬出發了。宋江攻打東平府，進軍順利，沒有遇到太大的麻煩就攻破城池，還收降了雙槍將董平。宋江一邊派兵把錢糧送上梁山，一邊整頓兵馬，準備回山寨。這時白勝飛奔而來，對宋江說：「東昌府城中有個猛將張清，是彰德府人，善用飛石打人，百發百中，人稱『沒羽箭』。手下兩員副將：一個使飛槍，叫作『花項虎』龔旺；一個使飛叉，叫『中箭虎』丁得孫。盧員外率領大軍到了東昌府，一連十天按兵不動。前幾天交戰時，張清用飛石打傷了郝思文，丁得孫用飛叉打傷了項充，連敗兩陣。現在兩個兄弟在船上養傷，軍師派我來請哥哥救援。」宋江聽了，嘆道：「盧員外真這樣無緣！我特意讓吳用、公孫勝幫他，盼他早日建功，不想又遇強敵。既然如此，眾兄弟便跟我去救援。」

張清果然厲害，飛石無人能敵。宋江到了東昌府，率兵攻城。張清竟然用飛石連傷了梁山的十五員大將，劉唐也被抓住了。稍稍安慰的是，梁山抓住了龔旺、丁得孫兩個人。幸虧吳用用巧計，用運糧船做誘餌，騙得張清前去劫糧。林沖引鐵騎軍，將張清連人和馬都趕下水去了。河內是李俊、張橫、張順、三阮、兩童，八個水軍頭領，一字擺在那裡。張清即使有三頭六臂，也不可能逃脫。他被阮氏三雄捉住，送入寨中。宋江說服張清歸順梁山，借到了錢糧，又得到了紫髯（ㄖㄢˊ）伯皇甫端，就收兵回山了。

宋江不但順利攻克了東平府，還打下了東昌府，自然做了山寨之主。眾人回到山上，宋江讓人統計了一下大小頭領，共有一百零八人，宋江心中大喜。於是對眾兄弟說道：「宋江自從鬧了江州來到山上，全依仗眾弟兄幫忙，讓我做頭領。現在山上一共有一百零八個頭領，我心裡無限歡喜。自從晁蓋哥哥歸天之後，大小戰鬥都沒有傷害了兄弟的性命。這是上天護佑。現在一百零八人皆在這裡聚會，縱觀歷史，這樣的情況很少能見到。我想舉行一次**羅天大醮**（ㄐㄧㄠˋ）†，報答天地神明眷顧的恩情。第一，祈禱保佑眾兄弟一切平安；第二，祈禱朝廷早日招安；第三，祝願晁天王早升天界。」於是派人在忠義堂上紮了三層高臺，堂內鋪設七寶三清聖像，兩邊設二十八宿十二宮的辰位。又從山下請了四十八名道士，加上公孫勝共四十九人，選定從四月十五日起，連做七天的法事。

公孫勝與四十八名道士，每天在忠義堂上做醮事。第七天三更時分，公孫勝在第一層，眾道士在第二層，宋江和眾頭領在第三層，眾小頭目和將校都在壇下，眾人一起祈禱上天顯靈。突然天上一聲巨響，西北方的天空裂開了一個口，裡面金光四射，然後從中滾出一團火，在地上滾了一圈後，鑽入正南地下去了。宋江叫人掘地尋找火團，挖了三尺左右，發現了一個石碣，正面兩側都寫了字，但上面的字沒人認得。幸好有個姓何的道士認識。宋江很高興，就讓他翻譯，然後叫聖手書生蕭讓用紙全都記下來：

石碣前面寫梁山泊天罡星三十六人：

天魁星呼保義宋江　天罡星玉麒麟盧俊義

天機星智多星吳用　天閑星入雲龍公孫勝

※編按：用紙片搓成的小紙團，有難以決定之事時，用來抽卜可否的方法。

†道教祭祀的一種儀典。早期道教舉辦醮儀的目的是治病、宥罪。醮儀最早是在夜間，露天設供祭諸神的。

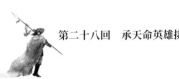

天勇星大刀關勝　天雄星豹子頭林沖
天猛星霹靂火秦明　天威星雙鞭呼延灼
天英星小李廣花榮　天貴星小旋風柴進
天富星撲天雕李應　天滿星美髯公朱仝
天孤星花和尚魯智深　天傷星行者武松
天立星雙槍將董平　天捷星沒羽箭張清
天暗星青面獸楊志　天祐星金槍手徐寧
天空星急先鋒索超　天速星神行太保戴宗
天異星赤發鬼劉唐　天殺星黑旋風李逵
天微星九紋龍史進　天究星沒遮攔穆弘
天退星插翅虎雷橫　天壽星混江龍李俊
天劍星立地太歲阮小二　天竟星船火兒張橫
天罪星短命二郎阮小五　天損星浪裡白條張順
天敗星活閻羅阮小七　天牢星病關索楊雄
天慧星拼命三郎石秀　天暴星兩頭蛇解珍
天哭星雙尾蠍解寶　天巧星浪子燕青

石碣背面寫地煞星七十二人：

地魁星神機軍師朱武　地煞星鎮三山黃信
地勇星病尉遲孫立　地傑星醜郡馬宣贊
地雄星井木犴郝思文　地威星百勝將韓滔
地英星天目將彭玘　地奇星聖水將單廷圭
地猛星神火將魏定國　地文星聖手書生蕭讓
地正星鐵面孔目裴宣　地闊星摩雲金翅歐鵬
地闔星火眼狻猊鄧飛　地強星錦毛虎燕順
地暗星錦豹子楊林　地軸星轟天雷淩振
地會星神算子蔣敬　地佐星小溫侯呂方
地祐星賽仁貴郭盛　地靈星神醫安道全
地獸星紫髯伯皇甫端　地微星矮腳虎王英
地慧星一丈青扈三娘　地暴星喪門神鮑旭
地然星混世魔王樊瑞　地猖星毛頭星孔明
地狂星獨火星孔亮　地飛星八臂哪吒項充
地走星飛天大聖李衮　地巧星玉臂匠金大堅
地明星鐵笛仙馬麟　地進星出洞蛟童威
地退星翻江蜃童猛　地滿星玉幡竿孟康

地遂星通臂猿侯健　地周星跳澗虎陳達
地隱星白花蛇楊春　地異星白麵郎君鄭天壽
地理星九尾龜陶宗旺　地俊星鐵扇子宋清
地樂星鐵叫子樂和　地捷星花項虎龔旺
地速星中箭虎丁得孫　地鎮星小遮攔穆春
地嵇星操刀鬼曹正　地魔星雲裡金剛宋萬
地妖星摸著天杜遷　地幽星病大蟲薛永
地伏星金眼彪施恩　地僻星打虎將李忠
地空星小霸王周通　地孤星金錢豹子湯隆
地全星鬼臉兒杜興　地短星出林龍鄒淵
地角星獨角龍鄒潤　地囚星旱地忽律朱貴
地藏星笑面虎朱富　地平星鐵臂膊蔡福
地損星一枝花蔡慶　地奴星催命判官李立
地察星青眼虎李雲　地惡星沒面目焦挺
地醜星石將軍石勇　地數星小尉遲孫新
地陰星母大蟲顧大嫂　地刑星菜園子張青
地壯星母夜叉孫二娘　地劣星霍閃婆王定六
地健星險道神郁保四　地耗星白日鼠白勝

地賊星鼓上蚤時遷　地狗星金毛犬段景住

大家看了都非常驚訝。宋江對眾頭領說：「這是上天顯靈啊，我們的聚義是順應天意的。現在人數齊了，天罡、地煞星辰，都已分定次序，眾頭領各守其位，不要爭執，不可以違背了天意。」眾人說：「上天的旨意，我們不敢違背！」宋江取出五十兩黃金酬謝了何道士。其餘道士也都賞了，然後把他們送下山去了。

話說眾道士回家了，宋江與軍師吳學究、朱武等商量，要在堂上立一面匾額，上面寫「忠義堂」三字；斷金亭也換成大牌匾。前面冊立三關，忠義堂後建築雁台一座，頂上正面大廳一所，東西各設兩房。山頂上豎一面杏黃旗，上書「替天行道」四字。忠義堂前繡字紅旗二面：一個上面寫「山東呼保義」，另一個上面寫「河北玉麒麟」。外面設飛龍飛虎旗、飛熊飛豹旗、青龍白虎旗、朱雀玄武旗，黃鉞（ㄩㄝˋ）白旄（ㄇㄠˊ），青幡皂蓋，緋纓黑纛（ㄉㄠˋ）*。除此之外，又繡制了二十八宿†旗、周天九宮八卦**旗、一百二十四面鎮天旗等。金大堅負責鑄造兵符印信。一切準備好了，就選了良辰吉日，殺牛宰馬，祭拜天地神明，又掛上忠義堂、斷金亭的匾額，立起「替天行道」的杏黃旗。宋江親自頒發了兵符印信：

梁山泊總兵都頭領：宋江、盧俊義。

* 軍中大旗。
† 亦稱「二十八舍」或「二十八星」。分布於黃道、赤道帶附近一周天的二十八個星官。
** 亦稱「經卦」，分別是：乾、坤、震、巽、坎、離、艮、兌。

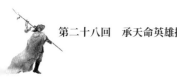

掌管機密軍師：吳用、公孫勝。

掌管錢糧頭領：柴進、李應。

馬軍五虎將：關勝、林沖、秦明、呼延灼、董平。

馬軍八驃騎兼先鋒使：花榮、徐寧、楊志、索超、張清、朱仝、史進、穆弘。

馬軍小彪將兼遠探出哨頭領：黃信、孫立、宣贊、郝思文、韓滔、彭玘、單廷圭、魏定國、歐鵬、鄧飛、燕順、馬麟、陳達、楊春、楊林、周通。

步軍頭領：魯智深、武松、劉唐、雷橫、李逵、燕青、楊雄、石秀、解珍、解寶。

步軍將校：樊瑞、鮑旭、項充、李袞、薛永、施恩、穆春、李忠、鄭天壽、宋萬、杜遷、鄒淵、鄒潤、龔旺、丁得孫、焦挺、石勇。

梁山泊四寨水軍頭領：李俊、張橫、張順、阮小二、阮小五、阮小七、童威、童猛。

梁山泊四店打聽聲息，迎接來賓頭領：

東山酒店——孫新、顧大嫂；

西山酒店——張青、孫二娘；

南山酒店——朱貴、杜興；

北山酒店——李立、王定六。

梁山泊總探聲息頭領：戴宗。

梁山泊軍中走報機密步軍頭領：樂和、時遷、段景住、白勝。

守護中軍馬軍驍將：呂方、郭盛。

守護中軍步軍驍將：孔明、孔亮。
梁山泊專管行刑劊子手：蔡福、蔡慶。
掌管三軍內探事馬軍頭領：王英、扈三娘。
梁山泊一同參贊軍務頭領：朱武。
梁山泊掌管監造諸事頭領：
掌管行文走檄調兵遣將——蕭讓；
掌管定功賞罰軍政司——裴宣；
掌管考算錢糧支出納入——蔣敬；
掌管專工監造大小戰船——孟康；
掌管專造一應兵符印信——金大堅；
掌管專造一應旌旗袍襖——侯健；
掌管專攻醫獸一應馬匹——皇甫端；
掌管專治諸疾內外科醫士——安道全；
掌管監督打造一應軍器鐵甲——湯隆；
掌管專造一應大小號炮——淩振；
掌管專一起造修葺房舍——李雲；
掌管專一屠宰牛馬豬羊牲口——曹正；
掌管專一排設筵宴——宋清；

掌管監造供應一切酒醋——朱富；

掌管專一築梁山泊一應城垣——陶宗旺；

掌管專一把捧帥字旗——郁保四

梁山泊忠義堂上，號令頒布完畢，眾頭領都遵守。宋江又選了一個良辰吉日，焚一爐香，鳴鼓聚眾到堂上。宋江對眾人道：「現在我們不同以往，我有幾句話要跟大家說。我們每個人都要生死與共，患難相扶，一同保國安民。」眾人大喜，一齊跪在堂上發誓：「我們兄弟要生死與共，患難相扶，用忠義之心報效國家，替天行道，保國安民。」

盟誓之後，眼開重陽節到了，宋江讓宋清安排宴會，與山寨的兄弟們觀賞菊花。忠義堂上鳴鑼擊鼓，觥籌交錯，大家很是快活。宋江趁著酒興，作了一首《滿江紅》，讓樂和唱給大家聽。當樂和唱到「望天王降詔早招安」一句，只聽武松高喊：「今天要招安，明天要招安，弟兄們的心都涼了。」李逵也瞪著眼睛大叫：「招安，招安，招什麼安？」說著一腳把面前的桌子踢得粉碎。宋江大喝道：「這傢伙越來越胡鬧了，拉下去斬了！」眾人急忙跪下求情，宋江只好說：「眾賢弟請起，先把李逵關起來。」李逵便被關到監房了。

宋江酒醒後悲傷地說：「當日在江州，因為寫詩，差點丟了性命，多虧李逵救我；現在又作詞，還差點殺了他，幸虧眾位兄弟及時勸說。」宋江又對武松說：「兄弟，你也是明白事理的人。我主張招安，要改邪歸正，如何便冷了眾人的心？」魯智深說：「如今朝廷奸臣當道，就像我的衣裳染髒了，怎麼洗得乾淨？招安也沒用，不如大家散夥吧！」宋江說：「兄弟們聽我說，當今皇上是聖明的，只是暫時被奸臣蒙蔽了，他如果知道我們替天行道，一定會赦罪招安，那時我們同心報國，青史留名，多好哇！因此我才盼望早日招安，沒有別的意思。」眾人雖都點頭，但是已經沒了喝酒的興致，只好各自回寨了。第二天，宋江放了李逵，告誡他不可再胡鬧，否則必不輕饒。

詞語收藏夾

指手畫腳

出處：明．施耐奄《水滸傳》第七十五回：「見這李虞候、張幹辦在宋江前面指手畫腳，你來我去，都有心要殺這廝，只是礙著宋江一個，不敢下手。」

解釋：指說話時做出各種動作。形容說話時放肆或得意忘形。

近義詞：品頭論足

造句：對於我們不知道的事情，我們不能指手畫腳。

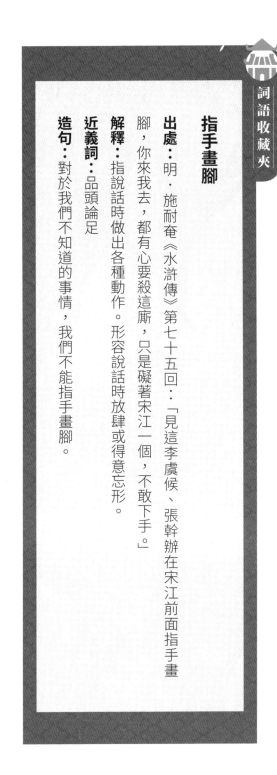

白白老師的國學小教室

腰斬版的《水滸傳》

《水滸傳》有很多版本，因為這本小說是慢慢形成的，加上在古代，誰都可以編纂《水滸傳》，導致《水滸傳》產生各種不同回目的版本。金聖嘆點評的七十回版本，內容只收到梁山好漢齊聚一堂排席次，就是這本書編排上的這回故事，而有些一百多回的版本，則書寫到梁山好漢接受招安、征討外族和反叛軍、宋江死亡。

然而這其中最受歡迎的版本是金嘆嘆的七十回版，你可能會有疑惑，為什麼腰斬的七十回版，反而比較受歡迎？因為從七十回以後，宋江向朝廷招安，且梁山好漢在征討方臘軍的過程中，大多會傷亡折損，整個故事從七十回後，逐步發展成悲劇，且藝術性、文學性、緊湊性相較前半部也較低。但有些人覺得，故事走向招安也屬合理，因為宋江標榜忠義，有些版本的《水滸傳》甚至命名為《忠義水滸傳》，且唯有如此，才能替梁山好漢安排最後合理的出路。

不過我想不論你是不是腰斬版本的粉絲，都應該好好看完後半部的結局，才能對整部《水滸傳》有更完整的評價。

二十九回 鬧東京李逵誤解宋江

自從盟誓之後，宋江一連幾個月沒有離開山寨。這時快到年末了，一天，幾個小嘍囉捉了幾個公差和燈匠，他們來自萊州，準備到東京獻花燈。根據慣例，萊州每年都要向東京獻上三架花燈，今年大慶，就增加了兩架。宋江留了一架花燈，掛在晁天王孝堂內，然後放那幾個人下山了。第二天，宋江對眾頭領說道：「我生在山東，從來沒有到過京師，聽說皇帝今年打算在元宵節與民同樂，到時候京城裡到處懸掛彩燈，肯定熱鬧非凡，我打算和幾個兄弟悄悄去看燈。」吳用等人勸不住他，只好安排人員隨行：宋江、柴進一路；史進、穆弘一路；魯智深、武松一路；朱仝、劉唐一路，其餘眾人守寨。李逵一聽也要去，宋江拗不過他，只得叫燕青陪他同去。

神醫安道全用藥除去了宋江臉上的**刺字***，眾人也都做好了準備，就一起離開山寨，奔東京的方向去了。眾人分別的時候，吳用再三叮囑李逵，要他千萬不能喝酒，免得拖累大家。

眾人離開山寨，一路直奔京城而來。在東京萬壽門外，找了一家客店住下。這天是正月十一，宋江對柴進說：「明天白天我不能進城，到正月十四日夜晚，趁著人多熱鬧的時候，才能進城。」柴進說：「小弟明日先和燕青進城探探路。」宋江說：「那樣最好。」第二天，柴進和燕青穿戴整齊，離開客店，進到城裡。

*用針在皮膚上刻文字，並塗上顏色，使字跡明顯，古時的一種刑罰。

他們兩個在城裡東遊西逛，來到東華門外的一個酒樓上，找了一個臨街的小房子，隔著欄杆向外望。他們發現能從宮門出入的官差，頭上都插一朵翠葉花。柴進便和燕青商量，把一個官差騙來喝酒，將他灌得爛醉之後，柴進換了他的官服，插好簪花，就進了皇宮禁院。

柴進在宮內轉了半天，最後來到一座偏殿前，牌匾上寫著「睿思殿」三個字，旁邊有一扇朱紅色的偏門。柴進從偏門進去，看見屋內正面放著皇帝坐的椅子，兩邊桌子上放著象牙杆做的毛筆、帶有花紋的紙、有龍形圖案的錠墨、**端硯**＊等**文房四寶**†。書架上全都是書，每本書上都插著書簽。正面屏風上，畫著山河社稷圖。柴進轉到屏風後面，只見白色的屏風上寫著四大賊寇的姓名，分別是：山東宋江　淮西王慶　河北田虎　江南方臘柴進暗暗想：「國家被賊寇禍亂，皇上才時常惦記著，把名字寫在這裡。」他拔出匕首，把「山東宋江」四字刻了下來，就趕緊出殿，回到了酒樓。那個醉倒的官差還沒有醒來，柴進把官服、簪花交給店小二還給他，就和燕青回客店去了。皇宮裡的侍衛發現屏風上沒了「山東宋江」四個字，都非常驚慌，急忙加強防守。

柴進回到客店，把在宮中的所見詳細講了一遍，又把禦書「山東宋江」四字拿了出來。宋江看了，不斷地嘆息。到了十四日的黃昏，宋江、柴進、戴宗、燕青四人也打扮成遊客，混在放煙火的隊伍裡，進了東京城，只留下李逵一人看房。四人來到馬行街上，只見家家戶戶都掛著花燈，把夜空照得像白天一樣亮。他們走到皇帝出行的街道，街的兩邊都是青樓。在街中間的地方，有一家門前外掛著青布幕，裡面掛斑竹簾，兩邊都是碧紗窗，外掛兩面牌，牌上各有五個字：「歌舞神仙女，風流花月魁。」宋江看後，走進對面一個茶館裡喝茶，問店小二道：「那家店裡的頭牌是誰？」店裡的夥計回答：「是**東京花魁**⁂李師師，當今皇上很寵愛她。」宋江就叫燕青去想想辦法，看看能不能見見李師師。

燕青直接來到李師師的家，對裡面的老鴇說：「我家主人是燕南、河北的大財主，這次來京城走訪親戚。早就聽說你家花魁姑娘的大名，願意用一千兩銀子見姑娘一面。」老鴇貪財，就同意了。於是燕青帶著宋江、柴進、戴宗來見李師師。四人進了房間後，李師師施禮道：「官人能光臨，真是蓬蓽生輝呀！」宋江回禮道：「我就是一個山野村夫，沒有見過世面。今天能見到花魁姑娘，真是三生有幸。」眾人坐下後，奶娘端上茶來，李師師親自給大家倒茶。坐了一會兒，奶娘進來說：「皇上來了，在後屋。」李師師起身說：「今天就不留各位了，明天皇上會去上清宮，那時我再請你們吃飯。」宋江連聲答應，就帶著三人出了李師師家，又在街上遊玩了一會兒，才回客店。李逵迷迷糊糊地睜開眼說：「不帶我也就算了，哥哥既然帶我來了，為什麼讓我看房？你們玩得開心，我都悶死了。」宋江只得答應明日帶他進城看燈，再連夜趕回梁山。

第二天傍晚，京城裡賞燈的遊人特別多。守衛京城各門的將士都全副武裝，高俅親自帶領五千騎兵在城上巡視。宋江帶著柴進、戴宗、李逵、燕青一起來到城內，仍然到茶館坐下。宋江讓燕青帶著黃金百兩，去請李師師。老鴇見錢眼開，就說：「今日上元佳節，我們母子在家擺了宴席，如果員外不嫌棄，就過來一起飲酒說話吧。」燕青回來把老鴇的話說了，宋江就帶著大家一起來到李師師家。宋江讓戴宗、李逵兩人在門口等候，自己帶著柴進、燕青進屋。李師師親自到門前迎接，然後與宋江三人一起飲酒談笑。

* 產於肇慶的名貴硯臺。

† 舊時對紙、墨、筆、硯四種文具的統稱。

** 品花時稱百花之首為花魁，梅花開在百花之先，故常指梅花。舊時還以此稱呼有名的妓女。

守在門外的李逵在門外罵罵咧咧，被丫鬟發現告訴李師師。宋江便差人領著李逵、戴宗來到屋裡。李逵進屋看到三人正與李師師飲酒，很生氣。李師師讓僕人拿了個大酒杯，賞了三杯酒給李逵喝，戴宗也跟著喝了三杯。燕青怕李逵在這裡壞了大事，就叫他和戴宗回去守門。

宋江又接連喝了幾杯，還借著酒興作了一首樂府詞。詞曰：天南地北，問乾坤何處可容狂客？借得山東煙水寨，來買鳳城春色。翠袖圍香，絳綃籠雪，一笑千金值。神仙體態，薄幸如何消得！

想蘆葉灘頭，蓼花汀畔，皓月空凝碧。**六六雁行連八九**＊，只等金雞消息。義膽包天，忠肝蓋地，四海無人識。離愁萬種，醉鄉一夜頭白。

李師師反復閱讀，也沒明白其中的含義。其實宋江就等著她來問，然後就可以把自己想被招安的事告訴她，並請她轉告皇上，但這時奶娘來報告說：「官家從地下通道來了，已經到了後門。」李師師連忙說：「不能親自遠送，請各位恕罪。」就趕緊到後門接駕去了。這邊宋江和他們商量著借這個機會面見皇上。那邊李逵見宋江幾個和那個美女喝酒，卻讓他和戴宗看門，氣得頭髮都豎起來了，一肚子怨氣沒有地方發洩。這時，楊太尉正好進門找皇上，見了李逵，大聲喝問道：「你這傢伙是誰？怎麼會在這裡？」李逵也不回應，抄起一把椅子，照著楊太尉就迎面砸過去。楊太尉吃了一驚。戴宗這時也攔不住李逵。李逵扯下一幅畫，用蠟燭點著了，四處放起火來。宋江等人聽到動靜，趕緊出來，只見李逵脫下半截衣服，正在那裡行兇。四個人連忙把李逵拉出門去。李逵順手在街上奪條棒子，一路見人就打。宋江見攔不住他，只得和柴進、戴宗先趕出城，他們怕關了城門，脫不了身，只留燕青看著他。李師師家著火，嚇得皇上一溜煙跑了。鄰居們一面救火，一面救起了楊太尉。

此時，城中已經喊殺聲四起，驚天動地。高太尉正在北門巡邏，聽到消息，就帶領兵馬趕過來。燕青

和李逵正往外衝殺，迎面碰上了穆弘、史進，四人各執槍捧，齊心協力，一路殺到了城門口。守門的官兵急忙關門，城外魯智深掄著鐵禪杖，武松揮著雙戒刀，朱仝、劉唐揮著樸刀，早殺進城來，救出燕青四人。幾位好漢剛殺出城門，高俅的兵馬也追了上來，跟著到了城門口。眾位頭領找不到宋江、柴進、戴宗，正在擔心，只聽城外有人喊：「梁山泊好漢都在這裡！快快投降，免你們一死！」高俅等人聽了，嚇出一身冷汗，根本不敢出城，趕緊讓人收起吊橋，關上城門。原來軍師吳用早料到東京會出事，他派關勝、林沖、秦明、呼延灼、董平五虎將帶領一千人馬，在城外接應，正好遇到宋江、柴進、戴宗三人。眾人上馬準備回梁山，發現少了李逵。宋江讓燕青找到李逵後一起回，免得出岔子，他們則先回梁山。

宋江派燕青找李逵是有道理的。燕青摔跤天下第一，李逵多次被他摔倒，只要不聽話，燕青就拿這個對付他，所以李逵很怕燕青。

話說李逵從店裡取了行李，大吼一聲，跳出店門，又掄起兩把板斧，一個人就要打進東京城，恰巧碰到燕青，燕青攔腰抱住李逵，把李逵摔了個四腳朝天。燕青把他拖起來，向小路上跑去，李逵只得跟著他跑了。

燕青、李逵兩個人一路逃往山寨。這一天，他們來到了距梁山泊北面七八十里的一個村莊，看天色已晚，就在莊上投宿。莊上的太公不想收留二人住宿，但是看到李逵兇神惡煞的樣子，哪裡還敢說不字，準備好了飯讓他們兩個吃了，安排他們到偏房裡休息。李逵沒有喝酒，在炕上翻來覆去地睡不著，只聽見太公、太婆在裡面哽哽咽咽地哭，心裡急躁，一夜沒有合上眼。李逵好不容易挨到天亮，就來到庭前大叫：

＊三十六天罡和七十二地煞結義的異姓兄弟姐妹。雁行，像大雁一樣排成一行，比喻兄弟姐妹。

「你家什麼人，一夜哭哭啼啼的，害得我睡不著覺！」太公急忙賠禮說：「老漢我姓劉，有個女兒，剛剛十八歲，被人搶走了，因此煩惱。」李逵道：「搶你女兒的是誰？」太公道：「我跟你說了他的姓名，准會把你嚇得屁滾尿流！他就是梁山泊頭領宋江，手下有一百零八個好漢。」李逵對劉太公說：「我就是梁山泊黑旋風，假如真是宋江搶了你的女兒，我要他還你。」太公連忙拜謝。

話說李逵、燕青兩人急忙趕回山寨，直接到了忠義堂上。宋江見他們回來了，就責問道：「你們兩個幹什麼去了，怎麼到現在才回來？」李逵也不答應，瞪著眼睛，拔出大斧，先砍倒了杏黃旗，把寫著「替天行道」的杏黃旗撕得粉碎，眾人大驚失色。宋江高喊：「你又想做什麼？」李逵拿了雙斧，沖到堂上，直奔宋江。

五虎將慌忙攔住李逵，奪下斧頭，把他揪到了堂下。宋江大怒，喝道：「你這個東西又怎麼了，我到底有什麼錯呢？」李逵氣得說不出話來。燕青就把路上的經過和劉太公女兒被搶的事情說了一遍。李逵道：「我平常把你當作好漢，你原來卻是個畜生！竟然做出這樣不要臉的事情來！」宋江大聲呵斥他說：「你先不要說話，聽我來說！我和幾千兵馬一起回來，如果單獨出去做事，怎麼瞞得了眾人？如果我還搶了一個婦人，她一定在山寨裡面！你現在就去我的房間搜一搜。」無論宋江怎麼辯解，他都不肯聽，一定要宋江交出劉太公的女兒。宋江無奈，只好說：「我跟你前去見劉太公，讓他當面指認，要是我搶的，隨你砍殺；但如果不是我，你該當何罪？」李逵此時認准就是宋江幹的，就用自己的頭來打賭，還簽了**軍令狀**＊，於是宋江、柴進便跟李逵、燕青到劉太公莊上對質去了。

＊指將士接受軍令後所寫的保證書，表示如不能完成任務，願依軍法治罪。

一行人來到莊上見到劉太公，李逵指著宋江問：「是不是這個人搶了你的女兒？」劉太公仔細地看了看宋江說：「不是。」又找來莊客問，他們也說不是，李逵這下傻眼了。宋江說：「我在這裡不跟你計較，回到山寨再跟你算帳。」說完，就和柴進先回梁山了。燕青道：「李大哥，下麵該怎麼辦呢？」李逵道：「是我一時性急，做錯了。既然輸了這顆頭，我就一刀割下來，你帶著獻給哥哥就是了。」燕青道：「其實你也沒有必要尋死，我教你一個辦法，叫作『負荊請罪』。」接著，燕青就給李逵仔細地說了一遍。李逵雖然礙著面子，怕兄弟們笑話，但是沒有其他辦法，只得照著燕青的辦法做了。

宋江回到山寨，正在說李逵的事，只見他光著膀子，背著一把荊條跪在堂前，一句話也不說。宋江笑道：「你這個東西，背著荊條做什麼？難道想讓我饒你不成？」李逵說：「是兄弟的錯，哥哥就打我幾十棍子吧！」宋江說：「你和我賭的是砍頭，你背著荊條有什麼用？」李逵說：「哥哥既然不肯饒我，拿刀剁了我就是了。」眾人忙過來勸解。宋江說：「要讓我饒你，除非你捉到那個假宋江，把劉太公的女兒找出來送回家。」李逵一聽非常高興，隨燕青一起去劉太公莊上打聽，很快找到了擄走劉太公女兒的兩個賊人，並把他們殺了，救出劉太公的女兒，送回莊上。爹娘見女兒回來了，自然十分高興，都來拜謝兩位頭領。燕青道：「不要謝我們兩個，你應該到山寨裡拜謝俺哥哥宋公明。」兩個人飯都沒吃，騎著馬飛奔回到山寨，把兩個賊人的頭顱獻給了宋江，這才免了砍頭的約定。

梁山泊從此人馬平安，沒有遇到什麼麻煩。眾位頭領每天在山寨中教演武藝，操練人馬。各寨中添造衣袍、鎧甲、槍刀、弓箭、牌弩、旗幟，這些都不細說了。

白白老師的國學小教室

李逵負荊請罪

在這回故事裡，李逵誤會宋江強搶民女，身上揹了一綑荊棘，特地向宋江負荊請罪。李逵痛恨不義的姦淫行為，加上對宋江的敬重，以為宋江做出了如此惡劣的行為，才對宋江如此惱怒，可以看出李逵的正義與莽撞。

或許有人會問，李逵不是非常忠誠宋江嗎？怎麼會為此就誤會宋江？畢竟宋江之前才誤殺妾，後來為了招安而接近李師師。其實招安一事，就讓兩人埋下了誤會的種子和壓抑的嫌隙。

雖然李逵莽撞，但是一得知是誤會，他也願意負荊請罪，坦然向宋江承認錯誤，這也是李逵能知錯認錯的可愛之處。

第三十回

捉高俅宋江為招安

梁山好漢在元宵節大鬧東京城，後來李逵又惹出了許多事情，這些事情早就震動了朝廷上下。這一日，宋徽宗臨朝，文武大臣分列兩邊。有大臣出班奏曰：「臣的衙門中收得各處州縣多次奏章，都是關於宋江等梁山賊寇作亂的事情。他們公然進攻府州，搶劫府庫、糧倉，殺害當地軍民。所到之處，無人可敵。如果不早日剿滅他們，恐怕日後必成大患。」宋徽宗說：「元宵節的時候，這些賊寇就大鬧京城，現在又在各處作亂，朕已經多次派遣樞密院進兵，為什麼到現在還沒有回奏哇？」御史大夫崔靖上前奏道：「臣聽說梁山泊上豎起一面大旗，寫著『替天行道』四字，這很能蠱惑人心，所以才沒敢貿然出兵。當前北邊遼兵進擾邊境，朝廷兵馬有限，不適合大舉征伐賊寇。臣以為這些亡命之徒，都是因為犯了罪沒有去處，才落草為寇的。皇上如果能下一道聖旨，讓光祿寺*賜給他們御酒美食，再派一個大臣到梁山泊，勸說他們歸附朝廷，然後再讓他們領兵征討遼兵，這樣正好一舉兩得。」這話正合宋徽宗的意，於是宋徽宗就派殿前太尉陳宗善為使者，帶著聖旨、御酒，前去梁山招安。陳太尉領了聖旨，回家準備起程。蔡京、高俅放心不下，他們分別安排了自己的心腹張幹辦、李虞候一起跟隨去招安。

陳太尉一行人帶著御酒及詔書†浩浩蕩蕩來到濟州府，濟州太守張叔夜親自迎入城中並設宴款待。酒席之間，張叔夜說：「我個人認為，招安是最好的選擇；只是有一件事要注意，太尉您到了那裡，話語不能強硬，多用甜言蜜語，安撫他們，目的是能大功告成。他們中間有幾個性如烈火的漢子，倘若不合心意，就會壞了大事。」張幹辦、李虞候不滿意地說：「他們就是一群賊寇，要是對他們小心和氣，恐怕會壞了朝廷綱紀。我們一定要打壓這些賊寇的氣焰！」張叔夜道：「這兩位是誰呀？」陳太尉指著他們介紹道：「這一個是蔡太師府內幹辦，這一個是高太尉府裡虞候。」張太守明知道這兩個人會壞了大事，但也沒有辦法，就送他們去館驛**安歇。

第二天，濟州府派人到梁山上報信。宋江聽到朝廷前來招安，心中大喜，賞了報信的官差。吳用說：「我看這次招安難以成功，即使成功了，他們也會看不起我們兄弟。不如我們先將朝廷兵馬殺得人仰馬翻，讓朝廷害怕我們，這樣再接受招安，才能不被他們小瞧。」眾位頭領都點頭稱是，只有宋江一心盼著早點招安，堅決不同意，忙著安排人準備迎接招安的欽差。

宋江派蕭讓等頭領帶著隨從，到梁山泊二十里外迎接陳太尉。張幹辦、李虞候盛氣淩人，一路上不斷地難為蕭讓等人。大家都強作歡顏，小心伺候。

眾人來到梁山泊水邊，三隻戰船早已經等候在那裡。一隻裝載馬匹，一隻讓裴宣等人乘坐，太尉和隨從上了另外一隻船。陳太尉昂頭挺胸，旁若無人，坐在船的中間。大船開動後，眾水手一起唱起歌來，李虞候便罵道：「下賤東西，唱的是什麼破玩意？貴人在此，怎麼不知道好歹！」那些水手根本不理睬他，只顧唱歌。李虞候拿起藤條，便來打兩邊水手，眾人並無懼色。活閻羅阮小七哪裡忍受得了他欺負自己的

＊ 專管祭品、膳食、招待的機構。

† 帝王所發的文書命令。

＊＊ 古代驛站上設的旅舍。

兄弟，他拔了船銷子，大喊：「船漏了！」把太尉和幹辦、虞候都撂在了水裡，幸虧旁邊的船趕來，才把他們救上岸去。阮小七又把船裡的禦酒打開，和手下的兄弟一起喝了，然後把村釀的水酒裝了進去，送回山寨。

陳太尉一行人來到岸上，宋江等人早就等候在那裡。於是香花燈燭，鳴金擂鼓，並山寨裡鼓樂，一齊都響。宋江等跪下便拜，然後領著一百多個兄弟把他們接到忠義堂。張幹辦、李虞候仍舊指指點點，眾好漢心中都很憤怒，只是礙著宋江的面子，不好發脾氣。蕭讓宣讀聖旨的時候，眾人聽那聖旨中充滿了威脅、恐嚇、輕蔑的詞語，除了宋江，其他人早已怒火沖天了。只見黑旋風李逵跳起來，一把就從蕭讓手裡奪過詔書，撕得粉碎，然後揪住陳太尉，攥緊拳頭就要打。宋江、盧俊義趕緊上前抱住李逵。李虞候不知死活，破口大罵道：「狗東西，你是什麼人？竟敢如此大膽！」李逵沒打到陳太尉，正無處撒氣，聽他這麼一說，一把揪住他就打。宋江慌忙讓人拉開李逵，拉下堂去，轉身就向陳太尉等人賠禮道歉，又讓人打開禦酒分給眾頭領。等把酒倒出來一嘗，竟然都是村釀白酒，眾人大怒，都走了。魯智深、武松、穆弘等和六個水軍頭領還大罵著鬧起來。宋江一看勢頭不對，急忙和盧俊義親自護送陳太尉一行人下山。到了渡口，陳太尉等人早嚇得屁滾尿流，飛奔回濟州了，又連夜趕回京城。陳太尉等人寫表上奏梁山眾人的罪狀，蔡京、高俅趁機保舉樞密院童貫率領八路大軍攻打梁山。

吳用這邊早有準備，他知道這些人一回去，朝廷必然會興兵討伐，於是早早排好九宮八卦陣，調集了精壯兵馬，把童貫殺得片甲不留並狼狽逃回京城。梁山大軍大敗童貫，宋江一邊犒賞三軍，一邊讓人放回擒獲的官兵將領。

東京城裡，蔡京和高俅萬萬沒有想到，童貫的八路大軍竟然被梁山賊寇打得落花流水，他們心裡害怕，不敢把實情報告給宋徽宗，只是謊稱軍隊因為水土不服，才退回京師的。宋徽宗說道：「這些賊寇是朝廷的心腹大患，必須除掉，哪位卿家願意為朕分憂排難哪？」高俅走上前說：「微臣願親自去剿滅梁山賊寇。」於是請皇上下旨，調動了十個節度使的兵馬，又伐木造船，徵調各類船隻。

宋徽宗賜給高俅錦袍金甲，讓他領兵討伐梁山。這十個節度使分別是：河南河北節度使王煥；上党太原節度使徐京；京北弘農節度使王文德；潁州汝南節度使梅展；中山安平節度使張開；江夏零陵節度使楊溫；雲中雁門節度使韓存保；隴西漢陽節度使李從吉；琅玡彭城節度使項元鎮；清河天水節度使荊忠。他們其實也都是綠林出身，後來接受朝廷招安，因為戰功卓著，才有了今天的地位。他們手下的兵馬也都訓練有素、能征慣戰。除此之外，高俅又讓金陵建康府水軍統制官劉夢龍，帶領他的一萬五千水軍和五百隻戰船連夜趕到濟州聽令；又讓他的一個心腹牛邦喜，搜集沿江上下一切船隻，送到濟州調用。高俅的帳下也有很多將領，其中兩個統制官党世英、党世雄兄弟，武藝最高，有萬夫不當之勇，高俅帶了他們，又去禦營中調了一萬五千人，總計十三萬兵馬前往濟州，討伐梁山。

等高俅到了濟州府時，十個節度使都已經在那裡等候了。他們和太守張叔夜一起，到城外迎接高俅，將他接到府衙裡。於是這裡就成了高俅的中軍大寨，他在此與諸將領商量討伐梁山的策略。

話說自從童貫吃了敗仗逃離之後，宋江、吳用就商議，需要派一個人去東京探聽消息，好為以後的事情做準備。話音未落，神行太保戴宗道：「小弟願意跑一趟。」宋江道：「探聽消息，總是辛苦兄弟。賢弟雖然可以去，但最好帶一個幫手。」李逵便道：「兄弟願意幫哥哥去一趟。」宋江笑道：「你就是個惹事精，你怕是不行！」李逵道：「這次去，我保證不惹事了。」宋江讓李逵退下，繼續問道：「還有哪個兄弟願意走一趟？」赤發鬼劉唐說：「小弟和戴宗哥哥一起去如何？」宋江大喜道：「好！」當日兩個人收拾了行裝，便下山去了。

戴宗和劉唐來到東京，在城內住了幾日，把消息探聽詳細後就晝夜兼程趕回山寨報告。宋江聽說高太尉親自領兵，帶領十個節度使以及十三萬兵馬前來，心中有些害怕，趕緊找吳用商議。吳用道：「兄長不要擔憂，我也早聽說過這十個節度使的名聲。他們也為朝廷立下了許多戰功，只是當初沒有碰上對手，才顯出他們的英雄氣概。如今我們有這麼多好弟兄，而且都本領高強，那些節度使不足為懼，兄長不用擔心！等那十路軍來到，就讓他們知道我們的厲害。」

宋江仍不放心，他又安排了董平、張清在十個節度使來濟州的路上伏擊，刺探虛實。梁山大軍為了對付高俅的軍隊，做足了功課，可謂是知己知彼了。因此，當高俅與梁山好漢第一次對陣時，清河天水節度使荊忠就被殺了，黨世雄也被活捉上了山，劉夢龍丟盔卸甲，狼狽逃回濟州，高俅急忙收兵撤退。

高俅的軍隊想登上梁山，一定要經過八百里水泊，可是剛一開戰，劉夢龍的水軍就損失大半，這讓高俅異常煩惱。正在愁眉不展時，有人來報，說梁山兵馬又開始在城外叫陣。高俅大怒，親自率領大軍出城迎戰。梁山兵馬見高俅率領大軍殺出，急忙向後撤退。等高俅追上來時，宋江兵馬在山坡上列開了陣勢。高俅遠遠看見雙鞭呼延灼立於陣前，就罵道：「你個狗東西，竟敢統領連環馬反叛朝廷！」於是派節度使韓存保迎戰。他們在陣前打了五十多個回合，呼延灼故意露出破綻，撥馬就向山坡下跑去。韓存保哪裡肯放，拍馬就追。兩人一直戰到河邊，還是不分勝負。誰知道，他們一不小心都掉到河裡，在水裡打在一起。張清領兵趕到，活捉了韓存保。梁山幾路大軍一起殺向高俅，官兵只好退到城裡。

高俅接連出兵失敗，還損失了好多將領，此時正惆悵至極。恰巧牛邦喜從江南征船到了，他帶回了一千五百多隻大小戰船。高俅聽後立馬又振作精神，他重重賞了牛邦喜，然後傳下號令，把船停靠在寬闊的港口。三隻一排，用木板釘住，船尾用鎖環連接到一起，讓步兵到船上，由騎兵近水護送。經過半個多月的訓練，眼見士兵都能熟練列陣了，他就決定再次進攻梁山泊。

高俅那邊的動向早就被梁山好漢探聽到了。吳用讓劉唐帶領水路兵馬迎戰。各位水兵頭領都各自準備小船，船頭上都釘著鐵葉，船艙裡裝滿蘆葦乾柴等物，柴中灌著硫黃等引火用品，駐守在小港內。讓炮手淩振，在四面高山上，放炮為號；又在水邊樹木叢生之處，在樹上綁上旌旗，設置假的營帳，迷惑對方；吳用請公孫勝求風，旱地上也分三隊兵馬接應。等高俅率領大軍殺來時，梁山兵馬借助公孫勝求來的大風，四處放火。水軍劉夢龍見滿港火飛，戰船都燒著了，只得棄了頭盔衣甲，跳下水去，又不敢上岸，只得在水裡逃命，不料被混江龍李俊捉住了。牛邦喜見四下官船著火，也丟了戎裝披掛，正要下水逃命，被張橫活捉了。那党世英就不走運了，他見火起，就搖著小船逃跑，不料被蘆葦叢中的弩箭射死。眾多軍卒，會水的逃得性命回去；不會水的，都被淹死；生擒活捉的，都押回大寨。高俅率領兵馬前來接應水軍，卻被陸上的好漢殺得丟盔卸甲，狼狽逃回城中。高俅整點人數，又損失了一大半兵馬。

正在高俅為戰事再次失利苦惱的時候，突然有人來報：「朝廷的欽差到了。」高俅趕緊帶領眾人出城迎接。有一個人隨欽差一起來，名叫聞煥章，此人足智多謀。高俅接了聖旨，知道朝廷想再次招安，心中遲疑不決。他一方面懼怕梁山兵馬，不敢再戰；另一方面因為自己接連兩次慘敗，沒臉回京城。正在這個時候，出現了一個叫王瑾的濟州老吏，此人為人歹毒，人稱「剜心王」。他給高俅獻上了一條計策：「大人用不著為這件事費神，聖旨中說，免除宋江、盧俊義等人所犯過的罪惡，我們只要在這句話上動個手腳就好了。詔書上最關鍵的一句是中間一行：『除宋江、盧俊義等大小人眾，所犯過惡，並與赦免。』這一句有歧義，我們只要把『除宋江』單獨當作一句，把『盧俊義等大小人眾，所犯過惡，並與赦免』單獨當作一句，這樣就成了『除宋江，盧俊義等大小人眾，所犯過惡，並與赦免』。只要把宋江殺了，他們沒了首領，也就不足為患。」高俅同意了，他讓人報知宋江說朝廷來招安了，讓他們前來受降。

宋江聽說朝廷又來招安，頓時喜出望外，趕緊準備行程，就要去接受招安。盧俊義勸說道：「哥哥先不要著急，恐怕這件事有陰謀。」吳用笑著說：「高俅已經被我們打怕了，不敢再耍花招了，哥哥放心領著兄弟們前去。」吳用暗中又布置了大量兵馬在濟州城的東路、西路設下埋伏，防止有意外。

宋江留下部分兵馬守衛山寨，自己和眾頭領來到濟州城外聽候招安。高俅站在濟州城牆上說：「朝廷招安你們，你們為什麼要全副武裝地來到這裡？」宋江回答道：「我們現在還沒有被正式赦免，不敢脫去盔甲戰袍。」高俅看梁山大小頭領都到了，就命令列陣鳴鼓。三通鼓後，使者宣讀詔書。當吳用聽到「除宋江」三個字時，悄悄地對花榮說：「將軍聽到了嗎？朝廷要殺掉宋江哥哥。」使臣讀完詔書，花榮大叫：「既然不赦免我哥哥，我們投降做什麼？」搭上箭，拽滿弓，對著那個讀詔書的使臣道：「看花榮神箭！」一箭射中面門，眾人急救。眾好漢大喊一聲：「打！」四周的伏兵一起殺出，三面夾攻濟州城。官軍手忙腳亂，死了很多人，高俅急忙緊閉城門。宋江下令：「不要追趕，收兵回寨。」

高俅等人嚇得魂飛魄散，趕緊上書朝廷，請求增援，再次攻打梁山。天子接到奏章，龍顏不悅道：「這些賊寇屢次冒犯朝廷，真是大逆不道！」隨即下令從禦營中的龍猛、虎翼、捧日、忠義四營中，各選精兵五百，共計二千，跟隨兩個大將，去助高太尉殺賊。這兩個大將，一個是八十萬禁軍都教頭，官帶左義衛親軍指揮使，護駕將軍丘岳；一個是八十萬禁軍副教頭，官帶右義衛親軍指揮使，車騎將軍周昂。這兩個將軍，屢建奇功，名聞海外，武藝高強，威震京師，又是高太尉的心腹。

高太尉在濟州也積極為再次攻打梁山做準備：一面在濟州城外，打造戰船；一面貼出公告，招募能人及士兵。其中有一個泗州的客商，聽說高太尉要伐木造船，攻打梁山泊，就畫了一張船樣圖紙來見高太尉。這是一種名叫海鰍的戰船，這種船最大的可容納幾百人，兩邊置二十四部水車，每車用十二個人踏動，航行速度很快；外面用竹皮遮擋，可以防弓箭；船上又設弩樓，攻擊力很強。高俅很高興，調集各州的工匠，日夜製造。同時他又加緊訓練水軍。等到入冬時，已經造成幾百隻大大小小的海鰍戰船，高俅又開始調集兵馬，親自登船指揮，進攻梁山泊。

梁山水軍都猶如水中蛟龍，根本就不把那些海鰍戰船放在眼裡。海鰍戰隊看起來氣勢洶洶的，但是一遇到梁山水軍就尷尬了，那些船被水泊裡湧出的千百隻小船逼得進退不得。弩樓高高在上，箭又射不到小船。這時，高俅所乘的大船艙內官兵一起喊道：「船底漏了！」水都進到船裡了，原來是張順帶人從水中鑿漏了船底，又趁亂爬上船活捉了高俅，把他押回了山寨。高俅的海鰍水軍全軍覆沒了。

白白老師的
國學小教室

閃爍在心中的星宿

《水滸傳》的大結局是宋江向朝廷招安後，英雄們卻一個個在征討敵人的戰場上陣亡，而朝中奸臣不願意放過宋江，他們設計在宋江的酒中下毒，最後宋江毒發身亡。而宋江死之前，居然在李逵的酒中也下了毒，好兄弟雙雙中毒而死。

宋江恪守他心中的道德忠孝，怕自己死後，李逵會造反，違反了替先行道的名聲，所以他寧願死前親手殺死李逵，這點也導致宋江在後人的評價上，大多留下了深深的污點。或許可以說宋江顧全大局，怕李逵在他死後會做出更不可收拾的事，造成更多傷亡；也可以說宋江假仁假義，以道德忠孝之名，行毒殺人之實。每個人心中，對宋江的所為會有不同的看法，對《水滸傳》這部小說的結局評價和想法也是不一致的。

一〇八條好漢大多傷亡收場，但不論是武松打虎、魯智深倒拔楊柳樹、林沖夜奔，每個英雄的形象和故事深植人心，英雄氣概與俠義精神永長存，他們仍是天上耀眼的星宿，閃爍在每個人的心中。

第三十一回 受招安梁山英雄征遼

梁山好漢打敗了官府的大軍，還將高俅捉到山上。那日，宋江、吳用、公孫勝等都在忠義堂上，見張順押著溼漉漉的高俅上來，宋江慌忙下堂扶住，讓人取過新錦緞衣服，給高太尉換了，重新攙扶著來到堂上，請到正面坐下。宋江跪下便拜，說道：「這真是死罪！」高俅慌忙答禮。宋江又下令，把活捉的士兵全部放回，同時大擺筵席，犒賞三軍。

宋江向高太尉說明他們願意招安，絕不敢背叛朝廷的意思，並讓梁山泊眾頭領來拜見。高俅見眾多好漢，一個個豪放粗獷，智勇威嚴，就十分害怕，便說道：「宋公明，你們放心！高某回朝，必當奏明聖上，請求施恩赦免，前來招安。」宋江聽了大喜，拜謝高太尉，大擺筵席招待高俅。

高俅在山上待了三天，執意要走。宋江又送了很多金銀給高俅，並派蕭讓和樂和跟著一同下山，希望能早日被朝廷招安。高俅走後，吳用對宋江說：「高俅不可以完全信任，哥哥再選兩個機警的人，多帶金銀珠寶前去京師，探聽消息。」宋江派燕青、戴宗兩個人帶足金銀珠寶去東京，想辦法通過李師師促成招安，又寫信給宿太尉，請求宿元景幫忙上奏招安梁山泊的事情。

燕青、戴宗兩個人來到京城，找了個客店住下。燕青對戴宗說：「哥哥，小弟今日去李師師家打探消息，如果有什麼意外，你就趕緊自己回去。」囑咐完畢，就直奔李師師家來。燕青來到門前，依舊曲檻雕欄，綠窗朱戶，只是比原來修得更好。見到李師師，說起上次元宵節的事情，燕青被李師師狠狠地埋怨了一番。燕青只好實話實說：「上次來的那個黑臉矮個子，正是呼保義宋江；我是北京大名府人，人稱浪子燕青。宋江哥哥派我來求見姐姐，希望您能幫我們一個忙，把我們替天行道、保國衛民的忠心告知皇上，好讓朝廷早些招安。如今朝廷奸臣當道，我們的忠心難以讓聖上知道，才來找這條門路。如果能成功，姐姐就是我們梁山幾萬兄弟的恩人哪！」說完，燕青從懷裡掏出一些金銀珠寶作為見面禮，送給李師師。

當天夜裡，宋徽宗恰好來到李師師的住處。李師師趕緊盛裝迎接，殷勤服侍，哄得皇帝心花怒放。李師師趁機說道：「我有個姑舅兄弟，從小流落外地，今天才回來，想要見聖上，我不敢自作主張，請皇上決斷。」天子道：「既然是你的兄弟，就讓他來見寡人吧。」隨從就把燕青帶到房內，面見天子。燕青見到皇上，當即跪下磕頭。皇上看燕青一表人才，很欣賞他。李師師還叫燕青吹簫唱歌，給皇上助興。燕青就吹奏了曲子，又唱起歌來。那真是簫聲婉轉，歌聲悠揚，就像是小黃鶯在啼鳴。徽宗大喜，讓燕青繼續唱歌。於是，燕青就又唱了一首《減字木蘭花》：聽哀告，聽哀告，賤軀流落誰知道，誰知道！**極天罔地***，罪惡難分顛倒！有人提出火坑中，肝膽常存忠孝，常存忠孝！有朝須把大恩人報。

燕青唱完，徽宗大吃一驚，忙問燕青是做什麼的。燕青流著淚說：「小人原來是做小本生意的，路過梁山泊的時候被劫到山上，一住就是三年，直到現在才逃出來。」徽宗問他梁山泊的情況，燕青說：「宋江主張替天行道，不侵擾周圍府縣，只想接受招安，替國家出力！」徽宗問：「寡人曾經兩次派人前去招安，他們為什麼都抗旨不遵呢？」於是燕青詳細說了兩次招安不成功的原因，又說了童貫損兵折將大敗而歸，高俅也被抓上山，並親口答應上奏招安的事。徽宗這才知道，高俅、童貫說的南方炎熱，士兵水土不

*遍天下。

服不能征戰，等等，全部都是騙他的，因此十分生氣。徽宗又送了燕青一份親筆赦書，許諾以後不論燕青犯了什麼法，都饒他不死。燕青向皇帝磕頭謝恩。

燕青回到客店，把自己在李師師家遇見皇上、拿到赦免書的事情給戴宗詳細說了一遍。第二天早飯後，兩個人帶著書信和金銀珠寶前去拜見宿太尉。宿太尉看完書信大吃一驚，忙問道：「你是誰？」燕青回答：「我是梁山泊的浪子燕青。宋江哥哥希望太尉能向皇上奏明梁山泊的兄弟願意接受朝廷招安的想法。如果能得到太尉的幫助，我們幾萬兄弟都不會忘記您的大恩大德。」見過宿太尉後，燕青又和戴宗定下計策，去高俅府中帶出蕭讓和樂和，四個人等城門打開後便出城趕回梁山泊。

第二天早朝，宋徽宗狠狠地斥責了高俅、童貫等人，並親手寫下招安的詔書，又讓官員拿來三十六面金牌、七十二面銀牌，三十六匹紅錦、七十二匹綠錦，一百零八瓶御酒和一面鑲著金字的招安御旗，派宿元景立刻去梁山泊招安。

宿元景打著御賜金字招安御旗，叫隨從帶著御酒、金牌、銀牌、錦緞等物品，向梁山泊進發。梁山腳下，宋江、盧俊義等大小頭目早就跪在路旁迎接，後來把一行人接到山寨忠義堂上。

宋江、盧俊義邀請宿太尉、張太守上堂設坐。左邊立著蕭讓、樂和，右邊立著裴宣、燕青。宋江、盧俊義等都跪在堂前。蕭讓讀詔文，詔文上說：朕自從做皇帝以來，一直以仁義治天下，賞罰分明，愛民如子，思賢若渴。宋江、盧俊義等人心懷忠義，不騷擾百姓，也早已有歸順之心，願意報效國家。這些人雖然占據梁山落草為寇，但各有緣由，實為可憐。現在特差遣殿前太尉宿元景，帶著朕的親筆詔書，到梁山水泊招安。將宋江等大小人員所犯罪惡，全部赦免。並賜宋江等頭領金牌三十六面、紅錦三十六匹；賜宋江部下頭目銀牌七十二面、綠錦七十二匹。希望宋江等人早早歸順，必當重用。

詔書讀完，宋江等人山呼萬歲，再次磕頭感謝皇帝的恩德。宿太尉把三十六面金牌，七十二面銀牌和三十六匹紅錦、七十二匹綠錦及錦袍搬出來，按照次序分給梁山大小頭領，然後把禦酒打開，直接在堂前加熱，倒入銀壺裡，眾人舉杯一同慶祝招安。

梁山之上，眾人大宴三天，然後送宿太尉等一行人下山。宋江回到大寨，來到忠義堂上，鳴鼓聚眾。宋江說：「兄弟們今天都來了，自從王倫開創山寨以來，梁山泊蓬勃發展，尤其是晁天王上山，讓梁山發展、壯大得更快。我從江州被眾位兄弟救到這裡，推舉為一山之主，到今天已經好幾年了。今天朝廷招安，我們才能重見天日，很快就要去京城為國家效力。山上從官府得到的財物，要當作公有財產，其他的都分給大家。我們一百零八人，順應天意，發誓同生共死。現在皇帝仁慈，赦免了我們曾經所犯的罪行，將我們招安。我們都是因為不同的原因來到這裡的，現在馬上就要奔赴朝廷。你們如果願意去，我們就一起前往；如果不願意去的，就在這裡告別。」這時有數千人準備離開，其他的人都說要跟著宋江歸順朝廷。第二天，宋江又讓蕭讓寫了告示，通知鄰近州郡鄉鎮村坊，告訴他們梁山已經歸順朝廷的事。

宋江帶著梁山好漢，浩浩蕩蕩地奔赴東京。他們前面打著兩面紅旗：一面上書「順天」二字，一面上書「護國」二字。眾頭領都披掛整齊，只有吳學究拿著羽毛扇子、包著頭巾，公孫勝身著鶴氅道袍，魯智深穿著僧衣，武松穿著直裰。

走了多日，一行人終於到了京城。徽宗皇帝讓他們挑選了五百兵馬從宣德殿前走過，看看梁山兵馬的風采。宋江傳令，叫鐵面孔目裴宣選幾百個彪形大漢，步軍前面打著金鼓旗幡，後面擺著槍刀斧鉞，中間豎著「順天」「護國」二面紅旗，軍士身上都佩帶著刀劍弓矢，眾頭領都穿本身披掛，戎裝袍甲，擺成隊伍，從東郭門而入。徽宗皇帝看到梁山人馬精神抖擻的樣子，十分高興地說：「這些好漢，真的是英

雄！」於是讓眾頭領換上御賜的錦袍，到殿前朝見，並賜禦宴慶祝。

徽宗原本打算給宋江等人加封官爵，童貫卻上前啟奏道：「宋江這幫人才剛剛歸順，等將來他們立功後再加官也來得及。現在宋江這麼多兵馬在城外駐紮，十分不安全，應該分散到各個州縣。」梁山泊這些人聽說後都十分不滿，堅決不同意分開，如果一定要將他們分開，那他們還回梁山泊去。

徽宗聽說梁山泊眾人要返回山寨，十分驚慌，急忙下令宣樞密院官員商量對策。樞密使童貫奏道：「這些人雖然歸降朝廷，但賊心不死，就怕最終也是禍患。我認為，不如陛下傳旨，把他們騙入京城，將他們一百零八個頭領，全部都殺死，然後分散他們的兵馬，以絕後患。」徽宗聽完，遲遲不肯下決定。

殿前都太尉宿元景急忙勸說道：「陛下，宋江這夥好漢剛剛歸順朝廷，他們一百零八人情同手足，肯定不願意分開。如果他們鬧起來，就是個大麻煩。現在**遼***國興兵十萬，進擾邊境，各地都在請求救援。雖然多次調兵前去征剿，都如羊入虎口。兩軍的懸殊太大，派遣的官兵都沒有什麼良策，每次都是折兵損將，不如讓梁山泊征討大遼，請聖上明鑒。」徽宗聽後十分贊成，立即下令封宋江為破遼都先鋒，盧俊義為副先鋒，其餘將領等建功之後，也按照功勞加官晉爵。

宿太尉領了聖旨出朝，直接到了宋江大營，宋江等人忙安排香案迎接。聽完聖旨，眾人都非常歡喜。謝過宿太尉之後，宋江就召集眾頭領商量出兵的計畫。準備完畢，一行人就率領大軍奔赴邊疆。一路上，他們輕鬆攻克密雲，大軍直逼**檀州**†邊界。這裡乃遼國的重要關隘，水陸都可以抵達。宋江整點人馬水軍

---

* 西元九一六年，耶律阿保機建立遼，一一二五年為金所滅。

† 隋開皇十六年（西元九六五）分幽州置，唐武德初移治密雲。轄境相當於今密雲一帶。

船隻，約定好日期，水陸並行，朝檀州城殺來。檀州城把守城池的首領是遼國洞仙侍郎手下四員猛將，一個喚作阿里奇，一個喚作咬兒惟康，一個喚作楚明玉，一個喚作曹明濟。這四員猛將，皆有萬夫不當之勇。他們聽說宋朝差宋江率領大軍殺來，一面寫奏表上報**郎主***，一面通知鄰近薊州、霸州、涿州、雄州前來救援，一面調兵出城迎敵。然而梁山好漢十分勇猛，只一仗就殺散遼兵一萬多人馬，把遼國國主的兩個侄子也砍落馬下。遼兵大敗，只好緊閉城門，等待援兵。

當天夜裡，宋江和吳用商量對策，命令林沖、關勝率領一支人馬從西北進攻檀州；又派遣呼延灼、董平率領一支人馬從東北進攻；盧俊義率領人馬從西南出擊；宋江親自率領大軍從東南進軍。淩振和李逵等人帶一千兵馬來到城下與遼軍對峙；李俊的水軍假扮成運送糧草的船家，引誘檀州守城的軍兵出城搶糧。

先說李逵率領的這支人馬，他們來到城下，對著城內的守軍大罵。守城的遼將洞仙侍郎命令咬兒惟康帶兵馬出城迎戰。等城上的遼軍放下吊橋，咬兒惟康的兵馬想從城內殺出，李逵、樊瑞、鮑旭、項充、李袞五個好漢帶著一千剽悍勇猛的步軍，就在吊橋邊守住，遼兵人馬哪裡還能從城裡出來？洞仙侍郎在城裡看到，急忙叫楚明玉、曹明濟開水門。埋伏在船裡的梁山兵馬看到水門一開，直接就沖了上去。左邊有李俊、張橫、張順，右邊有阮氏三雄。他們駕著戰船，沖到遼軍船隊裡。遼將楚明玉、曹明濟抵擋不住，只好向岸上逃走。梁山水軍頭領搶了水門，殺向遼軍。守城的人馬死傷無數。這時，火炮聲震天，李逵、樊瑞等人也殺進城去。洞仙侍郎和咬兒惟康看見城門都被奪了，四路宋兵一齊殺來，只好棄了城池，從北門逃走。途中撞著林沖、關勝，雙方廝殺一陣，洞仙侍郎和咬兒惟康無心戀戰，死命撞出去。關勝、林衝要搶城池，也不來追趕，直奔入城。

宋江率領大軍進入檀州城內，一面張貼公告安撫百姓，一面犒賞三軍，還將戰況寫奏報朝廷。檀州城府庫的金銀財物，全都押送京師。徽宗大喜，派欽差樞密院同知趙安撫統領二萬禦營兵馬，前來監戰，賞賜金銀緞匹二十五車。

拿下檀州城後，宋江兵分兩路來打薊州，他親自帶兵攻打平峪縣，盧俊義率人攻打玉田縣。薊州守將是遼國國主的弟弟耶律得重，他那四個兒子和許多戰將，個個都勇猛無比。

宋江帶兵前往平峪縣，他見前面有守衛把住關隘，不敢貿然進兵，就在平峪縣西駐紮。

話說盧俊義帶領人馬，直奔玉田縣，他們距離遼兵比較近。盧俊義與軍師朱武商議道：「現在與遼兵相接，我們不瞭解對方的情況，不熟悉地勢，軍師可有什麼好的計策？」朱武答：「依我愚見，我們可將隊伍擺為長蛇之勢，如果敵人攻打頭部那麼尾部接應，如果敵人攻打尾部那麼頭部接應，如果攻打中間那麼則頭尾相接應，這樣無限迴圈。如此一來，就不怕地理生疏。」盧先鋒聽了大喜，說：「軍師所言，正合我意。」於是派兵前進，遠遠望見遼兵鋪天卷地而來。遼兵首領耶律得重，領兵先到玉田縣，將兵馬擺開陣勢。軍師朱武在雲梯上看了，回報盧先鋒說：「遼兵布的陣，是五虎靠山陣，不足為奇。」朱武再上將台，擺出鯤（ㄎㄨㄣ）† 化為鵬陣，來應對。盧俊義這邊也打得辛苦，最後拿下玉田縣。後來盧俊義的兵馬與宋江的兵馬會合，一起攻打薊州。

梁山兵馬一路攻到城下，在城外擺好陣勢。索超提著斧頭到前面叫陣。遼兵裡的咬兒惟康出陣迎戰。兩個人沒說幾句就打了起來，二十多個回合後，咬兒惟康害怕，沒有心思再戰，剛要逃走，被索超追上，

＊ 歷史上北方少數民族對君主的稱呼。

† 傳說中的一種大魚。

只見索超掄起大斧，就把咬兒惟康劈成兩半。遼軍又接連派出幾員戰將，都被索超砍落到馬下。後面大軍一起衝殺，一直沖到了吊橋邊上。耶律得重慌忙讓人把城門關了，這才阻止了宋軍殺到城裡。

遼軍看到宋兵攻勢太猛，就把城內的百姓全部趕到城上守城，兩軍攻守十分激烈。這一天，戰鬥正僵持不下的時候，城內寶嚴寺的塔上突然火光沖天。寶嚴寺是周圍最高的建築，大火一起，城內外都看得非常清楚。這大火一起，城內百姓都慌張起來，哪裡還有心思守城，全都四散逃命。緊接著城內又有多處火起，耶律得重知道宋江的人已經潛到城內，於是慌慌張張地帶著家人從北門逃命去了。

宋江看到城內亂作一團，哪裡肯放過這個戰機？他率領大軍殺入城內。這大火是怎麼來的呢？原來，早在前幾天，時遷、石秀就假裝成敗兵，偷偷地混入城內，躲在薊州城的寶嚴寺裡。這座大寺中間是大雄寶殿，前面有一座寶塔，高聳入雲。兩個人見兩軍打得激烈，就在城內放起火來。大軍攻下薊州，宋江趕緊命人四處救火。天亮之後，貼出公告安撫當地的百姓，犒賞三軍。

耶律得重和洞仙侍郎帶著一家老小逃出薊州，奔回幽州，拜見大遼郎主。兩人跪在御階之下，放聲大哭。郎主道：「兄弟不要難過，有什麼事情，趕緊跟我說。」那耶律得重說：「宋朝派遣宋江領兵前來征討，聲勢浩大，難以抵擋。我不但死了兩個兒子，還損失了檀州四員大將。宋軍席捲而來，又失陷了薊州，今天特地來請罪！」這時，大臣中走出一個人，眾人一看，原來是歐陽侍郎。他向前一步說道：「郎主萬歲！我有一個計策，可以讓宋江等人前來投降。」遼國國主一聽，大喜，讓歐陽侍郎作為欽差，帶著重金前去勸降宋江。

風雲人物榜

姓名：呼延灼

綽號：雙鞭

星號：天威星

地位：天罡三十六星第八位，馬軍五虎將。

生平經歷：祖上是北宋開國名將呼延贊，以「雙鞭」聞名天下。宋江等人殺了高俅的弟弟高廉後，呼延灼帶兵攻打梁山泊。呼延灼用連環馬連敗宋江兵馬後為徐寧的鉤鐮槍所破。呼延灼單槍匹馬逃到青州，青州知府利用他，讓他帶人攻打桃花山、二龍山，他後來被梁山好漢用計騙到陷坑裡活捉，投降梁山。呼延灼在梁山受招安後，隨宋江征討遼國、王慶、田虎、方臘，多建功勳。班師回朝後，呼延灼被封為禦營兵馬指揮使。後來他率領大軍，打敗了金兀術四太子，大軍一直殺至淮西，呼延灼陣亡。

第三十二回 破遼國眾英雄建功

再說歐陽侍郎，他這時已經來到城下。宋江傳令，打開城門，放他們一行人進來。歐陽侍郎進到城中，直接來到衙門和宋江相見。二人相互寒暄之後，分賓主坐下。宋江客氣地問道：「侍郎這是為什麼前來呀？」歐陽侍郎道：「有件小事想讓您知道，希望暫且讓左右的人都退下。」於是宋江就讓左右的人退下，然後請歐陽侍郎到後堂說話。

來到後堂，歐陽侍郎繪聲繪色地向宋江說了歸降遼國的種種好處，宋江假裝為難，就請來吳用商量。二人商量出了一條計策，假裝歸順遼國，於是就跟著歐陽侍郎來到霸州*。盧俊義等人卻一直忠於宋朝，率領大軍殺往霸州。

守衛霸州的定安國舅命令點齊兵馬，準備出城迎敵，宋江道：「先不要動兵，等他來到城下，我勸說他歸降。如果他堅決不肯歸降，再出兵迎戰也不晚。」這時探子又報告說：「宋兵離城不遠！」定安國舅與宋江一齊登上城樓觀看。只見宋兵整整齊齊都列陣在城下。盧俊義頭戴頭盔，身穿鎧甲，手執兵器，威風凜凜地坐在馬上，立在陣前，高聲叫道：「趕緊叫那背叛朝廷的宋江出來！」宋江站在城上，大聲對盧俊義說：「兄弟，宋朝奸臣當道，賞罰不分，我已經歸順了大遼國主。你和我情同手足，我們一起輔佐大遼國主吧！」盧俊義大罵道：「本來我在北京生活得很好，你卻騙我上梁山。朝廷三次派人招安，有什麼虧待你的？你這個目光短淺、懦弱無能的卑鄙小人，快快出來束手就擒！」宋江大怒，命人打開城門，派遣林沖、花榮、朱仝、穆弘四將一齊出城，捉拿盧俊義。盧俊義見了四將，躍馬橫槍和四人戰在一起，沒有一點害怕。林沖等四將與之鬥了二十多個回合，撥回馬頭，往城中便走。盧俊義把槍一搖，後面大隊兵馬，一齊趕殺入來。林沖、花榮站在吊橋上，又回身廝殺，一步步把盧俊義引到城中。城裡的宋兵高聲吶喊，所帶人等一齊兵變，接應殺入城來的盧俊義等人。定安國舅氣得目瞪口呆，愣愣地站在那裡，最後被活捉。

奪取了霸州以後，宋江留下一些人馬守衛，其餘大隊奔往幽州。大軍在幽州城外，擊敗了遼國副統帥賀重寶和率領大軍來增援的駙馬太真胥慶，攻下幽州城。

宋江帶領宋軍接連攻克遼國四座城池，這讓遼國國主非常震驚，於是遼國國主立刻召集文武群臣商量退敵的辦法。都統帥兀顏光請命，表示願意帶人馬捉住宋江。遼主親自賜給他虎牌金印，讓全國所有的兵馬都聽他調遣。兀顏光領了聖旨，當即就到教場調兵遣將。他的兒子兀顏延壽急於立功，就說：「父親在這裡點兵，我先帶著駙馬和李金吾二位將軍去幽州殺敵。等父親到來之時，一鼓作氣，剿滅宋兵。不知父親同意嗎？」兀顏光說道：「我兒說得非常好，現在我命令你帶領五千騎兵，精兵二萬，作為先鋒，馬上和太真駙馬、李金吾一起前去殺敵。如果有勝利的消息，趕緊派人來報告。」

於是兀顏延壽率領五千騎兵，精兵二萬，會合了太真駙馬、李金吾二將及部下兵馬，共領三萬五千兵馬，準備好各種兵器，然後向幽州城奔去。這件事早就有探子報告給了宋江，於是宋江排下九宮八卦陣準備迎敵。兀顏延壽看到後卻不以為意，率領太真駙馬和李金吾沖進陣來。不料那陣十分厲害，兀顏延壽在

＊地處冀中平原東部。

陣中迷失了方向，被呼延灼活捉，李金吾被秦明打死，太真駙馬逃走了，遼軍大敗。

遼兵的殘兵敗將，狼狽逃回，報告了兀顏光。兀顏光得知兒子被活捉，十分擔心，馬上率領二十多萬大軍殺向幽州。

宋江早就得到消息，隨即傳令三軍，五更做飯，天一亮就出發，抵達昌平地界，紮下營寨，擺開陣勢。再看遼國大軍，大陣也已經擺好，看上去如同雞卵的樣子，又像是倒扣的盆，旗幟掛在四個方向，槍尖對著周圍八個方向，那陣不斷變化，卻十分有秩序。宋江看了，驚訝不已。吳用看了，也不認得此陣。朱武認識這陣，就對宋江、吳用說：「這是太乙混天象陣，這陣變化無窮，神祕莫測，不能貿然攻打。」宋江問道：「怎樣才能破陣？」吳用說道：「一下子也不知道那陣內的情況，怎麼去攻打呢？」

正在宋江等人商量如何破陣之時，遼軍五炮齊響，五隊兵馬，排山倒海似的殺了過來，宋江兵馬措手不及，急忙後退回到本寨，遼兵也不來追趕。

回到寨中，宋江和盧俊義等人仔細地商討戰術。盧俊義說道：「明天派遣兩路兵馬，進攻對方壓陣軍兵。再調兩路兵馬，攻擊那正北七門。然後派步軍從中間打進去，看看陣中的情況。」第二天一早，宋江命令關勝在左邊，呼延灼在右邊，各自率領本部人馬攻打遼軍。又派花榮等人在左邊，林沖等人在右邊，負責撞黑旗七門。這一計策果然有效，宋軍殺出一條路來，李逵、武松、魯智深等人沖了進去。遼軍大陣內，埋伏的兵馬殺了出來。宋軍抵擋不住，大敗而回，退回大營後，趕緊清點人馬，發現損失了大半。杜遷、宋萬身受重傷，黑旋風李逵也不見了。原來李逵殺得興起，只顧向對方陣裡衝殺，被遼軍活捉了。在吳用的提議下，宋江用兀顏延壽換回了李逵。

因為破不了遼軍的大陣，宋江在營帳之中寢食難安，夜不成寐。當時正是寒冬臘月，天氣十分寒冷，宋江關上營帳的門，在燈下悶坐。半夜的時候，宋江神情疲倦，趴在桌前就睡著了。忽然大寨裡起了一陣狂風，寒氣逼人，宋江起身，見一青衣女童，向前行禮。宋江就問：「你是從哪裡來的？」青衣女童答：「小童奉娘娘命令，有請將軍，請你跟我來。」在青衣女童的引領下，宋江見到了九天玄女娘娘，學得了破陣之法。

宋江拜謝完九天玄女娘娘，跟著青衣女童原路返回。剛過石橋小路，青衣女童用手指道：「遼兵在那裡，你應該打敗他們！」宋江看時被青衣女童用手一推……宋江猛然驚醒，原來是在帳中做了一個夢。這時候天也快亮了，宋江便請軍師圓夢。宋江將夢中所見跟吳用說了，說九天玄女娘娘教了他破陣之法。吳用說：「那就太好了。」隨即商量怎樣派人破陣。宋江召集各將領，並對他們說：「遼國的太乙混天象陣是按金木水火土五行布下的，只能用**相生相剋***的道理進攻，五路一齊出擊，用土來克水，用金來克木，再造二十四部雷車，還要在夜裡攻打，這樣就可以破了這個陣。」然後一邊立即下令趕造雷車，下面裝上容易燃燒的油和木柴，上面放上火炮，一邊安排人破陣。

第二天，宋江率領大軍擺好陣勢，就等著天黑下來。時刻一到，大炮響起，呼延灼、關勝、林沖、秦明、董平五員大將，依照五行相生相剋的道理，領著大軍攻擊敵軍的五個陣法。霎時，大陣裡喊殺聲震動天地。同時李逵幾個人也保護著二十四輛雷車沖到遼軍陣裡，盧俊義等人馬跟著雷車殺向敵軍。這時雷車點燃，響聲響徹雲霄，四周都是喊殺聲。

* 指金、木、水、火、土五種物質互相生髮、互相克制的關係。後引申為一般物質之間的辯證關係：每一物種都占據一定的位置，具有特定的作用，它們相互依賴、彼此制約、協同進化。

宋江那邊正在全力破陣，兀顏光正在中軍遣將，四下裡全是喊殺聲，外面大火彌漫，炮聲隆隆。關勝率領一支人馬，氣勢洶洶殺到帳前。兀顏光慌忙操起方天畫戟與關勝大戰。沒羽箭張清，取石子在空中一直打，打得遼軍將領四散逃命。兀顏光看見手下都逃走了，也撥馬往北邊逃去。關勝哪裡肯放，在後面緊追不捨。花榮看見兀顏光逃跑，也催馬追了上來。他操弓搭箭，「嗖」的一箭射了過去，箭直奔兀顏光後心。只聽見「錚」的一聲，火光四射，正射在護心鏡上。花榮準備再射的時候，關勝趕上，提起青龍刀，向兀顏光的頭砍去。兀顏光躲避了一下，刀砍在了他的鎧甲上。兀顏光披著三層鎧甲：貼裡一層連環鑌鐵鎧，中間一層海獸皮甲，外面則是鎖子黃金甲。關勝那一刀砍過，只透得兩層。再砍的時候已經被兀顏光躲了過去。兀顏光提著方天畫戟，兩個人又鬥了三五個回合，花榮趕上，朝著兀顏光的臉又放了一箭。兀顏光光顧著躲避飛箭，沒看到張清的石子朝他臉上飛來，結果被打得趴在了馬上，拖著方天畫戟逃走。關勝趕上，又是一刀，把兀顏光砍下馬來。花榮過來搶了那匹好馬。張清趕來，再是一槍。可憐兀顏統軍，一世豪傑，一柄刀，一條槍，結果了性命。宋江大獲全勝，活捉了遼國八員大將，遼軍死傷的人數更是無法計算。

等到東邊放亮，宋江下令收兵，讓各個將領把俘虜帶來，記入功勞簿。遼國國主慌忙退入燕京，急忙傳下旨意，關閉四門，緊守城池，不出城迎戰。宋江得知遼國國主退回燕京，帶領兵馬拔營起寨，一直追到城下，把燕京城團團圍住。

遼國國主非常害怕，召集群臣商議對策。眾位大臣都說：「在這樣的危急時刻，不如歸降大宋，這才是最好的辦法。」於是遼國國主聽從了眾人的意見，在城上豎起降旗，派人來宋營請求歸降，並許諾道：「每年都向大宋進貢牛馬珍珠，不敢再進犯大宋的一寸土地。」同時，遼國國主派丞相褚堅攜帶大量金銀珠寶，到東京城賄賂蔡京和高俅，通過他們向徽宗求情。於是，徽宗同意了遼國的請求，派遣宿元景帶著詔書到遼國，接受遼國投降，並把俘虜和奪來的城池歸還給遼國，另外讓宋江帶兵回朝。

宋江接到旨意，把兵馬分為五路，準備回朝。這時魯智深忽然來到帳前，合掌施禮，對宋江說：「小弟先前打死了鎮關西，逃到五臺山上拜智真長老為師，落髮為僧。後來，小弟因為醉酒大鬧五臺山，被師父送到東京大相國寺，投奔智清禪師，在相國寺裡看守菜園。為救林沖，我才上了二龍山，最後遇見哥哥。到現在已經很多年了，我心裡十分想念師父。我常常想起師父的話，我雖殺人放火，最後一定能修成正果。現在天下太平無事，我想請幾天假，前往五臺山看望師父，並把以前得到的錢財全部贈給寺院作為**布施**＊，再問問師父前程怎麼樣。哥哥儘管帶著兵馬前行，小弟隨後就趕來！」宋江聽完以後說：「既然有這樣的活佛在世，我也想去參見一下，好求問前程。」於是和眾人商量，大家紛紛要求前往，只有公孫勝不去。

宋江與眾將帶隨行人馬，同魯智深一起來到五臺山下。宋江讓人馬在山下安營紮寨，然後他們脫去戎裝，步行上山去見智真長老。那長老慌忙下臺階迎接，將眾人邀請到內堂。宋江看那智真長老，雖然已經六十多歲，頭髮眉毛都白了，卻依舊精神，像仙人一樣。宋江求問長老道：「弟子現在要帶領眾位弟兄回京，不知道以後的前程怎麼樣，希望師父能指點指點。」智真長老命人取來紙筆，寫了四句偈語：

當風雁影翩，東闕不團圓。隻眼功勞足，雙林福壽全。

＊把財物等施捨給人，後特指向僧道施捨財物或齋飯。

宋江看了，不明白其中的意思，就對長老說：「弟子愚笨，不明白其中的奧祕，祈求師父能明白告知。」智真長老道：「這是禪機隱語，只適合自己領悟，不能明說。」長老說完，又把魯智深叫到跟前說：「我們這次分別，將永無再見之日，你也將修成正果！給你四句偈語，會終身受益。」偈曰：

逢夏而擒，遇臘而執。聽潮而圓，見信而寂。

魯智深不解其意卻牢牢地記了下來。

眾人離開了五臺山，帶領人馬回到京城。宿太尉早就把宋江等人的功勞稟報了天子，天子聽後，不住地稱讚，立刻傳聖旨，讓宋江等人前來覲見。

徽宗又和樞密院商量給梁山眾人封官的事情。太師蔡京、樞密童貫商議後說：「宋江等人的官爵，需要時間商量。」天子答應了他們的請求，命光祿寺大設御宴，賞賜給宋江錦袍一領，金甲一副，名馬一匹；盧俊義以下賞金帛。宋江與眾將謝完皇恩便回營休息，聽候聖旨。不知不覺就過了好多天，關於封官的事情，蔡京、童貫仍然故意拖延。

這一天，宋江正在軍營中閑坐，和軍師吳用聊些古今興亡的事情。戴宗、石秀進來說：「小弟在營裡覺得無聊，想和石秀兄弟出去逛逛。」宋江應允了。

戴宗和石秀一邊走一邊觀賞，後來口渴就找了一家酒店吃酒。其間遇到一個公幹，那公幹說：「河北的田虎，侵州奪縣，官兵不能抵擋。近日他攻破蓋州，早晚要攻打衛州。城裡的百姓日夜驚恐，城外居民四散逃竄。因此差俺到省院，投告急公文。」吃完酒後，那公幹急匆匆走了。戴宗和石秀也算了酒錢，急

匆匆趕回去了。他們二人直接去見了宋江。二人說吃酒時恰好聽說河北的田虎作亂，百姓們都盼望著朝廷能平定叛亂。

宋江和吳用聽後，商量道：「我們待在這裡，也不是很合適。不如跟天子說，我們願意去征討田虎。」他們立即請宿太尉向徽宗報告。徽宗聽了大喜，下旨封宋江為平北正先鋒，盧俊義為副先鋒。每個人都賞賜禦酒、金帶、錦袍、金甲、彩緞。許諾等他們勝利歸來，就論功行賞，加封官爵。宋江領著眾多弟兄，再次出生入死地去征討田虎。

第三十三回 平田虎英雄再奏凱歌

話說河北的田虎，原本是威勝州沁源縣的一個獵戶。這個人從小就力大無比，精通各種武藝，平時專門結交一些地痞流氓。當地四面環山，地勢險要，易於防守，再加上水旱災害頻繁，百姓流離失所。田虎乘機糾集了一些亡命之徒，到處妖言惑眾，煽動蠱惑當地的百姓。開始的時候，他們只是搶奪些財物，後來就侵略州縣，官兵抵擋不住。

話說田虎只是一個獵戶，為什麼還這麼猖獗呢？原因是那時的文官貪錢，武將怕死。各州縣雖有官兵防禦，但都是些老弱病殘。即使是花名冊上的人，也往往都是吃空餉的。操練的時候都是雇人敷衍，一到作戰的時候就只會逃跑。當時也有些軍官，帶領著兵馬，前去追剿田虎。他們哪裡敢真的和田虎他們廝殺，只是在後面遠遠地跟著，東奔西走，虛張聲勢，甚至還會殺死普通百姓，當成自己的戰功。百姓更加怨恨，反而去加入田虎的隊伍，來躲避官兵。於是，沒過多久，田虎就占了五州五十六縣。

宋江選好出兵日期，兵分三路，三聲號炮*之後，離了陳橋驛，往東北進發。一路上，宋江號令嚴明，行伍整肅，所過地方，秋毫無犯。三路大軍渡過黃河，接連攻克陵川、高平，奪取了蓋州。宋江大隊人馬進入蓋州城後，便傳下將令，不許傷害百姓，又貼出公告安撫當地居民，犒賞三軍，將府庫中得到的金銀財物押送京城。

此時雖然已到了立春時節，天上卻下起了鵝毛大雪。宋江就到城外的宜春圃安排下酒宴，和眾位兄弟喝酒賞雪。眾頭領推杯換盞，不知不覺就都有了醉意。李逵也多喝了幾杯，慢慢地醉了，一邊和眾人說話，眼皮卻漸漸地耷拉下來，最後呼呼地睡著了。夢裡，他看見蔡京、童貫、楊戩、高俅四人跪在徽宗皇帝面前，說著梁山兄弟的壞話：「宋江帶領兵馬征討田虎，天天喝酒，不出兵討伐，希望皇上治他的罪。」李逵一聽，當時就火冒三丈，提著大板斧就把四個奸臣殺了，還大聲叫道：「皇帝，你不要聽那些賊臣的謊話。我宋江哥哥一連拿下了三個城池，現今駐紮在蓋州，馬上就要出兵！他們怎麼能這樣說假話？」李逵大踏步地離開，準備把剛才的事情告訴宋江。突然，前面出現一座大山。一個秀才笑著說：「我偶然經過這裡，知道你們十分忠義，就送給你們十個字，可以幫你們捉拿到田虎，你們一定要記住了。『要夷田虎族，須諧瓊矢鏃。』」李逵跟著一連念了五六遍，感覺他說得有道理，就聽從秀才的意見，反復把它背熟了。醒來後，李逵把夢裡的怪事告訴了宋江等人。大家都不明白其中的含義。

第二天，雪停了。宋江與盧俊義、吳學究商議兵分兩路，從東西兩面進軍。宋江帶著人馬離開蓋州三十里遠，忽然發現前面出現了一座高高的山峰。李逵突然大聲喊道：「哥哥，這裡的風景和我夢中遇見的風景一模一樣。」當天大軍前進了六十里，第二天一早繼續行軍，來到壺關的南邊，在離壺關五里的地方紮下營寨。

壺關在山的東邊，山的形狀如同一把壺，漢朝的時候就在這裡設置關隘†，因此叫作關。山東有抱犢山，與壺關相連。壺關正在兩山之間，距離昭德城南八十里處，是昭德城的咽喉要道。鎮守壺關的是田虎

＊軍中用來傳達資訊的火炮。

† 指險要的關口，在交通要道設立的防務設施，又稱關卡。

手下的八員猛將，領頭的是山士奇，帶領精兵三萬鎮守。

山士奇聽到宋江率領大軍到來，就領兵迎戰，被林沖、張清接連斬殺了兩員大將，只得退回城裡不敢再戰，並趕緊派人向田虎求救。田虎聽到前方危急，趕緊到大殿上和眾人商量退敵的辦法。國師喬道清自告奮勇，主動要求領軍前去壺關。田虎大喜，就派遣喬道清前去迎戰宋江兵馬。

喬道清率領二千精兵，晝夜兼程奔往昭德，不到一天就來到昭德城北十里外。前面的探馬來報告說：「昨天宋兵攻破壺關，現在正分兵三路，攻打昭德城。」喬道清大怒，率領軍隊來到陣前，一開戰就活捉了李逵。

宋江聽到李逵被抓大驚，哭道：「李逵等人性命危險了！」吳用勸道：「兄長暫時不要擔心，趕緊想辦法退敵。這個賊人很厲害，應該趕緊派人去壺關調樊瑞迎敵。」於是宋江一面派人去調樊瑞，一面親自出戰，向那個道士討要李逵等人。吳用勸宋江少安毋躁*、從長計議，奈何宋江救人心切執意要帶兵出戰。宋江與喬道清對戰，只見喬道清口中念念有詞，作起法來，他把劍往西邊一指，立刻就天昏地暗，一陣陣狂風向宋軍撲來。林沖等人正準備沖上去廝殺，卻發現前面都是黃沙，看不到一個敵人。宋軍這邊見到又是狂風大作，又是黃沙滿天，頓時嚇得大亂。林沖等人見情況不利，急忙回來保護宋江，一路向北撤走。喬道清率部追殺，宋江手下的人被追得四散奔逃。

接連幾天，宋軍都閉門不戰。喬道清急於立功，趁夜偷偷地向宋軍大營殺來。剛到寨前，只聽得宋軍大營裡一聲炮響，殺出一支人馬，為首的正是混世魔王樊瑞。兩人各自施展本領大戰起來。只見有兩股黑氣，你來我往地不斷翻滾著。兩邊的軍士早都看傻了眼。打了一會兒，樊瑞看喬道清力不從心，一劍砍了下去，卻沒有砍到對方，自己還差點從馬上跌落下來。原來是喬道清故意露出破綻，騙樊瑞來砍，自己早就回到隊伍中去了。喬道清看到樊瑞中計，狂笑不止。樊瑞又羞又怒，用盡畢生的法力，口中念念有詞，霎時天空再一次變得昏暗，狂風大作。樊瑞帶領人馬衝向敵軍。喬道清笑著說：「這樣的小法術，還能有什麼用？」說著就舉起寶劍，口中念念有詞，再次施展起法術來。只聽得一聲巨響，半空中出現了無數天兵，黑壓壓地撲向宋軍。宋軍立刻大亂起來，四散奔逃，狼狽不堪。

正在萬分緊急的時刻，一道金光從宋軍中升起，把風沙都吹散了，那些天兵也紛紛落地。眾人一看，原來那些天兵是用五彩紙剪成的。這時，宋軍陣中有一個先生騎著馬沖出來，拿著一把松紋古定劍，口中念念有詞，頓時半空裡一下子出現許多黃袍神將，把那黑氣沖散。原來是入雲龍公孫勝到了。喬道清把手在空中一招，天空中又飛來五條巨龍，張牙舞爪地卷起一陣狂風撲向宋軍。公孫勝把劍向空中一扔，立刻把五條龍打得沒了蹤影。喬道清見沒有辦法取勝，帶著人馬立即逃走，但是被公孫勝圍困在百穀嶺。喬道清走投無路，只好歸降了宋軍。

話說昭德城的管轄範圍內有一個縣城，城內的守將叫池方。當喬道清被圍在百穀嶺的時候，他就派人趕緊向上級報告。田虎手下偽省院官接了潞城池方傳來的消息，正打算告訴田虎，又有消息傳來：晉寧已失，禦弟三大王田彪逃回來了。話音未落，恰好田彪到了。田彪和偽省院官一起去拜見田虎。一見到田虎，田彪就放聲大哭道：「宋軍實在太厲害了，晉寧城被破，我兒子田實也被他們殺了。我沒有守住晉寧，真是罪該萬死！」說完，又開始大哭。那邊偽省院官又把喬國師被宋兵圍困，昭德危在旦夕的急奏告訴了田虎。田虎聽完十分驚慌，趕緊召集文武官員商量對策。國舅鄔梨說：「國主不要擔心！臣一直受

＊稍微耐心點，不要急躁。

您的恩德，如今自願帶領軍兵去昭德，捉拿宋江，收回丟失的城池。臣的小女兒瓊英，最近在夢裡遇見神仙，學得一身本領。她不但武藝高強，還有一個神奇的手段，能用石子打人，百發百中，人們都稱她為瓊矢鏃。臣保舉她為先鋒，一定會馬到成功。」又有統軍大將馬靈奏道：「臣願部領軍馬，往汾陽退敵。」田虎一聽，大喜，當即封瓊英為郡主，派遣鄔梨、馬靈各帶兵馬三萬，立刻出發。

不說馬靈統領軍馬向汾陽出發。且說國舅鄔梨命令郡主瓊英為先鋒，自己統領大軍隨後。那瓊英年方十六，長得如花似玉，善用石子打人，兩軍對陣時，瓊英就用這種法子打傷了王英、李逵幾個人，致使宋軍連忙收兵，田虎這邊的軍心大振。其實瓊英並不是鄔梨親生的。她本來姓仇，父親叫仇申，祖居汾陽府介休縣。在瓊英十歲的時候，瓊英的外公去世了，仇申帶著妻子前去奔喪。因為路途遙遠，將瓊英託付給管家葉清夫婦照管。沒有想到，仇申在路上被田虎率領的強盜殺害，妻子也跳崖自盡。後來葉清得知了真相，將消息告訴了瓊英。瓊英知道後，天天哭泣，日夜想著為父母報仇。一天夜裡，瓊英夢見一個神仙，帶著一個穿綠袍的少年將軍來見她，那少年將軍教會了瓊英飛石打物的絕技。那個神仙還對瓊英說：「我特意把他帶到這裡，教你這絕活幫你報仇。這位將軍，將來就是你的丈夫。」醒來之後，瓊英果然發現自己學成了絕技。消息傳出去後，人們都稱瓊英為瓊矢鏃。如今宋軍前來攻打田虎，老僕人葉清以替鄔梨找大夫為由，冒險來宋營把瓊英父母被田虎殺害之事哭訴給宋江。

宋江聽完，非常同情瓊英。但是葉清畢竟是田虎的部下，擔心這是對方給自己設的圈套。正拿不定主意的時候，安道全走過來對宋江說：「這真是天做的姻緣，絕不是偶然！去年冬天，張將軍也夢到一位神仙，請他去教一個女子飛石之法。又對他說『這個女子就是你將來的妻子』。張清醒來後，相思成疾。小弟去給張清治病的時候，通過把脈才知道他是因為感情才得了病，被小弟再三盤問，張將軍才肯說出病根，因此才手到病除。現在聽葉清的話，正好和張清的話吻合！」

聽完葉清和安道全的話，吳用對宋江說：「這真是天助我也，兄長難道忘了李逵的夢嗎？『要夷田虎族，須諧瓊矢鏃』，這是神人給的暗示呀！」宋江省悟，就喊來張清、安道全、葉清三人，把計畫告訴了他們。於是安道全、張清化名全靈、全羽，以為鄔梨治病為由跟著葉清混到城裡去。瓊英見到張清，發現他與自己夢中見過的那個教自己飛石打物的人一樣，心裡又驚又喜。安道全治好了鄔梨的病後，張清又假裝殺退了宋軍，這讓鄔梨十分歡喜。葉清說：「有了全將軍和瓊英郡主，主人再也不用擔心宋軍了，抓宋江也是指日可待！」葉清又說：「郡主以前許願，說只想嫁給和她一樣會飛石的人。全將軍這麼英勇，跟郡主真的很般配。」鄔梨也非常贊成，於是挑選吉日，為張清、瓊英舉行婚禮。當天夜裡，張清就把他是誰以及來這裡的計畫都告訴了瓊英，瓊英也把一直以來的委屈告訴了張清，兩個人嘰嘰咕咕地說了一夜。後來，他們兩個裡應外合毒死了鄔梨，其餘軍將也都歸順了張清。

宋軍收復了昭德以後，就派遣盧俊義領兵進攻太原城。盧俊義見當時暴雨連綿，就命令李俊、張橫、張順和三阮兄弟領著水軍，趁著水勢暴漲的時候，挖開智伯渠和晉水，乘坐著大筏沖進太原城裡，打敗守軍，然後攻下太原。

再說太原未破時，田虎統領十萬大軍，因為下雨在銅山南駐紮。探馬前來報告，說鄔國舅病亡，郡主、郡馬退到了襄垣。田虎大驚，派人到襄垣城中傳旨，命令瓊英在城中鎮守，讓全羽前來聽候調遣，只是一直沒有消息傳來。田虎剛要傳令出戰，忽然有人報告，說太原失守了。田虎聽完，驚慌失措，趕緊傳令收兵，退回威勝城。宋江見田虎要逃跑，連忙下令圍攻。田虎大軍被宋軍截成三段，三部分軍隊不能及時溝通，被宋軍打得潰不成軍。田虎領著五千殘兵敗將狼狽逃竄，突然發現一隊人馬從東邊過來。走在前面的是一個英俊的少年將軍，旗號上寫著「平南先鋒郡馬全羽」。郡馬來到田虎馬前，跪下說道：「形勢危急，請大王到襄垣城裡躲避。」

田虎跟隨郡馬逃往襄垣，剛到城下，就聽見背後殺聲震天，守城的士兵打開城門，田虎的殘兵敗將蜂擁而入，哪裡還顧得上誰是大王？他們剛進入城內，就聽見四周梆子響，兩邊伏兵一起殺出，將田虎的軍隊殺得七零八落。城中四處大叫：「田虎要捉活的！」這時田虎才知道中計了，趕忙朝北邊逃走。慌亂中，田虎受到驚嚇摔下馬，最後被張清活捉。

田虎被抓後，只剩下威勝一座城池沒有收復。瓊英按照軍師吳用的計策，帶領解珍、解寶、樂和、段景住等人連夜來到威勝城下。瓊英坐在馬上對城上的人大喊：「我是郡主，護送大王回來，趕快打開城門！」田豹、田彪聽到報告，連忙上城看，果然看見了大王，於是立即下令打開城門，出城迎接。那田豹、田彪剛出城門就被綁了，原來這個田虎是宋軍假扮的。接著眾人殺進城裡，於是威勝城破。

第二天，宋江貼出公告安民，犒賞三軍，把田虎關進囚車，押送回京城。大軍在威勝休整之後，宋江和吳用整頓好兵馬，辭別當地官員，離開了威勝，向京城進發。所過地方，秋毫無犯。老百姓夾道歡迎，感謝宋江等好漢掃除賊寇，讓老百姓過上好日子。

第三十四回　吃官司王慶大叛亂

正當宋江等人準備回師之時，淮西王慶作亂越演越烈，已經攻到了靠近東京的宛州。奸臣蔡京又心生詭計，上奏皇帝說：「賊人王慶攻破宛州，昨天又有禹州、許州、葉縣三個地方告急。這三個地方都是東京所屬州縣，靠近京城，請陛下下旨，命令宋江不必班師回京，帶著他統領的兵馬，趕緊增援禹州等處。」皇帝點頭同意了。

王慶原來是東京開封府內的一個副排軍。他父親是東京大富戶，平日和官府勾結，專門欺壓當地的百姓。王慶從小放浪不羈，長到十六七歲時，就已經虎背熊腰，力大無比，又不去讀書，整日舞槍弄棒。王慶的父母只有王慶一個兒子，十分疼愛他，他願意做什麼就做什麼，等他長大，如何管得了？王慶賭錢，嫖娼，吃酒，無惡不作。王慶的父母，有時也訓導他。王慶生氣發作，將父母也罵。王慶的父母無可奈何，只好由他。過了六七年，王慶把家產揮霍完了，但靠著一身本事，在開封府做副排軍。王慶一有錢在手，三兄四弟，整日花天酒地；如果有些不如意，攥起拳頭便打。所以跟著他的人都怕他，又喜歡他。

一天，王慶辦完差事到城外遊玩。當時正是初春，路上遊人絡繹不絕。王慶獨自閒逛了一會兒，就來到一棵垂楊下等人，準備一起去酒店喝酒。正在這時候，一群人簇擁著一頂轎子過來，裡面坐著一位年輕貌美的女子。那女子要看風景，就沒有放下轎子的簾子。王慶本來就是一個好色之徒，看到這樣標緻的女子，魂都不知道跑到哪裡去了，一直遠遠地跟著轎子，來到艮嶽。

那個女子乳名叫嬌秀，是童貫弟弟童貰（ㄕˋ）的女兒。童貫從小把她撫養長大，當成自己的親生女兒一樣，後來將她許配給蔡京的孫子。誰知這位蔡公子生來就憨憨傻傻，嬌秀知道後一直不高興。

話說王慶在艮嶽外面等了兩個多時辰，終於見那女子從裡面出來。他雖然不能靠近，但一直在不遠處看著。嬌秀也在人群裡發現了王慶，為他的風流容貌所吸引。

回到府中，嬌秀天天思念王慶。在侍女的幫助下，王慶悄悄地從後門進入童府，二人勾搭成奸。就這樣，神不知、鬼不覺地過了三個月。誰知道有一天，王慶因為喝醉了，在正排軍張斌面前說漏了嘴，這件事就傳到了童貫的耳朵裡。童貫很生氣，想辦法要懲治王慶。王慶再也不敢進童府，每天躲在家裡。一日在家閑坐，當時已經是五月的月末，天氣炎熱，王慶拿一條板凳，放在天井中乘涼，當他起身回屋拿了扇子回來，發現凳子有些古怪，就飛起一腳踢那凳子，卻把自己的腳傷了，在家養了一天，也不見好轉，第二天只好去藥鋪買藥。

王慶拿了藥剛準備回家，忽然看到西街上有個算卦的先生，正撐著一把傘走來。傘下掛著一張招牌，上面寫著「先天神數」四個大字，兩旁有十六個小字，寫道：

荊南李助，十文一數，字字有准，術勝管輅（ㄌㄨˋ）*。

王慶心裡想著嬌秀的事，又碰上昨天那樣的怪事，於是上前卜卦。他對算卦的說：「李先生，這裡請坐。幫我算一卦。」那人把王慶從頭到腳地打量了一遍，說：「你的災難才剛剛開始，到遠方才能避開禍事！」王慶聽完，給了錢就回家去了。他到了家，把藥吃了，為了讓傷趕緊好，又多喝了幾杯酒。

第二天剛起床，就見兩個官差慌慌張張地來到家裡，說：「太爺今天早上點名，見你沒有到就發怒了。我們兄弟說你在家養傷，太爺不信，讓我們兩個過來帶你到衙門回話。」說著，就過來攙扶著王慶往開封府走去。

到了府衙，王慶把傷了腳的事情詳細說了一遍。府尹不但不聽解釋，看見他滿臉通紅，就知道他喝了酒，心裡更加生氣。於是說道：「你這個東西就知道喝酒鬧事，幹那不公不法的事，今日又在這裡妖言惑眾，欺騙本官！」於是讓兩邊官差把王慶拖到下面，打得皮開肉綻，要他承認編造謊言、蠱惑百姓、圖謀不軌的罪。王慶被打得死去活來，只得承認了。

王慶當然不知道，這正是童貫祕密派人吩咐府尹這樣做的。府尹借著這個理由，把王慶發配到陝州。王慶脖子上被戴上枷鎖，臉上被刺了字，由公差押送著到了陝州地界。這一天，過了嵩山快要到北邙山的時候，他看見一個大漢在樹下舞棒。王慶忍不住笑著說：「這個人棒舞得真是花拳繡腿。」那漢子正舞得起勁，聽了這句話，就停下來，卻發現是個配軍。那漢子大怒，便罵：「賊配軍，俺的槍棒，遠近聞名，你竟然說出這樣的混帳話來！」說著就丟下棒，舉起拳頭，劈臉就打。他哪裡是王慶的對手，幾個回合下來，就被打得棒落人翻。這時，人群中走出兩少年，急忙勸架，邀請王慶到家裡傳授武藝。

原來這兩個人是兄弟，哥哥叫龔端，弟弟叫龔正。他們正愁著沒有本領教訓鄰村的無賴黃達，現在遇到王慶，自然不會放過這個機會，非要王慶指點招勢不可。第二天，王慶正在點撥龔端拳腳，黃達氣勢洶洶地前來挑釁，被王慶打得落花流水。

打跑了黃達，王慶和兩個公差在莊上又住了十幾天。王慶把自己的功夫全部教給了龔氏兄弟。兩個公差催促著趕路，又聽說那個黃達跑到縣衙裡告狀，龔端只好送給王慶五十兩銀子，讓他到陝州用，並派龔

＊三國時期善於占卜算卦的人。

正帶了銀子親自護送。

到了陝州之後，龔正拿出銀子替王慶買通了陝州衙門裡的官員。管營姓張名世開，收了賄賂之後，當然喜笑顏開，不但不給王慶戴枷鎖，就連殺威棒也免了，甚至沒有給他派活，讓他住到單身牢房裡，還可以自由出入。

這樣過了兩個月，天氣也漸漸涼爽起來。突然有一天，管營張世開找來王慶說：「你到這裡的日子也不短了，一直沒有給你派什麼事做。我現在想買一張陳州的好角弓，這陳州屬於東京管轄，你是東京人，一定知道真假。」說完，他掏出一個紙包，交給王慶。買了角弓後，王慶發現找回的錢還落下了三錢，心裡很高興。

從此之後，張世開天天讓王慶買東西，可是再也不給一分錢，只是給他一個帳簿，讓他把每日的開銷都記在上面。那些店鋪

當然不肯賒帳給一個配軍，每天的花費，王慶只能自己掏錢。即使這樣，張世開還是不滿意，整天挑三揀四，對王慶不是打就是罵。王慶前後挨了三百多棍，兩腿都被打爛了，龔端送的五十兩銀子也快用光了。

這一天，王慶到藥鋪買膏藥治療自己的棍傷，從醫生那裡偶然得知，那天在大樹下被自己打的大漢是管營的小舅子龐元。王慶知道了這件事，嘆著氣說：「不怕官，只怕管，誰能想到那個人竟然是管營心上人的弟弟呢！」於是就悄悄買了一把刀，整天藏在身邊，唯恐遇到不測。

這天，張管營又叫王慶買兩匹緞子。王慶急急忙忙地買了緞子回營，張世開又在那裡挑刺，把王慶罵了一頓。王慶不住地磕頭求饒。張世開喊道：「先留著這頓棒，你趕快再去買，今天晚上買不回來，小心你這條小命！」

等王慶再買緞子回來，營裡早沒了張世開的影子。王慶忍著疼痛挪進院子裡，卻聽見牆裡邊笑語連連。王慶轉身藏到牆邊，側耳細聽，聽見有張世開的聲音，有一個婦人的聲音，還有另一個男子的聲音，他們正在裡面喝酒閒話。王慶偷偷地聽了很長時間，忽然聽見張世開說道：「小舅子，那東西明日回來的話，他那條狗命，就留在棒下。」又聽得那個男子說道：「我估計他身邊的銀子也花得不剩多少了。姐夫一定要替我出這口惡氣！」張世開說：「明天一定叫你高興高興！」王慶在牆外聽他們你一言、我一句地說著，心中大怒，恨不得推倒那牆，沖進去殺了那群人。

王慶正按捺不住，突然聽見張世開高叫道：「點燈，我要去廁所。」王慶聽了這句，連忙拔出那把解手尖刀，蹲在一株梅樹後，悄悄地靠近張世開。張世開聽到後面腳步響，回頭一看，只見王慶右手拿刀，左手叉開五指，搶上前來。張世開嚇得魂飛魄散，叫道：「有賊！」說時遲，那時快，王慶早落一刀，把張世開齊耳根連脖子砍下，張世開撲地便倒。龐元聽見外面的騷亂聲，急忙跑出來看個究竟，也被王慶搶在前面，一刀刺過去，正中脅肋。龐元殺豬似的喊了一聲，倒在地上。王慶殺人後，趁著夜深人靜越過土城逃跑了。

王慶連夜逃出陝州城，在路上遇到了表哥范全。王慶跪倒在地，把一路吃官司發配陝州的事情，還有被張世開耍弄，以至於自己殺人的事情都告訴了范全。范全很是驚慌，連忙帶著王慶前往房州。到了房州後，范全先把王慶藏在城外的草房裡，又給他改了名字叫李德，還用藥去掉了王慶臉上的刺字。兩個多月後，王慶臉上的疤痕消失，人們再也看不出他是一個囚犯。

又過了一年，到了第二年的春天，官府搜捕王慶的事情早就**虎頭蛇尾***，不了了之。王慶臉上沒有了刺字，也可以出來走走了。這一天，王慶在草房待著無聊，聽說定山堡有戲看，就跑出去看熱鬧。

到了定山堡，那戲還沒開始，台下一群人圍著賭錢。王慶看了一會兒，按捺不住也摻和進去賭起來，不一會兒就贏了不少錢。可是輸錢的漢子怎麼願意王慶把錢帶走？兩人先是對罵，隨後又拳腳相加。正打到熱鬧的時候，一個女子大喊：「誰在那裡搗亂？」舉起拳頭就朝王慶身上打來。王慶見是個女子，便故意留有破綻地跟她揮拳，打了起來。那女子看王慶只是接招不出擊，一拳向王慶心窩打過來。王慶一側身，那女子來不及收拳，被王慶直直地甩了出去，剛要著地，又被王慶抱了起來。王慶說：「是你自找的，別怪我。」那女子不僅毫不生氣，反而稱讚王慶道：「好功夫！」

那些輸了錢的人仍然不肯甘休，一邊罵，一邊蜂擁上來。「好大膽子，竟然敢欺負我妹子！」王慶當然也是嘴上不饒人，嘴裡說道：「輸錢還耍賴，還要臉不！」掄起拳頭，又打起來。這時范全從人群中擠進來，隔開了他們，介紹道：「他是我表弟李大郎，這是段二哥、段五哥。」段三娘見王慶是范全的親戚，就把錢還給了王慶。

奇怪的是，第二天段太公來看王慶，盯著他從頭到腳地看了個遍，嘴裡還不停地說道：「果然魁梧，果然魁梧！」又問王慶：「你是哪裡人？你為什麼來到這裡？范院長是你的什麼親戚？你結婚了嗎？」王慶聽得奇怪，就隨便捏造假話回答。段太公聽完後高興得不得了，問過王慶的年齡就走了。

王慶正莫名其妙，又有一個人推門進來，問道：「范院長在嗎？你是李大郎嗎？」兩人面面相覷，都感覺對方眼熟，好像在哪裡見過似的。王慶正想問問，范全回來了。三人坐下，范全道：「李先生怎麼有時間來呀？」王慶聽了這句話，突然想起：「這不是算卦的李助嗎！」李助這時也認出了王慶。李助對范全說：「你有個叫李大郎的親戚嗎？」范全回答道：「這就是我的兄弟李大郎。」王慶趕緊說道：「我本來姓李。那個王，是外公的姓。」李助拍手笑道：「看來我沒有記錯。我記得你姓王，我們在東京開封府見過面。」王慶看他記得這麼清楚，就低下頭不再說話。李助接著說：「段三娘、段太公對李大郎都很喜歡，打算讓大郎**招贅**†。三娘的**八字****十分旺夫，好事成了我也能討杯喜酒吃！」

范全心裡琢磨：「那個姓段的女人刁蠻任性，如果不答應這門親事，要是讓他們知道了王慶有兩個名字的事情，恐怕會惹出大麻煩，現在只能走一步算一步了。」范全便對李助說：「感謝段太公、三娘好意。只是我這個兄弟粗魯，怕委屈了三娘。」李助道：「院長不必太謙虛了。三娘對大郎可是讚不絕口！」范全說：「那就這樣吧，我可以給他們主婚。」又取出一錠五兩重的銀子，送給李助道：「莊上也沒有什麼合

* 比喻做事有始無終，起初聲勢很大，後來就馬馬虎虎，勁頭越來越小。

† 招人到自己家裡做女婿。

** 生辰八字，是一個人出生時用干支表示的年、月、日、時。

適的禮物，這點小意思，先生一定要收下，等事成之後再重謝。」李助道：「這使不得！」范全說道：「不要客氣。只是，先生不要說他有兩個姓，這事還需要先生成全。」李助拿了銀子，哪裡管什麼一姓兩姓，千恩萬謝地告辭，回段家莊去報喜了。

段三娘與王慶的婚事選在二十二日舉辦，親戚們都來喝喜酒，可是兩個新人剛入洞房沒多久，官府就來抓人。原來在龔家村被打的那個黃達，養好傷後，多方打探王慶的蹤跡，找到這裡，報了官。衙門裡的公差拿了公文，前來捉拿王慶及窩藏犯人的范全和段家老小。

得知這個消息，大家一時亂了手腳，不知道怎麼辦。李助突然說：「事已至此，三十六計，走為上計！」眾人問：「走，走到哪裡？」李助答：「從這裡向西二十里外，有座房山。房山寨主廖立與我相識。他手下有五六百名嘍囉，官兵不敢拘捕，事不宜遲，我們快快收拾金銀細軟等物，都到那裡入夥，避避災禍。」眾人無可奈何，只得同意走這條路。眾人把莊裡的金銀細軟等物收拾好，點起三四十個火把上路了。

一行人到了山寨上，見到廖立，李助就把王慶犯罪、殺管營等事大致說了一遍。廖立一聽王慶這麼厲害，又有段家兄弟幫助，擔心以後有受不完的氣，於是就翻臉對李助說：「我這個地方小，怕容不得你們。」王慶聽了這話，心裡想：「山寨中這個人是主，先除了此人，小嘍囉就不用擔心了！」於是拿起樸刀，奔廖立砍來。廖立大怒，持槍迎戰。段三娘害怕王慶吃虧，挺樸刀來相助。三個人鬥了六七個回合，廖立被王慶一刀掀翻，段三娘又補一刀結果了他的性命。嘍囉看廖立死了，誰還敢反抗？紛紛倒戈。王慶被選為寨主，他下令打造兵器，訓練嘍囉，準備迎戰官兵。

這邊城中正打算發兵圍剿王慶等人，軍營中卻騷亂起來。原來官兵已經很長時間沒有發軍餉了，於是趁著這個機會，大家開始鬧騰。城中的官員不是被殺就是逃跑了。王慶趁機率人攻占了房州作為老巢。王慶搶劫了房州倉庫錢糧，派遣李助、段二、段五等人，分頭守衛各處，豎起旗號，招兵買馬，聚草屯糧。周圍的村鎮都被他搶奪一空。那些遊手好閒的無賴，還有犯罪逃亡的人紛紛前來歸附。

再說官府的兵丁，因為缺少糧餉，平時很少訓練，聽到要去剿滅叛軍，都是虛張聲勢，剛一開戰，就望風逃跑。而王慶手下的這些人都是亡命之徒，官軍哪裡能抵擋得住？因此，其聲勢越來越大，後來又攻下了南豐城。於是王慶便在南豐城裡，建造宮殿，**僭號***改元，也設文武百官，自己做起皇帝來。從宣和元年作亂以來，他一共占了八座軍州，獨霸一方。

*冒用帝王的稱號，使用超越本分的封號。

第三十五回 滅王慶英雄三建功

宋江等人打敗了田虎，平定了河北以後，正準備班師回朝，又接到了征討淮西的聖旨。大軍顧不上喘息就在宋江的帶領下，浩浩蕩蕩地出發了。這時正是一年中最熱的時候，大軍冒著酷暑，從粟縣、汜水一路走來，從不干擾當地百姓的生活。

這一天，大軍到了宛州城附近，宋軍見眾人辛苦，就命令大軍到方城山下的樹林中休息。吳用說：「在樹林裡駐紮，一旦遇到敵人火攻，那就麻煩了！」宋江笑著說：「我就是希望他們用火攻。」宋江說完，河北的降將喬道清明白了他的用意，立刻對宋江說：「宋先鋒對我的恩情，我一直無法報答，我願意助宋先鋒一臂之力。」宋江大喜，他私下把計策跟喬道清講了。宋江挑選了三萬身體健壯的士兵，命令張清、瓊英帶領一萬人馬，在東山腳下埋伏；命令孫安、卞祥也帶領一萬人馬，在西山腳下埋伏。命令他們如果聽到中軍的轟天炮響，就一齊殺出。宋江將糧草都堆積於山南，派李應、柴進領五千人看守。

宛州城的守將是劉敏，在王慶的手下當中，他算是一個很有謀略的人，人稱劉智伯。他聽說宋軍竟然駐紮在山林中，心中立刻有了計策。他立刻挑選了五千精兵，帶著火箭、火炮等武器，又準備了兩千輛戰車，裡面填滿了乾草、硫黃等易燃物品，又讓魯成、鄭捷、寇猛、顧岑四個副將帶上一萬人在後面接應。那天天剛黑，劉敏就帶著人馬出發了，那時正好刮的是南風。劉敏一看，笑著說：「宋江等人註定要失敗！」到了三更時分，這夥人到了方城山南邊二里的地方，忽然霧氣彌漫山谷。劉敏道：「天助我成功！」他命令五千軍兵，將火箭、火炮、火炬射向山林深密處，將火車點著，向山腳下屯糧的地方奔去。眾人正奮勇上前，忽然有人大喊：「不好了！」本來刮得正猛烈的南風突然變了方向，變成了北風，那些火箭、火炬，都向南邊賊陣裡飛來，就好像千萬條金蛇火龍，賊兵躲避不及，都燒得焦頭爛額。

這個時候，宋軍大營裡的張清、孫安等人帶著兵馬從東西兩邊殺了出來，劉敏的軍隊大敗。手下的四個副將全都被殺了，人馬損失了一大半，其餘的人馬嚇得四散逃竄。劉敏帶著三四百殘兵敗將，狼狽逃回宛州。

經過這一仗，劉敏損失慘重，再也不敢出兵，下令人馬死守城池，等待救兵到來。宋江率領的大軍雖然猛烈攻城，但都沒有拿下。兩軍就這樣僵持著。劉敏在城裡苦苦地等待援軍，他哪裡知道，汝州派來的兩萬救援軍隊，早就被林沖打退了。而從宛州南邊的安昌、義陽來的救兵，也被關勝殺得落花流水。過了一段時間，宋軍中的李雲等人也把攻城要用的工具造好，孫安、馬靈帶著勇士們齊心協力攻克了宛州，活捉了守將劉敏。攻下宛州之後，宋江讓花榮、林沖、蕭讓等人帶領五萬兵馬留在宛州，輔助陳安撫鎮守在這裡，其餘的人向山南城殺去。

山南城中的守將是王慶的舅子段二，王慶聽到朝廷派大軍來征剿，立即命段二為平東大元帥，率領大軍鎮守山南。段二的謀士對他說：「宋軍糧草都屯在宛州，那裡的人馬卻很少，我們應該祕密聯絡宛州兩邊的均、鞏兩州的守將，約定日期，讓他們一起攻打宛州，我們也挑選精兵良將，突襲宛州北邊。宋江聽到宛州被襲擊，一定會前去救援。我們趁他們後退的時機，派兵追殺，這樣就能抓住宋江。」段二本來就是個鄉野村夫，哪裡懂什麼領兵打仗的事情，聽了謀士的建議，連連點頭。於是，他挑選人馬，趁著夜色，悄悄地溜出西門，奔向宛州。

段二派的大軍剛到宛州，陳安撫就讓花榮、林沖帶著兩萬人馬前去迎戰。兩人率領人馬剛出城，又有人前來報告：「均州方向來了三萬人馬，現在已經到了城外。」陳安撫就派遣呂方、郭盛率領兩萬人馬前去迎敵。不一會兒，又有人前來報告：「鞏州的季三思、倪慴領著三萬兵馬奔西門殺來。」眾人聽了，都面面相覷，不知道如何是好。城裡現在只剩下宣贊和郝思文兩員戰將，人馬雖然也有一萬，但多是老弱病殘，如何抵擋得住哇！正在危急時刻，聖手書生蕭讓說：「安撫大人，不要擔憂，我有一個計策。」

陳安撫依照蕭讓說的，讓宣贊、郝思文挑選五千強壯的人馬，到西門邊上埋伏，等到對方退兵的時候再追殺出去。又讓那些老弱的士兵，把城裡的旗子都放倒在地上，只要聽到西門城樓的炮聲，就把旗子立即豎起來。分配完後，陳安撫又讓手下準備好酒菜，擺到西門城樓上。他自己帶著蕭讓等人來到城樓上，坐在城樓上喝酒談笑，吩咐士兵把城門打開，等候對方到來。

不一會兒，賊將季三思、倪慴帶領著十多員偏將，雄糾糾、氣昂昂地殺到城下。看見城門大開，三個官員，一個秀才，在城樓上吃酒談笑，四面城牆上，一杆旗的影子都看不見。季三思十分疑惑，不敢上前。倪慴道：「城中一定有埋伏，我們趕緊退兵，別中敵人的詭計。」季三思急忙下令退兵，這時城樓上一聲炮響，立刻喊殺聲震天，城中立刻出現了無數軍旗，在城內遊走。賊兵聽了主將的命令，已經十分害怕，現在看到城裡的景象，還沒有打就自己亂了起來。城內宣贊、郝思文領兵趁機殺出城來，賊兵大敗，丟下金鼓、旗幟、馬匹、刀槍、衣甲無數。季三思、倪慴也為亂軍所殺，其餘軍士四散亂竄逃生。

段二把偷襲宛州的兵馬派出去後，第二天夜裡，他在城樓上看見城外的襄水上有宋軍的數百隻糧船，慢慢地往北邊劃去，每只船上有六七個 水手護衛。段二本來就是一個打家劫舍的人，這時看到這麼多的糧船，哪裡肯放過。於是，他命人打開西城的水門，派手下水軍總管諸能率領人馬前去搶劫糧船。

諸能率領五百隻戰船，出水門前去搶劫糧船。宋軍望見，連忙將船泊靠岸，那船上水手，都跳上岸去。賊兵得勝，奪了糧船。宋軍見糧船被奪，趕忙派人來搶，無奈諸能的火炮太厲害，眾人只能作罷。諸能叫水手把糧船撐進城裡。剛放了一隻船進城，城內就傳出命令，要逐只搜查，才能撐進城來。諸能叫軍士先將那撐進來的船搜看。十幾個軍士一齊上船來，準備揭開甲板，卻怎麼使勁都打不開。這時候他們才知道中計了，慌忙喊道：「不要讓後面的船進城！」話音未落，只見城外後面三四隻糧船，無人撐駕，竟然自動向城裡漂來。諸能知道大事不好，著急要上岸時，水底下鑽出十幾個人來，他們口裡都銜著一把蓼葉刀，正是李俊、二張、三阮、二童這八個英雄。段二的軍隊剛要抵擋，李俊打了一聲呼哨，那四五隻糧船裡早就藏好的步軍頭領，紛紛推開甲板，提著兵器沖出來。原來是李逵、魯智深、武松、楊雄、石秀等二十個頭領。只見這些人一齊搶上岸來，把段二的軍兵殺得毫無抵擋之力，只顧四散奔逃。諸能也被童威殺死，城裡城外的戰船上的水軍也被殺死一大半，河水被血染得通紅。李俊這幾個人搶下了水門後，各自殺進城裡，城裡一時沸騰起來。

段二率領人馬前來救援，正好碰上武松、劉唐、楊雄、石秀、王定六這一夥人。段二被王定六一刀砍翻，被活捉了。魯智深、李逵等十余個頭領，趕快跑到北門，殺散守門將士，開城門，放吊橋，讓宋江的兵馬殺進來。此時天快亮了，宋江傳令，先讓軍士救火，不許傷害百姓，天明貼出公告安撫當地居民，眾將前來獻功。

攻下山南城以後，宋江、吳用隨即計畫兵分兩路：宋江攻打荊南，盧俊義去打西京，史進、穆弘等人則帶領兩萬兵馬鎮守山南城。宋江和盧俊義兩路人馬經過激戰，大敗王慶的軍隊，先後占領了西京和荊南，再次會師在南豐地界，準備攻打守在南豐的王慶。

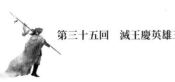

王慶聽說宋江朝南豐殺來，派李助為統軍大元帥，調本地水陸兵馬五萬，他又調雲安、東川、安德三路兵馬各二萬，讓劉以敬、上官義等統領，率領數十員猛將和十一萬大軍，前去迎敵，自己親自督戰。宋江和吳用這邊也是嚴密部署，先讓張清、王英、扈三娘等人帶領少量兵馬引誘王慶到龍門山下的空地上，又派秦明、關勝、林沖、呼延灼、董平、索超、史進、楊志八員大將帶兵擺成九宮八卦陣，準備和王慶一決勝負。

王慶和李助在陣中將臺上，仔細看了宋江兵馬，那兵馬瞬間就排成九宮八卦陣勢，宋軍將士勇猛，軍容整齊，刀槍鋒利，這讓王慶心驚膽戰，他自言自語：「現在才知道我方為何屢次失敗，原來那夥人竟如此厲害！」

兩邊列好陣勢，豹子頭林沖一馬當先沖到陣前，勒住戰馬，舉著手裡的丈八蛇矛槍，向王慶軍營叫陣。王慶手下的猛將柳元騎著馬奔來和林沖戰在一起。兩人打了五十多個回合，分不出勝負。潘忠看到柳元難以取勝，催馬提刀沖上來幫忙。林沖一人敵二，越戰越勇，瞅準時機，一槍把柳元戳到馬下。宋軍中的黃信、孫立也趕過來幫忙。潘忠被黃信一劍刺下馬來。

潘忠死於馬下，手下軍卒也亂了，賊兵中早有人去報中軍。王慶聽說損失了兩員將領，慌忙叫軍士退兵。只聽得宋軍中一聲炮響，大軍沖上前來，變成了一字長蛇陣，將王慶的人馬團團圍住。王慶、李助調將遣兵，分頭衝擊，卻像衝撞著銅牆鐵壁，怎麼也沖不出來。兩軍激戰多時，最後宋軍大勝。

王慶兵敗後趕緊下令讓軍士退到南豐城裡，再商量辦法。這個時候卻聽見後軍炮響，哨馬飛報來說：「大王，後面又有宋軍殺來！」原來是副先鋒玉麒麟盧俊義帶著兵馬趕到。左邊有使朴刀的好漢病關索楊雄，右邊有使朴刀的頭領拚命三郎石秀，各帶著一萬精兵，朝王慶的殘軍殺來。

王慶驚慌失措，又聽得一聲炮響，左有魯智深、武松、李逵、焦挺、項充、李袞、樊瑞、劉唐八個勇猛頭領，率領一千人馬，掄動禪杖、戒刀、板斧、樸刀、喪門劍、飛刀、標槍、團牌，殺死李雄、畢先，如割瓜切菜般直殺過來；右有張清、王英、孫新、張青、瓊英、扈三娘、顧大嫂、孫二娘，四對英雄夫婦，引著一千騎兵，舞動梨花槍、鞭鋼槍、方天畫戟、日月雙刀、鋼槍、短刀，殺散左哨軍兵，摧枯拉朽般地直沖進來，殺得賊兵四分五裂，亂竄奔逃。

盧俊義、楊雄、石秀殺入中軍，正撞著方翰，方翰被盧俊義一槍戳死。然後他們去捉王慶，不料遇到了李助。那李助有法術，盧俊義正抵擋不住時，恰好入雲龍公孫勝趕到了，他幫助盧俊義活捉了李助。宋江的中軍及盧俊義等好漢將王慶的十余萬賊兵打敗，但沒捉到賊首王慶。宋軍大捷。

宋江鳴金聚集人馬，殺向南豐城，他讓張清、瓊英領五千馬軍，前去探聽敵方的情報，讓神行太保戴宗先去打聽孫安襲取南豐消息如何。戴宗回來報告：「孫安假扮西兵去奪城，不料被敵人察覺，敵人在城門裡掘下陷坑，打開城的東門，放兵馬進去。孫安手下多個副將中了埋伏。幸運的是，孫安乘勢殺進城門，叫軍士填了陷坑。孫安奪了東門，卻被敵人包圍。」宋江聽後，帶領大軍趕往南豐城，將南豐城圍住。

這時張清、瓊英帶兵正與敵軍在東門激戰。宋江的大軍加入，很快便拿下東門，奪了城池，殺散賊兵，四門豎起宋軍旗號。偽皇妃段三娘聽到梁山兵馬進城，帶領百十內侍，拿著兵器，準備衝殺出去，卻迎面碰上瓊英。段三娘被瓊英一石子打過來，正好打中臉，從馬上掉下來，軍士們趕上來把她捉住綁了，押送到宋江帳前。宋江看到後十分高興，把段氏這一群人關在一起，準備等捉到了王慶，一起押回京城。

那邊王慶領著數百鐵騎，沖出重圍，逃奔到南豐城東。王慶見城中有兵廝殺，嚇得魂不附體，轉頭向雲安逃去。王慶同眾人馬不停蹄，走到天明，遠遠地看見雲安的城牆。王慶在馬上高興地說：「城裡的將士還是很謹慎的，你看那旌旗多整齊呀！」眾人奔到城下，隨從中，有識字的說道：「大王不好了！怎麼城上都是宋軍旗號？」

王慶仔細一瞧，果然城門上遠遠地露出號旗，上面寫著：「宋先鋒手下水軍將領混江……」風吹得旗幟不斷飄舞，下面的三個字看不清楚。王慶看完以後，嚇得渾身麻木，半晌動彈不得。他連忙往東川逃走，手下的親信隨從又逃走了六七十人。

王慶領著剩下的三十幾個人，一直走到晚上，才到了雲安管轄下的開州，卻被江水攔住去路。這個江叫作清江，其源頭在達州，因江水澄清，所以叫作清江。王慶和那些隨從走到江邊。現在是孟冬時節，天氣晴朗，只見江中有幾十隻漁船，捕魚的捕魚，曬網的曬網。其中有幾隻漁船上的人在猜拳吃酒，好不熱鬧。王慶嘆口氣說：「這些人真是快樂！我今日反不如他們了！這些都是我的子民，卻不知我現在這樣困乏。」身邊的隨從大聲說：「那邊打魚的，撐幾隻船過來，把我們送到對岸，我們多給你們錢。」兩個漁人便劃著一隻小漁船，咿咿呀呀地漸漸靠近他們。

漁船靠了岸，兩個漁人上上下下地打量王慶一番，說：「快活！又有錢喝酒了。上船，上船。」漁人一手拿著竹篙，一手扶王慶上船。等王慶剛上船，漁人就把竹篙往岸上只一點，那船就離開了岸。隨從在岸邊慌亂起來，大聲喊道：「快回來！快回來！我們也要過江。」撐船人瞪著眼睛說：「來了！」就放下竹篙，雙手抓住王慶的胳膊把他按倒在船上。王慶剛想掙扎，船上搖櫓的人也跳過來把他摁住。其他幾個在船上曬網的，看見把王慶捉到了，也都跳到岸上，把岸上剩下的三十多個隨從都活捉了。

原來這撐船的是混江龍李俊，那搖櫓的是出洞蛟童威，那些漁人也都是水軍。他們奉了宋江的命令，帶領水軍和王慶的水軍在瞿塘峽大戰，殺死了對方的水軍主帥，活捉了他的副將胡俊。李俊見胡俊也是一條好漢，就把他放了。胡俊感激李俊的大恩，給李俊出了一條計策，幫助宋軍奪下了雲安城。李俊料想賊兵與宋軍廝殺，如果失敗，一定會投奔老巢。因此，李俊讓張橫、張順看守城池，自己則和童威、童猛帶著水軍假扮成漁夫在這裡巡視；又叫阮氏三雄也假扮成漁家在別的地方埋伏。李俊審問了王慶的隨從後，才知道他抓的人就是王慶，李俊非常高興，就把王慶押到宋江那裡。宋江大喜，犒勞眾人。

歷史好奇問

梁山泊為什麼被稱為「八百里水泊梁山」？

梁山泊、文獻中也作梁山濼，地處黃河下游、汶水和濟水匯聚地，古稱澤國。有關資料記載，從五代到北宋末，滔滔的黃河曾經有三次大的決口，滾滾河水傾瀉到梁山腳下，與古巨野連成一片，形成了一望無際的大水泊，號稱「八百里梁山泊」即《水滸傳》中所描繪的「港漢縱橫數千條、四方周圍八百里」的梁山。數百年過去了，由於黃河多次決口分洪改道，「八百里梁山泊」泥沙沉積，於是梁山周圍湖泊變成了耕地。

第三十六回 宋江請纓征方臘

皇帝聽說宋江等人活捉了王慶，王慶占據的八十六個州縣也被收復，十分高興，下令犒賞三軍，並立即下詔讓宋江的兵馬分成五路班師回京。宋江軍中的紀律十分嚴明，所到之處，對老百姓仍是秋毫無犯。這一天，他們行軍來到宛州境內的內鄉縣秋林渡。

秋林渡風景優美，泉水清澈，宋江在馬上遠遠地欣賞著山景，抬頭朝天上看去，正好看到天空中很多大雁四散奔逃，並且發出陣陣哀鳴，似乎受了很大的驚嚇。宋江心裡十分奇怪，又聽到前面叫好之聲不斷，於是就派人去問明原因，士兵回來報告說是浪子燕青剛學會用弓箭，向空中試著射大雁。誰知道箭無虛發，就一會兒的工夫，竟然射下來十幾隻，因此大家高興異常，不斷喝彩。宋江叫人把燕青請過來。

燕青聽說宋江叫自己，便騎著馬迅速趕了過來，背後箭囊裡還放著幾隻死了的大雁。宋公明問燕青：「聽說是你在射雁？」燕青興奮地說：「小弟剛剛學會射箭，正好天上有一群雁飛過來，我就想試一下自己的箭法如何，哪知道箭箭都能射中！」宋江說：「學射弓箭，這本來是一件好事。但是兄弟你想過沒有，那些大雁為了躲避寒冷，千里迢迢向南方飛去，春天的時候再回來。大雁是一種很仁義的鳥，十幾隻為一隊，或三五十只為一群，頭雁在前面，其他的在後面，按照次序遷徙，從來不會捨棄自己的同伴。不論是雄雁失去了雌雁，還是雌雁失去了雄雁，都是至死不渝。這樣的禽鳥，你怎麼忍心把它們殺害了呢？天上一群大雁成群飛過，正像我們兄弟一樣。你射殺了這麼多隻，就好像我們弟兄裡失去了幾個人，它們心裡會有多麼悲傷啊！兄弟以後萬萬不可以再傷害這種仁義的鳥了。」燕青聽完以後半天說不出話來，十分後悔。宋江說完這番話，心情不由得悲傷起來。

這時候正是初冬時節，草木零落，萬物蕭瑟，周圍樹木早就灰茫茫的一片，十分淒涼。在這樣的時節裡行軍，宋江不由得感傷起來。沒過幾天，隊伍就回到了京師，宋江將兵馬屯駐在陳橋驛。陳安撫早就回到了東京，他把宋江等人的功勞報告給宋徽宗，宋徽宗聽了以後，對他們讚不絕口。

徽宗準備按照宋江等人的功勞給他們分封爵位。太師蔡京、樞密童貫害怕宋江等人受到重用，趕緊向皇帝稟告道：「如今天下還不太平，對宋江等人，還應該好好考察一番。我們認為可以暫時加封宋江為保義郎，封盧俊義為宣武郎，並且封吳用等三十四員為正將軍，朱武等七十二員為偏將軍。」徽宗聽完以後，也覺得他們說得有道理，就同意了。皇帝下令讓光祿寺準備御宴，賞給宋江一件錦袍、一副金甲和一匹名馬。盧俊義以下的人也都有賞賜。這些人磕頭謝恩，然後回到軍營中，等待朝廷調遣。梁山眾好漢屯兵陳橋驛，一時間倒也沒有多少事情可做。這一天，公孫勝來到大帳之中對宋江說道：「師父曾經告誡我，送哥哥回到京城以後，就要回到山裡潛心修道，侍奉老母。現在事情已經完成，我也該遵從師父的教誨回山去了，今天我就是來跟各位哥哥告別的。」宋江曾經答應過公孫勝，現在也沒辦法反悔，只是流著眼淚對公孫勝說：「以前我們兄弟相聚的時候，就像花剛剛開放；現在我們兄弟分別，卻又像花凋落。我不能說話不算數，只是接受不了這個現實！」公孫勝說：「天下沒有不散的筵席，你我兄弟相聚是一種緣分，只是師命難違，請哥哥恩准。」宋江見沒有辦法挽留，只能擺下酒席，讓兄弟們和公孫勝告別。宴席上每個人都不斷地嘆息，也有人偷偷地流淚。梁山上以前聚義時的豪情暢飲，彷佛已經成了過眼的煙雲。自此以後，一百零八人就算是少了公孫勝，再不會像從前那樣快活了，怎麼會不傷感呢？

第二天，公孫勝整頓行裝告別眾兄弟回山去了。宋江思及兄弟情誼，連日來悶悶不樂。眼看春節馬上就要到了，朝廷上下大小官員都在準備著向徽宗朝賀，宋江也只好強打精神，準備朝賀的事情。

蔡京擔心一旦宋江等人前來朝賀，就會被徽宗重用，就勸徽宗只答應讓宋江、盧俊義兩個有官職的人過來朝賀，徽宗同意了。春節這一天，文武百官前來向天子朝賀，宋江、盧俊義也穿著朝服，跟著大家行禮，但是只能遠遠地看著皇上，根本無法近前。儀式過後，徽宗離開，百官也各自散了。宋江和盧俊義脫了朝服，騎著馬回營，臉上毫無喜悅之情。

看見宋江的臉色不好，吳用等人都來問個究竟。宋江只是低著頭，一句話都不說。吳用問道：「哥哥上朝覲見天子，本是件高興的事情，為何卻如此悶悶不樂？」宋江深深地嘆口氣說：「我實在是愧對兄弟們，大家和我東征西討，受了那麼多苦，現在卻沒有個一官半職。」吳用卻說：「兄長不要多想，什麼事都是命中註定的，只要是跟著哥哥，當不當官沒有關係。」黑旋風李逵聽完宋江的話，大聲嚷嚷起來：「哥哥，這就是你的不對了！想當年我們在梁山泊裡多快活，誰敢給咱們氣受？哥哥卻今天要招安，明天也要招安，好不容易招安了，哥哥又在煩惱。不如兄弟們再回梁山泊去，重新過那舒舒服服的日子！」宋江把李逵狠狠地罵了一頓。李逵卻說：「哥哥不聽我的話，以後受氣的地方還多呢！」其他人都只是笑，不說話，這天大家擺開宴席，歡飲達旦。

自從春節以後，宋江等人沒事也不再進城。眼看**上元節***就要到了，東京每年這個時候都會非常熱鬧，還有煙火表演。元宵節這天，燕青和李逵待著無聊，就打扮成客商的模樣進城去看熱鬧。兩人在東京城裡閒逛，從一個大漢口中得知方臘在江南造反，占了八州二十五縣，自號為一國，朝廷已派張招討、劉都督去圍剿。燕青、李逵聽了以後，趕緊回營把這件事告訴宋江。宋江聽完以後說：「我們這麼多兵馬，

待在這裡無事可做，還不如出征方臘，也好為兄弟們博一個功名。」各頭領也紛紛表示同意。

徽宗聽說宋江等人自願前去征討方臘，十分高興，封宋江為正先鋒，封盧俊義為副先鋒，又各自賞賜一條金帶，一件錦袍，一副金甲，一匹好馬。其餘的眾將也各有緞匹銀兩賞賜，徽宗許諾將來按照戰功授予官職。宋江、盧俊義聽完聖旨後，磕頭感謝皇帝的恩德。

兩個人回到營寨以後，就把眾頭領召集起來，商量征討方臘的事情。除了瓊英因為懷孕而留在東京以外，其餘的將領都跟隨宋江出征方臘。就在宋江接到旨意征討方臘的第二天，又來了一道聖旨，說要金大堅、皇甫端到皇帝跟前幫他辦事。宋江不敢違抗聖旨，只好送走金大堅、皇甫端。後來蔡太師又派人來索要聖手書生蕭讓，王都尉要走鐵叫子樂和，宋江只能一一答應。一下子走了幾個兄弟，宋江心裡雖然十分難過，他也只能忍氣吞聲，傳下將令，準備出兵。

話說那方臘原來只是歙州山裡的一個普通樵夫，一天在溪邊洗手的時候，看到自己在水中的倒影：頭戴皇冠，身穿龍袍。從那之後，他逢人就說自己是真龍天子。後來，朝廷征取花石綱，弄得民怨沸騰，方臘乘機起兵造反，就在清溪縣的幫源洞裡大興土木，建起宮殿，並且設立文武官職，自封為王。幾年的工夫，方臘一共占據八州二十五縣，憑藉著長江天塹，獨霸一方。

宋江帶著兵馬離開京城，這天接近淮安地界，當地的官員擺設宴席，迎接宋先鋒進城。城裡的官員對宋江說：「方臘兵多將廣，前面的揚子江是江南的第一個關口。揚子江裡有兩座山：一座叫金山，一座叫焦山。金山上的寺蓋在山上，叫作寺裡山。焦山上的寺卻蓋在山坳裡，叫作山裡寺。山的一邊是淮東揚

＊農曆正月十五是元宵節。又稱上元節、元夜、燈節。

州，另一邊是浙西潤州。江對面就是潤州，方臘手下的樞密呂師囊（ㄋㄤˊ）和十二個統制官駐紮在那裡。」

那呂師囊原來是歙州的一個有錢人，因為向方臘貢獻錢糧有功，方臘封他做東廳樞密使。呂師囊從小就飽讀詩書，熟知戰策，武藝超群。他手下統領著的十二個統制官，號稱「江南十二神」，也十分英勇，他們一起把守潤州江岸。

這時宋江的兵馬戰船已經到了淮安。當天，宋江就派柴進、張順、石秀、阮小七四個人分成兩夥打聽潤州城裡的消息。四個人離開了宋江，打扮成來揚州的客商，石秀和阮小七帶著兩個隨從去了焦山，柴進和張順帶著兩個隨從去了瓜洲。

柴進和張順等人來到江邊，遠遠見北固山下都是青白兩種顏色的旗幟，岸邊一字擺著許多船隻，江北岸上，連一根木頭也沒有。柴進說：「我們去瓜洲的路上，房子雖有，但沒有人住，江上也沒有渡船，怎麼能隔江探聽消息？」張順說：「眼下我們找一間房子先歇下，我游到金山腳下，打聽虛實。」柴進說：「說得也是。」於是他們奔到江邊，只見這裡有好多草房，但門都關著也推不開。張順推開一堵草牆，鑽進去，見到了一個婆婆。張順說：「婆婆，你家為什麼不開門？」那婆婆答：「實不相瞞，我們聽說朝廷將派大軍來攻打方臘，我們這裡是要害。許多人都搬到了別處去躲，只留下老身在這裡看屋。」張順說：「你家男子漢哪裡去了？」婆婆道：「出去了。」張順說：「我們有四個人，想要渡江，請問哪裡能找到船？」婆婆說：「近日呂師囊知道大軍要來，早把船隻搶到潤州去了。」後來他們就在這家住下了，吃過乾糧，張順來到江邊。

張順看那金山寺正好在江心裡面，他看了一會兒，心裡想：「那呂師囊一定經常來這裡，我今天晚上偷偷過去打探，說不定會有消息。」這天夜裡，風平浪靜。張順從瓜洲城邊下水，順著水勢向江心遊去，那水不深，還淹不過他的胸脯，他在水裡像走在平地上一樣，眼看快到金山腳下的時候，遠遠地看見一隻小船，緩緩地劃過來。張順心想：「這時候這只船劃過來，肯定是來路不明，我先把它攔下來，問個究竟！」

船上的兩個人搖著櫓，只顧著水面，全然沒有注意水中的危險。張順從水底下鑽出來，跳到船上。兩個人看到從水中鑽出一個人，一時間慌了起來，忘了抵抗。一個被張順揮起刀砍到水裡；另一個也早就嚇得躲到船艙裡抖成一團。張順問：「你是什麼人？你從哪兒來？實話實說，我就饒了你的性命！」那人嚇得渾身篩糠一般，說：「好漢饒命！我是揚州城外定浦村陳觀的手下，奉命到潤州城給呂樞密進獻糧食，呂樞密派了個虞候和我一起回來，要五百石糧食、三百隻船。」張順又問道：「那個虞候叫什麼名字，現在在哪兒？」那人說：「那個虞候叫葉貴，剛才被好漢砍死了。」張順又問：「你叫什麼名字？可有什麼憑據？」那人連忙回答道：「我叫吳成，正月初七到了潤州，呂樞密讓我去蘇州見三大王方貌，他給了我三百面旌旗和一份書面文書，還有一千件統一的衣服和一道給呂樞密的密函。」張順又問：「你們有多少人馬？」吳成說：「幾千人，一百多匹馬。我家主人有兩個孩子，大兒子叫陳益，小兒子叫陳泰。」張順把該問的都打聽清楚以後，手起刀落，殺了吳成，划著船，回到了瓜洲。

張順回到瓜洲，見到柴進，把剛才發生的事告訴了柴進。柴進走到船艙裡，拿出文書和三百面方臘的旌旗、一千件衣服。兩個人把東西分成兩份，讓隨從挑著回到揚州。見了宋江以後，他們把陳觀父子勾結方臘的事一一告知。吳用說：「這是一個好機會，看來我們奪潤州是一件輕而易舉的事情了。」吳用派燕青假扮成葉虞候，解珍、解寶假裝是葉虞候的手下，三人一起向定浦村而去。

燕青、解珍、解寶來到陳觀的莊門前，燕青用當地的方言問莊丁：「將士在不在家？」莊客問道：

「客人是從哪裡來？」燕青回答：「潤州。我渡江來的時候走錯路了，耽誤了半天的工夫。」莊客把燕青引至後廳來見陳觀。

陳觀出來見燕青等人。燕青說：「我叫葉貴，是呂樞密手下的虞候。正月初七的時候接到吳成送來的祕密文書，樞密特地讓我送吳成到蘇州見三大王方貌。三大王聽到將士願意捐獻錢糧，十分高興，封相公為揚州府尹，兩位公子等呂樞密見到以後再封給官職。本來要和吳成一起回來的，他卻突然染上風寒。樞密害怕耽誤了大事，叫我把大王的文書送給相公，還有樞密的文書、三百面大王的旌旗和一千件衣服一併送來，要將士帶著糧食、船隻到潤州效力。」說完掏出文書交給

陳將士。陳觀高興得不斷謝恩，叫他的兩個兒子陳益、陳泰出來見客人，還趕緊吩咐擺下酒宴，招待燕青三人。

陳觀舉著酒杯勸燕青喝酒，燕青說：「我一向不喝酒，還請將士不要責怪。」等到酒喝得差不多的時候，燕青使眼色給解珍、解寶，讓他們把迷藥放在酒壺裡。準備好了以後，燕青拿著酒杯來到三個人面前說：「葉貴雖然酒量不好，但是今天看將士高興，我也破例敬將士一杯。」接著又敬陳益、陳泰兩人，陳觀的幾個心腹也都被燕青勸了一杯。眼看這些人都已經中了迷藥，一個個都倒下，三人摸出藏著的短刀，切菜一樣，把這些人殺死了。

歷史好奇問

《水滸傳》中梁山泊的三位女將是誰？

我們都知道《水滸傳》中介紹了一百零八位好漢，這些好漢大都是男性，可其中有三位女將，她們同樣嫉惡如仇、富有正義感，可謂是女中豪杰，她們分別是誰呢？

《水滸傳》中的三位女將分別是：「母大蟲」顧大嫂，「母夜叉」孫二娘，「一丈青」扈三娘。

第三十七回　混江龍太湖結義

燕青等人設計得到了陳觀的三四百隻船以後，立刻派人稟報宋江，宋江帶著人馬親自來到定浦村。吳用讓軍士挑出三百隻快船，船上都插著方貌給的旗幟，在船裡埋伏著兩萬多人，大小頭目也藏在船上；又挑選了一千名士兵，穿上方貌給發的衣服；另外又派穆弘和李俊假扮陳益、陳泰，劃著船朝固山方向駛去。

固山上的崗哨看見有三百隻戰船慢慢靠近，船上插著自己一方的旗號，連忙報告呂樞密。呂樞密聽到後帶著十二個統制官到江邊細看。船在城下慢慢地停了下來，呂樞密軍中有人問道：「你們是從哪裡來的？」穆弘說：「我叫陳益，這是我兄弟陳泰，我們的父親叫陳觀，我們特意帶來五萬石大米、三百隻船和五千精兵來歸順將軍，感謝樞密的舉薦，有證明文書在這裡。」對方守軍接過文書，交給了呂樞密，呂樞密一看公文果然是真的，於是就讓穆弘和李俊離船上岸。

船上的梁山眾英雄，等了很久也沒見有什麼動靜，於是張橫、張順就帶著幾個將領，拿著兵器上岸去接應他們。防守在江面上的南軍，哪裡能攔得住他們呢？李逵和解珍、解寶最先殺到城邊。把守城門的南軍剛準備抵抗，李逵掄起手中的板斧，三下五除二就解決了守城的士兵。城邊喊殺聲響成一片，解珍、解寶拿著鋼叉殺向城裡，城門就這樣落入宋軍的手中。李逵站在城門邊，看見敵人就砍過去，下手時毫不留情。

呂樞密手下的十二個統制官，聽見城邊的喊殺之聲，正準備趕過去增援，史進和柴進帶著三百隻船裡的軍兵，脫去偽裝，向岸上沖過來。跑在最前面的兩個統制官剛到城門時，一個被史進一刀砍下馬來，另一個被張橫一槍刺死。穆弘和李俊在城裡四處放起火來，城裡頓時變成一片火海，城頭上也豎起了宋先鋒的旗號。這時候呂樞密才知道自己上了宋江的當，失敗是在所難免的了，只能帶著手下的殘兵敗將向常州方向逃去。大軍奪下潤州以後，宋江命人把城中的火撲滅，並且貼出公告安撫人民。隨後宋江又和盧俊義兵分兩路：宋江負責攻打常州、蘇州，盧俊義負責攻打宣州、湖州。

呂師囊剛剛逃到常州，宋江的大軍就追了上來。常州的守城將官是錢振鵬，他手下有兩員副將，金節和許定。聽說宋江兵馬殺來，錢振鵬立即帶著六個統制官出城迎戰。

七名將領來到城門外和宋江的兵馬對陣。錢振鵬提著一把非常鋒利的刀，從軍中殺出來，關勝拿起青龍偃月刀出來迎戰。兩人打了三十多個回合，錢振鵬漸漸地有些招架不住。他手下的兩個統制官趕緊過來幫忙。宋軍營下的鎮三山黃信和病尉遲孫立，一個使劍，一個用鞭，也從陣裡出來幫忙。三對人馬在陣前廝殺起來。呂樞密又讓許定、金節出城幫忙作戰，韓滔、彭玘出來迎面正好碰上許定和金節，五對人馬在陣前廝殺，直殺得天昏地暗、日月無光。

錢振鵬手下的金節早就有歸降大宋的想法，打了沒幾個回合，就向自己陣裡跑去，韓滔緊追不放，哪承想對方陣上的高可立看見金節被韓滔追殺，掏出弓，搭上箭，朝韓滔臉上射過來，正好射中韓滔的面門。秦明急忙趕上來掄起**狼牙棒***，準備營救韓滔，卻不料張近仁搶先一步在韓滔的咽喉上補了一槍，韓

*兵器之一。木棒頭部如棗核狀，在紡錘的木制或鐵制的錘頭上，固定有很多像狼牙一樣的鐵釘，形似狼牙，故得名。

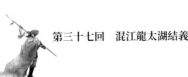

滔當時就氣絕身亡。彭玘一心要為韓滔報仇，就拿著兵器直奔高可立而來，不提防張近仁從旁邊偷襲，一槍把彭玘也挑於馬下。關勝眼看損失了兩名將領，勃然大怒，揮起大刀，手起刀落，錢振鵬的人頭落於馬下。呂師囊見損失了主將，連忙讓援兵從城裡殺出去。宋軍抵擋不住呂師囊的進攻，只能先行撤退，另做打算。

李逵聽說兄弟死了，怒不可遏，叫嚷著要報仇，帶著五百人馬就去常州城下罵戰，高可立、張近仁帶著一千兵馬出來迎戰。李逵掄起斧頭就殺了過去，宋軍一擁而上，南軍被宋軍的這種勢頭給嚇住了，再也抵擋不住宋軍的進攻。混亂中，李逵和鮑旭殺了高可立和張近仁這兩個殺害兄弟的仇人。南軍退回到城裡，掛出免戰牌，再也不敢出來應戰。

宋江的兵馬把常州團團圍住，但是接連幾天下來，城池還是久攻不下。宋江非常著急，晚間巡邏的時候，有人送來一封書信，說是從城頭上射過來的，宋江打開書信一看，原來是城內守將金節射出來的箭書，表示願意和宋軍裡應外合，攻破常州。宋江看了十分高興。第二天，宋江下令兵分三路，攻打常州。呂師囊讓金節出城迎戰，金節和孫立打在一塊，兩人打了還不到三個回合，金節就假裝敗下陣來，向城裡逃去。孫立等人趁機攻占了西門。

城外的金節部下看城裡已經亂了起來，知道宋軍已經攻進城中，頓時都失去了再戰下去的勇氣，一時之間，陣腳大亂。呂樞密眼見城池失守，帶著許定慌忙地從南門逃走了。宋江進城後，一面安撫百姓，一面寫公文向皇帝彙報。此時，盧俊義也已經占領了宣州。

呂師囊逃回蘇州去投奔方貌，三大王方貌見了他十分生氣，讓他戴罪立功，出城去和宋軍作戰。在無錫一戰中，呂師囊被雙槍將徐寧殺死。方貌聽說後更生氣了，又派出八名猛將，一齊殺出去。宋江派出關勝、花榮、徐寧、秦明、朱仝、黃信、孫立、郝思文八個人和他們對陣。這十六個人，每個人都是英雄好漢，那真是棋逢對手，難分高低。直到打了三十幾個回合以後，南軍的一員將領才被朱仝殺死。方貌看損失了一名將領，連忙叫軍士撤退，死守著蘇州城不再出來，等待著援軍的到來。

宋江和吳用知道要想攻破蘇州城，必須商量出一個行之有效的辦法。因為蘇州的水面十分寬闊，要想攻破城池，必須走水路，所以他們讓水軍頭領李俊、童威、童猛幾個人去探聽一下蘇州城的情況。李俊和童威、童猛接到命令以後，駕一葉扁舟駛進了太湖。船快要靠近吳江的時候，對面來了幾十隻漁船。李俊等人假裝要買魚，跟著漁民來到一個漁村。剛走到院子裡，門後鑽出來七八個大漢，一擁而上，就把李俊等人摁倒在地上，二話不說就把他們綁在了木樁上。

說起抓住他們的幾個人，在江湖上也是有些名號的，他們分別是赤須龍費保、卷毛虎倪雲、太湖蛟蔔青和瘦臉熊狄成。這四個人因為不願意受官府的欺壓，就在太湖幹起了殺富濟貧的營生。這個地方叫榆柳莊，四面環水，要想進莊，只有划船才能進來。四個人本來準備殺掉李俊這幾個人，卻為他們的義氣所感動，連忙問他們是從哪裡來的。李俊說：「我是梁山泊宋江頭領的手下，因為征討方臘來到此處，不想碰上幾位英雄，要殺要剮悉聽尊便。」費保聽完之後，連忙跪倒在地，說自己十分佩服梁山眾英雄，立即給李俊三人鬆綁，然後結拜為兄弟。

李俊在榆柳莊住了兩三天，正打算離開的時候，有個打魚的回來報告說，太湖上有十幾隻運輸船劃過來，船上都插著方臘的黃旗，應該是從杭州往蘇州運送軍需的。當天晚上，月黑風高，費保和李俊幾個人劃著六七十只小船，把那些運輸船給攔了下來。

審問過兩個帶頭的人以後他們得知，原來這兩個人是方臘大太子南安王方天定手下的庫官，按照方天定的命令，他們押送新造好的三千副鎧甲給蘇州的三大王方貌。李俊問出了這兩個庫官的名字，又要了方天定給方貌的書信，就把他們殺了。

回到軍營，見過宋江，李俊把劫了方天定運貨船的事講了，並且把軍需輜重和書信的事情一起告訴了宋江。宋江和吳用聽後很高興，連說：「這可能就是天意吧，連老天也在幫助我們！」宋江讓李逵、鮑旭幾個人帶著二百人跟李俊一起回榆柳莊押運鎧甲，按照計畫奪取蘇州。李俊等人回到太湖的榆柳莊，費保假扮成方天定手下的正庫官，倪雲假扮成副使，其他的漁人和水軍頭領也都假扮成船上的水手和艄公，都穿上南軍的衣服，李逵等人藏在船艙裡，趁著天黑朝蘇州城駛去。沒走多遠，他們又碰見戴宗和淩振，原來是軍師吳用讓他們帶著信號炮來幫忙，進城之後就以此為信號。

天快亮的時候，李俊他們一行人押送鎧甲軍需來到蘇州城下。守門的軍士在城上望見自己一方的旗號，趕緊向值班的頭領報告。守門的官員認真檢查過方天定的證明書信，驗證無誤，就把船一隻只放進城，十隻船被放過來之後，守城的軍官立即下令把水門關了。船剛剛進城，李逵這些好漢就從船艙裡鑽出來，朝岸上殺去，在城邊上到處放火。淩振也在岸邊支起炮架，搬出大炮，接連放了十幾個，通知宋江他們已經進城了。方貌聽到火炮聲不斷，四周喊殺聲此起彼伏，不知道城裡到底進來了多少宋軍，頓時大驚失色，嚇得不知道該怎麼辦。城外的宋軍聽見城裡炮聲不斷，也從四面八方向城裡殺來。整個蘇州城裡，喊殺聲震天，方貌手下的兵卒被殺死的不計其數。李逵和鮑旭帶著幾個手下，在城裡橫衝直撞，追殺方貌的軍兵。李俊、戴宗領著費保、倪雲等四人掩護著淩振，在城裡到處放炮，整個蘇州城裡喊殺聲、火炮聲不絕於耳，頓時亂作一團。

方貌看蘇州城裡亂成這樣，知道蘇州城已經保不住了，慌慌張張地爬上馬，帶著幾百人想要殺出南門

逃跑，卻正好撞上黑旋風李逵這一夥人。兩軍廝殺在一起，方貌的兵馬被他們殺得四散奔逃。方貌急忙朝另一個方向跑，在小胡同裡又遇見魯智深，魯智深一禪杖朝他砸過來，方貌不敵，急忙掉轉馬頭回府，卻不想途中又遇武松，武松只一刀就把方貌從馬上砍了下來。宋江的人馬奪下蘇州以後，立即下令把城裡的火撲滅了，然後安撫百姓。

費保這四個人見已經奪下了蘇州城，就來向宋江辭行，說他們想要回榆柳莊。宋江怎麼挽留也挽留不住，只能下令讓李俊等人親自送他們回去。在莊上，費保四個人又準備酒菜招待李俊、童威、童猛。喝酒的時候，費保對李俊說出了自己的心裡話。他說：「小弟我雖然只是個魯莽的漁夫，但以前也聽聰明人常常說，所有的事情有成功也一定會有失敗。哥哥從上梁山泊到今天，已經十幾年了，從來沒有戰敗過。攻破遼國的時候，更是沒有折損一個兄弟，現在攻打方臘，卻不再像以前那樣，這次可謂是損兵折將啊，這恐怕不是一個好兆頭。老話說『**太平本是將軍定，不許將軍見太平**＊』。我們四個人既然已經和哥哥們結為兄弟，我也都是為了哥哥們好，為什麼不趁著現在還興盛的時候，留下來和我們幾個兄弟一起過這清閒的生活，好平平安安地過完這一輩子？這也對得起咱們結拜一場！」李俊聽完以後深受感動，說：「兄弟的一番心裡話，我知道都是為了我們好。只是現在方臘還沒有被剿滅，宋公明哥哥對我恩重如山，我還沒有來得及報答他。如果我現在就跟著兄弟們走了，我梁山眾兄弟以前相聚的義氣不是就都沒有了嗎？等我們平定方臘以後，李俊和兩個兄弟，一定回來找你們！」那四個人一起說：「我們在這裡等哥哥們回來，千

＊用來形容功高蓋主，帝王一旦得了天下就大肆打擊功臣，把權力獨攬。與「狡兔死，走狗烹」「飛鳥盡，良弓藏」「卸磨殺驢」等類似。

萬要說話算話，一定要活著回來呀！」

第二天，李俊離開了費保四個人，與童威、童猛回來見宋江。宋江立刻下令整點水陸兵馬朝秀州殺去。秀州的守將段愷聽說蘇州已被攻破，三大王方貌也被宋軍殺了，早就嚇破了膽子，哪還有什麼抵抗的心思？段愷把城門打開，清水潑街，迎接宋江進城，宋江不費一兵一卒就占領了秀州，接下來要打的就是杭州了。

第三十八回　張順魂捉方天定

滅了方貌以後，宋江率領軍隊漸漸逼近杭州城。杭州城的戰略位置非常重要，南邊是錢塘江，西邊是煙波浩渺的太湖，所以方臘派了他的大兒子方天定鎮守杭州城。方天定的手下有兵馬七萬多，四個元帥，二十四名戰將，實力非常強大。一天，宋江等幾個將領正計畫著怎麼攻打杭州城，忽然接到聖旨，說皇帝身染疾病，要神醫安道全立刻回東京診治。宋江不敢違抗皇帝的命令，趕緊讓安道全回東京覆命。

這時候，方天定那邊也在積極準備和宋江交戰。這一天，宋江帶著三路兵馬進攻杭州。中路大軍由徐寧、郝思文兩人率領，他們的隊伍剛剛來到北城門外，就發現城門大開，城上的戰鼓咚咚地敲了起來，緊接著方天定的兵馬從城裡殺出來，打了宋軍一個措手不及。徐寧、郝思文剛要向回跑的時候，西邊又有一百多名騎兵沖了過來。徐寧拼了命從人群裡殺出來，回頭卻發現郝思文沒有跟出來，又殺回去準備救他，可是郝思文已經被敵軍活捉了。徐寧急著要救人，卻不料敵軍中射出一箭，正中徐寧，隨後方天定手下的六員將領從背後殺過來，準備活捉徐寧，在危急的時候，關勝帶兵殺了過來，趁著兩軍混戰把徐寧救了回來。

宋江聽說徐寧受傷，趕緊前來探望。只見徐寧昏迷不醒，宋江忍不住哭了起來。趕緊叫軍醫來為他療傷，卻發現那箭上抹有毒藥。宋江長嘆一口氣說：「要是神醫安道全在的話，我兄弟可能還有救，現在只能是聽天由命了！」宋江派人送徐寧到秀州養病，後來沒過多久，徐寧毒發身亡。宋江又派人四處打聽郝思文的消息，卻得到郝思文早就被方天定殺了的消息。宋江接連損失了兩員大將，只能暫時收兵，將杭州城圍了起來。

話說李俊等引兵在北新橋守路，派人到古塘深山處探路，聽報告說：郝思文被捉而死，徐寧中毒箭而死。後來李俊和張順申請調到桃源嶺西山深處駐紮。一天，張順對李俊說：「南兵都駐守在杭州城裡，我們在這裡屯兵。現在半個多月過去了，也不見他們出戰，我們駐紮在山裡，什麼時候才能攻下杭州城啊？我準備游到水門，點火為號，炸開水門，讓我們的兵馬能從水門殺進去，從而奪下杭州城。」李俊聽完後，說：「辦法雖然是個好方法，但是你一個人去恐怕太冒險了。」張順說：「我們兄弟二人從小在潯陽江上打魚，風裡來浪裡去的，沒少吃苦，直到遇見宋江哥哥，這才算是有了個人樣。如果能幫宋江哥哥攻下杭州城，我就是死了，也心甘情願，也算報答了哥哥的知遇之恩。」

當天夜裡，張順收拾妥當，身上藏了一把蓼葉尖刀，來到西湖岸邊。他把衣服脫下來放到橋底下，把刀掛在脖子上，就一個猛子鑽入湖中。這時已經是深夜，月光灑在湖面上，張順悄悄摸到湧金門旁邊，伸出頭來看時，城上靜悄悄的，沒有一個人。**女牆***邊，也只有四五個人在那裡把守，張順鑽進水裡又等了很久，再冒出頭來看的時候，女牆邊的人也都不見了。

張順在水中摸到湧金門的下面，發現那裡都用鐵窗和水網隔著，簾子上還綁著銅鈴。張順見鐵窗牢固，不能進入，他扯動水簾的時候，牽得銅鈴直響。城上的人聽見鈴鐺響，大喊起來，張順再次鑽到水裡。城上的人說：「這鈴聲響得真奇怪，難道是有什麼大魚，撞動了下面的鈴鐺？」守軍們看了一會兒，發現沒有什麼動靜，又都去睡了。張順在水裡又躲了很久，發現從水裡根本沒有辦法入城，只好先游上岸來，看看能不能順著城牆爬上去。張順上岸後，看到城上一個人也沒有，隨手抓了些土塊，朝城上扔了過

去。守城的軍士叫了起來，等到他們朝城下看的時候，卻又什麼東西都沒有發現。

張順躲起來又等了好久，等到城上再次安靜下來後，他就鑽到城邊來聽，卻發現什麼聲音也沒有。張順又抓了些土石扔到城上去，還是沒有什麼聲音。張順心裡想：「天就快要亮了，我再不上去，就要被人發現了。」他順著城門朝城上爬去，哪承想剛爬到一半，就聽見上面一聲梆子響，城牆上伏兵四起。張順翻身往水裡跳去，就在他剛要入水的時候，城牆上的箭、鵝卵石等一齊招呼下來。可憐英雄張順，被亂箭穿胸，死在湧金門下。

等到天亮以後李俊探得消息，就派人向宋江報告說：「張順去湧金門探察敵情，準備進城時，不想被亂箭射死在湧金門下。」宋江聽完以後，哭得昏厥在地，其他將領也都非常難過。

宋江決定先攻打杭州周圍的地方，然後再攻打杭州。在攻打杭州周圍的地方時，宋江軍中又損失了董平、張清、周通、雷橫等眾多英雄。可是杭州城還是久攻不下。正當大家一籌莫展†的時候，解珍、解寶前來向宋江報告說，在城南的範村劫下了幾十隻方臘的押糧船，還抓住了富陽縣的袁評事。吳用聽完後高興地說：「真是踏破鐵鞋無覓處，得來全不費工夫，這些糧船，可是幫了我們大忙了！」他立刻讓解珍、解寶押袁評事來審問，袁評事哭著說：「將軍饒命，我們都是大宋的子民，只因方臘逼迫，如果不順從他們，我們全家都要遭殃啊！」吳用好言安慰，然後讓他按計策行事。

解珍、解寶等人跟著袁評事押著運糧船來到杭州城下，城上的守軍連忙向太子稟報。方天定派手下的

＊建在城牆頂部內外沿上的薄擋牆。其與大城相比，極為卑小，故稱女牆。

†一點計策也施展不出來，一點辦法也想不出來。籌，籌畫、計謀；展，施展。

六員將領，帶著一萬兵馬出去督促艄公*們搬運糧食進城。這時宋軍的人馬早就摻在艄公、水手隊裡，同搬運糧食的人一起混進城裡。後來，宋江的其他兵馬也悄悄圍住杭州城只等著裡應外合，攻破杭州。當天夜裡，淩振掏出九箱信號炮，在各處放起信號。城裡的士兵沒多久就亂成一鍋粥，不知道有多少宋軍在城裡。方天定在太子宮裡，聽到消息後十分震驚，連忙披掛上馬來迎戰。這時，各個城門上的軍士，早都望風而逃了。方天定在馬上眼看著宋軍擁入城中，心裡想：「看來杭州已經保不住了，我還是趕緊回去稟報父王吧！」於是他就從南門逃走了。方天定剛跑到五雲山下，這時候從江裡走出一個人，嘴裡銜著一把刀，一直朝著方天定走過來。方天定見來人模樣非常兇狠，就想趕緊離開這是非之地。可是那匹馬像被粘在地上一樣，怎麼都不能動。那個漢子把方天定從馬上扯下來，一刀就把他的頭割下來，騎著方天定的馬，一手拎著頭，一手拿著刀，朝杭州城奔去。

林沖、呼延灼領兵趕到六和塔的時候，正好碰見那漢子。兩個人認出他是張橫，當下十分吃驚。呼延灼大叫道：「兄弟從哪兒來？」張橫什麼話都不說，騎著馬直奔城門而去。這時宋先鋒的大隊兵馬都進了城，遠遠看見張橫騎著馬跑過來，大家都覺得奇怪。張橫一直走到宋江面前，才從馬上下來。他把刀和方天定的頭扔在地上，一邊向宋江磕頭，一邊大哭起來。宋江慌忙抱住張橫說：「張橫兄弟，你從哪兒來？」張橫說：「我不是張橫。」宋江驚疑地問道：「你不是張橫，那你是誰？」張橫說：「小弟是張順！今天哥哥破了城池，兄弟的魂把方天定纏住了，帶著他的頭來見哥哥。」說完就昏死在地上。

宋江扶起張橫，他慢慢睜開眼睛說：「我不會是在陰間見到哥哥了吧？」宋江哭著說：「剛才是張順兄弟的魂附在你身上，殺了方天定那個賊子，你沒有死。」張橫大驚失色：「這麼說，我兄弟已經死了？」說完便再次昏倒在地上。

宋江攻下杭州城後，祭奠亡靈，犒賞三軍，貼出告示，安撫當地百姓。隨後他又與盧俊義兵分兩路，宋江負責攻打睦州，盧俊義進軍歙州。宋江率領兵馬向睦州進發，這一天來到烏龍嶺†腳下，過了嶺就是睦州。這個烏龍嶺，地理位置非常好，背靠長江，山勢險峻，水流湍急，是歷來兵家必爭之地，易守難攻。宋江怕中埋伏，只能駐紮在山下。他派李逵、項充、李袞帶著五百人去探路。這三人剛到烏龍嶺腳下，上面的滾木⁑、礌石§一起落了下來，根本無法前進半步，眾人只有退回來報告宋江。宋江又派阮小二、孟康、童威、童猛四人從水路查看情況，哪知水路也有埋伏，阮小二、孟康也戰死了。

宋江眼見又損失了兩員大將，既難過又煩惱。這時解珍、解寶來找宋江，說：「我倆原本就是獵戶。現在我們準備裝扮成獵戶的樣子，到山上去點一把火，那時賊兵一定會亂成一團，這樣我們的大軍就可以過去了。」吳用說：「計策雖然是好計策，但是這裡山勢險峻，如果有一點不小心，就有性命之憂哇！」解珍、解寶卻說：「我們二人，在登州被逼上梁山以來，多虧了哥哥，才能做這麼多年的好漢，就算是粉身碎骨報答哥哥，那也不算什麼。」

這天夜裡，解珍、解寶穿上獵戶的衣服，腰裡挎著一把快刀，提著鋼叉，從小路向烏龍嶺走去。那烏龍嶺的確是一個險峻的地方，他們把鋼叉掛在背後，手腳並用，一步步往嶺上爬。當時月光照到山崖上，像白天一樣。他們掛在背後的鋼叉剮到岩壁上、樹上，弄出叮叮噹當的聲音，嶺上的人早已發現了他們。

＊ 船尾掌舵的人，泛指掌船的人，多數是男性。
† 現位於浙江建德梅城東北方，是古時候嚴州通往杭州乃至以北地區的重要官道。
⁑ 防衛堡壘、高地時，從高處投放或滾放的長粗圓木。
§ 從高處推下撞壓敵人的石頭。

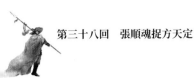

解珍剛爬到山頂，只聽上面有人喊：「中！」一個撓鉤正好搭住解珍的頭髻，把他往上拖。解珍心裡著急，慌忙從腰裡拔出刀把撓鉤砍斷，人也從半空裡摔下去。可憐解珍做了一生的好漢，就這樣摔了個粉身碎骨。解寶看哥哥摔下，急忙往回撤，這時山頂上的滾木、礌石一起落下，竹藤裡還射出短弩弓箭，解寶也被射死在烏龍嶺的樹叢裡。

士兵來報告宋江，說又損失瞭解珍、解寶兄弟，宋江哭得肝腸寸斷，幾次暈倒。醒來後，他派關勝、花榮出兵攻打烏龍嶺，要為死去的兄弟報仇。這一戰雙方各有死傷，對方的兩個副將被殺死，宋江這邊也損失了不少將士，但是依然攻不下烏龍嶺，宋江等人只能再次撤回來，考慮其他的方法。

當天夜裡，他們從當地的老百姓裡，找到一個引路的老人，那個老人帶著他們從小路繞過烏龍嶺。宋江等人準備攻打烏龍嶺關隘的時候，正好遇見方臘的國師鄧元覺。鄧元覺一馬當先向宋軍挑戰。秦明出來迎戰鄧元覺，兩個人打到五六個回合，秦明假裝逃跑。鄧元覺看到秦明逃走，就直奔宋江而來，準備活捉宋江。哪承想這是一個計謀，鄧元覺漸漸靠近宋江，本以為勝券在握，不料花榮拉開弓，朝鄧元覺的臉上就是一箭，鄧元覺被箭射中，掉下馬去，被亂刃分屍。方臘的士兵一看主帥死了，頓時像一盤散沙，各自逃命去了。

方臘聽說鄧元覺也被宋江軍隊殺死，非常吃驚，急忙派殿前太尉鄭彪，帶著一萬五千名**御林軍***，連夜趕到睦州去救援。鄭彪推薦天師包道乙和他一起去，於是方臘封鄭彪做先鋒，封包天師為中軍，率領軍隊朝睦州進發。那包道乙原來是金華山裡的人，從小就出家，學得一身法術，後來跟著方臘造反，被尊稱為「靈應天師」。鄭彪也酷愛道法，於是就拜包道乙為師，他學到了許多法術，因此被人稱作「鄭魔君」。

宋江帶兵剛要攻打睦州，有探馬來報告，說方臘派援軍來了。宋江讓王矮虎、一丈青兩個人去迎戰。

夫妻二人帶著三千人，正好遇見鄭彪。

王英和鄭彪打在一起，才打到八九個回合，那鄭彪嘴裡念念有詞，頭頂上冒出一道黑氣來。王矮虎見後，大吃一驚，手忙腳亂，被鄭魔君一槍戳到馬下。一丈青看見丈夫死了，揮舞著雙刀和鄭彪戰在一起。剛打了一個回合，鄭彪假裝逃走，一丈青殺紅了雙眼，不知是計，急忙追上來。鄭魔君從懷裡摸出一塊金磚，轉身照著一丈青頭頂砸下來，一丈青沒有防備，就這樣死在鄭魔君手下。

宋江聽說又損失了王矮虎和一丈青，十分憤怒，急忙帶領兵馬去迎戰。李逵提著兩把板斧直接殺到鄭彪的面前，鄭彪又假裝逃走。宋江擔心李逵有危險，急忙讓五千人馬一齊殺了上去，方臘兵馬四散而逃。宋江剛要收兵，只見周圍烏雲密布，一時之間，伸手不見五指。宋江的兵馬找不著路亂了起來。宋江仰天長嘆道：「難道是老天要亡我宋江，我註定要死在這裡？」

＊民間對禁軍的俗稱，指古代護衛皇帝及京城的軍隊，古代小說中多用，但真實歷史中並不存在這一軍號。唐代有左右「羽林軍」，為皇帝禁軍，「御林軍」一詞應為「羽林軍」的俗寫。

第三十九回　智取清溪洞

宋江等人被鄭魔君的魔法困住，不知道該怎麼辦，宋江正打算受死時，一個秀才突然出現，把他救了出來。宋江醒來，發現原來只是一個夢。他醒來一看，眼前是一片松樹林。這時雲霧也散了，天氣也變得晴朗了，只聽松林外殺聲震天，宋江帶領士兵從裡面殺出來，正好遇見魯智深、武松。

包道乙在馬上看見武松拿著兩把戒刀朝鄭彪殺去，就拿出一把劍，往空中一拋，打中武松的左臂。眼看武松有危險，魯智深揮起禪杖，救下武松。武松的左臂雖然斷了，但是包道乙的劍因為插在武松的斷臂上，再也沒有辦法施妖術了。救下武松之後，魯智深又接著殺回敵陣裡，正好遇到夏侯成。兩個人鬥了數回合，夏侯成落荒而逃，魯智深拖著禪杖緊追不捨，一直追到深山裡去了。

這時鄭魔君也帶著士兵殺到宋軍裡，李逵、項充、李袞三個人各自拿起兵器，一齊殺了過去。鄭魔君見抵擋不住三個人的圍攻，準備逃走。三個人跟在後面緊追不捨，正在這時，敵方又有三千兵馬殺出來，宋兵陷入包圍之中，可憐李袞、項充就這樣死在亂軍中！李逵已經殺紅了眼，揮動手中的板斧，一直追入深山當中。溪邊的敵軍剛要襲擊李逵，這時花榮、秦明等人帶著兵馬殺了過來，救出了李逵。宋江聽說項充、李袞陣亡，魯智深下落不明，武松的左臂折斷了，難過得流下淚來。

幾天以後兩軍再次交戰，包道乙坐在城頭上觀戰。鄭魔君提著槍出陣挑戰，宋江陣裡的大刀關勝出來迎戰鄭魔君。鄭魔君哪裡是關勝的對手，幾個回合下來，被關勝打得只有招架之功而無還手之力。包道乙看鄭魔君要吃虧，就趕緊作法，口中念念有詞，只見他頭上冒了一道黑煙，黑煙中間有一個金甲神，他手拿武器，從空中打過來。宋江看見，連忙叫混世魔王樊瑞也作法並念天書上的祕訣。只見關勝的頭頂上升起一片白雲，白雲中間也現出一個神將，那個神將去迎戰金甲神。這時，地上是兩方軍隊廝殺在一起，兩個將領也鬥得不可開交，空中是兩個天將打在一起。沒打幾個回合，關勝頭上的神將便打敗了金甲神，關勝手起刀落，把鄭魔君砍於馬下。

包道乙看宋軍獲勝，剛要站起來逃跑，被淩振一炮打中，死在城上，方臘軍中大亂，宋兵趁機殺進睦州城。入城後，宋江兵馬先燒了方臘的行宮，隨後貼出公告安撫當地居民。

話說副先鋒盧俊義自從在杭州和宋江分開以後，他就帶著三萬人馬去攻打歙州。守衛歙州的是方臘的親叔叔方垕，尚書王寅、侍郎高玉也和他一起把守歙州。盧俊義等人趕到歙州城下，安營紮寨後，就和眾將領來攻打城池。

龐萬春帶兵馬出來迎戰盧俊義等人，宋軍派出大將歐鵬。仇人見面，分外眼紅，兩人很快就廝殺到一起。剛打了不到五個回合，龐萬春假裝敗走，歐鵬不知是計，緊緊追趕。那龐萬春突然射出一箭，歐鵬反手抓住，卻沒有提防龐萬春能連放很多箭，只是放心地加快速度追趕。龐萬春又射來一支箭，歐鵬不幸中箭，從馬上摔了下來，眾將把歐鵬救了回來，眼看他已經奄奄一息*了。

南軍看宋兵吃了敗仗，準備趁機去劫營寨。當天夜裡，龐萬春和高侍郎帶著軍兵來偷襲宋營。哪知一進寨裡，一個士兵都看不到，這才知道中計了，眾人掉轉馬頭，準備逃走，只聽見山頭喊聲四起，四周的

＊形容氣息微弱臨近死亡。也比喻事物即將消亡、湮沒或毀滅。奄奄，形容氣息微弱。

伏兵一起殺了過來。龐萬春和高侍郎拼命沖出寨門，正好撞到呼延灼，高侍郎心慌，沒打幾個回合，就被呼延灼抓住破綻，打死在雙鞭下。龐萬春拼了命突出重圍，剛要逃脫，湯隆的鉤鐮槍拖住他的馬腳，龐萬春栽倒並被活捉了。

第二天，盧先鋒再次帶兵到歙州城下，卻看見城門大開，成了一座空城。單廷圭、魏定國帶著軍士就殺進城去。兩個人剛進城門，就連人帶馬掉到陷坑裡，原來這是一個圈套。埋伏著的長槍手、弓箭手，一擁而上，兩人就這樣死於陷阱之中，其情形真是悲慘。

盧先鋒眼見又損失了兩員將領，心中又氣又悲，急忙叫前面的軍兵一邊填陷坑，一邊和敵軍廝殺。盧俊義一馬當先殺到城裡，正遇見方臘的親叔叔方垕，兩人才打了一個回合，盧俊義就手起刀落，方垕被殺死於馬下。宋軍中的其他將領也都十分勇猛。那王寅剛要逃走，就遇見李雲，兩個人一個馬上一個地上戰到一起，王寅拿著槍朝李雲刺去，李雲沒有躲掉，戰馬把李雲踩倒。石勇看李雲危險，急忙沖上前來救李雲，和王寅打了幾個回合，石勇就招架不住，被王寅一槍挑下馬來，就此命喪黃泉。孫立、黃信、鄒淵、鄒潤四個人一起趕來，堵住王寅。王寅以一敵四，仍然表現得十分神勇。正在這時，林沖又殺了出來，這林沖曾經是東京八十萬禁軍教頭，王寅就算有三頭六臂，怎麼能打得過這五個人。漸漸地，王寅力不從心，死於馬下，幾人提了王寅的頭顱來向盧俊義彙報。這時盧俊義已經拿下城裡的方臘行宮，他把攻下城池的事報告給了宋江。

方臘退往清溪洞，在那裡設了議事廳，正打算和文武百官商量如何打退宋軍，突然有殘兵來報告，說睦州、歙州都失守了，現在宋江正兵分兩路來攻打清溪洞。方臘聽了以後大驚失色，立即傳下旨意，要帶上全部人馬和宋江決一死戰。方臘兵分兩路，一路讓他的侄子方傑做正先鋒，杜微做副先鋒，帶著大內護駕御林軍一萬五千人去和宋江作戰。另外一路派禦林護駕都教師賀從龍帶著御林軍一萬人，去抵擋歙州盧俊義的兵馬。宋江、吳用派遣關勝、花榮、秦明、朱仝四個人作為前鋒來攻打清溪洞。

關勝、花榮等人剛剛出發，就遇上方傑的軍隊。這方傑的武器是一杆方天畫戟，有萬夫不當之勇。方傑提著方天畫戟出來叫陣，杜微跟在他後面，宋江陣上閃出秦明。秦明手拿狼牙棒，朝方傑砸了下來。方傑雖然年紀輕輕，卻毫無懼色，那杆方天畫戟也用得十分嫻熟，和秦明打了三十多個回合，竟然分不出高低。

方傑看秦明十分厲害，便使出自己所有的本事，不露出一點破綻。

秦明也把本事全部用出來，不給方傑一點機會，這真可謂是**棋逢對手，將遇良才**＊。這時敵軍中的杜微坐不住了，他在後面看見方傑打了這麼久也沒贏，暗中掏出飛刀朝秦明臉上扔去。秦明連忙躲避，方傑見秦明露出破綻，揮動方天畫戟，一戟把秦明戳下馬來。可憐霹靂火秦明，就這樣死了。宋江見秦明死了，臉色都變了，一面讓人搶回屍體，一面又派人應戰。

方傑戰勝秦明正在暗自得意，聽得有人來報告：「禦林護駕都教師賀從龍被盧俊義活捉，宋兵已經從山後殺過來了，聖上讓你回去護駕。」原來是方臘聽了賀從龍被活捉的消息十分害怕，慌忙傳旨讓方傑收兵，來保護自己。

宋江看見方臘退兵，就立即率領大軍追殺過去。這時盧俊義的兵馬從敵軍後面殺過來，兩路人馬兵合一處，把清溪城團團圍住。宋江手下的眾頭領，從四面八方殺進去捉拿敵軍，一直殺到方臘的宮中。

方臘在方傑保護下，退到了幫源洞，死死守住洞口。宋江、盧俊義把整個幫源洞重重圍住，卻沒有辦

＊比喻交戰或競技的雙方本領相當，不相上下，比拼十分激烈。

法打進洞去。方臘就這樣被圍了很多天，既無糧草又無救兵，他正在發愁的時候，駙馬都尉柯引前來請戰，要去擊潰宋軍。方臘聽後非常高興，立即撥給他一萬御林軍，又讓方傑作為副將出戰。

這柯引是何許人也？為何在人人自危時，他敢自願請纓上戰場？其實他是宋江手下的小旋風柴進。原來柴進在蘇州被攻占之後，就按宋江吩咐化名柯引，作為內應和燕青假裝投靠方臘。柴進不僅聰明，而且膽大心細，方臘非常賞識他，就把女兒嫁給了他。

這一天，宋軍將領正在幫源洞門前叫陣，柴進出門迎戰，花榮、關勝、朱仝幾個人假裝抵擋不住，敗下陣來。方臘知道以後非常高興，親自慰勞駙馬。柴進謝過方臘後，說：「明天請大王親自來觀戰，我會把宋江活捉，進獻給大王。」

第二天，方臘親自帶領人馬來給柴進助威。方傑出來交戰，宋江陣裡關勝、花榮、李應、

朱仝四人一擁而上，和方傑戰在一起。方傑見四個人打他一個，知道難以抵擋，掉過頭來就跑。不料柴進斜裡殺出，一槍刺中方傑，柴進身後的燕青趕上來，手起刀落，方傑人頭落地。柴進對方臘軍兵大喊道：「我是宋江先鋒部下的小旋風柴進，誰敢反抗，下場就跟方傑一樣！」方臘軍中的人，看到方傑已死，都嚇得四散奔逃。柴進一馬當先，帶著兵馬向幫源洞裡殺去。方臘看到方傑死了，知道情況不妙，急忙往後山深處逃去。宋江的兵馬攻到洞裡，一把火燒了方臘的深宮內院。

阮小七帶人殺入院中，搜出一箱方臘偽造的黃袍。阮小七心想：「這方臘都可以穿上龍袍過過癮，我穿上試試也沒關係吧？」於是就把龍袍穿上，戴上皇冠，騎上馬跑出去了。宋軍看到以為是方臘，跟著追了出來，等到近前才發現是阮小七。眾人圍著阮小七指指點點，很是熱鬧，童貫手下的那兩個人本就看不慣這些梁山好漢，趁機罵了起來。阮小七怎麼受得了這種氣？他剛要動手的時候，被呼延灼攔了下來。宋江知道此事之後，做了一回**和事佬**＊，童貫手下的那兩個人這才消氣，但懷恨在心，準備伺機報復梁山眾將。

再說方臘從幫源洞上慌慌張張地逃跑，一路翻山越嶺，只顧著逃命，也不知道跑了多久，突然看見一處茅草房子，他剛要進去躲避一下順便找些東西吃，松樹背後忽然轉出來一個胖大和尚，一禪杖就把方臘打翻在地。這和尚用繩子把方臘綁了起來。原來這和尚正是魯智深。他在烏龍嶺和宋江兵馬走失以後，遇到了一個老和尚，老和尚將他帶到這裡並且囑咐他，說見到一個大漢從這兒過就要抓住，那個就是他要找的人。

魯智深帶著方臘來見宋江，宋江立即叫人把方臘裝上囚車，準備押送回京城。宋江問魯智深是如何捉

＊指調解紛爭的人。

到方臘的，魯智深就把先前的遭遇說了。宋江又問：「那個老和尚現在在什麼地方？」魯智深答：「那個老和尚把我帶到這個茅草屋，告訴我柴米的地方，就不知道去了哪裡。」宋江說：「那老和尚肯定是一位得道高人。如今你立了大功，我回到京城上奏朝廷，可以讓你還俗做官，讓你封妻蔭子，光耀祖宗，報答父母辛苦養育之恩。」魯智深答：「我已經心灰意冷，不願為官，只想找個清靜的地方，安身立命。」宋江說：「你既然不肯還俗，便到京師的名山大刹做住持，做一個僧首，也能顯示威名。」魯智深聽了，搖頭說：「這些都不要，要多了也沒用。」兩人又說了一會兒，但都有些不高興了。

隨後，宋江設下祭壇祭奠陣亡的兄弟們，祭奠完畢，宋江不由得悲從中來：「想我們兄弟一百零八人，親如兄弟，當初破遼的時候沒有損失一人，如今征討方臘，雖然最後獲勝了，可是兄弟們卻再也回不來了。」想到此處，宋江禁不住流下淚來。

在清溪城駐紮了一段時間，宋江就帶著剩下的兵馬回京城。他們路過杭州的時候，軍隊駐紮在城外的六和塔。半夜的時候，魯智深醒來，忽然聽見錢塘江的潮信傳來，魯智深是關西人，沒聽過浙江潮信，以為是戰鼓在響，提起禪杖沖出門去。眾人感到奇怪，就問他：「師父你這是怎麼了？」魯智深回答：「洒家剛才聽到戰鼓在響，是不是有人來襲擊軍營？」其他人都笑了起來，說：「師父你聽錯了！那不是錢塘江的潮信嗎？」

聽到這裡，魯智深突然想起師父的偈言中有「聽潮而圓，見信而寂」的話，知道自己將命不久矣。他請寺裡的僧人燒好了熱水，把全身洗乾淨，穿上僧衣，又點上一爐香。宋江來看望魯智深的時候，他已經沒有了氣息。

武松失去了一隻手臂，本來就情緒低落，他看到魯智深圓寂了，就對宋江說：「小弟現在已經殘廢了，不想回京了。」武松就留在寺裡出家，他後來活到八十歲。

宋江等人準備繼續趕路，林沖突然中風，楊雄也因為背瘡死去，時遷又得了絞腸痧而亡。宋江非常傷感，把林沖留在六和寺中，托武松照料，半年後林沖就不愈身亡。

回京的路上，燕青對盧俊義說：「小乙從小侍奉主人，現在大事已成，我想從此隱居山林，在山裡度過後半生。」盧俊義挽留道：「我們征討方臘有功於國家，正當加官進爵，你為什麼要隱居呢？」燕青勸盧俊義說：「我有一種不好的預感。『**狡兔死，走狗烹**』*，主人難道不知道韓信立下十大功勞，最後卻也落得身敗名裂嗎？」盧俊義自認為對朝廷忠心耿耿，朝廷一定不會虧待他。燕青見勸說無用，只好一個人離開了。

宋江等人來到蘇州城外，李俊假裝中風，他不想跟宋江回京城，並且要求童威、童猛留下照顧自己，宋江只好答應。宋江走了以後，三個人和費保他們打造船隻，一起到海外逍遙去了。

＊又叫兔死狗烹，指狡猾的兔子死了，獵狗就沒用了，也泛指在用完一個人後立刻拋棄他。

歷史好奇問

你知道施耐庵名字的由來嗎？

施耐奄本名彥端，一天，他寫到《水滸傳》中石秀智殺裴如海，頭陀敲木魚這一段，突然想到東林庵珍藏的木魚木槌，心中疑惑不解，便徐徐麒：「你這庵裡的木魚木槌，為何像寶貝一樣珍藏呢？」徐麒說：「這庵裡原先住著一位老和尚，他念經拜佛用心極誠，一邊念經一邊敲木魚。」說著他用手指著木魚的凹陷處說：「你看，這讓他們懂得讀書、做學問就是要專心致志。」施耐庵聽了，連連點頭：「我們寫書，也要有那種鍥而不捨的精神才行啊！」事後，他提筆寫了「耐庵」兩個字，貼在門楣上，意思是告誡自己要排除一切困難，寫好《水滸傳》。外人不知其意，便把他為「耐庵」先生，時間長了，他也覺得這個名字不錯，便改名為施耐庵。

第四十回　宋徽宗夢遊梁山泊

宋江率領梁山好漢剿滅方臘後班師回朝，再次經過常州、潤州這些以前交戰過的地方時，不免觸景生情。出兵的時候，兄弟們聚在一起很是熱鬧，但是現在一百零八人只剩下二十七人回來。正將十二人：宋江、盧俊義、吳用、關勝、呼延灼、花榮、柴進、李應、朱仝、戴宗、李逵、阮小七。偏將十五人：朱武、黃信、孫立、樊瑞、淩振、裴宣、蔣敬、杜興、宋清、鄒潤、蔡慶、楊林、穆春、孫新、顧大嫂。這樣強烈的對比怎能不令他肝腸寸斷？他們過了揚州，進入淮安，很快就要到京師了。這一天，宋江、盧俊義等二十七名餘下的梁山將領，聽從宋徽宗的旨意進城。京城裡面的老百姓看到就只有這二十七個人回來，禁不住也都感慨萬千。

此次征討方臘，梁山好漢一共陣亡正偏將五十九人，宣和五年九月，宋江和盧俊義寫好奏章給宋徽宗，把所有陣亡將領的名字列到上面。因為征方臘有功，宋江被封為楚州安撫使兼兵馬都總管，盧俊義被封為廬州安撫使兼兵馬副總管，其他將士也都按照軍功被授予不同的官職。封官進爵之後，剩餘的梁山兄弟雖然不忍分開，但君命難違，只得去各自任職的地方了。

這一天，神行太保戴宗來向宋江告辭說：「小弟我不想做官，想回泰安州的嶽廟出家。」宋江見他心意已決，也不好多加攔阻，只好隨他去了。阮小七因為戲穿方臘的龍袍，被奸臣誣陷蓄意謀反，因此被剝奪官職，貶為平民。阮小七對此感到非常氣憤，但是他自由慣了，也不願意做官受人管制，於是帶著老母親回梁山泊的石碣村去了。

小旋風柴進聽說阮小七被貶為庶民，他心裡尋思：「我以前假裝投降方臘並做過他的假駙馬，要是這件事被奸臣利用，那我的下場就不會是削職為民了，保不准要掉腦袋。」於是他就以身體有病作為藉口，辭官回到滄州隱居去了。

後來，李應也藉故辭去官職回家經商去了。大刀關勝在北京大名府做兵馬總管，一天因為喝醉酒從馬上掉下來摔死了。呼延灼後來率領大軍抵抗金兵，在淮西戰死。其餘的正將還有朱仝在保定府任職，花榮在應天府任職，吳用在武勝軍任職，李逵在潤州任職。那十五個偏將也在不同的地方任職，這裡就不再列舉。

再說禍國殃民的蔡京、童貫、高俅、楊戩這四個大奸臣，每天就琢磨著怎麼暗害宋江這些忠良之臣。宋江是梁山的大頭領，這幾個奸臣一時間拿他沒有什麼辦法，於是他們商量先對付盧俊義，這樣就等於廢了宋江的一隻胳膊。盧俊義十分英勇。若先對付宋江，他如果知道，肯定會惹出大事。

這天，蔡京、童貫、高俅、楊戩四人上奏徽宗皇帝，說宋江等人正在招兵買馬，準備再次造反，讓徽宗招盧俊義來覲見並賞賜**御膳***，看看是不是真的。那徽宗皇帝聽信奸臣一席話，竟然答應下來。

盧俊義心地坦蕩，沒有防備就來到京師，他上殿朝見天子。徽宗發現事情並不像那四個奸臣說的那樣，梁山好漢們並沒有謀反之心，於是就放下心來，傳旨在大殿設宴招待盧俊義。這時，高俅、楊戩讓早就已經買通了的廚子把水銀偷偷地放在盧俊義的飯菜裡。當天晚上，盧俊義正打算返回廬州的時候，突然覺得身體又酸又疼，沒有辦法騎馬，只好改坐官船回去。盧俊義坐的官船行駛到泗州淮河，水銀已經滲透到骨髓裡面去了，盧俊義在船上一個站立不穩，掉到水裡淹死了。可憐玉麒麟盧俊義，就這樣糊裡糊塗地做了水裡的冤死鬼！

蔡京等人聽說盧俊義死了，立即向徽宗啟奏說：「盧俊義掉到水裡淹死了，恐怕宋江會起猜疑之心。陛下應該快快派人帶著御酒到楚州安撫他。」徽宗也害怕事情真如高俅等人所說的那樣，如果宋江等人一怒之下殺進京城，事情就無法收場了，於是他決定按照高俅等人的話去嘗試一下。卻不知道奉旨的使臣也早就變成了高俅、楊戩的心腹，他們事先在御酒裡放了些慢性毒藥，一心想除掉宋江這個眼中釘。

再說這及時雨宋江自從來到楚州當安撫使，一直都是廉潔奉公，也愛惜百姓，在這裡非常得人心。忙完公事之後，宋江時不時地會到**楚州**†南門外的**蓼兒窪****散心。這蓼兒窪的風景非常好，四面都是水，中間有座高山，山色秀麗，很像當年他們梁山兄弟聚義時的梁山泊。宋江看到這樣的景色，心中想：「如果我死了以後，能埋在這裡，也算是不枉此生了。」

這一天，宋江忽然聽說朝廷使臣來了，他連忙和大小官員出城迎接。宋江把使臣帶到府衙裡，使臣宣讀聖旨以後，就把賞賜的御酒遞給宋江，宋江怎麼也不會想到這酒中已被下了毒，他雙手接過酒杯，一飲而盡。作為回敬，宋江又把御酒送給使臣喝，那使臣卻推託說自己不會喝酒，急急忙忙回東京去了。

宋江自從喝過御酒以後，就覺得肚子有點疼，於是就懷疑這酒有問題，他連忙讓下人去驛館打聽那來

---

* 即帝王世族所享用的飲食。中國古代宮廷御膳，各個朝代的風味特點不盡相同，人們一直認為那就是役使各地名廚、聚斂四方美食而形成的奢侈美食。

† 位於江蘇中北部，是中國古代的漕運和鹽業中心，和揚州、蘇州、杭州並稱為京杭大運河沿岸的「四大都市」。

** 清朝咸豐年間定名為東平湖，古時稱「蓼兒窪」「大野澤」「巨野澤」「梁山泊」等，是《水滸傳》中八百里水泊唯一遺存水域。

使會不會喝酒，下人回來報告宋江說，那些使臣在驛館每天都喝得醉醺醺的。

宋江聽完下人的回報，突然就明白自己是遭人算計了。宋江感慨萬分，他心裡想：「我宋江自從招安以來，從來沒有對朝廷有過半點不忠。現如今天子聽信小人的讒言，想加害於我，這實在是讓人氣憤。我死了不要緊，只是害怕我那兄弟李逵性子剛烈，他如果在潤州聽說朝廷下這樣的毒手，必然要為我報仇，又要落草為寇，這樣豈不是壞了我們兄弟接受招安的一片赤誠之心了嗎？」於是宋江派人連夜去潤州，把李逵叫來，說有事要商量。

李逵自從當了都統制以來，因為思念那些肝膽相照、生死與共的兄弟，心情總是十分低落，每天都借酒消愁，聊以自慰。這一天，聽說宋江派人來找他，李逵說：「哥哥找我，一定是有重要的事情找我商量。」於是晝夜兼程直奔楚州。

李逵見了宋江就開始訴苦，說：「好哥哥，我可想死你了，我沒有一天不想念你，這次我再也不回那破潤州去了。」宋江聽了以後，心中非常難過。他對李逵說：「李逵兄弟，自從分開以後，我也天天想念眾兄弟，現在只有你離我最近，所以我特地叫你來商量大事。」李逵忙問是什麼事，宋江叫人把酒端上來，勸他邊喝酒邊說。酒過三巡，菜也吃了大半，宋江說：「兄弟不知道你聽說沒有，我聽說朝廷想要賜毒酒給我，你想想我應該怎麼辦？」李逵聽到後，立刻勃然大怒，說：「哥哥，要不咱們反了吧！咱們回到梁山泊，重新豎起替天行道的大旗，大碗喝酒，大塊吃肉，豈不是比在這裡受氣要強得多？」宋江聽完，嘆了一口氣說：「你看看我們現在兵馬都沒有了，兄弟也死的死，散的散，怎麼反得成啊？」李逵不服氣地說：「我手下有三千人馬，哥哥這裡也是兵強馬壯，我們再招些弟兄殺回梁山泊！那日子過得才叫快活！比在這幫奸臣手下做事受氣強多了！」李逵不知道他喝的那酒裡，已被宋江下了毒藥。

第二天，李逵告別宋江，要回潤州去。李逵問宋江：「哥哥，你說咱們什麼時候造反哪？我也好回去準備一下。」只見宋江含著眼淚說：「兄弟，你不要怪我！前幾天朝廷賜來御酒，不想那酒中被人下毒，我已經喝了，估計過不了幾天就要死了。我一生都主張『忠義』，寧可朝廷委屈我，我也絕對不辜負朝廷！我死了以後，擔心你會造反，破壞梁山泊『替天行道』的忠義名聲，所以，昨天夜裡我在你喝的酒裡放了慢性毒藥，你回去不久估計也要死了。你死以後，我們就一起葬在楚州的蓼兒窪吧，那裡的風景和梁山泊差不多，也算我們可以魂歸梁山了。」宋江邊說邊哭。李逵聽完也哭了，說道：「算了，算了！我李逵活著的時候服侍哥哥，死了也要在哥哥手下做一個小鬼，繼續服侍哥哥。」李逵同宋江灑淚而別之後，就回潤州去了。沒過幾天，李逵就毒發身亡了。李逵臨死之時，囑託他的手下要把他葬在楚州的蓼兒窪，和宋江葬在一起。可憐忠義如盧俊義、宋江、李逵等人最終都沒能逃脫殘酷的命運。

宋江自從和李逵分別以後，心裡十分傷感，他又想起了吳用、花榮等兄弟，知道從此以後便是永別，再也見不到他們了。臨死之時，他叮囑手下的人，一定要把他葬在南門外的蓼兒窪，好讓他的魂魄能和眾兄弟團聚。後來宋江死了，楚州城大小官吏和百姓都感激宋江的恩德，送殯的時候，官兵百姓夾道相送，沿途擺下香案來祭奠宋江。

軍師吳用自從來到武勝軍以後，就因為想念兄弟們而整天悶悶不樂。忽然有一天，他做了一個夢，在夢裡他見到宋江、李逵兩個人。李逵拽著他的衣服邊哭邊說：「軍師呀，我們這些忠義的人，替天行道，如今被朝廷的奸人給算計了，喝下毒酒。現如今我們已經死了，埋葬在楚州城外的蓼兒窪，我們心中很是想念一起出生入死的兄弟們……」吳用醒來的時候，內心絞痛，淚如雨下。他立即派人去楚州打聽宋江的消息，果然正如夢中所見，宋江、李逵已經毒發身亡，屍體就埋葬在蓼兒窪。

吳用來到楚州南門外的蓼兒窪，在宋江的墳墓前大哭一場。吳用和宋江情同手足，祭拜完畢，準備在宋江墳前自殺，追隨哥哥而去。就在這時，忽聽身後有人叫他，他轉過身來一看，竟然是小李廣花榮。原來花榮也是聽到宋江的死訊，從應天府趕來探尋真偽的。兩人又在墳前拜祭了一番，然後就一起在墳前自殺而死。楚州百姓見到兩人的屍體之後，感念他們兄弟情深，就把兩個人厚葬在宋江墓的旁邊並且建立祠堂，經常前來祭拜。

話說徽宗自從聽信奸臣的話賜了禦酒給宋江之後，

很久都沒見到使臣回來報告，心裡開始懷疑出了什麼問題。這一天，徽宗上朝詢問此事。宿太尉對徽宗說：「臣聽說宋江已經被禦酒毒死了，不知道這件事情是真是假。」徽宗聽完以後大吃一驚，下旨讓宿元景派人去楚州把這件事情調查清楚。

徽宗聽說宋江死了，心裡很不高興，來到李師師家，才喝了幾杯酒，他就覺得有些困了，打起盹來……恍恍惚惚地，他好像來到了一座水寨，慢慢走過去，只見迎面有一座氣勢雄偉的大廳，廳堂上面掛著的橫匾上寫著「忠義堂」三個大字。他走進去一看，只見煙霧繚繞，宋江、盧俊義、吳用、花榮等梁山好漢按座次排列整齊，端坐在裡面。他正想著怎麼跟他們打招呼，忽然看見宋江背後的李逵站出來，手裡拿著板斧，高聲大叫：「狗皇帝！你怎麼能聽信四個奸臣的挑撥，害死了我們？」說完，掄起板斧就砍殺過來。徽宗尖叫一聲，嚇醒了。雖然只是南柯一夢*，他卻嚇得渾身是汗。

宿太尉派人到楚州去打探消息，派出去的人回來以後，把宋江中毒身亡的經過做了一個詳細報告。另外把李逵、吳用、花榮也跟著宋江一起死了的事告訴了宿太尉。宿太尉聽完那人的彙報，連忙進宮把事情告訴了徽宗。徽宗聽了以後，十分生氣，趕緊追問主謀是誰。宿太尉忌憚†奸臣有耳目，不敢說是蔡京和童貫，只說和高俅、楊戩有關。第二天早朝，徽宗大怒，罵高俅和楊戩都是禍國殃民的奸臣。高、楊兩個奸賊磕頭如搗蒜一般連連謝罪，撒謊說對下毒之事一概不知。蔡京、童貫也竭盡全力替這兩個奸賊開脫，說：「陛下，生死有命，富貴在天，宋江等人命該如此，哪裡是我們凡人所能輕易改變的呢？」徽宗最終

* 出自唐代李公佐《南柯太守傳》，淳於棼醉後夢入大槐安國，官任南柯太守，二十年享盡榮華富貴，醒後發覺原是一夢，一切全屬虛幻。後人用「南柯一夢」借喻世間榮華富貴不過是過眼雲煙，一場空夢。

† 對某些事或物有所顧忌、顧慮，表現為害怕、顧慮、畏懼。

因為四賊互相包庇，又因為找不到真憑實據，就赦免了他們的投毒之罪，只是說要嚴加追究使臣的罪責。其實蔡京等人害怕使臣暴露他們的罪行，早就把那幾個使臣偷偷給解決了。因此這件謀害忠良的罪案，就這樣成了一個無頭公案。

宋江等梁山英雄雖然已經死了，但是有關他們的事蹟卻傳頌不衰。楚州蓼兒窪的百姓因為懷念梁山英雄轟轟烈烈的事蹟，就重新修建了祠堂，並且在祠堂裡面塑了梁山一百零八位好漢的雕像。遠近的百姓都經常來祭拜他們。梁山英雄的悲慘結局，究竟是糊塗的皇帝造成的，還是奸佞當道造成的，或者是其他因素造成的，看來只能由後人來評說了。

學習筆記欄

學習筆記欄

學習筆記欄

故事館 故事館系列 055

經典文學之旅系列：水滸傳

少年读经典：水浒传

作　　者　施耐庵
編　　著　劉敬余
審　　訂　白白老師
封面設計　李岱玲
內文排版　李岱玲
企劃編輯　王瀅晴
主　　編　陳如翎
行銷企劃　林思廷
出版二部總編輯　林俊安

出版發行　采實文化事業股份有限公司
業務發行　張世明・林踏欣・林坤蓉・王貞玉
國際版權　劉靜茹
印務採購　曾玉霞・莊玉鳳
會計行政　李韶婉・許俽瑀・張婕莛
法律顧問　第一國際法律事務所　余淑杏律師
電子信箱　acme@acmebook.com.tw
采實官網　http://www.acmebook.com.tw
采實臉書　http://www.facebook.com/acmebook01

ISBN　978-626-349-727-6
定　　價　450元
初版一刷　2024年7月
劃撥帳號　50148859
劃撥戶名　采實文化事業股份有限公司
104台北市中山區南京東路二段95號9樓
電話：(02)2511-9798
傳真：(02)2571-3298

國家圖書館出版品預行編目(CIP)資料

經典文學之旅系列：水滸傳 / 施耐庵著. -- 初版.
-- 臺北市：采實文化事業股份有限公司, 2024.07
368面；17x23公分. -- (故事館系列；55)
ISBN 978-626-349-727-6(平裝)

857.46　　113008204

文化部部版臺陸字第113137號至第113140號，許可期間自113年5月16日起至117年3月30日止。

采實出版集團 ACME PUBLISHING GROUP